EL OBJETIVO

LA **T** RAMA

EL OBJETIVO

David Baldacci

Traducción de Mercè Diago Esteva

Papel certificado por el Forest Stewardship Council®

Título original: *The Target*

Primera edición: febrero de 2018

© 2014, Columbus Rose, Ltd.
© 2018, Penguin Random House Grupo Editorial, S. A. U.
Travessera de Gràcia, 47-49. 08021 Barcelona
© 2018, Mercè Diago Esteva, por la traducción

Printed in Spain – Impreso en España

ISBN: 978-84-666-6268-0
Depósito legal: B-26.425-2017

Impreso en Liberdúplex

BS 6 2 6 8 0

Penguin
Random House
Grupo Editorial

Al coach Ron Axelle, por ser tan buen mentor y amigo

1

El lugar estaba habitado por cuatrocientos hombres, la mayoría de los cuales pasaría allí lo que le quedaba de vida.

Luego el infierno los acogería para el resto de la eternidad.

Los muros eran de cemento grueso y el interior estaba revestido de grafitis obscenos que constituían un catálogo de todas las depravaciones imaginables. Cada año se añadían más obscenidades a las paredes como el lodo que se acumula en una alcantarilla. Los barrotes de acero tenían melladuras y estaban rayados, pero seguía siendo imposible romperlos con las manos. Se habían producido algunas fugas, pero la última había sido hacía más de treinta años; una vez fuera de allí, no había adónde ir. La gente que vivía en el exterior era tan poco amable como la del interior.

Y lo cierto es que tenían más armas.

El viejo tuvo otro ataque de tos y escupió sangre, lo cual constituía una prueba tan irrefutable de su estado terminal que no hacía falta diagnóstico médico. Sabía que se estaba muriendo; la única duda era cuándo. Sin embargo, tenía que seguir resistiendo. Le quedaba algo por hacer y no dispondría de una segunda oportunidad.

Earl Fontaine era fornido pero lo había sido más en tiempos. Su cuerpo se había ido desintegrando a medida que el cáncer lo corroía por dentro. Tenía el rostro muy arrugado, ajado por los años, los cuatro paquetes de mentolados al día, la mala alimentación y, sobre todo, un amargo sentido de la injusticia. Tenía la piel fina y pálida después de llevar tanto tiempo recluido en ese lugar al que nunca llegaba el sol.

Hizo un esfuerzo para incorporarse en la cama y miró alrededor, a los demás ocupantes de la sala. Solo había siete, ninguno en estado tan grave como él. Podían salir de allí por su propio pie. Él seguro que no. Sin embargo, sonrió a pesar de todo.

En el extremo opuesto de la estancia, otro interno vio la expresión de satisfacción de Earl y le dijo:

—¿De qué coño te ríes, Earl? Cuéntanos el chiste, venga.

Earl dejó que la sonrisa se extendiera por su ancho rostro, y ello a pesar del dolor de huesos, que era como si alguien se los cortase con una sierra dentada.

—Me largo de aquí, Junior —repuso Earl.

—Eso no te lo crees ni tú —replicó el otro, al que llamaban Junior por algún motivo que se desconocía. Había violado y matado a cinco mujeres en tres condados distintos por la sencilla razón de que habían tenido la mala suerte de cruzarse en su camino. Las autoridades trabajaban como locas para tratarle su enfermedad actual a fin de que durase hasta la fecha de su ejecución, para la que faltaban dos meses.

Earl asintió.

—Fuera de aquí.

—¿Cómo?

—En un ataúd, Junior, igual que tu culo raquítico. —Earl soltó una carcajada mientras Junior negaba con la cabeza y con aire sombrío desviaba la mirada hacia las vías venosas. Se parecían a las que servirían para inyectarle las sustancias que acabarían con su vida en la sala de ejecuciones de Alabama. Por fin, cerró los ojos y se dispuso a dormir como si ensayara para el más profundo de los sueños, en el que se sumiría en exactamente sesenta días.

Earl se tumbó e hizo tintinear la cadena que llevaba sujeta a la esposa de la muñeca derecha, la cual, a su vez, estaba sujeta a un aro grueso pero oxidado empotrado en la pared.

—Me largo —bramó—. Más vale que envíen a los negratas a buscarme. —Le entró otro ataque de tos que duró hasta que vino un enfermero y le dio un poco de agua, una pastilla y una fuerte palmada en la espalda. Acto seguido, ayudó a Earl a incorporarse.

Lo más probable era que el enfermero no supiera por qué Earl había acabado en la cárcel y, de saberlo, probablemente tampoco le habría importado. Todos los reclusos de esa prisión de alta seguridad habían hecho algo tan abominable que todos los guardias y trabajadores estaban totalmente insensibilizados al respecto.

—Venga, tranquilo, Earl —dijo el enfermero—. No haces más que empeorar la situación.

Earl se tranquilizó, se recostó contra la almohada y miró fijamente al enfermero.

—¿Puede ser? Me refiero a peor.

El enfermero se encogió de hombros.

—Supongo que todo puede empeorar. Y quizá tendrías que haberlo pensado antes de llegar aquí.

Earl hizo acopio de una inyección de energía y dijo:

—Oye, chico, ¿puedes conseguirme un pitillo? Basta con que me lo pongas entre los dedos y me lo enciendas. No se lo diré a nadie. Lo juro por Dios y todas esas gilipolleces aunque no sea creyente.

El enfermero palideció ante la mera idea de hacer tal cosa.

—Bueno, ejem, a lo mejor si estuviéramos en 1970... Por el amor de Dios, si estás conectado a una bomba de oxígeno. Es un explosivo, Earl, hace bum.

Earl sonrió y dejó al descubierto los dientes y muchos huecos entre ellos.

—Joder, prefiero saltar en pedazos a que esa mierda que tengo dentro me coma vivo.

—¿Ah sí? Pero los demás no. ¿Sabes? Ese es el problema de la mayoría de las personas, que solo piensan en sí mismas.

—Solo un cigarrito, chico. El Winston me gusta. ¿Tienes Winston? Es mi último deseo antes de morir. Tienes que concedérmelo. Igual que mi última cena. Lo dice la puta ley. —Hizo tintinear la cadena—. La última calada. Tienes que dejarme.

—Te estás muriendo de cáncer de pulmón, Earl —dijo el enfermero—, ¿cómo te crees que lo contrajiste? Voy a darte una pista. Lo llaman «palitos de cáncer» por algún motivo. ¡Jesús, María y José! Teniendo en cuenta lo burro que llegas a ser, puedes dar gracias a Dios por haber vivido tanto.

—Dame un cigarrillo, gilipollas.

Era obvio que el enfermero había zanjado el asunto.

—Mira, tengo muchos pacientes que cuidar. Vamos a pasar un día tranquilo, ¿qué me dices, viejo? No me apetece tener que llamar a un guardia. Hoy Albert está haciendo guardia y no se caracteriza precisamente por su amabilidad y cariño. Te dará un porrazo en la cabeza, por muy enfermo y moribundo que estés, y luego mentirá en el informe y nadie se lo discutirá. El tío da miedo pero a él se la suda. Ya lo sabes.

Antes de que el enfermero se volviera, Earl habló de nuevo.

—¿Sabes por qué estoy aquí?

El enfermero sonrió complacido.

—¿Porque te estás muriendo y el estado de Alabama no soltará a alguien como tú para proteger el hospital de enfermos terminales aunque les cuestes una fortuna en facturas médicas?

—No, no me refiero a esta sala de hospital. Me refiero a la cárcel —puntualizó Earl, con voz baja y cavernosa—. Dame un poco más de agua, ¿vale? En este puto sitio yo no puedo coger agua, ¿verdad?

El enfermero le sirvió un vaso y Earl se lo bebió con avidez, se secó la cara y habló con energía renovada.

—Entré en la cárcel hace más de veinte años. Al comienzo, con cadena perpetua en una jaula federal. Pero luego me condenaron a pena de muerte. Qué cabrones los abogados. Y el estado pasó a ser el dueño de mi puto culo. Los federales les dejaron. Como si nada. ¿Tengo derechos? Pues nada de nada si resulta que hacen eso. ¿Me entiendes? Solo porque la maté. Tenía una buena cama con los federales. Y ahora fíjate. Seguro que he pillado el puto cáncer por estar aquí. Seguro que sí. Por el aire. Menos mal que nunca he pillado la mierda esa del sida. —Enarcó las cejas y bajó la voz—. Ya sabes que aquí hay de eso.

—Ajá —respondió el enfermero, que estaba comprobando el historial de otro paciente en el portátil. Estaba colocado en un carrito con ruedas con unos compartimentos para los fármacos que se cerraban con llave.

—De eso hace dos décadas más casi dos años ya. Muchísimo tiempo.

—Sí, sabes contar bien, Earl —dijo el enfermero con aire distraído.

—El primer Bush todavía era presidente, pero ese chico de Arkansas le ganó en las elecciones. Lo vi en la tele cuando entré aquí. Era 1992. ¿Cómo se llamaba? Dicen que tenía sangre negra.

—Bill Clinton. Y no tiene nada de negro. Lo que pasa es que tocaba el saxofón y a veces iba a las iglesias afroamericanas.

—Eso. Ese es. Estoy aquí desde entonces.

—Yo tenía siete años.

—¿Cómo? —vociferó Earl, entrecerrando los ojos para ver mejor. Se frotó la zona dolorida del vientre con aire distraído.

—Yo tenía siete años cuando Clinton fue elegido —dijo el enfermero—. Mi madre y mi padre tuvieron un conflicto personal. Eran republicanos, por supuesto, pero Clinton era del Sur. Creo que le votaron pero no querían reconocerlo. Daba igual. Al fin y al cabo estamos en Alabama, ¿no? Si aquí gana un liberal, hiela en el infierno. ¿Verdad que sí?

—*Sweet home Alabama* —dijo Earl, asintiendo—. He vivido aquí mucho tiempo. Tuve familia aquí. Pero soy de Georgia, hijo. Soy un melocotón de Georgia, ¿no lo ves? No un chico de Alabama.

—Vale.

—Pero me enviaron a esta prisión por lo que hice en Alabama.

—Ya. Pero no hay mucha diferencia. Georgia, Alabama. Primos hermanos. No es como si te hubieran llevado a Nueva York o Massachusetts. Esos sí que son como países extranjeros.

—Por lo que hice —dijo Earl sin aliento, sin dejar de frotarse el vientre—. No soporto a los judíos, ni a los negros ni a los católicos. Y lo mismo puedo decir de los presbiterianos.

El enfermero le miró y dijo en tono jocoso:

—¿Presbiterianos? ¿Qué demonios te han hecho, Earl? Es como odiar a los amish.

—Chillaban como cerdos en el matadero, te juro por Dios que sí. Sobre todo los judíos y los negros. —Se encogió de hombros y se secó el sudor de la frente con aire distraído con ayuda de la sábana—. Joder, lo cierto es que nunca maté a ningún presbiteriano. Es que no destacan, ¿sabes?, pero los mataría si tuviera ocasión. —Amplió la sonrisa y le llegó hasta los ojos. Con esa expresión quedaba claro que a pesar de la edad y la enfermedad Earl Fontaine era un asesino. Seguía siendo un asesino. Siempre sería un asesino hasta el día de su muerte, que más valía que llegara pronto por el bien de los ciudadanos honrados.

El enfermero abrió con la llave un cajón del carrito y extrajo unos cuantos fármacos.

—Vamos a ver, ¿y por qué ibas a querer hacer tal cosa? Seguro que esa gente no te ha hecho nada.

Earl tosió algo de flema y la escupió en la taza.

—Respiraban. Con eso me bastaba.

—Supongo que por eso estás aquí. Pero tienes que hacer las paces con Dios, Earl. Todos son hijos de Dios. Tienes que hacer las paces. Pronto le verás.

Earl rio hasta que le entró la tos. Entonces se tranquilizó y suavizó la expresión.

—Hoy tengo visita.

—Qué bien, Earl —dijo el enfermero mientras administraba un analgésico al recluso de la cama contigua—. ¿Familia?

—No, ya maté a mi familia.

—¿Por qué hiciste tal cosa? ¿Eran judíos, presbiterianos o negros?

—Tengo visitas —dijo Earl—. Todavía no he terminado, ¿sabes?

—Ajá. —El enfermero comprobó el monitor del otro recluso—. Tienes que aprovechar el tiempo que te queda, viejo. El tiempo pasa, para todos nosotros.

—Vienen a verme hoy —dijo Earl—. Lo he marcado en la pared, mira.

Señaló el muro de cemento en el que había desprendido la pintura con la uña del dedo.

—Dijeron que tardarían seis días en venir, y aquí hay seis marcas. Se me dan bien las cuentas. La cabeza todavía me funciona.

—Pues salúdales de mi parte —dijo el enfermero mientras se alejaba con el carrito.

Más tarde, Earl miró el umbral de la puerta de la sala por donde habían aparecido dos hombres. Iban vestidos con traje oscuro y camisa blanca y llevaban los zapatos bien brillantes. Uno llevaba unas gafas con montura negra, el otro parecía recién salido del instituto de secundaria. Ambos llevaban una Biblia y lucían una expresión amable y reverente. Parecían respetables, pacíficos y respetuosos de la ley. En realidad, no eran nada de todo eso.

Earl los miró a los ojos.

—Venís a verme —masculló, con los sentidos más aguzados que nunca, de repente. Volvía a tener un objetivo en la vida. Sería justo antes de morir, pero eso no quitaba que fuera un objetivo.

—Maté a mi familia —dijo, pero no era del todo exacto. Había asesinado a su mujer y la había enterrado en el sótano de su casa. No habían encontrado el cadáver hasta al cabo de varios años. Por eso estaba en prisión y lo habían condenado a muerte. Supuso que podría haber encontrado un escondrijo mejor, pero no había sido su prioridad. Estaba ocupado matando a otros.

El gobierno federal había dejado que el estado de Alabama lo juzgara, lo declarara culpable y lo condenara a muerte por haberla matado. Le habían dado cita para la cámara de la muerte de Alabama en el centro penitenciario Holman de Atmore. Desde 2002, el estado de Alabama mataba oficialmente con una inyección letal. Pero algunos partidarios de la pena capital proponían el regreso de la «vieja chispa» para administrar la justicia final electrocutando a los inquilinos del corredor de la muerte.

Nada de todo aquello preocupaba a Earl. Su recurso de apelación se había demorado tanto que ya no sería ejecutado. Todo a causa del cáncer. Por una de esas ironías del destino, la ley decía que un preso debía gozar de buena salud para ser ejecutado. No obstante, solo le habían evitado un final rápido e indoloro para que la naturaleza pudiera sustituirlo por uno más largo y doloroso en forma de cáncer de pulmón que se le había extendido por todo el cuerpo. Algunos lo habrían llamado justicia dulce. Él lo llamaba suerte de mierda.

Hizo un gesto hacia los dos hombres trajeados.

No había duda de que había matado a su mujer. Y había matado a muchas otras personas, aunque no recordaba exactamente cuántas. Judíos, negros, tal vez algunos católicos. A lo mejor también había matado a algún presbiteriano. Joder, no lo sabía. No es que fueran por ahí proclamando su fe como en un carnet de identidad. Cualquiera que se interpusiera en su camino tenía que ser liquidado. Y él había permitido al máximo de gente posible que se interpusiera en su camino.

Ahora estaba encadenado a una pared y se estaba muriendo. Pero seguía teniendo algo por hacer.

Para ser exactos, tenía una persona más a quien matar.

2

Los hombres no podían haber presentado un aspecto más tenso. Era como si llevaran el peso del mundo sobre cada uno de sus hombros.

En realidad, así era.

El presidente de Estados Unidos ocupaba la silla del extremo de la pequeña mesa. Estaban en el complejo de la sala de Crisis del sótano del Ala Oeste de la Casa Blanca. El complejo, que a veces recibía el nombre de «leñera», se había construido durante el mandato del presidente Kennedy después del fiasco de bahía de Cochinos. Kennedy empezó a desconfiar de los militares y quería que sus propios supervisores de inteligencia analizaran a fondo los informes procedentes del Pentágono. La bolera de Truman fue sacrificada para construir el complejo, que con posterioridad había sido objeto de importantes reformas en 2006.

Durante la época de Kennedy un único analista gestionaba la sala de Crisis en un turno seguido de 24 horas ininterrumpidas, durmiendo allí también. Más adelante, el lugar se había ampliado para incluir el departamento de Seguridad Nacional y la oficina del jefe de Gabinete de la Casa Blanca. Sin embargo, la gestión del complejo corría a cargo del personal del Consejo de Seguridad Nacional. Cinco «Equipos de Vigilancia» formados por treinta o más personas de confianza contrastada trabajaban en la sala de Crisis las 24 horas de todos los días de la semana. Su objetivo principal era mantener al presidente y al personal de alto rango informados a diario de los temas importantes y permitir la comunicación instantánea y segura en cualquier lugar del mundo. Incluso tenía un enlace seguro con el *Air Force One* por si el presidente estaba de viaje.

La sala de Crisis era grande y tenía capacidad para más de treinta personas y una gran pantalla de vídeo en la pared. Antes de la reforma, se había elegido madera de caoba para las superficies. Ahora los materiales eran sobre todo «aislantes» que protegían de la vigilancia electrónica.

Pero esta noche los hombres no se habían reunido en la sala principal. Ni en la sala para informar al presidente, sino en una pequeña sala provista de dos pantallas de vídeo en la pared, encima de las cuales había una hilera de relojes que marcaban la hora de distintos lugares del mundo. Había sillas para seis personas.

Solo tres estaban ocupadas.

Desde su asiento, el presidente miraba directamente las pantallas de vídeo. A su derecha estaba Josh Potter, el asesor de Seguridad Nacional. A su izquierda se encontraba Evan Tucker, el director de la CIA.

Eso era todo. El círculo de quienes debían estar al corriente era muy reducido. Pero habría una cuarta persona que se uniría a ellos a través de una conexión de vídeo segura. El personal que solía trabajar en la sala de Crisis se mantenía al margen de esta reunión y de la comunicación que estaba por llegar. Solo había una persona a cargo de la transmisión. Y ni siquiera ella estaría al corriente de lo que se decía.

En circunstancias normales, el vicepresidente habría estado presente en la reunión. Sin embargo, si lo que planeaban salía mal, quizás ocupara el máximo cargo porque era probable que el presidente fuera sometido a un *impeachment*. Así pues, había que mantenerlo fuera de todo aquello. Para el país sería terrible que el presidente tuviera que dejar el puesto. Una catástrofe si el vicepresidente también se veía obligado a dejarlo. La Constitución establecía que el cargo de máxima responsabilidad pasaría entonces al presidente de la Cámara de Representantes. Y nadie quería que, de repente, el presidente del, probablemente, grupo más disfuncional de Washington gobernara el país.

El presidente carraspeó antes de hablar.

—Esto podría ser trascendental o desatar el apocalipsis.

Potter asintió, igual que Tucker.

El presidente miró al jefe de la CIA.

—¿Esto está verificado, Evan?

—Totalmente, señor. De hecho, no es que queramos pasarnos de listos, pero este es el precio que hay que pagar por casi tres años de labores de inteligencia bajo las peores condiciones imaginables. Lo cierto es que no se ha hecho nunca antes.

El presidente asintió y miró los relojes situados encima de las pantallas. Comparó su reloj con ellos e hizo un pequeño ajuste. Dio la impresión de haber envejecido cinco años en los últimos cinco minutos. Todos los presidentes americanos tenían que tomar decisiones capaces de hacer tambalear el mundo. En muchos sentidos, las exigencias del cargo superaban la capacidad de un pobre mortal. Pero la Constitución exigía que el cargo lo ocupara una sola persona.

Exhaló un largo suspiro y dijo:

—Más vale que esto funcione.

—De acuerdo, señor —dijo Potter.

—Funcionará —insistió Tucker—. Y el mundo será mucho mejor si así es —añadió—. Tengo una lista de cosas por hacer antes de morir en el ámbito profesional y esta es la número dos justo después de Irán. En ciertos sentidos debería ser la número uno.

—Debido a las armas nucleares.

—Por supuesto —dijo Tucker—. Irán quiere armas nucleares. Estos cabrones ya las tienen. Con una capacidad de alcance que se acerca cada vez más a nuestro territorio. Si lo conseguimos, créame que Teherán se dará cuenta. Tal vez matemos dos pájaros de un tiro.

El presidente alzó una mano.

—Conozco la historia, Evan. He leído todos los informes. Sé lo que está en juego.

La pantalla parpadeó y se oyó una voz por el sistema de altavoces empotrado en la pared.

—Señor Presidente, la transmisión está lista.

El presidente destapó una botella de agua que tenía delante y dio un sorbo largo. Volvió a dejar la botella.

—Adelante —dijo con sequedad.

La pantalla volvió a parpadear y entonces se encendió por completo. Vieron a un hombre bajito, de unos setenta años, y de rostro muy bronceado y arrugado. Tenía una franja de piel blanca cerca del nacimiento del pelo, donde solía llevar la gorra que le ayudaba a bloquear el sol. En ese momento no iba uniformado. Llevaba una túnica gris con el cuello alto y rígido.

Les miraba directamente.

—Gracias por aceptar comunicarse con nosotros, general Pak —dijo Evan Tucker.

Pak asintió y habló en inglés con cierta dificultad pero con buena pronunciación.

—Está bien vernos cara a cara, por así decirlo. —Sonrió y mostró unas carillas dentales impolutas.

El presidente intentó devolverle la sonrisa pero no lo sentía de corazón. Sabía que Pak moriría si quedaba al descubierto. Pero el presidente también tenía mucho que perder.

—Agradecemos el nivel de cooperación recibido —dijo. Pak asintió.

—Nuestros objetivos son los mismos, señor Presidente. Hemos estado aislados demasiado tiempo. Ha llegado el momento de que ocupemos nuestro lugar en la mesa del mundo. Se lo debemos a nuestro pueblo.

—Compartimos totalmente esa valoración, general Pak.

—Las misiones avanzan a buen ritmo —dijo Pak—. Entonces podrán empezar su parte en esto. Tienen que enviar a sus mejores agentes. Incluso con mi ayuda, el objetivo es muy difícil. —Pak levantó un solo dedo—. Estas serán todas las oportunidades que tendremos. Ni más, ni menos.

El presidente lanzó una mirada a Tucker y luego volvió a mirar a Pak.

—Vamos a enviar a nuestra flor y nata para algo de esta magnitud.

—¿Y estamos seguros tanto de la inteligencia como del apoyo?

—Totalmente seguros —asintió Pak—. Lo hemos compartido con nuestra gente y han confirmado lo mismo.

Potter lanzó una mirada a Tucker, que asintió.

—Si esto se descubre... —dijo Pak. Todos clavaron la mirada en él—. Si se descubre, yo perderé la vida. Y para ustedes los americanos, la pérdida será mucho mayor.

Miró al presidente de hito en hito y dio la impresión de que dedicaba unos momentos a preparar sus palabras.

—Por eso he pedido esta videoconferencia, señor Presidente. No sacrificaré solo mi vida sino también la de mi familia. Así son las cosas aquí. Por tanto necesito su garantía total y absoluta de que si seguimos adelante, lo hagamos juntos y unidos, independientemente de lo que pudiera pasar. Tiene que mirarme a los ojos y decirme que así será.

El presidente se quedó pálido. Había tomado infinidad de decisiones importantes durante su mandato pero ninguna tan estresante o potencialmente trascendental como aquella.

Respondió sin mirar a Potter ni a Tucker sino que mantuvo la vista fija en Pak.

—Tiene mi palabra —declaró con voz clara y contundente.

Pak sonrió y volvió a enseñar su dentadura perfecta.

—Esto es lo que necesitaba oír. Juntos, entonces. —Saludó al presidente, que le devolvió el saludo con sequedad.

Tucker pulsó un botón de la consola que tenía delante y la pantalla volvió a ennegrecerse de nuevo.

El presidente exhaló un suspiro audible y se recostó en el sillón de cuero. Estaba sudando, aunque la estancia era fresca. Se secó una gota de humedad de la frente. Lo que proponían hacer era claramente ilegal. Un delito por el que podían someterle a un *impeachment*. Y, a diferencia de los presidentes anteriores que se habían visto en esa situación, no le cabía la menor duda de que el Senado le condenaría.

—Hacia la boca del infierno cabalgaron los seiscientos* —dijo el presidente en un débil susurro, aunque tanto Potter como Tucker le oyeron y asintieron para mostrar su acuerdo.

El presidente se inclinó hacia delante y miró a Tucker de hito en hito.

—No hay margen de error. Ni el más mínimo. Y si existe ni siquiera una ínfima posibilidad de que esto salga a la luz...

—Señor, eso no pasará. Es la primera vez que tenemos un activo en un cargo tan alto. Como ya sabe, el año pasado el líder sufrió un intento de atentado mientras recorría una de las calles de la capital. Pero fue una chapuza. Provenía de fuentes internas de poco nivel y no tenía nada que ver con nosotros. Nuestro golpe será rápido y limpio. Y funcionará.

—¿Tenéis el equipo formado?

—Estamos en ello. Luego los validaremos.

El presidente lo miró con severidad.

—¿Los validaréis? ¿A quién demonios pensáis usar?

—A Will Robie y a Jessica Reel.

—¿Robie y Reel? —barbotó Potter.

—Son lo mejor de lo mejor —declaró Tucker—. Fíjate en lo que hicieron con Ahmadi en Siria.

Potter miró a Tucker de cerca. Conocía los detalles de esa misión al dedillo. Por consiguiente, sabía que la intención no era que Reel ni Robie sobrevivieran.

—Pero con los antecedentes de Reel... —objetó el presidente—. Lo que alegas que hizo. La posibilidad de que se vuelva...

Tucker le interrumpió. En circunstancias normales, aquello era inaudito pues al presidente se le dejaba hablar. Pero esa

---

* Referencia al poema de lord Alfred Tennyson «The Charge of the Light Brigade» (1854), escrito como respuesta a la guerra de Crimea. (*N. de la T.*)

noche daba la impresión de que Evan Tucker solo veía y oía lo que quería.

—Son los mejores, señor, y eso es precisamente lo que necesitamos. Como he dicho, con su permiso, serán validados para asegurarnos de que rinden al más alto nivel. Sin embargo, si no pasan la criba, tengo otro equipo, casi igual de bueno y sin duda capacitado para llevar a cabo la misión. Pero que quede claro que la primera opción no es el equipo B.

—Pero ¿por qué no desplegar al equipo de refuerzo? En ese caso, no necesitaríamos el proceso de validación.

Tucker miró al presidente.

—Lo cierto es que necesitamos hacerlo de este modo, señor, por varios motivos. Motivos que seguro que enseguida entenderá.

Tucker llevaba semanas preparándose para ese preciso momento. Había analizado la historia del presidente, su mandato como comandante en jefe, e incluso accedido a un viejo perfil psicológico de la época en que se había presentado como candidato al Congreso. El presidente era listo y talentoso, pero no tanto, lo cual implicaba que tenía complejo. Por consiguiente, era reacio a reconocer que no siempre era el más listo, ni la persona mejor informada de la sala. Para algunos, eso era un punto fuerte. Tucker sabía que era una vulnerabilidad grave perfecta para explotar.

Que es lo que estaba haciendo ahora.

El presidente asintió.

—Sí, sí, ya lo entiendo.

La expresión de Tucker seguía siendo impasible, si bien exhaló un suspiro de alivio en su interior.

El presidente se inclinó hacia delante.

—Respeto a Robie y a Reel, pero insisto en que no hay margen de error, Evan. Así que valídales y asegúrate por todos los medios de que están absolutamente preparados para la misión. Si no, recurrimos al equipo B, ¿queda claro?

—Clarísimo —respondió Tucker.

3

Como Will Robie no lograba conciliar el sueño, contemplaba el techo de su dormitorio mientras la lluvia martilleaba en el exterior. En la cabeza notaba un martilleo incluso más intenso, que no pararía aunque dejara de llover. Al final se levantó, se vistió, se enfundó un impermeable largo con capucha y salió de su apartamento, situado en Dupont Circle, Washington D.C.

Caminó a oscuras durante treinta minutos. A esa hora de la mañana había poca gente. A diferencia de otras ciudades importantes, Washington D.C. sí que dormía. Por lo menos a primera vista. El lado del gobierno, el que vivía bajo tierra y detrás de búnkeres de hormigón y en discretos edificios bajos, no echaba ni una cabezadita. Esa gente funcionaba ahora a pleno rendimiento igual que durante el día.

Desde el otro lado de la calle se le acercaron tres jóvenes de poco más de veinte años. Robie ya les había visto, los había calado y sabía qué le pedirían. No había policías por ahí, ni testigos. No tenía ni tiempo ni ganas para esas cosas. Se volvió y se encaminó directo a ellos.

—Si os doy algo de dinero, ¿os marcharéis? —preguntó al más alto de los tres. Aquel tenía una envergadura similar a la de él, casi 1,90 y 90 kilos ganados en la dureza de la calle.

El hombre se abrió el cortavientos para que se viera una Sig negra de nueve milímetros en el cinturón, que le colgaba holgado sobre las caderas.

—Depende de cuánto.

—¿Cien?

El hombre miró a sus dos colegas.

—Dejémoslo en doscientos y te puedes ir, tío.

—No tengo doscientos.

—Eso es lo que tú dices. Te vamos a atracar aquí mismo.

Se dispuso a sacar la pistola pero Robie ya se la había quitado de la cintura y, de paso, le había bajado los pantalones. El joven tropezó con los pantalones caídos.

El joven de la derecha sacó una navaja y observó sorprendido cómo Robie primero lo desarmaba y luego lo dejaba fuera de combate con tres puñetazos rápidos, dos en el riñón derecho y otro en la mandíbula. Robie añadió un golpe en la cabeza después de que el hombre se desplomara contra el suelo.

El tercer hombre ni se movió.

El hombre alto exclamó.

—Mierda, ¿eres un ninja?

Robie bajó la mirada hacia la Sig que empuñaba.

—No está bien equilibrada y está oxidada. Tienes que cuidar mejor las armas o no funcionarán cuando las necesites. Apuntó el arma hacia ellos.

—¿Cuántas pistolas más tenéis?

El tercer hombre se llevó la mano al bolsillo.

—Suelta la chaqueta —ordenó Robie.

—Llueve y hace frío —protestó el hombre.

Robie le puso la boca de la Sig directamente contra la frente.

—No voy a repetírtelo.

Dejó caer la chaqueta, que cayó en un charco. Robie la recogió y encontró la Glock.

—Te veo la munición en los tobillos —dijo—. Fuera.

Le tendió la munición. Robie la envolvió con la chaqueta. Miró al hombre alto.

—¿Has visto adónde te lleva la avaricia? Tenías que haber aceptado los cien pavos.

—¡Necesitamos las armas!

—A mí me hacen más falta. —Robie salpicó la cara del

hombre inconsciente con el agua del charco y se despertó sobresaltado antes de levantarse con piernas temblorosas. Daba la impresión de no ser consciente de lo que estaba pasando y probablemente tuviera una conmoción cerebral.

Robie volvió a blandir la pistola.

—Andando. Los tres. Girad a la derecha en el callejón.

De repente el chico alto se puso nervioso.

—Oye, tío, mira, lo sentimos, ¿vale? Pero este es nuestro territorio. Lo patrullamos. Es nuestro sustento.

—¿Queréis sustento? Buscaos un trabajo de verdad que no implique apuntar a la gente con una pistola y quitarles lo que no es vuestro. Ahora, largo. No os lo volveré a decir.

Dieron media vuelta y fueron calle abajo. Cuando uno de los jóvenes se volvió para mirar atrás, Robie le dio una colleja con el extremo de la Sig.

—Mirada recta. Si vuelves a girarte, te haré un tercer ojo en la nuca.

Robie oyó cómo los jóvenes aceleraban la respiración. Les temblaban las piernas. Tenían la impresión de ir camino de su ejecución.

—Caminad más rápido —bramó Robie.

Aceleraron el paso.

—Más rápido pero sin correr.

Los tres jóvenes parecían idiotas intentando ir más rápido sin correr.

—¡Ahora a correr!

Los jóvenes esprintaron. Giraron a la izquierda en la siguiente intersección y desaparecieron.

Robie se volvió y se encaminó en la dirección contraria. Se internó por un callejón, encontró un contenedor y tiró la chaqueta y las pistolas en su interior después de quitar la munición. Arrojó las balas por la rejilla de una alcantarilla.

No tenía muchas oportunidades para estar tranquilo y no le gustaba que le importunaran.

Robie siguió su camino y llegó al río Potomac. No había salido a caminar sin rumbo sino que tenía un objetivo en mente.

Extrajo un objeto del bolsillo del impermeable y lo observó. Recorrió con el dedo la superficie pulimentada.

Era una medalla, la condecoración más alta que la CIA concedía por heroísmo sobre el terreno. Robie se la había ganado, junto con otra agente, por una misión realizada en Siria en la que habían corrido un peligro extremo. Se habían salvado por los pelos.

De hecho, el deseo de ciertas personas de la agencia era que no volvieran vivos. Evan Tucker era una de ellas y era difícil que se marchara porque resultaba ser el director de la CIA.

La otra agente condecorada era Jessica Reel. Ella era el motivo principal por el que Evan Tucker no deseaba que sobrevivieran a la misión. Reel había matado a miembros de su propia agencia. Había sido por un muy buen motivo, pero a ciertas personas, como Evan Tucker, eso les daba igual.

Robie se preguntó dónde estaba Reel entonces. Se habían despedido en un momento delicado. Robie le había dado lo que consideraba era su apoyo incondicional. No obstante, Reel no parecía ser capaz de reconocer tal gesto, de ahí la despedida convulsa.

Sujetó la cadena como si fuera un tirachinas e hizo girar la medalla una y otra vez. Observó la superficie oscura del Potomac. Hacía viento y había unas cuantas olas espumosas. Se planteó cuán lejos podía lanzar la medalla que representaba el mayor reconocimiento de la CIA a las profundidades del río que formaba una de las fronteras de la capital de la nación y que la separaba del estado de Virginia.

La cadena giró varias veces en el aire, pero al final Robie no la arrojó al río. Volvió a guardarse la medalla en el bolsillo. No sabía a ciencia cierta por qué.

Acababa de disponerse a volver cuando le sonó el móvil. Lo sacó, miró la pantalla e hizo una mueca.

—Robie —respondió con sequedad.

Oyó una voz que no reconoció.

—Espere un momento para hablar con la directora adjunta Amanda Marks.

«¿Que espere un momento? ¿Desde cuándo la agencia de élite más clandestina del mundo hace que el personal diga "espere un momento"?»

—¿Robie?

La voz era seca, afilada como una cuchilla nueva y, en el tono, Robie detectó una inmensa seguridad y el deseo de demostrar su valía. Para él, se trataba de una combinación potencialmente mortífera porque Robie sería quien ejecutaría la orden de esta mujer sobre el terreno mientras ella observaba sin correr peligro alguno desde la pantalla de un ordenador a miles de kilómetros de distancia.

—¿Sí?

—Necesitamos que vengas lo antes posible.

—¿Eres la nueva DA?

—Eso es lo que pone en mi puerta.

—¿Una misión?

—Ya hablaremos cuando llegues aquí. Langley —añadió, lo cual era necesario dado que la CIA tenía distintos emplazamientos.

—¿Sabes cómo acabaron los dos últimos directores adjuntos? —preguntó Robie.

—Mueve el culo y ven enseguida, Robie.

4

Jessica Reel tampoco podía dormir. En Eastern Shore el tiempo era tan inclemente como en Washington D.C. Contempló el lugar que había ocupado su casa antes de ser destruida. De hecho ella misma había sido la artífice de ello. Bueno, había colocado unas cuantas bombas-trampa y Will Robie había desencadenado la explosión que a punto había estado de costarle la vida. Costaba creer que de aquellas circunstancias siniestras hubiera surgido una alianza.

Se ajustó mejor la capucha para protegerse de la lluvia y el viento y siguió pisoteando el terreno embarrado mientras las aguas de la bahía de Chesapeake en el oeste seguían azotando la pequeña lengua de tierra.

Se había despedido de Robie sintiéndose esperanzada y perdida a partes iguales, con una sensación tan desasosegante que era incapaz de decidir por dónde empezar; si es que había alguna manera de hacer algo. Durante buena parte de su vida adulta, el trabajo había sido el centro de su mundo. Ahora Reel no estaba segura de si seguía teniendo trabajo o mundo. Su agencia la despreciaba. Sus superiores no solo querían quitársela de en medio sino verla muerta.

Si dejaba su empleo ahí, tenía la sensación de darles vía libre para prescindir de sus servicios del modo más radical posible, pero, si se quedaba, ¿qué futuro le esperaba? ¿Cuánto tiempo podía aspirar a sobrevivir? ¿Cuál era su estrategia de salida?

Todos aquellos interrogantes perturbadores no tenían respuesta evidente. En los últimos tres meses había perdido todo lo que tenía. Sus tres mejores amigos. Su buen nombre en la agencia. Su estilo de vida, tal vez.

Pero había ganado algo, o alguien.

Will Robie, que había empezado siendo su enemigo, se había convertido en su amigo, en su aliado, en la única persona con la que podía contar, cuando Reel nunca había sido capaz de hacer eso de forma fácil o convincente.

Pero Robie conocía su forma de vida tan bien como ella. Su vida era como la de ella. Compartirían esa experiencia para siempre. Él le había ofrecido su amistad, un hombro en el que llorar llegado el momento.

No obstante, una parte de ella seguía queriéndose alejar de tal ofrecimiento, seguir yendo sola por la vida. Todavía no sabía qué responder ante aquella oferta ni ante él. Tal vez nunca lo supiera.

Alzó la vista hacia el cielo y dejó que las gotas de lluvia torrencial le cayeran en la cara. Cerró los ojos y una gran cantidad de imágenes se le agolparon en la mente. Todas eran de personas y todas estaban muertas. Algunas eran inocentes, otras no. Dos habían muerto a manos de otros. Al resto los había matado ella. Una, su mentora y amiga, yacía en estado vegetativo, del que nunca se recuperaría.

Todo era un sinsentido. Y todo era verdad. Y Reel se sentía impotente para cambiar algo de aquello.

Se sacó la medalla de la cadena que llevaba en el bolsillo y la observó. Era idéntica a la que le habían concedido a Robie. Se la habían entregado por la misma misión. Ella había disparado el tiro mortal, por indicación de la agencia. Robie la había ayudado a escapar de una muerte prácticamente segura. Habían conseguido regresar a Estados Unidos para disgusto de unos cuantos poderosos.

Aquella medalla era un gesto sin sentido.

Lo que realmente querían hacerle era pegarle un tiro en la sien.

Caminó hasta donde terminaba la tierra firme y contempló cómo las aguas de la bahía salpicaban el terreno.

Reel lanzó la medalla a la bahía lo más lejos posible. Se volvió antes de que golpeara contra la superficie del agua. El metal no flotaba. Desaparecería en cuestión de segundos.

Pero entonces se volvió y levantó el dedo corazón en un gesto obsceno para despedirse de la medalla que se hundía, de la CIA en general y de Evan Tucker en particular.

Era el motivo principal por el que había ido allí, para arrojar la medalla a la bahía. Y ese sitio había sido su hogar, teniendo en cuenta lo que eso significaba en su caso. No tenía intención de regresar allí. Había ido a echar un último vistazo, a encontrar algún tipo de desenlace. Sin embargo, no lo encontraba.

Al cabo de un instante, sacó la pistola y se agachó.

Por encima del sonido del agua había percibido una nueva intrusión.

Un vehículo estaba a punto de parar cerca de los escombros de su casita en la costa.

No había motivo para recibir visitas. Si había alguna razón, seguro que era violenta.

Corrió hacia el único lugar en el que podía resguardarse: una pila de madera podrida situada junto a la orilla. Se arrodilló y utilizó el último tronco para apoyar la pistola. Aunque no veía nada con claridad, los visitantes quizás estuvieran provistos de lentes de visión nocturna que lo revelarían todo, incluida su ubicación.

Consiguió seguirles sustrayendo la silueta oscurecida de la oscuridad que los rodeaba. Se centró en un punto y esperó a ver su movimiento al cruzar ese punto. Con este método contó cuatro personas. Supuso que iban todas armadas, todas intercomunicadas, y que su presencia ahí obedecía a un solo objetivo: eliminarla.

Intentarían superarla por la espalda, lo cual era imposible a no ser que quisieran lanzarse al agua fría y embravecida por la tormenta de la bahía. Se centró en otros puntos y esperó que los cruzaran. Lo hizo una y otra vez hasta que estuvieron a veinte metros de ella.

Se preguntó por qué iban todos juntos. Separarse durante el ataque era una táctica estándar. No podía seguir con tanta facilidad a múltiples grupos que se le acercaran desde distintas direcciones de la brújula. Pero mientras se mantuvieran juntos no tendría que dividir su atención.

Estaba decidiendo si disparar o no cuando le sonó el móvil.

No tenía intención de responder, no mientras cuatro individuos que la superaban en potencia de fuego iban a por ella.

Pero quizá fuera Robie. Por cursi que sonara, quizá tuviera la oportunidad de despedirse de él del modo que todavía no había podido hacer. Y tal vez pudiera ir a por los asesinos y cargárselos por ella.

—¿Sí? —dijo por el teléfono con la mano en la Glock y la vista clavada en quienes iban a por ella.

—Espere un momento para hablar con la directora adjunta Amanda Marks —dijo la eficiente voz.

—Pero qué... —empezó a decir Reel.

—Agente Reel, Amanda Marks al habla, la nueva directora adjunta de Inteligencia Central. Necesitamos que vengas a Langley de inmediato.

—Ahora mismo estoy un poco liada, DA Marks —repuso Reel con sarcasmo—. Pero eso quizá ya lo sepas —añadió en tono más duro.

—Ahora mismo hay cuatro agentes en tu casa de Eastern Shore, rectifico, donde estaba tu casa. Están ahí para acompañarte a Langley. Por favor, que no se te ocurra enfrentarte a ellos y causarles algún daño.

—¿Y ellos piensan hacerme algún daño a mí? —espetó Reel—. Porque son las tantas de la noche. No tengo ni idea de cómo sabían que estaba aquí y se comportan de un modo furtivo.

—Tu fama te precede. Por eso actúan con cautela. Por lo que respecta a tu ubicación, llegamos a la conclusión de que no podías estar en otro lugar.

—¿Y por qué necesitáis que venga lo antes posible?

—Cuando llegues aquí te lo explicaremos todo.

—¿Se trata de una nueva misión?

—Cuando llegues, agente Reel. No puedo confiar en que esta línea sea segura.

—¿Y si decido no venir?

—Tal como le he dicho al agente Robie...

—¿También has convocado a Robie?

—Sí. Forma parte de todo esto, agente Reel.

—¿Y de verdad eres la nueva directora adjunta?

—Sí.

—¿Sabes lo que les pasó a los dos anteriores?

—Robie me ha hecho exactamente la misma pregunta.

Reel sonrió a pesar de todo.

—¿Y la respuesta?

—La misma que voy a darte a ti. Mueve el culo y ven para aquí.

La línea enmudeció.

5

Jessica Reel llegó a Langley al cabo de varias horas. Había salido el sol, había dejado de llover, pero su estado de ánimo no había mejorado. Pasó el control de seguridad y entró en un edificio que conocía bien.

Demasiado bien, en ciertos sentidos.

La acompañaron a una sala donde encontró un rostro conocido que ya esperaba.

—Robie —dijo con sequedad antes de sentarse a su lado.

—Jessica —dijo Robie, inclinando la cabeza ligeramente—. Entiendo que has recibido la misma invitación.

—No fue una invitación. Fue una orden. ¿Enviaron a unos matones a buscarte?

Robie negó con la cabeza.

—Entonces supongo que confían más en ti que en mí.

—Confiamos igual en los dos —dijo una voz cuando se abrió la puerta y apareció una mujer de poco más de cuarenta años de melena castaña hasta los hombros y armada con una tableta electrónica. Era menuda, de apenas un metro sesenta y unos cincuenta y cinco kilos de peso, pero esbelta y en forma. Su cuerpo fibroso era indicador de una fuerza que enmascaraba su pequeño tamaño.

La directora adjunta Amanda Marks. Les estrechó la mano mientras Robie y Reel intercambiaban una mirada de desconcierto.

—Gracias a los dos por venir tan rápido.

—Si hubiera pensado que tenía otra opción, no habría venido. Los cuatro tíos que enviaste a buscarme no me dieron otra opción.

—De todos modos, agradezco vuestra cooperación —dijo Marks con tono enérgico.

—Yo pensaba que después de la última misión teníamos un poco de tiempo de retirada.

—Así es, pero ahora ya ha terminado.

—¿O sea que hay una nueva misión? —preguntó Reel con aire de cansancio.

—Todavía no —repuso Marks—. Lo primero es lo primero.

—¿A qué te refieres? —preguntó Reel.

—Me refiero a que tendréis que ser lo que yo denomino «recalibrados».

Robie y Reel intercambiaron otra mirada.

—Lo que se recalibran son los instrumentos.

—Vosotros sois instrumentos. De esta agencia.

—¿Y por qué necesitamos recalibrarnos, exactamente? —preguntó Reel.

Marks todavía no les había mirado a los ojos, ni siquiera cuando les había estrechado la mano. Tampoco había bajado la mirada ni mirado por encima de su hombro. Resultaba desconcertante, pero la táctica no era inaudita ni para Robie ni para Reel.

Entonces Marks los miró de hito en hito. Y para Robie tenía los ojos de alguien que había pasado bastante tiempo detrás de una mira de largo alcance en algún momento de su carrera.

—¿De verdad queréis que tanto yo como vosotros perdamos el tiempo con estas preguntas estúpidas? —dijo en voz baja y tranquila. Antes de que tuvieran tiempo de responder, Marks continuó—: Los dos os volvisteis contra nosotros. —Se volvió para mirar a Reel—. Mataste a uno de nuestros analistas y a mi predecesor.

Acto seguido, dirigió la mirada hacia Robie.

—Y tú la ayudaste y te convertiste en su cómplice después de que te enviáramos a liquidarla. Como consecuencia de esa situación, tomamos la decisión de liquidar o rehabilitar. Se optó por esta última opción. No digo que esté de acuerdo con ella, pero estoy aquí para ponerla en práctica.

—Supongo que ya ves de qué sirve recibir la mayor condecoración de la CIA —dijo Robie.

—Felicidades —dijo Marks—. Yo también la tengo en el armario. Pero eso es agua pasada. Ahora solo me preocupa el presente y el futuro. El vuestro. Habéis recibido una oferta increíble. Aquí hay algunas personas que desean desesperadamente que la caguéis para poner en práctica otros planes.

—Me imagino quién es una de ellas —dijo Reel—. Tu jefe, Evan Tucker.

—Y hay otras que esperan que tengáis éxito y volváis a convertiros en miembros productivos de esta organización.

—¿Y tú en qué bando estás? —preguntó Robie.

—En ninguno. Yo soy como Suiza. Dirigiré vuestra rehabilitación, pero el resultado depende exclusivamente de vosotros. Me da bastante igual hacia qué lado se incline la balanza. Derecha o izquierda. Me importa un bledo.

Reel asintió.

—Reconfortante. Pero tú rindes cuentas directamente a Evan Tucker.

—En cierto sentido, aquí todo el mundo le rinde cuentas a él. Pero os aseguro que tendréis una oportunidad plena y justa de ser rehabilitados. Si lo conseguís o no depende de vosotros.

—¿Y de quién ha sido esta idea? —preguntó Robie—. Si fue de Tucker, no veo cómo va a ser justo el proceso.

—Sin entrar en detalles, puedo deciros que se ha llegado a un compromiso al más alto nivel. Tienes amigos poderosos, señor Robie. Ya sabes exactamente de quién hablo. Pero también hay fuerzas poderosas alineadas contra vosotros. —Miró a Reel—. Algunos solo quieren dejaros fuera de la circulación por vuestros actos pasados. Si no tenéis claro lo que os estoy diciendo, interrumpidme.

Ni Robie ni Reel hablaron.

—Esas fuerzas colisionaron y el resultado fue este compromiso —continuó—. Rehabilitaros. O esto o morir. Lo cierto es que, en mi opinión, es muy generoso.

—No pensaba que hubiera alguien cuya opinión pesara más que la del presidente —opinó Robie.

—La política es un terreno sucio y despiadado, agente Robie. Hace que el sector de la inteligencia parezca más bien honorable en comparación. Si bien es cierto que el presidente es el gorila de 500 kilos, hay muchas bestias sobre el terreno de juego. Y el presidente tiene un programa que quiere tramitar y eso implica que tiene que hacer concesiones. En un plano global, tú y la agente Reel no sois tan importantes como para no ser susceptibles de ser intercambiados como fichas para llevar adelante el programa del presidente. Por mucho que hayáis recibido una medalla. ¿Me entendéis?

—¿Qué significa exactamente eso de la rehabilitación en este contexto? —preguntó Robie.

—Empezamos desde cero. Los dos tenéis que ser evaluados en todos los aspectos posibles. A nivel físico, psicológico e intelectual. Vamos a analizaros hasta el fondo. Vamos a comprobar si tenéis lo que hace falta para estar sobre el terreno.

—Pensaba que ya lo habíamos demostrado en Siria —interpuso Reel.

—No formaba parte del compromiso. Eso fue una misión aislada y ni siquiera entonces obedecisteis las órdenes.

—Bueno, si las hubiéramos obedecido, ahora estaríamos muertos —señaló Robie.

—Insisto en que eso no me interesa. Por el hecho de no haber obedecido las órdenes ahora pasa lo que pasa.

Se volvió hacia la tableta electrónica y dio un golpecito a la pantalla. Robie notó que llevaba las uñas cortadas a ras del dedo y que no las llevaba esmaltadas. De nuevo se la imaginó como francotiradora.

La mujer alzó la vista hacia él.

—Sufriste quemaduras graves en la pierna y el brazo. —Miró a Reel—. Por su culpa, y no es que llevemos la cuenta. ¿Qué tal esas heridas?

—Se van curando.

—No es suficiente —sentenció Marks—. Los dos os lanzasteis desde un tren en marcha. Seguro que fue divertido.

—Más divertido que la alternativa —repuso Reel.

—Perdiste amigos durante esta... eh... aventura pasada. Tengo entendido que culpas a la agencia de ello.

—Bueno, su personal tuvo la culpa en parte. No sé de qué otro modo se puede explicar.

—Para que la rehabilitación tenga éxito tendrás que superarlo —repuso Marks con sequedad.

Volvió a dirigir la mirada a Robie.

—Te encomendaron que encontraras a Reel. La encontraste pero no la entregaste. Acabaste aliándote con ella desobedeciendo las órdenes de la agencia.

—Me fie de mi instinto y resultó que estaba en lo cierto.

—Insisto en que durante la rehabilitación tendrás que decidir de qué lado estás, Robie. La próxima vez, el instinto puede fallarte. ¿Y dónde os quedáis entonces tú y la agencia? —No esperó respuesta antes de continuar—. La rehabilitación será muy dura para todos nosotros. Os acompañaré en todas las fases del proceso. Podéis abandonarlo en cualquier momento.

—¿Y si lo abandonamos? —preguntó Reel enseguida.

—Entonces se emprenderán las acciones correspondientes en tu contra.

—¿O sea que me acojo al *habeas corpus* y tengo un juicio justo? —dijo Reel.

Marks alzó la mirada.

—Yo no he dicho «acciones legales», ¿verdad?

—¿O sea que es hacer o morir? —preguntó Robie.

—Llámalo como quieras. Pero al final quienes decidís sois vosotros. Así que ¿qué va a ser?

Robie y Reel intercambiaron otra mirada. Acto seguido, Reel asintió y Robie hizo lo mismo.

—Una elección excelente —declaró Marks.

—¿Dónde va a realizarse la rehabilitación? —preguntó Reel.

—Oh, disculpad, ¿no lo he mencionado?

—Pues no —dijo Reel con sequedad.

—Se realizará en un emplazamiento que creo que los dos conocéis muy bien. —Hizo una pausa y dedicó un momento a mirar primero a uno y luego al otro.

—El Quemador —dijo esbozando una ligera sonrisa—. Nos marchamos dentro de veinticuatro horas.

6

—¿Cuánto tiempo estarás fuera? —preguntó Julie Getty.

Robie bajó la mirada hacia el plato y tardó en contestar. Estaban en una cafetería cualquiera de Washington D.C, cerca del instituto al que iba la quinceañera Julie. A Robie le faltaban unas ocho horas para marcharse junto con Reel al Quemador. Julie se había puesto contenta al saber de él, pero la emoción había disminuido al enterarse de que era para despedirse, al menos durante un tiempo.

—No lo sé seguro —reconoció Robie mientras iba dándole vueltas a la comida en el plato—. No me lo han concretado —explicó.

—¡Y por supuesto no puedes decirme adónde vas! —exclamó con resignación.

—Es... es un lugar de entrenamiento.

—¿Por qué tienes que entrenar? Ya eres... quiero decir... que se te da de maravilla lo que haces, Will.

—Es como volver al cole, ¿sabes?, formación continua. Muchos profesionales lo hacen. —Vaciló—. Incluido yo.

Ella lo miró con expresión crítica y él evitó su mirada con la misma determinación.

—¿Vas solo a hacer eso? —preguntó.

Él negó con la cabeza.

—¿Esa mujer va contigo? ¿Jessica?

Robie vaciló antes de responder.

—Sí.

—¿O sea que los dos os habéis metido en un lío?

Robie la miró con severidad. Ella le devolvió la mirada con una expresión que daba a entender que su mirada de sorpresa sobraba.

—He pasado mucho tiempo contigo, Will. Cuando intentaron matarnos. Cuando estabas de mal humor. Cuando no tenías muchas opciones, pero aun así sabías cómo salir adelante.

—¿Qué quieres decir? —preguntó con curiosidad verdadera.

—Tengo la impresión de que ahora no sabes cómo salir de esta. Y eso no es propio de ti. O sea que la situación debe de ser realmente mala.

Robie guardó silencio mientras Julie jugueteaba con la caña de su bebida.

—Leí en el periódico, hace tiempo, que Ferat Ahmadi, el sirio loco que intentó hacerse con el poder, murió tiroteado. No han descubierto quién le mató.

Robie siguió guardando silencio.

—No voy a preguntarte si tú y Jessica tuvisteis algo que ver con eso porque sé que me responderás con una mirada inexpresiva. Pero si fuisteis vosotros, entonces parece que la misión tuvo éxito. O sea que debe de ser por otra cosa. ¿Guarda relación con Jessica?

—¿Por qué preguntas eso? —preguntó Robie de repente.

—Porque las cosas te iban bien en la agencia. Hasta que apareció ella.

—No puedo hablar contigo de esto, Julie.

—Porque resulta que me cae bien. Creo que es buena persona.

—Yo también lo creo —dijo Robie antes de contenerse.

—Guai. —Julie sonrió.

—¿Qué?

—Has bajado la guardia. Y debes de apreciarla mucho —añadió en tono más serio.

—Soy capaz de identificarme con ella y con lo que le está pasando —declaró Robie con diplomacia.

—Entonces ¿es tu amiga?

—Sí.

—Tienes que cuidar de tus amigos, Will.

—Lo intento, Julie, de verdad que sí.

—¿Te vas a librar algún día de toda esta mierda?

—Ojalá tuviera la respuesta a esa pregunta.

Después de que salieran de la cafetería y de que Robie dejara a Julie, le sonó el móvil. Era Reel.

—Creo que tenemos que hablar.

—Vale.

—Pero te están siguiendo y quiero un poco de intimidad.

Robie desvió la mirada hacia el retrovisor trasero. Se fijó en el coche situado dos vehículos más atrás.

—De acuerdo, a ver qué puedo hacer.

—No hace falta, yo me encargo.

—¿Tú también estás ahí atrás?

—¿De verdad que te lo planteas? ¿Cómo está Julie?

—Preocupada. ¿Dónde quieres que nos reunamos?

—Por si hay alguien escuchando, nuestro lugar bajo la lluvia.

—Oído.

—Coge la siguiente a la derecha. Cuando llegues al callejón, pisa el acelerador.

Robie colgó y aceleró. Giró a la derecha y el coche que le seguía también.

Vio el callejón y pisó el acelerador a fondo, con lo que ganó distancia con respecto a quien le seguía. Por el retrovisor vio un semirremolque que salía del callejón y bloqueaba la carretera.

Oyó el chirrido de unos frenos y el estruendo del claxon.

—Bien, Jessica —dijo para sus adentros.

Pisó el acelerador, hizo una serie de giros, y luego circuló por Constitution y pasó el monumento a Washington, que ya no estaba envuelto en andamios después del terremoto e iluminado como la torre Eiffel. Algunas personas pensaban que tenía que haberse quedado de ese modo.

Al cabo de cinco minutos y de girar otras tantas veces, paró junto a la acera, estacionó, apagó el motor y salió. Se encaminó al coche que tenía delante y se sentó en el asiento del pasajero. Jessica Reel puso el vehículo en marcha y salieron disparados.

—¿Adónde? —preguntó.

—A ningún sitio. Solo quiero que nos movamos mientras hablamos.

—¿Hablar de qué?

—Del Quemador.

—Los dos hemos estado ahí, Jessica.

—¿Y de veras quieres volver?

—No me pareció que tuviéramos otra opción.

—Tú sí que la tienes, Will. Es a mí a quien realmente quieren. Iré yo. Tú no hace falta que vayas.

—Me parece que somos un pack.

Se detuvo junto a la acera y apagó el motor.

—Mira, si crees que me haces un favor por venir conmigo, ahórratelo. No es más que otra preocupación para mí.

—¿Cuándo te he dicho que tuvieras que preocuparte por mí?

—Ya sabes de qué hablo. Es mejor que vaya yo sola.

—¿Y si me matan por no ir? ¿Cómo iba a ser eso mejor?

—Yo fui quien se cargó a esos dos, Robie, no tú. Tú puedes llegar a un acuerdo. Ve con tu gente. Te ofrecerán protección. Por el amor de dios, el presidente está de tu lado.

—Pero ¿y si quiero ir al Quemador?

—¿Por qué coño ibas a querer ir ahí? Y no digas que por mí, porque entonces me cabrearé todavía más.

—Pues entonces lo hago por mí.

—Lo que dices no tiene sentido.

—Quiero saber si todavía estoy a la altura, Jessica. El Quemador me dará la respuesta.

—El Quemador puede acabar matándote.

—Bueno, si no doy la talla ahí, seguro que sobre el terreno tampoco.

—Ya oíste a Marks. Hará que nos liquiden a los dos. No será una evaluación justa a pesar de lo que dijo. Evan Tucker se encargará de ello.

—Me da igual.

—¿Cómo es posible que te dé igual? Solo tienes una vida.

—Ahora eres tú la que dice tonterías. Cada vez que salgo por la puerta, arriesgo la única vida que tengo.

—Evan Tucker fue a por nosotros en una ocasión y falló. Este es su segundo intento. Dudo que cometa el mismo error. A diferencia de Siria, puede controlar todos los aspectos del Quemador y lo que pasa allí dentro. Créeme, seguro que se produce un «accidente» que acabará de forma trágica con nuestras vidas.

—Bueno, si estamos los dos ahí, tendrá que esforzarse el doble para liquidarnos.

—Pero nos liquidará de todos modos.

—Tienes que ser más optimista.

—Y tú tienes que dejar de mirarte el ombligo.

—Voy a ir, Jessica.

—¿Qué me dices de Julie? ¿Vas a dejarla?

—No, haré todo lo posible por salir de esta y volverla a ver. Pero tengo un trabajo por hacer. Y se me da bien. Y voy a seguir haciéndolo. Y voy a llevar una vida lo más normal posible mientras lo hago.

—Eso es imposible y lo sabes.

Robie negó con la cabeza con aire cansino.

—Tienes que esforzarte por tener una actitud más positiva. Y lo único que sé a ciencia cierta es que mañana me voy de viaje. Así que llévame a mi coche. Tengo que hacer la maleta y dormir un poco.

Jessica lo dejó en su coche. Rompió el silencio mientras él bajaba.

—Eres la persona más exasperante que he conocido en la vida.

—Tienes que salir más.

Ella le soltó un bufido y luego, a pesar de la ira evidente, sonrió.

—¿Por qué haces esto? Dímelo con sinceridad.

—Recuerda la lluvia, Jessica. Lo que dije entonces es a lo que me refiero ahora.

—¿Que siempre me cubrirás la espalda?

—Que sepas que no es un regalito. Yo espero lo mismo por tu parte. Me imagino que es la única manera de sobrevivir a esto.

Dicho esto se marchó.

7

Evan Tucker la miraba fijamente desde el otro lado de la mesa. Estaban en una instalación SCIF de Langley. Estrictamente hablando, Langley era una gran SCIF o Instalación de Información Sensible Compartimentada, pero a Tucker le había entrado la paranoia y había solicitado un nivel extra de protección de ojos y oídos fisgones por los ojos de las cerraduras.

La cintura de Tucker había ganado diámetro durante el último mes y le habían salido más canas. De hecho, parecía haber envejecido más desde la reunión mantenida con el presidente en el complejo de la sala de Crisis.

Amanda Marks le devolvía la mirada.

—¿O sea que seguimos adelante? —preguntó Tucker—. Le dije al presidente que sí.

—Los dos aceptaron, o sea que yo diría que sí. Seguimos adelante.

—Como si tuvieran otra opción —masculló Tucker.

—Pues sí. Aunque no era demasiado prometedora.

—Y ahora los tienes vigilados, ¿por si acaso? Son escurridizos, Marks, créeme. Lo sé por experiencia.

—No lo dudo, señor. A decir verdad, esta tarde los hemos perdido un rato. Parece ser que querían mantener una conversación privada.

Tucker se levantó a medias del asiento.

—¿Los has perdido? —exclamó.

—Momentáneamente, director. Luego fueron cada uno por su lado y los recuperamos. Robie está en su apartamento y Reel se aloja en un hotel.

—Que no vuelva a ocurrir. Tienes carta blanca en cuanto a qué activos utilizar en este marrón, Marks. Haz lo que haga falta, pero no los vuelvas a perder.

—Entendido. Y ahora una pregunta para ti, director.

—Soy todo oídos.

—¿Cómo esperas que acabe esto exactamente?

—Van a ir al Quemador.

Marks asintió, cruzó las piernas y colocó las manos en el regazo.

—Eso ya lo sé. Pero ¿cómo acaba exactamente la partida?

—Les pones a prueba. Les pones a prueba con dureza. Quiero ver si todavía están a la altura. Y no me refiero a tener buena puntería y dar buenas patadas. A juzgar por lo que han conseguido, me quedan pocas dudas de que están perfectamente preparados, pero no quiero que esta valoración personal haga que les dejes pasar ni una, Amanda.

—Que te quede claro que no. Fui preparadora en el Quemador durante dos años. No le dejo pasar ni una a nadie, y menos a mí misma.

—Lo que más me preocupa —empezó a decir Tucker— es lo que pasa aquí arriba. —Se dio un golpecito en la cabeza—. ¿Sabes lo que hizo Reel?

—Estoy al corriente de las acusaciones.

—No son acusaciones —espetó—. Son hechos. Ella ha confesado.

—Sí, señor —se apresuró a decir.

—Y encomendaron a Robie que fuera a por ella, desobedeció órdenes y se alió con ella. En cualquier otra situación, ahora los dos estarían en prisión. Joder, a Reel habría que ejecutarla por traición.

—Correcto, señor. Pero los hombres a los que mató, ¿no eran también traidores?

—Eso nunca se ha demostrado. Eso es una acusación pero de una fuente no demasiado fiable.

—Mis disculpas. Hablé con el APNSA Potter y...

—Potter acaba de entrar en esto y ni siquiera sabe dónde están los putos lavabos de la Casa Blanca. Es el asesor de Seguridad Nacional, Marks. Trabaja para el presidente, mientras que tú trabajas para mí.

—Sin lugar a dudas —repuso—. Lo cual me lleva a lo que queremos conseguir aquí.

—Si aprueban el Quemador se les adjudicará una misión a la que se está dando forma ahora mismo. Es una misión para acabar todas las misiones y tengo que saber que están preparados para ella porque no hay margen de error.

Ella lo miró con curiosidad.

—Tenemos un montón de equipos capaces de llevar a cabo ese tipo de misiones.

—Le dije al presidente que íbamos a validar a Robie y a Reel para la misión. Y eso es lo que vamos a hacer.

—¿Y quieres que aprueben el Quemador, señor?

Tucker la miró con aire cansino.

—Eso no depende de mí. O aprueban o suspenden. Depende de ellos.

—Si tú lo dices, señor.

Tucker se quitó las gafas, las dejó en la mesa y se frotó los ojos.

—Déjame dejarte una cosa bien clara, vas a llevarlos al límite más absoluto. Y luego seguirás adelante. Si puedes romperlos, rómpelos. Si lo consigues, no me sirven de nada sobre el terreno. No estarán cualificados para la misión. Tengo un plan B por si pasa eso.

—No es cuestión de si puedo. Soy capaz de romper a quien haga falta, director.

—Uno de los motivos por los que te elegí para este encargo.

—¿Y por eso me nombraste directora adjunta?

—Eso mismo. —Se dio un golpecito en la cabeza y luego se llevó la mano al pecho—. Esto es lo que cuenta, Amanda, la cabeza y el corazón. Si no están con nosotros, entonces están en contra de nosotros. En contra de mí. No puedo tener agentes que vayan por libre. Me importa un bledo los motivos o las quejas que tengan. Los agentes descarriados provocan incidentes internacionales. Los incidentes internacionales pueden hacer que este país acabe implicado en conflictos innecesarios. Eso no pasará bajo mi mando.

—Pero parece que actuaron precisamente para evitar un incidente internacional —dijo Marks—. Y lo consiguieron. Creo que por eso tienen aliados tan poderosos, empezando por el principal ocupante del Despacho Oval.

—Soy consciente de ello, gracias. Pero tu amigo de hoy puede ser tu enemigo de mañana. Todo depende de lo que suceda sobre el terreno.

—Y las condiciones sobre el terreno pueden imponerse, como bien sabes.

—Haz tu trabajo y a ver qué pasa.

—¿Sin preferencias?

—Si aprueban, se les encomendará la misión. Será la más difícil que hayan acometido jamás, por lo que quizá mueran en el intento. Y si no aprueban el Quemador, pues es su problema.

Marks se levantó.

—Entendido, señor.

—¿De verdad que lo entiendes?

A Marks le sorprendió la pregunta.

—Estoy de tu parte, director.

—También pensé que otros estaban de mi parte y resultó ser que no.

—No sé a quién te refieres exactamente. Yo acabo de llegar y...

—Eso es todo, Marks. Quiero informes a cada hora de cómo les va a mis protegidos. Que no me falten.

—Cuenta con ello, señor. —Amanda se volvió y se marchó.

En cuanto la puerta se hubo cerrado Tucker se levantó y se sirvió una bebida del mueble bar que tenía detrás del escritorio. En la CIA un bar detrás de un escritorio parecía sacado de la época de la Guerra Fría pero le daba igual. En esta profesión, uno necesitaba un poco de alcohol de vez en cuando. Bueno, quizás un poco más a menudo que eso.

Se imaginó teniendo que levantarse en una reunión de Alcohólicos Anónimos una noche diciendo: «Me llamo Evan Tucker. Mi trabajo consiste en garantizar la seguridad de los americanos y soy un alcohólico atroz.»

Se sentó detrás del escritorio.

Era consciente de que había fuerzas alineadas contra él. Alguien había avisado a Reel y Robie de la misión de Siria. Advertidos, se habían aprovechado de esa información y escapado a una suerte que no les correspondía. Alguien lo había hecho posible. Tucker sospechaba quién podía ser. Pero necesitaba algo más que sospechas. Y tenía intención de conseguirlo.

Junto con dos agentes descarriados.

Contempló la puerta por la que Amanda Marks se había marchado hacía unos minutos.

El motivo principal por el que la había llevado allí era que tenía la fama de ser tanto una déspota como una persona absolutamente leal a la agencia. Esperó que estuviera a la altura de su fama. Si no, sería destinada a un cargo en medio de ninguna parte sin ninguna posibilidad de salir de ahí.

Pero ella le importaba bien poco. Estaba obsesionado con Robie y Reel. Tenía a Jessica Reel en el punto de mira. Era quien había matado a su anterior director adjunto y a un analista al que había disparado por la espalda.

Actos ilegales, traicioneros, imperdonables.

A Tucker le daban igual los motivos. Para eso ya había tribunales, jueces y jurados. Y verdugos. Reel había decidido tomarse la justicia por su mano. Y había pasado directamente a la fase de ejecución. Aun así, le habían permitido seguir en libertad e incluso le habían concedido una medalla.

Esa injusticia absoluta le enfurecía sobremanera.

Bueno, no es que no tuviera influencia ni recursos. Usaría tales medios para asegurarse de que recibía el castigo que se merecía. Y Robie también, si es que era tan imbécil como para aliarse con ella.

Lo cierto era que Tucker sabía que lo más probable es que recurriera a su plan B en la próxima misión. Era muy posible que Robie y Reel no salieran del Quemador. Así pues, si la justicia no se imponía en un tribunal, triunfaría en un lugar perdido de Carolina del Norte.

Tucker sabía que se lo jugaba todo con aquello. La misión en la que se había implicado con el general Pak supondría la cúspide de su carrera. O el catalizador de su perdición. Porque lo que proponían hacer era ilegal, por mucho que el presidente lo hubiera autorizado. Tucker no pensaba que el actual inquilino de la Casa Blanca tuviera los cojones de tomar una decisión como aquella. Pero le había sorprendido y la había tomado. Ahora la suerte estaba echada. No había vuelta atrás.

En un mundo ideal, la misión tendría éxito y Robie y Reel pasarían a la historia.

Un mundo ideal... El único problema era que su mundo era de lo más imperfecto.

Acunó la bebida, dio un sorbo y se recostó en el asiento. Otro largo día en el que velar por la seguridad de todos. Su trabajo era sucio y asqueroso. Y nadie implicado en él era menos que asqueroso.

«Incluido yo —pensó Evan Tucker—. Sobre todo, yo.»

8

Earl Fontaine se recostó en la cama y exhaló un suspiro de satisfacción.

La visita había resultado exitosa. Los dos hombres habían resultado ser todo lo que decían ser cuando se había puesto en contacto con ellos por primera vez. A Earl le resultaba un poco sorprendente que a aquellas alturas le permitieran recibir visitas, pero quizás el alcaide ya no lo considerara peligroso, puesto que era viejo y se estaba muriendo en la sala mierdosa de un hospital carcelario.

Bueno, nada más lejos de la realidad. Podían haberle quitado el aguijón, pero Earl tenía otros recursos, empezando por los dos hombres trajeados cargados con unas biblias. Y tenían a otros, muchos otros, para trabajar con ellos.

Le pareció que las biblias eran un buen añadido. Las biblias apaciguaban a la gente, cuando deberían estar en alerta máxima. Era bueno para Earl. Malo para la justicia. De hecho, lo que resultaba malo para la justicia siempre era fantástico para Earl Fontaine.

Los hombres de negro habían hecho su papel. Estaban todos preparados. Ahora había llegado el momento de que Earl entrara en acción.

Se llevó las manos al vientre y tosió lo que le pareció que era parte del pulmón izquierdo. En realidad era el único que le quedaba. Le habían cortado buena parte del otro hacía años en un intento por atajar el cáncer. Lo habían hecho para que se mantuviera sano para así poder matarlo. Pero él los había vencido en ese frente. No estaba más sano. Se estaba muriendo. Muriéndose rápido, pero no demasiado rápido.

Lo irónico del caso era que lo único que lo mantenía vivo era la idea de que si podía conseguir aquella última cosa en su vida, podría morir tranquilo. Era lo único en que pensaba. Estaba obsesionado con ello. Era lo único que seguía haciéndole funcionar el pulmón, que hacía que su maltrecho corazón siguiera bombeando sangre y que mantenía el dolor relativamente a raya.

Contuvo el aliento, se secó el sudor de la cara y se incorporó haciendo un gran esfuerzo. Hacía calor. Ahí siempre hacía calor. Daba la impresión de que en Alabama no existía el invierno. Durante más de veinte años, había sudado a raudales día tras día, hora tras hora, minuto a minuto, pero había resistido, al final hacía chistes ingeniosos sobre el calor que se transmitían de celda en celda y que habían acabado dando fama a Earl.

Bajó la vista hacia el tubo. Recibía los nutrientes básicos a través de una vía que tenía clavada en el vientre. Aunque había tenido un apetito voraz toda su vida, ahora la comida no significaba nada para él. Ni tampoco el tabaco, a pesar de hacerle la vida imposible al enfermero por eso.

Hizo acopio de fuerzas y observó a la mujer que hacía la ronda de pacientes. Era joven y atractiva, y la primera vez que Earl la vio, tuvo pensamientos que hacía tiempo que no albergaba. En sus buenos tiempos, alto, fornido y apuesto, ¡lo que le habría hecho a una mujer como esa! A una mujer como esa. Ella habría sabido quién mandaba en el gallinero, de eso no cabía la menor duda. Era una doctora, inteligente, culta, y seguro que liberada. Seguro que tenía la bonita cabeza llena de ideas. Joder, seguro que incluso iba a votar, y no lo que le dijera su maridito. Odiaba a ese tipo de mujeres. Pero eso no implicaba que no deseara poseerlas.

Lanzó una mirada a Junior, que también se había animado al ver a la joven doctora haciendo la ronda. Earl sonrió ante la escena. Se imaginó a Junior percibiendo la media melena que tan bien olía, las caderas esbeltas, el bonito culo redondeado que presionaba contra la tela de la falda, el atisbo de un suave seno justo por debajo de la blusa blanca. El estetoscopio colgado del largo cuello. Earl llegó a la conclusión de que también tenía unas orejas bonitas. Le gustaría mordisqueárselas. De hecho, le gustaría mordisquearla toda ella.

Se la imaginó desnuda y con todo tipo de lencería mínima. Se imaginó haciéndole cosas. Empezó a respirar con más pesadez, pero eso fue todo. Ya no le funcionaba el equipamiento que tenía en la entrepierna por culpa de la quimio y la radioterapia.

Pero Junior no tenía esos problemas. Earl le veía la mano derecha debajo de la sábana. Menudo cerdo. El mundo sería un lugar mejor cuando mataran a ese cabrón. Pero una parte de Earl sentía celos de Junior porque él todavía podía pelársela y él no.

Detrás de la doctora estaba Albert, el guardia más corpulento y malvado de la institución con diferencia. A su lado Earl resultaba insignificante. Hacía que todo el mundo pareciera insignificante. Los uniformes siempre le quedaban prietos porque, por lo que parecía, el servicio de prisiones de Alabama, no tenía tallas más grandes. Inspeccionó la sala sin dejar de mover la mirada, con la porra en el costado. Earl sabía que protegía a la doctora para evitar incidentes pasados.

Los reclusos habían intentado ponerle las manos encima, toquetearla o robarle un beso. Ahora Albert la acompañaba cuando hacía las rondas. Si intentabas tocarle la falda, te metía la porra por la boca. A Albert le daba igual si estabas enfermo o dolorido. Hacía que te doliera más. Earl lo sabía porque en una ocasión había visto lo que Junior intentó. Y toda idea de hacer lo mismo se había disipado al ver el castigo que Junior recibió.

Albert le había partido tres dientes y la sangre había salido disparada tan lejos que había llegado hasta la cama de Earl. De eso hacía dos meses, cuando Junior había sido trasladado al hospital por otra dolencia. Por lo que parecía, el hombre estaba rebosante de enfermedades. Aunque lo que le hacía sentirse tan mal quizá no fuera más que la idea de sentir el veneno de la inyección corriendo por sus venas. Earl no lo sabía y le daba igual. Básicamente pasaba el tiempo hasta que la doctora llegara a él.

La doctora llegó al cabo de veinte minutos.

Sin embargo, percibió su fragancia mucho antes, madreselva y lirio de los valles. Eran olores que conocía bien gracias a haberse criado en los montes de Georgia. Ella era la única que olía así en aquel lugar. No había vigilantes femeninas y los guardias apestaban casi tanto como los reclusos. Pero la doctora era una madreselva. Era agradable. Earl esperaba ansioso su visita y se enfadaba cuando la sustituía otro médico.

La doctora cogió su historial del gancho del extremo de la cama y lo leyó. Se lo debía de saber de memoria, pensó Earl, y todo apuntaba implacablemente a su muerte. Pero supuso que la doctora tenía que comprobar que los fármacos y esas cosas se le habían administrado como tocaba.

—¿Qué tal está hoy, señor Fontaine? —preguntó. Nunca sonreía ni fruncía el ceño. Nunca se la veía ni contenta ni triste. Sencillamente... estaba. A Earl le bastaba, sobre todo hoy.

Earl miró a Albert, de pie detrás de ella. Él miraba a Earl y la sonrisa complacida de su rostro era algo que hacía que Earl tuviera ganas de pegarle un tiro en la sien.

—Bien, bien. Ninguna queja. A lo mejor un poco más de morfina en el gotero, doctora. Para pasar la noche.

—A ver si puedo hacer algo al respecto —dijo mientras recorría su gráfica con la mirada. Comprobó sus constantes vitales en el monitor y luego escuchó los latidos de su corazón. Cuando le rozó el cuello con la mano, Earl notó que la piel le ardía de placer. Hacía más de... que una mujer no le tocaba. Ni siquiera recordaba cuánto tiempo. Probablemente antes de que el joven Clinton llegara a la presidencia.

La doctora le hizo unas cuantas preguntas e incluso se sentó en el borde de su cama mientras lo examinaba. Cuando cruzó las piernas la falda se le subió lo suficiente como para que Earl le viera la rodilla bien formada. Se estremeció. ¿Ella en su cama?

Alzó la mirada hacia Albert y vio su sonrisa de desprecio, menudo capullo.

—¿Algo más, señor Fontaine? —preguntó la doctora cuando se levantó de la cama y bajó la mirada hacia él.

Había llegado el momento. El momento que Earl había esperado tanto tiempo.

—Tengo una cosa, doctora.

—¿De qué se trata? —preguntó, aunque su expresión no denotara interés alguno. Seguramente los reclusos le formularan mil y una peticiones especiales, la mayoría perversiones, por mucho que el gigantón de Albert la acompañara. La lujuria solía ser más poderosa que el sentido común.

—Tengo una hija.

Entonces ella lo miró con fijeza..

—¿Una hija?

Él asintió y se incorporó con esfuerzo.

—Hace siglos que no la veo. Ya es mayor. Debe de tener... pues más de treinta, seguro.

—¿Y bien?

—Pues la cuestión es, ya lo sabe, que me estoy muriendo. No me queda mucho en este mundo, ¿verdad? Ella es lo único que tengo. Me gustaría verla, si pudiera. Despedirme, eso es todo. ¿Lo entiende?

La doctora asintió.

—Por supuesto que lo entiendo. ¿Dónde está?

—Pues esa es la cuestión. No lo sé. Incluso es posible que se haya cambiado el nombre. Bueno, de hecho sé seguro que se lo cambió.

—¿Por qué hizo tal cosa?

Earl no podía mentir aunque quisiera. La doctora podría comprobarlo. Y si se daba cuenta de que mentía, seguro que no haría lo que necesitaba desesperadamente que hiciera.

—Entró en el programa de protección de testigos. Su nombre verdadero es Sally, como mi madre, que Dios la tenga en su gloria. De apellido Fontaine, por supuesto, como yo. Soy su padre. No la he visto ni una sola vez desde entonces.

—¿Por qué entró en el programa de protección de testigos?

—No fue por nada de lo que yo hice —se apresuró a decir. Y era cierto. Había entrado en el programa de protección por otro motivo que no guardaba relación con su padre asesino—. Fue por algo que otros hicieron, en Georgia. Después de que su madre muriera y yo fuera a la cárcel, la enviaron a una familia de acogida. Se mezcló con unos indeseables y luego se volvió contra ellos. Por eso entró en el programa.

—Entendido. Pero ¿qué quiere que haga yo?

Earl se encogió de hombros y adoptó su expresión más conmovedora. Incluso derramó unas lágrimas de cocodrilo. Siempre había sido capaz de llorar a su antojo. La táctica le había funcionado con muchas mujeres. Peor para ellas.

—Me estoy muriendo —se limitó a decir—. Quiero ver a mi hijita antes de palmarla.

—Pero si está en protección de testigos...

Él la interrumpió.

—Puede llamarles. Hablarles de mí. Tendrán su expediente. Tal vez ella siga ahí, tal vez no. Quizá sea complicado, joder, seguramente lo sea pero... ¿no podrían enviarle un mensaje? Y por supuesto será ella quien decida si quiere venir a verme o no.

—Pero ¿la dejarán?

—Todo eso pasó hace mucho tiempo. Unos tipos que iban a por ella, joder, seguro que ya están muertos. O en la cárcel. Ella no tiene nada que temer. Y no tiene que venir si no quiere. Es cosa de ella, como he dicho. —Hizo una pausa y miró directamente a la doctora, asumiendo la expresión más sincera de su vida—. Mi única posibilidad de despedirme, doctora. No me queda mucho tiempo. Joder, usted lo sabe mejor que nadie. Incluso mejor que yo. He decidido pedírselo porque al alcaide le importa un carajo. —Hizo una pausa—. ¿Tiene hijos?

A la doctora le sorprendió la pregunta.

—No, quiero decir que todavía no. Pero espero...

—Lo mejor que me ha pasado en la vida. La cagué hasta el fondo, de eso no hay duda, pero ¿mi niña? Hice bien trayéndola al mundo y no tengo problema para pregonarlo a los cuatro vientos.

Earl oyó a Albert soltando un bufido pero siguió mirando a la doctora con fijeza. Siempre había sido capaz de ganarse la comprensión de las mujeres. Esperaba no haber perdido esa capacidad.

—Mi hijita —dijo—. Es la última oportunidad. Si quiere venir a verme, que así sea. Si no, pues me conformaré. Pero solo quiero darle la posibilidad de ver a su papaíto por última vez. Eso es todo, doctora. No puedo obligarla a hacerlo. Tiene que estar dispuesta. Lo único que puedo hacer es pedírselo. Bueno, esto es lo que tenía que decirle. Ahora depende de usted. Si no quiere, lo entenderé. Mecachis, me iré a la tumba con la duda, supongo. A lo mejor es que no me merezco más. No sé. La verdad es que no lo sé. Mi hijita... mi pequeña...

Se recostó contra la almohada, sin aliento, con el cuerpo hundido y la expresión más lastimosa posible.

Intuyó el conflicto interno de la mujer. Él había pasado buena parte de su vida analizando a las personas para ver cómo aprovecharse de ellas. Los ojos revelaban la batalla interna que se libraba en su interior. Estaba dudosa, confundida, todo lo cual era bueno para él.

—Veré qué puedo hacer, señor Fontaine —dijo ella al final.

Él le tendió la mano para que ella se la estrechara. Albert se acercó rápidamente, pero la doctora le hizo un gesto para que no se moviera. Estrechó la mano de Earl. Notó la mano cálida y suave en contacto con la suya, huesuda y fría.

—Que Dios la bendiga, doctora. Que Dios la bendiga de parte de un viejo moribundo.

La doctora se encaminó al siguiente paciente. Pero Earl se había salido con la suya.

Sabía que ella haría exactamente lo que le había pedido.

9

El avión de carga fue dando sacudidas a unos diez mil pies mientras descendía hacia lo que parecía un bosque frondoso. Robie y Reel estaban sentados uno frente a otro en los asientos plegables de la bodega del avión. Reel sonreía mientras el avión traqueteaba y se agitaba en el aire.

—¿Qué? —preguntó Robie.

—Por algún motivo pensé que la agencia enviaría un jet Gulfstream a buscarnos.

—Ya. Al menos el viaje ha sido corto.

—Hemos cruzado mi querida Carolina del Norte. Que está en medio de ninguna parte —puntualizó ella.

—A la agencia no le gusta tener vecinos —repuso Robie.

No tenían ninguna ventanilla por la que mirar, pero el estallido que notaron en los oídos les indicó que el avión descendía. Y la hora que marcaba el reloj también lo confirmaba.

—¿Qué crees que pasará cuando lleguemos ahí? —preguntó ella.

Robie se encogió de hombros.

—Dijeron que iban a ponernos al límite. No espero menos que eso.

—¿Y después?

—Si es que hay un después.

—No creo que dependa totalmente de nosotros, Robie.

—Nunca lo he pensado.

Al cabo de cinco minutos oyeron el tren de aterrizaje en contacto con la pista, rodaron un poco hasta que los retropropulsores y los frenos de las ruedas entraron en acción y el avión se detuvo de forma un tanto abrupta en la pista.

El avión rodó y los motores se pararon. Se abrió una puerta y un miembro de la tripulación les indicó que descendieran.

Bajaron por unas escaleras portátiles que habían hecho rodar hasta la portezuela abierta del avión.

Cuando tocaron tierra, un Humvee se paró de un patinazo. Dentro iba el conductor y Amanda Marks, vestida con ropa de camuflaje. Salió del vehículo para recibirlos.

—Bienvenidos al Quemador. Hemos realizado algunos cambios desde la última vez que estuvisteis aquí.

—¿De qué tipo? —preguntó Reel.

—No quiero estropearos la sorpresa —repuso Marks—. Los miró a ambos y luego alzó la vista hacia el cielo nublado. Un viento frío soplaba a su alrededor.

—Quedaos en ropa interior. No hace falta que os descalcéis.

—¿Cómo? —exclamó Reel.

—¿Y eso por qué? —preguntó Robie.

—Hacedlo o volved al avión y contratad a un abogado —replicó.

Robie y Reel intercambiaron una mirada antes de disponerse a desvestirse en la pista.

Robie llevaba pantalones cortos de correr y una camiseta térmica blanca de manga larga. Reel llevaba pantalones de ciclismo y una camiseta azul ajustada de manga larga de la marca Under Armour para hacer ejercicio. Los dos llevaban zapatillas de deporte.

A Marks no se le pasó por alto.

—Ya veo que os esperabais algo así —declaró con cierto tono de decepción.

Robie y Reel no dijeron nada.

Marks señaló a la izquierda.

—El complejo está por ahí. A unos cuantos kilómetros,

aunque al final hace subida. Seguiréis al Humvee. Iremos a una velocidad de cuatro minutos por kilómetro. Si os retrasáis más de cinco segundos, tendremos un problema.

Entró de nuevo en el Humvee e indicó al conductor que pusiera el coche en marcha. El vehículo dio media vuelta y se dirigió hacia el este.

Robie y Reel intercambiaron otra mirada y se colocaron tras el vehículo a paso rápido.

—Menos mal que ya nos imaginamos que iban a darnos por culo desde un buen comienzo —dijo Robie— y nos hemos vestido en consecuencia.

—Cuatro minutos no es para tanto. Pero la subida del final parecerá tres minutos. —Lanzó una mirada al Humvee, calibrando la distancia y la velocidad—. Piensa que si nos mantenemos unos quince metros por detrás evitaremos tener un «problema».

—Cierto.

Sin embargo, no tuvieron que correr durante cuatro kilómetros y medio sino casi diez. Y no era de subida el último kilómetro sino los últimos cinco. Exactamente cuando faltaban cuatro segundos para los treinta y seis minutos llegaron al complejo desperdigado situado en una llanura rodeada de árboles de hoja perenne en su mayoría. A la CIA le encantaba tener instalaciones en medio de ninguna parte, ni que fuera para ver si alguien se acercaba desde kilómetros a la redonda.

El Humvee se detuvo y Marks se apeó en cuanto Robie y Reel llegaron a su altura. Siguieron corriendo parados para enfriar los músculos, los pulmones y el corazón.

—Vaya, no ha estado mal, ¿verdad? —dijo Marks.

—Para nada. Seguro que viajando en el Humvee has ido bien cómoda —comentó Reel—. O sea que cuando dijiste que nos acompañarías en todo momento a lo largo del proceso supongo que era en sentido metafórico, ¿no?

Marks sonrió.

—Me vais a ver más de lo que jamás habríais querido.

—¿Desde detrás de una ventana? ¿O a nuestro lado? —preguntó Reel—. Me refiero a que ¿por qué tenemos que ser nosotros los que nos divertimos? Pero si no estás a la altura, no te preocupes, quienes pasan el día sentados tras un escritorio enseguida pierden la forma física.

La sonrisa de Marks se desvaneció.

—Tenéis el equipo en vuestra habitación. Pero todavía no vamos para allá. Después de este calentamiento, queremos que empecéis a entrenar en serio.

Subió al trote las escaleras del complejo. Estaba hecho a base de troncos, tenía un tejado metálico recubierto de una malla de camuflaje y tenía sensores dispuestos por todas partes con dispositivos radiofónicos incorporados. Había más cámaras de vigilancia que en la ciudad de Londres y unos guardias armados patrullaban con pastores alemanes de ataque que no eran nada sociables con los desconocidos. Había torres de vigilancia con hombres armados con rifles de francotirador capaces de matar a más de un kilómetro y medio de distancia. La finca entera estaba circundada por una valla electrificada.

En el perímetro también había campos de minas; varios ciervos y osos pardos lo habían descubierto en el preciso instante de su muerte.

Solo había una carretera llena de curvas para llegar y salir de ahí. El resto de la zona era bosque denso con excepción de la pista de aterrizaje, que se había construido en la zona más llana de la montaña.

Marks dirigió el ojo hacia un escáner de retina y la puerta de acero con un armazón a prueba de bombas se abrió con un clic. La abrió del todo e indicó a Robie y a Reel que se apresuraran.

—Tenemos mucho que hacer, así que daos prisa.

—Estamos dándonos prisa —dijo Reel en cuanto pasó junto a Marks y entró en el complejo.

Los pasillos estaban vacíos y olían a alguna sustancia química con la que los hubieran lavado. Las paredes y el techo estaban repletos de dispositivos de vigilancia que, en su mayoría, resultaban invisibles a primera vista.

Ahí la intimidad no tenía cabida. Reel se preguntó brevemente si la agencia había descubierto cómo leer la mente. Eran capaces.

Marks los condujo por el pasillo principal y luego giró a la izquierda por otro pasillo más estrecho. Las luces del techo eran tan brillantes que hacían daño a la vista. Era intencionado, por lo que tanto Robie como Reel mantuvieron la mirada baja, pisándole los talones a Marks mientras se dirigían a su destino.

Las siguientes cuatro horas resultaron todo un reto, incluso para Robie y Reel.

Tuvieron que nadar contra corrientes generadas por una máquina con pesas en los tobillos y muñecas.

Ascender seis plantas por una cuerda sin red de seguridad mientras una máquina de viento hacía todo lo posible para expulsarlos de unos salientes de cinco centímetros de ancho.

El entrenamiento físico funcional del ejército a triple velocidad hasta que sudaban a raudales y los músculos y los tendones llegaban al punto de ruptura.

A continuación tuvieron que hacer abdominales y flexiones en el suelo y colgando en una sauna con una temperatura superior a los cuarenta grados.

Luego subieron por unas escaleras en que la vertical contaba con cien peldaños en un ángulo de sesenta grados. Lo hicieron una y otra vez hasta que a los dos les faltaba el aire.

Acto seguido, les lanzaron unas pistolas, les metieron en una sala a oscuras y unos haces de luz les alcanzaban desde todos los ángulos. Entonces empezaron los disparos. Y los proyectiles eran balas de caucho, tal como puso de manifiesto una que rebotó en una pared y casi golpeó a Robie en la cabeza.

Se movían por instinto. Olvidaron el cansancio y empezaron a avanzar en una especie de coreografía, disparando a diana tras diana hasta que cesó el fuego dirigido a ellos.

Se encendieron las luces y enseguida parpadearon para adaptarse al resplandor.

Marks se asomó por una ventana de observación hecha con cristal de policarbonato dos plantas por encima de ellos.

—Salid por esa puerta de ahí. Os acompañarán a vuestra habitación. Me reuniré allí con vosotros.

Robie y Reel intercambiaron una mirada.

—Bonito día para empezar —dijo él.

—¿Quién ha dicho que haya terminado? —replicó ella—. Esa zorra no lo ha dicho.

En la puerta les cogieron las pistolas y un hombre con ropa de camuflaje negra les condujo por un pasillo y señaló una habitación al fondo.

Robie abrió la puerta y miró. Reel miró por encima del hombro de él.

Tenía el tamaño de una típica celda de prisión e igual de acogedora.

—¿Solo una habitación? —dijo Reel.

Robie se encogió de hombros.

—Eso parece.

—Será divertido. Tendremos que estar bien avenidos. Espero que no ronques.

—Estaba pensando lo mismo sobre ti.

Entraron y cerraron la puerta detrás de ellos. Había una litera con un colchón fino, una sola sábana y una almohada plana en cada cama. Un lavamanos. Ninguna cómoda. Nada en las paredes. Un único escritorio de metal. Una única silla atornillada en el suelo. Ninguna luz en el techo. Las paredes estaban pintadas de color beige.

Robie se sentó en una de las camas.

Reel se apoyó contra la pared.

La puerta se abrió y apareció Marks.

—Los dos habéis rendido mejor de lo que me esperaba. Pero es el primer día. Y todavía no hemos terminado, por supuesto. Queda mucho tiempo.

Reel lanzó una mirada a Robie y enarcó las cejas como diciendo: «Te lo dije.»

Marks cerró la puerta detrás de ella.

—¿Cuál es el trato, entonces? —planteó Reel—. ¿Tucker te ha dicho que te asegures de que no salimos de aquí con vida? ¿Vamos a acabar lisiados? ¿Enloquecidos? ¿Sin una extremidad?

—¿O todas las anteriores? —añadió Robie.

Marks sonrió.

—Vaya, ¿de estos pequeños ejercicios que habéis hecho intuís un objetivo tan siniestro? Los reclutas normales pasan por pruebas mucho peores.

—No, no es verdad —contradijo Reel.

Marks fijó la mirada en ella.

—¿Ah no?

—No.

—¿Y tú qué sabes?

—Tucker no te informó bien. Yo fui instructora aquí. Los reclutas no pasaban por esto ni siquiera el último día. Pero ahora tú decides el programa, no nosotros. Pero guárdate las tonterías para alguien que no tenga ni idea.

Robie miró de Marks a Reel y de vuelta a Marks.

—¿Y ahora qué? —preguntó.

Al final, Marks apartó la mirada de Reel y volvió a centrarse en Robie.

—Ahora un pequeño descanso. Vais a someteros a un reconocimiento médico. Así que desnudaos y seguidme.

—¿Que nos desnudemos aquí? —dijo Reel.

—¿Tienes algún problema para desnudarte delante de la gente, Reel?

—No, pero si alguien que no sea médico me toca el culo o las tetas, no se levantará en una semana. Y eso te incluye a ti.

Se despojó de la ropa y se quedó ahí desnuda mientras Robie hacía lo mismo.

—¿Tú también te apuntas, Marks? ¿O esto también te lo saltas?

—Yo no necesito ningún chequeo —espetó. Pero cuando recorrió con la mirada el cuerpo fibroso y musculado de Reel quedó claro que estaba impresionada.

Desvió su atención hacia Robie. El hombre no tenía ni un gramo de grasa; tenía cuarenta y pocos años pero estaba casi tan en forma como un atleta olímpico. Sin embargo, se fijó en las quemaduras que tenía en el brazo y en la pierna.

—Tengo entendido que esto lo tienes gracias a Reel —comentó Marks en tono burlón.

—Si haces algo, hazlo bien —dijo Robie como si tal cosa—. Bueno, si has acabado de repasarnos de arriba abajo, ¿podemos ir al chequeo médico?

10

—Probablemente necesites injertos de piel —dijo el doctor que examinaba las quemaduras de Robie.

—Gracias. Lo apuntaré en mi lista de cosas por hacer —respondió Robie.

El hombre tenía unos cincuenta años y el pelo ralo y canoso. Era fornido y estaba sudoroso, y tenía un bigote fino. Robie no sabía si era por decisión propia o por descuido.

—Bueno, mejor si es pronto que tarde. La agencia tiene un médico excelente en nómina.

—¿Y cuánto tiempo estaré de baja?

—Pues varias semanas por lo menos.

—Sí —dijo Robie.

—¿Tienes algo de vacaciones en perspectiva?

—No, ¿me dejas las tuyas?

El doctor se puso tenso y guardó unos cuantos instrumentos médicos en un cajón cerca de la mesa.

—Entiendo que no tenéis tiempo para parar.

—Bueno, aquí no hemos parado desde que llegamos. Hemos empezado con una agradable carrera. Luego me he dado un baño y luego a la sauna. Y por último un poco de práctica de tiro.

—¿Y tú eras la diana?

—No pensaba que los médicos estuvieran al corriente de tales detalles.

—Llevo aquí mucho tiempo, agente Robie. Me sorprende que nuestros caminos no se cruzaran antes. Doy por sentado que has estado en el Quemador antes.

—Pues sí —se limitó a decir.

—Aparte de eso, gozas de una forma física excelente.

—¿También vas a examinar a la agente Reel?

—No, hoy trabajamos en paralelo.

—¿La conoces? Ella fue instructora aquí.

—La conozco —dijo—. De hecho, tengo el placer de considerarla una amiga.

—Está bien saberlo, ¿doctor...?

—Halliday. Pero puedes llamarme Frank.

Robie miró en derredor a ver si veía dispositivos de vigilancia en las paredes. Halliday siguió su movimiento sabiendo lo que hacía.

—Aquí no, agente Robie. Uno de los pocos lugares donde no. La confidencialidad médico-paciente se aplica incluso en la CIA. La habitación en la que te alojarás no está configurada así.

—Sí, eso ya lo sé.

—Te daré una pomada para las quemaduras pero realmente deberías plantearte lo de los injertos de piel y tomar antibióticos. Si no haces nada, en algún momento la piel se tensará tanto que te limitará los movimientos. Además de que siempre existe el peligro de infección.

—Gracias, Frank. Te prometo que me lo pensaré.

—Puedes ponerte la bata que cuelga de la pared.

—Bien. No ha sido idea mía aparecer aquí tal como vine al mundo.

—Soy perfectamente consciente de ello.

Robie bajó de la camilla, cruzó la estancia y se enfundó la bata.

—¿Eres consciente también de por qué estamos aquí?

Halliday se puso un poco rígido.

—No, la verdad es que no.

—Dos respuestas distintas, Frank.

—No soy más que el médico. Como bien sabes, tengo las autorizaciones de seguridad limitadas.

—Pero alguna tienes, de lo contrario no estarías aquí. ¿Qué sabes de Marks?

—Es la directora adjunta, operaciones clandestinas.

—¿Sabes lo que les pasó a sus antecesores?

—Por supuesto. Son como los profesores de Defensa contra las Artes Oscuras. Les pasan cosas malas.

—¿Profesores de defensa contra las artes oscuras?

—Sí, salen en *Harry Potter*.

—Hace que me plantee por qué Marks querría este cargo.

—Es ambiciosa.

—¿Ha estado aquí recientemente?

—Sí.

—¿Para prepararse para nosotros?

—Eso no lo sé. Mira, esta conversación me resulta un poco incómoda.

—A mí me resulta incómodo tener que preguntar pero no me queda otra. Pertenezco al mundo de la inteligencia. Es propio de mí.

Halliday se lavó las manos en el lavamanos.

—Ya lo veo.

—¿O sea que conociste a Reel cuando era instructora? Has dicho que erais amigos.

—Sí, bueno, hasta el punto en que se puede ser amigo aquí.

—Yo también soy su amigo.

Halliday se secó las manos y se volvió para mirar a Robie.

—Estoy al corriente de lo que habéis hecho recientemente.

—Intentábamos sobrevivir, Frank. Cualquier tipo de ayuda en ese sentido será de agradecer.

—No creo que pueda hacer gran cosa al respecto.

—Te llevarías una sorpresa. Le daré recuerdos de tu parte a tu amiga.

Robie dejó a Halliday ahí de pie absorto en sus pensamientos.

A Robie le acompañaron de vuelta a la habitación. Reel todavía no había regresado.

Les habían llevado las talegas a la habitación y Robie se vistió rápidamente. No tenía ni idea de qué les esperaba a continuación, pero prefería ir vestido que en cueros.

Miró en derredor y sus ojos expertos encontraron cuatro tipos distintos de dispositivos de vigilancia, dos de audio y los otros dos de vídeo. Las cámaras de vídeo estaban colocadas de forma estratégica para que no quedara ningún ángulo oculto en ningún sitio.

Se preguntó qué tal le estaría yendo el chequeo a Reel.

Robie era claramente consciente de que en aquel lugar Reel era la mujer marcada. Él no era más que el acompañante. Ella había matado a dos agentes de la CIA. Tucker la tenía en el punto de mira. Como mucho, Robie era un daño colateral.

Volvió a contemplar de nuevo el espacio reducido. Quizá fuera el último lugar que viera en su vida. En la CIA se producían accidentes durante la instrucción. Pero nunca salían a la luz. Constantemente había personas inteligentes y entregadas que perdían la vida mientras se preparaban para ser lo mejor posible para servir a su país.

Los famosos se rompían una uña e inmediatamente lo publicaban en Twitter, para informar así a millones de seguidores de su «lesión», lo cual a su vez provocaba un alud de respuestas de personas que, al parecer, se aburrían en la vida.

Mientras tanto, hombres y mujeres valerosos morían en silencio, olvidados por todos salvo sus familias.

«Y yo ni siquiera tengo una familia que me recuerde.»

—¿Agente Robie?

Robie alzó la mirada y se encontró con una mujer de unos treinta años de pie en la puerta. Vestía una falda negra, una blusa blanca y zapatos de tacón. Llevaba el pelo recogido en un moño. Del cuello le colgaba un cordel con su acreditación en una funda de plástico.

—¿Sí?

—¿Me acompañas, por favor?

—¿Adónde?

La mujer parecía nerviosa.

—Más pruebas.

—Ya me han hecho el chequeo. Ya he arrastrado el culo por este sitio. Ya me han disparado, casi me ahogo, casi me desplomo desde un saliente de seis pisos de altura. Así pues, ¿a qué pruebas te refieres exactamente?

—No estoy autorizada para decirlo.

—Pues vete a buscar a alguien que lo esté.

La mujer alzó la vista hacia uno de los dispositivos de seguridad de la pared.

—Agente Robie, te están esperando.

—Pues que me esperen más tarde.

—Me parece que no gozas de tanta libertad.

—¿Vas armada?

La mujer retrocedió.

—No.

—Entonces tengo esa libertad hasta que envíen a alguien armado y dispuesto a dispararme.

La mujer volvió a mirar la habitación con nerviosismo.

—Es un test psicológico —dijo con voz queda.

Robie se levantó.

—Pues entonces te sigo.

11

La doctora había acabado el reconocimiento de Reel. Lanzó una mirada a su paciente mientras repasaba unos documentos.

—¿Cuándo fue? —preguntó la doctora.

—¿Cuándo fue qué?

—El nacimiento de tu hijo.

Reel no dijo nada.

La doctora señaló su vientre plano.

—Incisión abdominal transversal arqueada. El nombre técnico es incisión de Pfannenstiel. También llamada el corte del biquini porque se sitúa justo por encima del vello púbico. Es muy discreto pero inconfundible para un ojo experto. ¿Intentaste borrar la cicatriz con láser Fraxel? Funciona muy bien.

—¿Puedo ponerme una bata? —preguntó Reel.

—Por supuesto. Coge la que está ahí colgada de la pared. Mi intención no era entrometerme. Era una pregunta de carácter médico.

Reel se envolvió en la bata y se la ciñó con fuerza.

—¿Necesitas una respuesta por algún motivo relacionado con mi presencia aquí?

—No.

—Me alegra saberlo —dijo Reel con sequedad—. Tampoco es que te hubiera respondido si hubieras dicho que sí.

—Lo siento. No pretendía...

Reel la cortó.

—Mira, estoy segura de que eres una buena persona y una profesional muy competente, pero las posibilidades que tengo de salir de aquí con vida son escasas, así que me centro en el futuro y no en el pasado, ¿entendido?

La doctora frunció el ceño.

—No sé si entiendo bien a qué te refieres con eso de no salir de aquí con vida. Si sugieres...

Reel ya se había marchado por la puerta.

Un escolta uniformado que esperaba al otro lado de la puerta acompañó a Reel de vuelta a su habitación.

Robie no estaba. Abrió la talega y se vistió rápidamente, consciente de los ojos que la observaban por los dispositivos empotrados.

Reel cogió una navaja Sharpie de la talega y escribió en la pared:

«*Déjà vu* en *1984* de Orwell.»

Acto seguido se sentó y esperó a oír las pisadas y a que se abriera la puerta.

No tendría que esperar mucho. Dudaba que Marks hubiera incluido una siesta reconfortante en el itinerario.

A continuación se preguntó dónde estaba Robie. ¿Acaso los habían separado a propósito para intentar que se volvieran el uno contra el otro?

Transcurrieron apenas cinco minutos cuando ocurrieron dos cosas.

Se oyeron las pisadas y la puerta se abrió.

Era la misma joven que había ido a buscar a Robie.

—Agente Reel, si eres tan amable de...

Antes de que tuviera tiempo de terminar, Reel se había levantado y había salido por la puerta.

—Acabemos con esto —dijo por encima de su hombro mientras la asombrada mujer se apresuraba para darle alcance.

Robie estaba sentado frente a un hombre en un despacho revestido de librerías. La luz era tenue. No había ventanas. De fondo sonaba una música suave.

El hombre que tenía delante llevaba barba pero tenía calva y jugueteaba con una pipa. Portaba unas gafas negras que dejó deslizar hasta la punta de la nariz. Se las recolocó y alzó la pipa.

—La política antitabaco llega incluso aquí —dijo a modo de explicación—. Pero confieso que soy adicto. Mal asunto para un psicólogo. Ayudo a otras personas con sus problemas y resulta que no soy capaz de solucionar los míos.

Le tendió la mano por encima del escritorio.

—Alfred Bitterman. Psicólogo. Soy como un psiquiatra, pero sin licencia médica. No puedo recetar fármacos potentes.

Robie le estrechó la mano y luego se recostó en el asiento.

—Entiendo que sabes quién soy. —Observó el grueso expediente que Bitterman tenía delante.

—Sé lo que dice el expediente, pero no es lo mismo que conocer al hombre en persona.

—Palabras sabias —reconoció Robie.

—Eres un veterano de esta agencia. Has cosechado muchos éxitos. Algunos dirían que has logrado lo imposible. Has recibido los galardones más prestigiosos que la agencia concede a uno de los suyos. —Bitterman se inclinó sobre el escritorio y dio golpecitos en la madera con la pipa—. Lo cual hace que me pregunte por qué estás aquí.

Robie echó un vistazo rápido al despacho. Bitterman negó con la cabeza.

—No hay vigilancia. No se permite.

—¿Quién lo dice? —preguntó Robie.

—Las autoridades supremas de esta agencia.

—¿Y tú confías que así es?

—Hace mucho tiempo que estoy aquí. Y por mi trabajo, me he enterado de un montón de secretos, muchos, de los peces gordos de la agencia.

A Robie pareció interesarle aquello.

—¿Y eso cómo te protege? Si esos secretos llegan a los medios, ¿qué pasa contigo?

—Oh, bueno, no es tan melodramático. Y es mucho más egoísta. ¿Sabes? Ninguno de esos peces gordos querría que estos secretos se grabaran y luego salieran a la luz. Así pues, se esforzaron al máximo y numerosos ojos se aseguraron de que las consultas de los psicólogos no tengan vigilancia de ningún tipo. Puedes hablar con total libertad.

—Entonces, ¿por qué crees que estoy aquí?

—No me cabe la menor duda de que has cabreado a alguien que está en la cima. A no ser que tengas otra explicación.

—No, creo que has dado en el clavo.

—Jessica Reel también está aquí.

—Fue instructora en el Quemador.

—Lo sé. Y era buenísima. Pero es una persona complicada. Mucho más complicada que las que pasan por aquí, y eso es mucho decir porque son todas complicadas, en cierto modo.

—Conozco parte de su historia.

Bitterman asintió.

—¿Sabes que yo le hice el test psicológico de entrada cuando vino aquí como recluta por primera vez?

—No, no lo sabía.

—Después de leer su expediente, pero antes de conocerla, estaba convencido de que no aprobaría el examen psicológico. Era imposible. Le habían pasado unas cosas demasiado fuertes en la vida.

—Pero es obvio que lo superó.

—Por supuesto que sí. Literalmente me dejó pasmado en nuestra primera sesión. Y no tenía más de diecinueve años. Algo inaudito. No creo que la agencia se moleste en reclutar a agentes de campo que no tengan estudios universitarios. Y que no sean de los mejores de su promoción. Si lo de «la flor y nata» suena arcaico, eso no tiene nada que ver. No se puede ser tonto y desmotivado y hacer carrera en la CIA. El trabajo es demasiado exigente.

—Debes de haber visto algo especial en ella.

—Tal vez sí, tal vez no.

—¿Qué quieres decir con eso?

—A pesar de mi experiencia interpretando a las personas no estoy convencido de haber sido jamás capaz de ver a la verdadera persona que hay en su interior, agente Robie. No creo que nadie lo haya conseguido. Ni siquiera tú.

—Janet DiCarlo me dijo prácticamente lo mismo.

Bitterman se recostó en el asiento haciendo una mueca.

—Una tragedia. Entiendo que no está muerta gracias a ti.

—No, también gracias a ella. Gracias a Jessica Reel yo tampoco estoy muerto.

Bitterman dio un golpe al voluminoso expediente.

—Entiendo que formáis un gran equipo.

—Pues sí.

—¿La respetas?

—Sí.

—Ha hecho cosas dudosas en el pasado. Algunas de ellas consideradas traición.

—¿Y ahora pasamos a la vertiente directiva? —dijo Robie.

—Tengo que ganarme el sueldo, agente Robie. No emito juicios. No tomo partido. Solo intento... comprender.

—Pero estás aquí para valorar si soy psicológicamente apto para el trabajo de campo. No para comprender a Reel.

—Creo que estos dos terrenos pueden estar interconectados. Tú tomaste la decisión de ayudarla. Desobedeciendo órdenes. Es un incumplimiento grave del protocolo de la agencia. Incluso tú puedes reconocerlo. Así pues, la cuestión es por qué un agente sumamente profesional como tú hace una cosa así. Agente Robie, esto sí que está relacionado con la cuestión de ser apto para el trabajo.

—Bueno, si lo vas a juzgar dependiendo de mi capacidad para obedecer órdenes, entonces supongo que ya he suspendido la prueba.

—Ni mucho menos. Es más profundo que eso. No es la primera vez que pasa. Algunos agentes, por motivos que resultaron ser indefendibles. Otros, por motivos que acabaron siendo justificables. Pero ni siquiera eso es definitivo. Con motivos o sin ellos, desobedecer las órdenes es un incumplimiento muy grave de las obligaciones. Un ejército controlado por los caprichos del soldado más raso no es un ejército con cara y ojos. Es anarquía.

Robie se movió inquieto en el asiento.

—No estoy en desacuerdo.

—Y no era la primera vez que lo hacías —dijo Bitterman.

Entonces abrió el expediente y leyó con detenimiento algunas páginas. De hecho, tardó tanto tiempo que Robie pensó que incluso se había olvidado de su presencia.

Al final, alzó la vista.

—No apretaste el gatillo.

—La mujer murió de todos modos. Y su hijo pequeño.

—Pero no por ti.

—Era inocente. Le tendieron una trampa. La orden de matarla no la había dado la agencia. La dieron por motivos personales quienes se habían infiltrado en la agencia. Hice lo correcto al no dispararla.

—¿Basándote en qué?

—En mi instinto. En la situación sobre el terreno. En cosas que vi en su apartamento que no cuadraban. Todas esas cosas me indicaron que algo olía mal. Era la primera vez que dejaba de disparar. Esa vez estaba justificado.

—Y luego llegamos a Jessica Reel. A ella tampoco la disparaste. ¿En qué te basaste? ¿Otra vez el instinto? ¿En la situación sobre el terreno?

—Un poco de ambos. Y volví a tener razón.

—Algunos miembros de la agencia no lo creen así.

—Y sé quiénes son, créeme.

Bitterman le señaló con un dedo regordete.

—Ese es el quid de la cuestión, agente Robie, ¿no? ¿Eres de fiar? Es lo que todos quieren saber.

—Creo que he demostrado que sí lo soy. Pero si la agencia quiere que sea un robot y no ejerza mi criterio, entonces quizá debería dedicarme a otra cosa.

Bitterman se recostó en el asiento y dio la impresión de planteárselo.

Robie miró por encima del hombro de él.

—¿Lamentas no tener ventanas?

Bitterman miró detrás de él.

—A veces sí.

—Es difícil ver lo que hay alrededor sin ventanas. Tiendes a sentirte enclaustrado, desapegado, lo cual puede afectar al juicio.

Bitterman sonrió.

—¿Ahora quién examina a quién?

—Estoy siendo transparente, doctor.

—Y yo debería darme cuenta, ¿no?

—¿Hasta qué punto conoces a Amanda Marks?

—No demasiado bien. Es la nueva número dos, por supuesto. No se llega a ese cargo sin rendir más de lo normal. Tiene un expediente brillante. Excelente a todos los niveles.

—¿Y se puede confiar en que ella obedece órdenes en todas las circunstancias? —preguntó Robie.

Bitterman no dijo nada durante unos momentos que se hicieron largos mientras el reloj de un estante marcaba los segundos.

—No le he hecho un test psicológico.

—¿Qué dirías basándote en lo que has visto de ella hasta el momento?

—Diría que es una buena soldado —declaró Bitterman lentamente.

—Entonces has respondido a mi pregunta.

—Pero tú no has respondido a la mía, agente Robie. Ni por asomo.

—¿O sea que he suspendido la prueba?

—Esto no es más que el preámbulo. Volveremos a vernos.

—¿Y durante cuánto tiempo van a retenerme aquí?

—No me pagan para saberlo.

—¿Y si se determina que no doy la talla?

Bitterman sujetó con fuerza el tubo de la pipa, que no estaba encendida.

—La respuesta es la misma.

12

—Tu expediente es uno de los más inusuales que he visto jamás.

Reel estaba sentada frente a otra psicóloga de la agencia, en esta ocasión una mujer de unos cincuenta años de cabello castaño apagado y raíces grises, gafas colgadas de una cadena y expresión adusta.

Se llamaba Linda Spitzer. Llevaba una falda larga, un chaleco de algodón encima de una blusa blanca y botas. Estaban sentadas una frente a la otra en la consulta de la mujer, separadas por una mesa de centro.

—¿Me llevo un premio, entonces? —preguntó Reel.

Spitzer cerró la carpeta que sostenía.

—¿Por qué crees que estás aquí?

—No creo, lo sé. Estoy aquí para recibir un castigo.

—¿Por qué?

Reel cerró los ojos y suspiró. Cuando los volvió a abrir, habló.

—¿Es imprescindible que hagamos esto? Estoy un poco cansada y estoy segura de que la directora adjunta Marks tiene más diversión preparada para mí.

Spitzer se encogió de hombros.

—Tenemos una hora. De ti depende cómo la empleemos.

—Entonces, ¿por qué no te pones a leer un libro? Yo puedo echar una cabezadita.

—¿Sabes? Lo cierto es que no sé si te habría recomendado para el trabajo de campo teniendo en cuenta tu historial.

—Bueno, a lo mejor tuve la mala suerte de no encontrarme contigo en aquella época. Me habría librado de esta parte de mi vida.

Spitzer sonrió con benevolencia.

—Ya sé que eres muy lista e ingeniosa y que le das mil vueltas prácticamente a cualquiera, incluida yo. Pero así no vamos a llegar muy lejos, ¿no?

—A mí me funciona, la verdad.

—Agente Reel, creo que podemos ser más productivas.

Reel se sentó hacia delante.

—¿Sabes por qué estoy aquí? Me refiero al motivo verdadero.

—Mi trabajo no guarda relación con eso. Mi trabajo consiste en valorar si eres apta para que te vuelvan a destinar sobre el terreno.

—Bueno, no parece que tuvieran ningún problema en destinarme sobre el terreno en mi última misión. Me dieron una medalla.

—No obstante, estas son las instrucciones que he recibido —replicó Spitzer.

—Y supongo que siempre obedeces órdenes, ¿no? —planteó Reel con desdén.

—¿Tú no?

—Bueno, ya estamos. —Se recostó en el asiento—. Casi siempre obedezco órdenes.

—¿Eso significa nueve de cada diez veces? ¿Y en qué circunstancias no obedeces órdenes?

—En realidad más de nueve de cada diez veces. Y no obedezco órdenes cuando el instinto me dice que no las obedezca.

—¿El instinto? ¿Puedes explicarte?

—Por supuesto. El instinto. —Se señaló el vientre—. Eso que está aquí. Si algo huele mal, me envía señales. También se parece al intestino y sirve para retener y digerir alimentos.

—¿Y siempre haces caso del instinto? —preguntó Spitzer.

—Sí.

—¿Y qué te dice ahora?

Aquella pregunta pareció pillar desprevenida a Reel. Enseguida recobró la compostura.

—Que las dos estamos perdiendo el tiempo.

—¿Por qué? —quiso saber Spitzer.

—Porque estoy aquí por una gilipollez. No me están evaluando para ver si me destinan otra vez. Soy un artículo con tara. Me han enviado aquí por otro motivo.

—Para recibir un castigo, como has dicho.

—O para que me maten. Para algunos quizá sea lo mismo.

Spitzer la miró con escepticismo.

—¿De verdad crees que la agencia quiere matarte? ¿No estás un poco paranoica?

—No estoy un poco paranoica. Estoy muy paranoica. He sido así buena parte de mi vida. Esta mentalidad me resulta muy útil.

Spitzer bajó la mirada hacia el expediente que sostenía.

—Supongo que puedo entenderlo teniendo en cuenta tu historial.

—Estoy harta de que la gente me defina por mi origen —espetó Reel. Se levantó y se puso a caminar por la sala bajo la atenta mirada de la otra mujer—. Hay muchas personas que tienen una infancia atroz y crecen normales y llegan muy alto. Hay mucha gente que nace en una cuna de oro y acaba convertida en personas inútiles y malvadas.

—Es cierto —reconoció Spitzer—. Todos somos distintos. No hay reglas fijas. Tú has llegado muy lejos, agente Reel. Y creo que lo habrías conseguido igual independientemente de que hubieras nacido en una cuna de oro. Creo que se debe a tu forma de ser.

Reel se recostó en el asiento y la observó.

—Cierto —se burló—. ¿De verdad lo crees?

—Tú misma has dicho que estabas harta de que la gente te juzgara por tu infancia. O falta de ella. —Contempló a Reel con expectación.

—Si esperas que desembuche, vas apañada. Vas a llevarte una decepción.

—No espero que una agente de campo con tu nivel de experiencia tenga la lengua floja.

—Entonces, ¿qué estoy haciendo aquí?

—Me han encomendado que te haga una valoración psicológica. Ya sé que te han hecho muchas. Nada más y nada menos.

Reel se recostó en el asiento.

—De acuerdo.

—¿Estás de acuerdo en que cumplir órdenes es importante para que la agencia funcione?

—Sí.

—Pero aun así decidiste desobedecer.

—Sí, porque la agencia también espera que tenga criterio. Las órdenes las dan los humanos. Los humanos cometen errores. Dan las órdenes desde el entorno seguro de una oficina. Yo estoy sobre el terreno, donde casi no hay seguridad que valga. Tengo que tomar decisiones al instante. Tengo que llevar a cabo el encargo de la manera que considere más apropiada.

—¿Y eso a veces implica no llevar a cabo el encargo? —preguntó Spitzer.

—Podría ser.

—¿Y qué me dices de llevar a cabo tus encargos para cumplir con tus objetivos?

Reel observó a la mujer con ojos entrecerrados.

—Ya veo que la información de la que dispones es más completa de lo que das a entender.

—Tengo la necesidad imperiosa de saber. Siempre he pensado que es la única manera de hacer mi trabajo. Pero estoy aquí para escuchar más que para hablar.

—O sea que sabes lo que hice.

Spitzer asintió.

—Sí que lo sé.

—¿Te contaron también por qué lo hice?

—Sí. Aunque hay distintas versiones para algunos hechos.

—¿Te refieres a mentiras en vez de la verdad?

—Me gustaría oír tu versión —respondió Spitzer.

—¿Por qué? ¿Qué más da?

—Forma parte de la evaluación. Pero si no quieres entrar en ello...

Reel descartó la idea con impaciencia.

—Qué coño... Si no digo nada, supongo que me pondrán otro punto negativo, aunque no lo necesiten. —Se inclinó hacia delante, apoyó los codos en las rodillas y juntó las manos—. ¿Alguna vez te han matado a uno de tus mejores amigos?

Spitzer negó con la cabeza.

—Afortunadamente no.

—La conmoción que sientes se apodera de ti. Pasas por todas las fases del dolor en lo que parecen unos pocos segundos. No es como un accidente, ni una enfermedad ni la vejez. Es como si alguien te hubiera pegado un tiro a ti además de a tu amigo. Se llevan dos vidas, de un plumazo.

—Entiendo.

—No, no puedes entenderlo. No, hasta que te pasa. Pero cuando te pasa, lo único que quieres es vengarte. Quieres hacer desaparecer el dolor que sientes, el agujero ácido que notas en el vientre y lanzárselo al culpable. No solo quieres que sufra sino que también quieres que muera. Quieres quitarle lo que te quitó a ti.

Spitzer se recostó en el asiento con aspecto incómodo pero con expresión curiosa.

—¿Así es como te sentiste entonces?

—Por supuesto que es como me sentí —respondió Reel con voz queda—. Pero a diferencia de la mayoría de la gente en esa situación, yo podía hacer algo al respecto. Cogí el dolor y lo lancé por donde había venido.

—Y dos personas murieron. Dos miembros de esta agencia, de hecho.

—Eso es.

—O sea que hiciste de juez, jurado y verdugo.

—Juez, jurado y verdugo —repitió Reel, ocultando los ojos de nuevo mientras contemplaba a la otra mujer—. Pero hace años que hago el papel de verdugo. Los de la agencia habéis hecho de juez y jurado. Vosotros decidís quién muere y me lo decís. Y entonces yo actúo. Es como jugar a ser Dios, ¿no? ¿Quién vive y quién no? —Antes de que Spitzer tuviera tiempo de hablar, Reel añadió—: ¿Quieres saber cómo me hace sentir eso? A vosotros los psicólogos siempre os gusta saberlo, ¿verdad? ¿Cómo nos sentimos con cada pequeña cosa?

Spitzer asintió lentamente.

—Me gustaría saberlo.

—Me hace sentir de maravilla. La agencia hace el trabajo duro. Deciden quién recibe el tiro. Yo me limito a obedecer la orden. ¿Qué podría haber mejor?

—¿Y cómo te sentiste al desempeñar los tres papeles?

La sonrisa que había aflorado al rostro de Reel desapareció lentamente. Se tapó los ojos con las manos durante unos instantes.

—Me dio bastante igual.

—¿O sea que no es un papel que te veas desempeñando en el futuro, entonces? —preguntó Spitzer.

Reel alzó la vista.

—¿Por qué no nos dejamos de gilipolleces y nos enfrentamos a la realidad? No es un papel. No soy una actriz. El tío caído en el suelo con la bala en la cabeza no se levanta cuando cae el telón. Mi bala. Mi acción. Se queda ahí muerto.

—Asumo que no te gusta matar.

—Me gusta el trabajo bien hecho. Pero no soy una asesina en serie. A los asesinos en serie les encanta. Están obsesionados con la oportunidad de dominar a otro ser humano. El ritual, los detalles. La caza. El golpe. Yo no estoy obsesionada con nada de todo eso. Es mi trabajo. Es mi profesión. Para mí es un medio para conseguir un fin. Levanto un muro alrededor, doy el golpe y a por otra cosa. Me da igual quién es el objetivo. Lo único que me importa es que sea el objetivo. Para mí no es un ser humano. Es una misión. Eso es todo. No le doy más vueltas. Si se las diera, no podría dedicarme a esto.

Se hizo el silencio durante un minuto, salpicado por la respiración acelerada de Reel.

Al final Spitzer habló.

—Te reclutaron para la agencia a una edad temprana, sin estudios universitarios detrás. Eso es muy poco habitual.

—Eso dicen. Pero supongo que no hace falta ningún título para apretar un gatillo.

—¿Por qué decidiste dedicarte a esto? Eras muy joven, apenas habías alcanzado la mayoría de edad. Podrías haberte dedicado a muchas otras cosas en la vida.

—Pues es que no vi muchas otras opciones, la verdad.

—Eso cuesta de creer —replicó Spitzer.

—Bueno, es que no tienes por qué creértelo, ¿sabes? Fue lo que decidí —repuso Reel con severidad.

Spitzer cerró la libreta y le puso el tapón al boli.

Reel se percató del gesto.

—No creo que haya pasado una hora.

—Creo que por hoy basta, agente Reel.

Reel se levantó.

—Creo que basta para el resto de mi vida.

Reel dio un portazo al salir.

13

El lugar recibía muchos nombres: Bukchang, Pukchang, Puckch'ang.

El nombre oficial era Kwan-li-so Número 18, lo cual significaba «colonia de trabajos penitenciarios» en coreano. Era un campo de concentración. Era un gulag. En realidad era un infierno, cerca del río Taedong de la provincia norcoreana de P'yongan-namdo.

Bukchang era el campo de trabajo más antiguo de Corea del Norte y había albergado a disidentes y supuestos enemigos del Estado desde la década de los años cincuenta. A diferencia de otros campos de trabajo, gestionados todos ellos por el *Bowibu*, el departamento de seguridad del Estado o policía secreta, Bukchang estaba al mando del *inmin pohan seong*, el ministerio del Interior. El campo estaba dividido en dos partes. Una zona estaba destinada a la reeducación. Ahí los reclusos aprendían las enseñanzas de los dos grandes líderes muertos del país y podían llegar a ser puestos en libertad, aunque estarían bajo control el resto de su vida. La otra zona era para los condenados a cadena perpetua que nunca llegarían a salir del campo. La mayoría pertenecía a esta última categoría.

Bukchang, que tenía unas dimensiones parecidas a las de Los Ángeles, albergaba a cincuenta mil prisioneros recluidos gracias, entre otros métodos, a una valla de cuatro metros de alto. Si te enviaban aquí, tu familia también te acompañaba, de acuerdo con la definición clásica de culpabilidad por asociación que se aplicaba a bebés, niños, adolescentes, hermanos, cónyuges y abuelos. Los bebés nacidos aquí compartían la misma culpa que sus familias. Los bebés no autorizados que nacían aquí, dado que las relaciones sexuales y los embarazos estaban regulados de forma estricta, eran asesinados. La edad y la responsabilidad personal no significaban nada, y un niño de un año y una abuela anciana recibían el mismo trato brutal.

En Bukchang todo el mundo trabajaba casi a todas horas en las minas de carbón, en las fábricas de cemento y dedicados a otras tareas. Todos los trabajos eran peligrosos. Todos los trabajadores estaban totalmente desprotegidos. Muchos morían a consecuencia de accidentes laborales. La neumoconiosis había matado a legiones de mineros forzosos del carbón. La comida escaseaba. Se esperaba que cada uno rebuscara para sí y las familias se daban un festín con basura, insectos, hierbajos y a veces entre ellos. El agua caía del cielo o venía de la tierra. Estaba sucia, y la disentería, entre muchas otras enfermedades, campaba a sus anchas. Estas condiciones de vida se usaban en Bukchang como medidas de control poblacional sumamente eficaces.

No se sabía a ciencia cierta cuántos campos de trabajo había en Corea del Norte, aunque el consenso internacional decía que seis. El hecho de que estuvieran numerados y que esas cifras llegaran al número veintidós como mínimo indicaba su presencia omnipotente. Por lo menos doscientos mil norcoreanos, o casi un uno por ciento de toda la población, tenía por hogar uno de esos campos de trabajo.

Había acusaciones de corrupción en el interior de Bukchang. La cosa no funcionaba bien. Para empezar, había habido diez huidas en menos de dos meses, lo cual, de por sí, resultaba inexcusable. Dos batallones armados vigilaban el campo. La valla de cuatro metros de alto estaba electrificada y había bombas trampa por todas partes. Unas torres de cinco metros de alto circundaban la valla y los guardias que había sobre el terreno permanecían tanto a la vista como ocultos, en alerta ante cualquier indicio de problemas. Así pues, parecía imposible escapar. Pero dado que había ocurrido, tenía que haber alguna explicación. Corrían rumores de que los huidos habían recibido ayuda desde el interior. Aquello no solo era inexcusable sino que suponía una traición.

La reclusa estaba acurrucada en un rincón de la sala de piedra. Era una recién llegada tras ser apresada en China y repatriada. Apenas tenía veinticinco años pero parecía mayor. Era menuda, tenía cicatrices en el cuerpo endurecido y fibroso; su pequeña pisada transmitía fuerza. Habían descubierto el dinero que llevaba oculto en un orificio. Los guardias se lo habían embolsado antes de golpearla.

Ahora temblaba de miedo en un rincón. Iba vestida con harapos, sucia por el viaje de ida y por el de vuelta a la fuerza. Sangraba y tenía el pelo enmarañado y sucio. Respiraba con dificultad, el pequeño pecho le subía y bajaba cada vez que se esforzaba por respirar.

La pesada puerta se abrió y entraron cuatro hombres: tres guardias uniformados y el administrador de Bukchang, ataviado con una túnica gris y pantalones anchos planchados. Estaba bien alimentado, iba bien peinado con la raya al lado bien delimitada, le brillaban los zapatos, tenía la piel tersa y sana. Ella era como un animal encontrado junto a la carretera. Él la trataría de ese modo, que era como se trataba ahí a todos los prisioneros. Así pues, ningún guardia mostraba jamás compasión. Desde un punto de vista totalitario, era la situación perfecta.

Él dio órdenes a sus hombres, que acabaron de desnudarla. El administrador se adelantó un paso y le propinó un golpe en el glúteo desnudo con el zapato reluciente.

Ella se acurrucó todavía más, como si quisiera fundirse con la pared. Él sonrió al verla y entonces se le acercó todavía más. Se puso en cuclillas.

—Parece ser que tienes dinero —dijo en coreano.

Ella se giró hacia él con brazos y piernas temblorosos. Acertó a asentir.

—¿Lo has ganado mientras estabas fuera?

Ella volvió a asentir.

—¿Acostándote con cerdos chinos?

—Sí.

—¿Tienes más dinero?

La joven se dispuso a negar con la cabeza pero se contuvo.

—Puedo conseguir más —dijo.

El hombre asintió satisfecho y alzó la vista hacia los guardias.

—¿Cuánto más? —preguntó.

—Más —dijo ella—. Mucho más.

—Quiero más. Mucho más —repuso él—. ¿Cuándo?

—Necesito enviar un mensaje.

—¿Cuánto dinero más puedes conseguir?

—Diez mil wons.

Él sonrió y meneó la cabeza.

—No basta. Y no quiero wons.

—¿Renminbis pues?

—¿Tengo pinta de querer papel de váter chino?

—¿Entonces qué? —preguntó ella atemorizada.

—Euros. Quiero euros.

—¿Euros? —planteó ella, estremeciéndose una vez más puesto que ahí dentro hacía mucho frío y ella estaba desnuda—. ¿De qué sirven aquí los euros?

—Quiero euros, zorra —dijo el guardia—. No es asunto tuyo por qué.

—¿Cuántos euros? —preguntó la mujer.

—Veinte mil. Por adelantado.

Ella se quedó conmocionada.

—¿Veinte mil euros?

—Ese es mi precio.

—Pero ¿cómo puedo confiar en ti?

—No puedes —dijo sonriendo—. Pero ¿qué otra opción tienes? La mina de carbón te espera. —Hizo una pausa—. En tu historial pone que eres de Kaechon —dijo.

Se conocía como el campo 14 y estaba situado al otro lado del río Taedong, al lado de Bukchang.

—Ahí miman a sus prisioneros. Aunque aquí tengamos una zona de reeducación y Kaechon solo es para hijos de puta que son irredimibles, en Bukchang no mimamos. De aquí no vas a salir con vida. Te pillaremos intentando escapar. Y te ataremos a un poste, te llenaremos la boca de piedras y cada guardia te disparará cinco veces. Cada minuto que pases aquí viva te parecerá la muerte.

Miró a sus hombres.

—Kaechon —dijo. Se echó a reír—. Para mimados de mierda.

Todos rieron, intercambiaron sonrisas y se dieron palmadas en los muslos.

Se puso en pie.

—Veinte mil euros.

—¿Cuándo?

—Cinco días.

—Pero eso es imposible.

—Entonces lo siento. —Hizo un gesto hacia los guardias, que avanzaron.

—¡Un momento, un momento! —gritó ella.

Los hombres se pararon y la miraron con expectación.

Se levantó con pies temblorosos.

—Lo conseguiré. Pero necesito enviar un mensaje.

—Tal vez podamos arreglarlo. —Lanzó una mirada a su cuerpo desnudo—. Tampoco estás tan raquítica. Cuando te hayas lavado, estarás guapa, creo yo. O por lo menos no tan asquerosa.

Estiró una mano y le tocó el pelo. Ella dio un respingo y él le dio tal bofetón que le salió sangre.

—No vuelvas a hacer eso —ordenó él—. Tienes que agradecer que te toque.

Ella asintió y se frotó la piel allí donde él la había golpeado y notó el sabor de la sangre en sus labios.

—Te lavarán y acto seguido serás entregada a mí.

Ella lo miró y entendió lo que aquello significaba.

—Pero ¿y los euros? Pensaba que eso era el pago.

—Además de los euros. Mientras pasan los cinco días. ¿Acaso prefieres las minas asquerosas y peligrosas a mi cama?

Ella negó con la cabeza y la bajó, derrotada.

—Yo... yo no quiero ir a las minas.

—Ya ves, no es tan difícil. Comida, agua potable, cama caliente. Y te tomaré tan a menudo como quiera. —Se volvió hacia sus hombres—. Igual que ellos. Cuando nos apetezca. ¿Entendido? Cualquier cosa que queramos. Me da igual lo que sea. No eres más que una zorra, ¿entendido?

Ella asintió llorosa.

—Lo entiendo. Pero no me harás daño, ¿verdad? Ya... ya me han hecho suficiente daño.

Él volvió a darle un bofetón.

—No me vengas con exigencias, zorra. No hables a no ser que yo te pregunte. —Le rodeó el cuello con las manos y la empotró contra la puerta—. ¿Lo entiendes?

Ella asintió.

—Lo entiendo —dijo con voz derrotada.

—Me llamarás *seu seung* —añadió, que en coreano significa «amo»—. Me llamarás así incluso después de marcharte de aquí. Si es que te vas. No prometo nada, aunque me entregues los euros. Tal vez no consigas escapar. Depende únicamente de mí. ¿Entendido?

Ella asintió.

—Entendido.

Él la zarandeó con fuerza.

—Dilo, trátame con el debido respeto.

—*Seu seung* —dijo con voz trémula.

Él sonrió y la soltó.

—¿Lo ves? No ha estado tan mal.

Al cabo de unos instantes, se agarró el cuello por donde ella le había golpeado. Se tambaleó hacia atrás y chocó contra uno de sus hombres.

Ella avanzaba tan rápido que parecía que, en comparación, todo el mundo iba más lento. Ella se impulsó hacia el otro extremo de la habitación, le quitó una pistola de la funda a uno de los guardias y le disparó en la cara. Otro guardia fue a por ella. Ella se volvió y levantó tanto la pierna que le dio una patada en el ojo. Con las uñas irregulares, le rasgó la pupila y lo dejó ciego. Gritó y cayó hacia atrás cuando el tercer guardia disparó. Pero ella ya no estaba allí. Se había impulsado yendo hacia atrás contra la pared y había dado una vuelta de campana por encima de él, le quitó la navaja de la funda que llevaba en el cinturón al pasar y fue a parar unos centímetros detrás de él. Le hizo cuatro cortes tan rápidos que era imposible distinguirlos con la mirada. El guardia se agarró el cuello donde le había cortado las venas y arterias.

Ella no paraba de moverse. Empleando el cuerpo mientras caía como si fuera una plataforma de lanzamiento, saltó por encima de él e inmovilizó al guardia cegado pasándole la pierna alrededor de la cabeza. Ella giró el cuerpo en el aire y lo lanzó hacia delante, de forma que la cabeza le chocó contra la pared de piedra con tanta fuerza que se le partió el cráneo.

Ella cogió la pistola que había dejado caer, se colocó ante cada guardia y les disparó en la cabeza hasta matarlos a todos.

Siempre había odiado a los guardias del campo. Había vivido con ellos muchos años. Le habían dejado cicatrices internas y externas que nunca desaparecerían. Por su culpa, nunca podría ser madre. Por su culpa, ni siquiera se había planteado ser madre porque eso supondría aceptarse como ser humano, lo cual le resultaba imposible. En el campo su único nombre era «zorra». El mismo nombre que recibían todas las mujeres del lugar. «Zorra, zorra», eso era lo único que había oído durante muchos años de la mañana a la noche. «Ven, zorra. Vete, zorra. Muérete, zorra.»

Se volvió hacia el administrador, que yacía en el suelo cerca de la puerta. Todavía no estaba muerto. Seguía agarrándose el cuello y jadeando para respirar, con la mirada perdida y presa del pánico. Ella lo había planeado de ese modo, golpeándole con la fuerza suficiente para dejarlo incapacitado sin llegar a matarlo. Sabía por experiencia en qué consistía la diferencia.

Se arrodilló al lado de él. La miró con ojos saltones, con las manos en el cuello. Ella no sonrió con aire triunfante ni adoptó una expresión triste, estaba impasible.

Se acercó más a él.

—Dilo —le dijo en un susurro.

Él gimoteó y se sujetó la garganta reventada.

—Dilo —repitió ella—. *Seu seung.*

Ella ahuecó una mano bajo la garganta de él y apretó.

—Dilo.

Él gimoteó.

Ella le colocó la rodilla huesuda contra la entrepierna y apretó.

—Dilo.

Él gritó mientras ella le hincaba la rodilla con más fuerza en sus partes pudendas.

—Dilo. *Seu seung.* Dilo y no te haré más daño. —Le clavó la rodilla y él gritó más fuerte—. Dilo.

—S... seu...

—Dilo. Dilo todo. —Ella le clavó la rodilla todavía más.

Él gritó con la máxima fuerza que le permitió su maltrecha tráquea.

—*Seu seung.*

Ella se incorporó. No sonrió con expresión triunfante ni adoptó una expresión triste. Estaba impasible.

—¿Lo ves? No ha estado tan mal —dijo, copiando lo que él le había dicho anteriormente.

Mientras él la observaba con impotencia, ella dio un salto y cayó encima de él. Golpeó con el codo la nariz del hombre con tanta fuerza que le hundió el cartílago en el cerebro, como si hubiera sido un disparo. Eso lo notó al instante, mientras que la tráquea reventada habría tardado más en acabar con él.

La mujer se levantó y contempló a los cuatro hombres muertos.

—*Seu seung* —dijo—. Yo, no vosotros.

Registró los bolsillos de los guardias y encontró un *walkie-talkie*. Lo sacó, lo sintonizó en una frecuencia distinta y se limitó a decir:

—Hecho.

Dejó caer el *walkie-talkie*, esquivó a los hombres muertos y salió de la habitación, desnuda y manchada con la sangre de los hombres.

La mujer se llamaba Chung-Cha y ella y su familia habían estado recluidas en el campo 15 de trabajos forzados muchos años atrás, llamado también Yodok. Apenas tenía un año de edad cuando el Bowibu había ido a por ellos por la noche. Siempre venían por la noche. Los depredadores no actuaban de día. Había sobrevivido a Yodok. Su familia no.

Otros guardias pasaron junto a ella en el pasillo y corrieron hacia la sala donde se encontraban los hombres muertos.

No le dijeron nada, ni la miraron.

Cuando llegaron a la sala, dos de los guardias vomitaron en la piedra después de ver la carnicería.

Cuando Chung-Cha alcanzó el lugar acordado previamente, dos hombres vestidos de general del ejército de Corea del Norte la saludaron con gran respeto. Uno le tendió una toalla húmeda y jabón para que se lavara. El otro le tenía preparada ropa limpia. Se limpió y se vistió delante de ellos sin atisbo de vergüenza por el hecho de estar desnuda. Los dos generales desviaron la mirada mientras se vestía, aunque a ella le diera igual. Había estado desnuda y maltratada delante de muchos hombres. Nunca había gozado de intimidad y, por tanto, no tenía expectativas al respecto. Sencillamente, no significaba nada para ella. A los perros no les hacía falta llevar ropa.

Lanzó una mirada hacia ellos una sola vez. Para ella no parecían soldados, pues con aquellas gorras hinchadas y con una visera ancha, daban más la impresión de ser los componentes de una banda de músicos, prestos a coger sus instrumentos en vez de las armas. Presentaban un aspecto curioso, débiles e incompetentes aunque ella supiera que eran cautelo-sos y paranoicos y que suponían un peligro para todo el mun-do, incluidos ellos mismos.

—Yie Chung-Cha, eres digna de encomio. Nuestro líder supremo Kim Jong ha sido informado y te envía su agradeci-miento personal. Serás recompensada como te mereces.

Ella les devolvió la toalla sucia y el jabón.

—¿Cómo seré recompensada?

Los generales intercambiaron una mirada con expresión asombrada al oír ese comentario.

—El Líder Supremo lo decidirá —dijo el otro—. Y agra-decerás lo que decida, sea lo que sea.

—No existe mayor honor que servir al país —añadió su compañero.

Ella se los quedó mirando a los dos con expresión ines-crutable. Acto seguido, se volvió, recorrió el pasillo y se dis-puso a salir del campo. Muchos la observaron al pasar. Nadie intentó mirarla a los ojos. Ni siquiera el más brutal de los guardias. La noticia de lo que había hecho se había propagado por el campo. Así pues, nadie quería mirar a Yie Chung-Cha a la cara porque quizá fuera lo último que viera.

Ella no vacilaba ni un instante y miraba siempre hacia de-lante.

En el exterior de la valla de cuatro metros la esperaba una camioneta. Se abrió una puerta y ella subió al interior.

La camioneta enseguida salió disparada hacia el sur, la ca-pital, Pyongyang. Ahí tenía ella un apartamento. Y un coche. Y comida. Y agua potable. Y unos cuantos wons en un banco local. Era todo lo que necesitaba. Era mucho más de lo que había tenido jamás. Mucho más de lo que había esperado te-ner jamás. Estaba agradecida por ello. Agradecida de estar viva.

La corrupción no podía tolerarse.

Ella lo sabía mejor que la mayoría.

Aquel día había matado a cuatro hombres ella sola.

La camioneta siguió avanzando.

Chung-Cha se olvidó del administrador corrupto que le había pedido euros y sexo a cambio de dejarla escapar. No valía la pena que le dedicara ni un minuto más de sus pensamientos.

Regresaría a su apartamento. Y aguardaría la próxima llamada.

Llegaría pronto, pensó. Siempre era así.

Y estaría preparada. Era la única vida que tenía.

Y eso también era de agradecer.

«¿No existe mayor honor que servir al país?»

Acumuló saliva en la boca y luego se la tragó.

Chung-Cha miró por la ventana aunque no veía nada mientras se acercaban a Pyongyang. No habló con ninguno de los ocupantes del vehículo.

Siempre se guardaba sus pensamientos para sí. Era lo único que no le podían arrebatar. Y eso que lo habían intentado. Lo habían intentado con todas sus fuerzas. Le habían arrebatado todo lo demás, menos eso.

Y nunca lo conseguirían.

14

Su apartamento. Hasta que se lo quitaran. Tenía un dormitorio, una cocina minúscula, un baño con ducha y tres ventanas pequeñas. Apenas veinte metros cuadrados en total. Para ella era el más majestuoso de los castillos.

Su coche. Hasta que se lo quitaran. Era un modelo de dos puertas salido de la fábrica de Sungri Motor. Tenía cuatro ruedas y un volante y un motor y frenos que normalmente funcionaban. El hecho de ser poseedora de ese vehículo la convertía en una persona poco común en su país.

La inmensa mayoría de sus compatriotas se desplazaba en bicicleta, cogía el metro o el autobús o simplemente caminaba. Para trayectos más largos iban en tren. Pero podían llegar a tardar hasta seis horas para recorrer ciento cincuenta kilómetros debido al mal estado de las infraestructuras y equipamientos. Para las élites había aviones de pasajeros. Al igual que con el tren, solo había una compañía aérea, Air Koryo, que sobre todo utilizaba aviones rusos viejos. No le gustaba volar en esos artilugios rusos. No le gustaba nada que fuera de Rusia.

Pero Chung-Cha tenía coche y apartamento propios. Por ahora. Aquello era una prueba fehaciente de su valor para el Partido Democrático de la República Popular de Corea.

Entró en la cocina y pasó la mano por una de sus posesiones más preciadas. Una cocedora de arroz eléctrica. Aquella había sido la recompensa otorgada por el Líder Supremo por matar a los cuatro hombres de Bukchang. Eso y un iPod cargado con música del país y occidental. Mientras sostenía el iPod, era consciente de que era un dispositivo que sus compatriotas norcoreanos ni siquiera sabían que existía. Y también le habían entregado mil wons. Quizá no pareciera gran cosa para muchos, pero cuando no se tiene nada, cualquier cantidad parece una fortuna.

En Corea del Norte había tres tipos de personas. Estaba el núcleo, formado por los fieles al líder del país y, a falta de un término mejor, los purasangre. Estaba la clase vacilante, cuya lealtad absoluta hacia el líder no estaba del todo clara. A esta clase pertenecía la mayoría del país, para quienes muchos trabajos lucrativos y cargos gubernamentales estaban fuera de su alcance. Por último estaba la clase hostil, compuesta por enemigos del líder y sus descendientes. Solo los más elitistas del grupo del núcleo tenían cocedores de arroz. Y la élite sumaba quizá ciento cincuenta mil en un país de veintitrés millones de habitantes. Había más gente en los campos de prisioneros.

Teniendo en cuenta que su familia pertenecía a la clase hostil, para Chung-Cha era toda una hazaña haber conseguido lo que había logrado. El tener arroz en el vientre era signo de pertenecer a una clase adinerada y elitista. Sin embargo, aparte de la familia Kin que estaba en el poder, que vivía como reyes, con mansiones y parques acuáticos e incluso estación de tren privada, hasta los norcoreanos más elitistas vivían a un nivel que se habría considerado próximo a la pobreza en los países desarrollados. No había agua caliente; la electricidad no era de fiar pues, en el mejor de los casos, funcionaba unas cuantas horas al día, y viajar al extranjero era casi imposible. O sea que una cocedora de arroz y unas cuantas canciones eran la recompensa que un líder riquísimo otorgaba por soportar torturas y sufrimiento y por matar a cuatro hombres y descubrir corrupción y traición.

No obstante, para Chung-Cha era mucho más de lo que jamás había esperado tener. Un techo sobre su cabeza, un coche que conducir, una cocedora de arroz; era como si estuviera en posesión de todas las riquezas del mundo.

Se acercó a una ventana de su apartamento y miró al exterior. Su casa daba al centro de Pyongyang, con vistas al río Taedong. La capital, una ciudad de casi tres millones y medio de almas, era con diferencia la mayor metrópolis del país. Hamhung, la segunda ciudad en cuanto a número de habitantes, apenas tenía una quinta parte de la población de Pyongyang.

Le gustaba mirar por la ventana. Había pasado buena parte de su vida anterior deseando con todas sus fuerzas tener una ventana con vistas a algo. Durante más de una década en el campo de trabajo su deseo no se había hecho realidad. Luego la situación había cambiado, por completo.

«Y ahora mírame», pensó.

Se enfundó el abrigo y las botas con los tacones de diez centímetros que la hacían parecer más alta. Nunca se le ocurriría llevar ese calzado para una misión, pero a las mujeres de Pyongyang les gustaban mucho los tacones. Incluso las mujeres del ejército, las que trabajaban en la construcción y las guardias de tráfico los llevaban. Era una de las pocas maneras de sentirse, en fin, liberadas, si es que aquello era posible en aquel país.

La época de los monzones, que aquí se prolongaba de junio a agosto, había pasado. El frío y seco invierno empezaría en un mes aproximadamente. De todos modos el ambiente todavía era suave, la brisa tonificante y el cielo despejado. A Chung-Cha le gustaba caminar por su ciudad en días como aquel. Era una época extraña, porque su trabajo la llevaba a muchas otras partes del país y del mundo. Y en tales circunstancias, nunca tenía la ocasión de dar un paseo tranquilo.

En la solapa izquierda de la chaqueta llevaba el pin de Kim. Todos los norcoreanos llevaban esta insignia, que representaba a uno de los dos o tanto a Kim il Sung como a su hijo Kim Jong il, ambos muertos aunque nunca serían olvidados. Chung-Cha no quería tener que llevar siempre la insignia, pero, si no la llevaba, la arrestarían de forma inmediata.

Ni siquiera ella era tan importante para el Estado como para estar autorizada para prescindir de esa muestra de respeto.

Mientras caminaba fue asimilando las observaciones que había realizado hacía tiempo. En muchos sentidos, la capital era un tributo de 310.000 hectáreas a la familia Kim que estaba en el poder en la orilla del Taedong que fluía hacia el sur, en dirección a la bahía de Corea. Pyongyang significaba «tierra llana» en coreano y era un nombre de lo más apropiado. Solo estaba a 27 metros sobre el nivel del mar y se extendía hacia fuera sin relieve, como un *bindaet teok*, o tortita coreana. Las principales avenidas eran anchas y prácticamente desprovistas de coches. Lo que circulaba por la calle eran sobre todo tranvías y autobuses.

No daba la impresión de que la ciudad tuviera millones de habitantes. Si bien las aceras estaban bastante llenas de viandantes, por su trabajo Chung-Cha había visitado ciudades de tamaño comparable en otros países cuyas calles estaban mucho más transitadas. Tal vez fueran las cámaras de vigilancia y la presencia policial lo que hacía que los ciudadanos no quisieran resultar visibles.

Bajó por las escaleras del metro. Pyongyang tenía el metro más profundo del mundo, a más de cien metros del suelo. Solo circulaba en la orilla oeste del Taedong, mientras que todos los extranjeros vivían en la orilla este. No se sabía si era algo intencionado o no. Pero como era norcoreana, supuso que sí. La planificación central combinada con la paranoia se había elevado aquí a la categoría de arte.

Los ciudadanos que hacían cola para el siguiente tren dibujaban una recta perfecta. Los norcoreanos estaban instruidos desde una tierna edad para formar colas totalmente rectas en menos de un minuto. Había líneas rectas de humanos por toda la capital. Formaba parte de la «unidad con un solo corazón» que daba fama al país.

Chung-Cha no se puso a hacer cola. Esperó aparte a propósito hasta que el tren entró en la estación. Viajó en el tren hasta otra zona de la ciudad y salió a la superficie. Las zonas verdes de Pyongyang eran inmensas y numerosas pero no tan inmensas como los monumentos.

Estaba el Arco de Triunfo, una copia del de París, pero mucho mayor. Conmemoraba la resistencia coreana a Japón de la década de 1920 a los años 40. Luego estaba la imitación del monumento a Washington que era la torre Juche, que medía 170 metros y representaba la filosofía coreana de la autosuficiencia.

Chung-Cha asintió en silencio al pasar junto a ella. Solo confiaba en ella misma. Solo se fiaba de ella misma. No hacía falta que nadie se lo dijera. No necesitaba un monumento que ascendiera hacia el cielo para creérselo.

También estaba el Arco de la Reunificación, uno de los pocos en los que aparecían mujeres coreanas. Ataviadas con los trajes tradiciones coreanos, sostenían entre todas el mapa de una Corea unificada. El arco se unía a la autopista de la Reunificación, que se extendía de la capital hasta la ZDC, la Zona Desmilitarizada de Corea.

Otro simbolismo, seguro.

Chung-Cha tenía dos ideas sobre la reunificación. Primero, que nunca se produciría, y segundo, que le daba igual si se producía. Ella no pensaba unificarse con nadie, ni del norte ni del sur.

Más tarde pasó por el Gran Monumento de Mansudae, que era un tributo enorme a la memoria del fundador de Corea del Norte, Il Sung, y también a su hijo, Jong Il.

Chung-Cha pasó junto a su estructura monolítica sin mirarla, lo cual era un tanto arriesgado por su parte. Todos los norcoreanos presentaban sus respetos colocándose delante y observando con cariño las estatuas de los dos hombres. Todos llevaban flores. Incluso a los turistas extranjeros se les exigía que dejaran ofrendas florales ahí o de lo contrario eran arrestados o deportados.

No obstante, Chung-Cha siguió caminando, casi retando a un agente de policía que estaba cerca para que la detuviera. Su patriotismo tenía límites.

El elefante blanco de Pyongyang era el que dominaba toda la ciudad, el Ryugyong Hotel. Su construcción se había iniciado en 1987, pero el presupuesto se había agotado en 1992. Aunque su construcción se había reiniciado en 2008, nadie sabía si se terminaría alguna vez o cuándo se alojaría ahí el primer cliente. Por ahora era una monstruosidad de 330 metros de alto con casi 317.000 metros cuadrados de espacio en forma de pirámide.

Una plan de urbanización central interesante, pensó ella.

Como el estómago se le quejaba, Chung-Cha entró en un restaurante. Los norcoreanos no solían comer fuera porque era un lujo que la mayoría no podía costearse. Si un grupo salía, solía ser por negocios estatales y a costa del gobierno. En momentos como esos, los trabajadores comían y bebían cantidades ingentes de comida y volvían a casa borrachos de *soju*, o licor de arroz.

Había dejado atrás otros restaurantes que ofrecían comida típica coreana como *kimchi*, verduras encurtidas picantes que todas las mujeres coreanas sabían hacer, pollo hervido, pescado y calamar, así como el lujo del arroz blanco. Siguió adelante y entró en el Samtaesung Hamburger Restaurant, que servía hamburguesas, patatas fritas y batidos. Chung-Cha siempre se había esforzado por entender cómo un restaurante que servía lo que en todo el mundo se consideraba comida americana podía existir ahí, cuando ni siquiera había embajada de Estados Unidos en Pyongyang porque los dos países no mantenían relaciones diplomáticas. Si un ciudadano estadounidense tenía algún problema en el país, tenía que arrastrarse hasta la embajada sueca y solo recibía ayuda en caso de emergencia médica.

Ella era uno de los pocos clientes y todos los demás eran occidentales.

Pidió una hamburguesa poco hecha, patatas fritas y un batido de vainilla.

El camarero la miró con severidad como si la reprendiera en silencio por comer esa basura americana. Cuando le enseñó el carnet de identidad del gobierno, él le dedicó la reverencia de rigor y se apresuró a traerle la comida.

Escogió un asiento en el que estaba de espaldas a la pared. Sabía dónde estaban las entradas y las salidas. Se percataba de cualquiera que se moviera en aquel local, ya fuera porque se le acercaba o se alejaba. No esperaba ningún problema, pero también era consciente de que podía pasar cualquier cosa en cualquier momento.

Comió lentamente y masticó bien antes de tragar. Durante más de diez años había pasado hambre. Esa sensación de vacío en el estómago nunca la abandonaba, aunque tuviera abundancia de comida el resto de su vida. En Yodok, su alimentación había consistido en cualquier cosa que encontrara, pero sobre todo maíz, col, sal y ratas. Al menos las ratas le habían proporcionado la proteína necesaria y la habían ayudado a evitar enfermedades que habían matado a muchos otros prisioneros. Tenía una destreza considerable para cazar a los roedores. Pero prefería el sabor de las hamburguesas.

Chung-Cha no tenía sobrepeso y nunca lo tendría. No mientras trabajara. Tal vez cuando fuera más mayor y viviera en otro sitio se permitiría el lujo de engordar. Pero no contemplaba esa posibilidad demasiado tiempo. Dudaba que viviera lo suficiente como para llegar a vieja.

Acabó su comida, pagó la cuenta y se marchó. Quería ir a un sitio. Quería ver una cosa, aunque probablemente ya la había visto, como todo el mundo en Corea del Norte.

Había amarrado recientemente en el río Botong en Pyongyang para pasar a formar parte del Museo de la Guerra de Liberación de la Patria. Se trataba de un barco, de un barco muy especial. Era el segundo buque botado por la Armada de Estados Unidos, después del *USS Constitution*. Y era el único buque que estaba en poder de una potencia extranjera.

El *USS Pueblo* estaba en manos norcoreanas desde 1968. Pyongyang decía que se había desviado sin querer a aguas norcoreanas. Estados Unidos decía que no. El resto del mundo utilizaba las doce millas náuticas mar adentro como demarcación para las aguas internacionales. Sin embargo, Pyong-yang no seguía lo que hacían otros países y reclamaba un límite de cincuenta millas náuticas. El *Pueblo* era ahora un museo, un testamento del poderío y el valor de la patria, y un recordatorio escalofriante de las intenciones imperialistas de la malvada América.

Chung-Cha había hecho la visita guiada pero con una perspectiva distinta a la del resto de los visitantes. Había leído una versión no censurada de la tripulación del *Pueblo*. Era algo inaudito en su país, pero Chung-Cha solía viajar al extranjero por motivos laborales. Los marineros se habían visto obligados a decir y escribir cosas que no creían, como reconocer que espiaban a Corea del Norte y denunciar a su propio país. Pero en una famosa foto de algunos marineros, levantaban el dedo corazón en un gesto obsceno de forma subrepticia en dirección al cámara norcoreano y, de forma simbólica, a sus captores, mientras que daba la impresión de que juntaban las manos. Los norcoreanos no conocían el significado de ese gesto y preguntaron a los marineros al respecto. A un hombre le dijeron que era un símbolo hawaiano de la buena suerte. Cuando la revista *Time* publicó la noticia explicando el significado del gesto, se dice que los marineros recibieron una paliza y fueron torturados más de lo que ya lo habían sido.

Cuando fueron liberados en diciembre de 1968, ochenta y dos de ellos cruzaron en fila india el puente del No Retorno en la Zona Desmilitarizada. Uno de los marineros no cruzó pues había muerto en el ataque inicial al barco, la única víctima mortal del incidente.

Chung-Cha acabó la visita guiada y regresó a tierra. Volvió la mirada hacia el barco. Le habían dicho que los americanos no retirarían de servicio el buque hasta que les fuera devuelto.

Bueno, entonces nunca sería retirado de servicio, pensó. Corea del Norte tenía muy poco, por eso nunca devolvían nada de lo que cogía. Después de la marcha de los soviéticos y de que Corea del Norte se independizara, era como si este pequeño país estuviera solo contra el mundo. No tenía amigos. Nadie que lo comprendiera, ni siquiera los chinos, a quienes Chung-Cha consideraba que eran una de las razas más astutas de la faz de la tierra.

Chung-Cha no era una persona religiosa. No conocía a ningún norcoreano que lo fuera. Había algunos chamanistas coreanos, otros que practicaban el chondoismo, algunos budistas y una cantidad relativa de cristianos. La religión no se fomentaba, puesto que supondría un desafío directo a los líderes del país. Marx había acertado, pensó: la religión era el opio del pueblo. No obstante, Pyongyang había sido conocida en el pasado como la Jerusalén de Oriente debido a los misioneros protestantes que habían llegado en la década de 1800, por lo que se habían erigido más de cien iglesias en la «tierra llana». Eso era todo. Sencillamente no se toleraba.

A ella le daba igual. No creía en un ser superior bondadoso. Le resultaba imposible. Había sufrido demasiado como para pensar en una fuerza celestial que dejara caminar a tal demonio sin levantar una sola mano para impedírselo.

La autosuficiencia era la mejor política. Así uno era el único con derecho a recompensa, y las pérdidas también eran responsabilidad de uno.

Pasó por un mercado al aire libre y se detuvo, tensa por momentos. Había un turista extranjero a apenas metro y medio de ella. Era un hombre. Parecía alemán pero no estaba segura. Había sacado la cámara y estaba a punto de fotografiar el mercado y los vendedores.

Chung-Cha miró en derredor para ver si veía al guía turístico que debía acompañar a todos los extranjeros. No lo veía por ningún sitio.

El alemán tenía la cámara casi a la altura de los ojos. Ella se abalanzó sobre él y se la arrebató. Él la miró asombrado.

—Devuélvemela —dijo en un idioma que ella identificó como holandés. Ella no lo hablaba, por lo que le preguntó si hablaba inglés.

El hombre asintió.

Ella sostuvo la cámara.

—Si haces una foto del mercado callejero, te detendrán y deportarán. De hecho, quizá no te deporten. Tal vez te quedes aquí, lo cual es todavía peor.

El hombre empalideció y miró a su alrededor. Vio que varios vendedores coreanos le miraban con cara de pocos amigos.

—Pero ¿por qué? —balbució—. Es para mi página de Facebook.

—No hace falta que sepas por qué. Lo único que tienes que hacer es guardar la cámara e ir a buscar a tu guía. No te lo volveré a advertir.

Ella le devolvió la cámara y él la cogió.

—Gracias —dijo él sin aliento.

Pero Chung-Cha ya se había girado. No quería recibir su agradecimiento. Tal vez debería haber dejado que la muchedumbre le atacara, le golpeara y las autoridades le detuvieran, lo enviaran a prisión y cayera en el olvido. No era más que una persona en un mundo de miles de millones. ¿A quién iba a importarle? No era su problema.

No obstante, mientras caminaba calle abajo pensó en la pregunta del hombre.

«Pero ¿por qué?», le había preguntado.

La respuesta a ello era sencilla y compleja a la vez. Un mercado al aire libre en Corea indicaba al mundo que la economía norcoreana era débil, los comercios tradicionales escaseaban y por eso los vendedores tenían necesidad de estar en la calle. Eso supondría una bofetada para cualquier líder sensible a la opinión pública. Por el contrario, si el resto del mundo veía abundancia de productos en un mercado callejero, se reduciría la ayuda alimentaria internacional. Y dado que la mayoría de los norcoreanos apenas tenía para sobrevivir, eso no sería positivo. Pyongyang no era representativa del resto del país. No obstante, incluso ahí la gente moría de hambre en sus apartamentos. Formaba parte del llamado «problema de alimentación», que era muy sencillo. No había comida suficiente. Por eso los norcoreanos eran más bajitos y pesaban menos que sus hermanos de Corea del Sur.

Chung-Cha no sabía si alguna de esas explicaciones era cierta. Solo sabía que eran las explicaciones extraoficiales por las que el mero hecho de hacer una foto tenía consecuencias tan nefastas, además del hecho de que a los norcoreanos no les gustaba que los extranjeros les fotografiaran. Y la situación podía tornarse violenta. El autor podía ser arrestado. Era motivo suficiente para no apartarse nunca del guía turístico mientras uno estaba en Corea del Norte.

«Nuestras costumbres son distintas porque somos el país más paranoico de la faz de la tierra. Y tal vez tengamos buenos motivos para serlo. O tal vez nuestros líderes quieran mantenernos unidos contra un enemigo inexistente.»

No sabía cuántos norcoreanos más albergaban tales pensamientos. Sabía que quienes los habían expresado públicamente habían acabado en las colonias penitenciarias.

Lo sabía por experiencia.

Porque sus padres habían sido enviados a Yodok por hacer precisamente eso. Ella se había criado allí. Casi había muerto allí. Pero había sobrevivido, era la única de su familia que lo había conseguido.

Había tenido que pagar un precio muy elevado por su supervivencia.

Había tenido que matar al resto de su familia para que le permitieran vivir.

15

Robie miró a Reel.

Reel observaba el suelo.

Era casi medianoche, una semana después de su llegada al lugar. Después de aprobar los tests psicológicos, habían sido sometidos a más pruebas de resistencia física, la última siempre más difícil que la anterior. Les habían dado un poco de comida y agua y los habían devuelto allí, sudorosos y cansados y cada vez más deprimidos. A lo largo de la semana les habían hecho trabajar sin descanso y habían caído exhaustos en las literas para dormir unas cuantas horas antes de que los obligaran a levantarse de la cama y todo empezara otra vez.

Esta noche habían librado relativamente temprano. Y por tanto era la primera vez que podían hablar desde el primer día.

—¿Qué tal te fue la sesión con el psicólogo? —preguntó Robie, que por fin rompía el silencio en la pequeña habitación que compartían.

—Fantástica, ¿y a ti? —dijo ella con sarcasmo.

—De hecho, pasamos mucho tiempo hablando de ti.

Ella alzó la vista hacia él y luego observó el dispositivo de escucha más cercano.

Ella volvió a mirarle y habló moviendo solo los labios: «¿Aquí? ¿Ahora?»

Él miró alrededor de la estancia y se fijó en las videocámaras que ambos sabían estaban empotradas en las paredes. Levantó el colchón para que se apoyara en su espalda e impidiera que le vieran. Entonces le hizo un gesto a Jessica para que se sentara al otro lado de la litera, de cara a él. Ella se puso de ese modo y lo miró con curiosidad.

Entonces él empezó a hablarle empleando la lengua de signos. Se la habían enseñado, al igual que a Reel, porque la comunicación silenciosa solía ser muy útil en su profesión.

—Marks es la aliada de Tucker, no hay duda. Me cuesta creer que se suponga que tenemos que sobrevivir en este lugar. ¿Nos escapamos? —dijo en lengua de signos.

Reel caviló al respecto y le respondió en la misma lengua.

—En ese caso tendrá una excusa fantástica para matarnos sin contemplaciones.

—¿Entonces nos quedamos de brazos cruzados? —siguió empleando el lenguaje de signos.

—Creo que podemos sobrevivir a esto.

—¿Qué plan tienes?

—Hacer que Marks se ponga de nuestro lado.

Robie puso unos ojos como platos.

—¿Cómo?

—Sufrimos juntos.

—Hasta ahora has sido hostil con ella. ¿Por qué no le das la vuelta a la situación?

—He sido hostil con ella precisamente porque así tendría la oportunidad de darle la vuelta de forma creíble. Si cree que la odio, podría funcionar. Si hubiera empezado siendo amable, ella habría recelado al instante.

Robie seguía dubitativo.

Reel siguió empleando la lengua de signos.

—¿Qué otra opción tenemos?

—Ninguna —dijo él con las manos—. Aparte de morir.

En ese momento, la puerta se abrió de par en par y entraron media docena de hombres. Esposaron a Robie y a Reel y los sacaron de la habitación a empujones. Les hicieron ir por un pasillo tras otro. Les hacían avanzar tan rápido que ni Reel ni Robie eran capaces de adivinar en qué dirección iban.

De golpe se abrió una puerta y los empujaron al interior. La puerta se cerró de inmediato detrás de ellos y otras manos los sujetaron. Levantaron a Reel y Robie del suelo y los colocaron boca abajo encima de un tablero largo.

La estancia tenía una luz tenue pero aun así se veían el uno al otro, pues estaban cerca. Los dos sabían lo que les esperaba. Los sujetaron a los tableros. Acto seguido, los inclinaron hacia atrás. Les sumergieron la cabeza en un cubo de agua helada. Los mantuvieron así casi el tiempo suficiente para ahogarse.

Cuando los sacaron del agua, les hicieron tener los pies elevados. A continuación, les colocaron un paño fino encima de la cara y les vertieron agua helada encima. El líquido enseguida saturó el paño y les llenó la nariz y la boca. El acto reflejo de tener arcadas fue casi inmediato. Les vertieron más agua. Los dos tenían ganas de vomitar.

Les retiraron el paño y tuvieron tiempo de respirar tres o cuatro veces con normalidad antes de que les volvieran a aplicar el paño. Les vertieron agua de nuevo, con el mismo resultado. El proceso se repitió durante más de veinte minutos.

Tanto Reel como Robie habían vomitado lo poco que tenían en el estómago. Ahora lo único que sacaban era bilis.

Los mantuvieron en los tableros con el paño encima de la cara. Ninguno de los dos sabía cuándo empezaría a caer agua de nuevo, lo cual formaba parte de la técnica. No había formación en el mundo capaz de inmunizar a nadie del terror de esa tortura de ahogamiento simulado.

Los dos estaban jadeando, con las extremidades tensas contra las correas y el pecho palpitante.

En circunstancias normales, el interrogatorio empezaría entonces. Tanto Robie como Reel lo sabían, pero ambos se preguntaban a qué tipo de interrogatorio iban a someterles.

Las luces se atenuaron mucho más y ambos se prepararon para lo que viniera a continuación.

—Podemos parar, depende de vosotros —dijo una voz.

No era Amanda Marks. Era una voz masculina que ninguno de los dos reconocía.

—¿A cambio de qué? —preguntó Reel jadeando.

—Una confesión firmada —repuso la voz.

—¿Confesando qué? —inquirió Robie, que escupió vómito de la boca.

—En el caso de Reel, el asesinato de dos agentes de la CIA. En tu caso, ayudar y ser cómplice de ella. Y también del cargo de traición.

—¿Eres abogado? —barbotó Reel.

—Lo único que necesito es vuestra respuesta.

Las siguientes palabras de Reel hicieron reír entre dientes al hombre.

—Me temo que es físicamente imposible hacérmelo a mí mismo. Pero supongo que eso es una respuesta de por sí.

Se sucedieron veinte minutos más de tortura.

Cuando volvieron a emerger del agua para tomar aire, les plantearon la misma cuestión.

—Podemos parar esto —dijo la voz—. Lo único que tenéis que hacer es firmar.

—La traición comporta la pena de muerte —dijo Robie a duras penas. Se giró hacia un lado y vomitó más bilis. Tenía el cerebro a punto de explotar y notaba cómo le ardían los pulmones.

—¿Y qué coño importa? —intervino Reel.

—Sí que importa. Os caerá una pena de prisión larga pero no os ejecutarán. Ese es el trato. Pero tenéis que firmar la confesión. Está todo preparado. Solo tenéis que firmar.

Ni Robie ni Reel dijeron nada.

La tortura continuó durante veinte minutos más.

Cuando acabó, los dos estaban inconscientes. Era una de las desventajas de este tipo de tortura. El cuerpo se cerraba en banda. Y no tenía ningún sentido torturar a una persona inconsciente.

Se encendieron las luces y el hombre observó a la pareja sujeta a los tableros.

—Una hora, impresionante —reconoció.

Se llamaba Andrew Viola. Hasta hacía un año había sido el

instructor jefe en el Quemador, y antes de eso, agente de campo de la CIA que había participado en algunas de las misiones más complejas y peligrosas de los últimos veinticinco años. Estaba a punto de cumplir los cincuenta. Seguía estando en forma y delgado, aunque el pelo se le había vuelto de un gris acero y tenía la cara arrugada, aparte de una cicatriz por culpa de una misión que no había salido de acuerdo con el plan.

Lanzó una mirada a Amanda Marks, que había observado todo el proceso con expresión ligeramente asqueada.

—No es para los blandos de estómago, ni para los débiles —dijo él.

—La verdad es que no acabo de entender cuál era el objetivo. ¿Realmente esperábamos que firmaran una confesión?

—No es de mi incumbencia. Me dijeron que lo hiciera y lo he hecho. Los abogados de la CIA y los altos mandos ya se espabilarán.

—Yo soy la responsable de esta misión —dijo ella.

—Y sigues siéndolo, Amanda. Yo no he venido a quitarte el puesto. Pero obedezco órdenes. Y... —bajó la mirada hacia Robie y luego a Reel— a diferencia de otros, siempre las cumplo.

—¿Y ahora qué?

—Mi trabajo aquí ha terminado hasta que me vuelvan a convocar. O sea que a lo mejor vuelvo a ver a estos dos antes de que se marchen. Si es que se marchan —matizó.

—Ambos consideran que los hemos traído aquí para morir —dijo Marks.

—¿Y no lo consideras una posibilidad? —planteó Viola, con expresión un tanto sorprendida—. Aquí mueren reclutas. No es habitual pero ocurre. Esto no es un campamento de verano, Amanda.

—Eso es distinto. Se producen accidentes. Y Robie y Reel no son reclutas. Son veteranos y curtidos en muchas batallas. Pero si el objetivo desde un buen comienzo era...

Él la cortó.

—No le des demasiadas vueltas. Limítate a hacer tu trabajo. Estarás más contenta y también los de arriba.

—¿Y a ti no te preocupa?

Él la miró de soslayo.

—En el pasado, quizá. Quizá. Pero ya no.

—¿Qué ha cambiado?

—Fuimos atacados. Las torres cayeron. El Pentágono también recibió. Se estrellaron unos aviones. Murieron americanos. Ahora intento ver el mundo solo en blanco y negro.

—El mundo no es en blanco y negro.

—Por eso dije que «intento» hacerlo.

Él se volvió y salió de la estancia.

Marks avanzó y contempló a los dos agentes inconscientes. Rememoró su encuentro con Evan Tucker antes de ir allí. El director había dejado bien claro el resultado que esperaba. A primera vista parecía justo e imparcial. Si pasaban la prueba, continuaban. Volverían a ser redesplegados. Así de simple y claro.

Pero entonces había llegado aquello, la orden de la tortura que Viola debía llevar a cabo. Marks sabía que el hombre era excelente en su trabajo; si bien hacía alarde de una crueldad, de una moral rectora que de hecho carecía de toda moral. Eso la preocupaba.

«¿Firmar una confesión en la que reconocieran asesinatos y traiciones?»

Eso seguro que era idea de Evan Tucker. Ninguna otra persona de la agencia habría osado dar esa orden. Así pues, las normas habían cambiado. Tucker estaba usando el Quemador no solo para poner a prueba y llevar al límite a Robie y Reel sino para que reconocieran actos que conllevarían su entrada en prisión. Él no le había contado esa parte del plan. La había omitido con toda la intención porque, de lo contrario, Marks no habría aceptado.

Aquel pensamiento en apariencia simple la dejó asombrada. Nunca se había negado a cumplir una orden directa. Eso no se hacía. Los problemas actuales de Robie y Reel eran precisamente consecuencia de tal acto.

«¿Me estoy volviendo como ellos?»

Oyó que Robie y Reel gemían y entonces empezaron a volver en sí.

Ella se dirigió a uno de sus hombres.

—Llévalos a su habitación. Déjalos dormir. Ya daré instrucciones acerca del comienzo de la siguiente prueba.

La orden se cumplió de inmediato. Observó cómo devolvían a su habitación a Robie y a Reel.

«Su celda de prisión, mejor dicho. Tal vez su corredor de la muerte.»

16

Robie fue el primero en despertarse. En la habitación no había ventanas, por lo que no tenía ni idea de la hora que era. Les habían quitado el reloj nada más llegar. Se incorporó lentamente y se frotó la cabeza dolorida. Se inclinó por encima de la litera superior y vio que Reel todavía dormía en la de abajo.

Robie tragó con dificultad y se estremeció al notar el resto del vómito que todavía tenía en la boca y en la garganta.

—Da asco, ¿verdad?

Volvió a bajar la mirada y vio a Reel mirándole.

—No me gustaría pasar por esto cada día, la verdad.

Robie balanceó las piernas por el borde, bajó al suelo y se sentó en la litera de ella. Ella encogió las piernas para dejarle sitio.

—¿Para qué lo han hecho? —planteó ella—. Es imposible que pensaran que firmaríamos una confesión.

Robie alzó la vista hacia el dispositivo de escucha pero Reel negó con la cabeza.

—Me da igual que nos oigan. —Se incorporó y dijo en voz alta—: ¡No pienso confesar una mierda!

Volvió a mirar a Robie, que sonreía.

—¿Qué pasa? —preguntó.

—Nada. Bueno, que me gustan tus sutilezas, Jessica.

Ella se dispuso a soltarle alguna fresca, pero se contuvo. Se echó a reír.

Él hizo lo mismo enseguida.

Entonces los dos callaron al oír unos pasos que se acercaban.

La puerta se abrió y ambos se echaron hacia atrás, se hicieron un ovillo y alzaron las manos con los reflejos a punto. No pensaban dejar que se les volvieran a llevar con facilidad.

Sin embargo, se encontraron solo con Evan Tucker.

Robie lanzó una mirada a Reel. Tenía una expresión tan furiosa, que Robie temió que fuera a agredir al director general. De hecho, él estiraba el brazo para impedírselo cuando ella habló.

—Buenos días, director. ¿Durmió bien anoche? Nosotros sí. Hacía años que no dormíamos tan bien.

Tucker esbozó una sonrisa tensa al oír el comentario y acto seguido se sentó en la silla que estaba delante de ellos. Llevaba el traje arrugado y el cuello de la camisa ligeramente mugriento, como si hubiera viajado hasta ahí no precisamente en primera clase.

—Sé lo que os pasó anoche. Yo lo ordené.

—Está bien saberlo —dijo Robie—. ¿Eso es una confesión, pues? Porque pensaba que el uso del ahogamiento simulado era ilegal.

—Es ilegal como técnica para interrogar a los detenidos. Vosotros no estáis detenidos y no se hizo para interrogaros.

—Eso no es lo que dijo ese tío anoche. Y las condiciones para la confesión que recitó eran bastante concretas —comentó Robie.

—Él tenía un guion y lo siguió al pie de la letra. Pero no hubo confesión.

—Entonces, ¿qué sentido tenía la técnica? —preguntó Reel.

—Ver si vosotros dos seguís estando a la altura. La misión que se os asignará conlleva el riesgo de que os apresen. Y se sabe que el enemigo emplea la técnica del ahogamiento simulado entre otras herramientas de interrogatorio para hacer confesar a los prisioneros. No todo se limita a disparar con puntería.

—¿O sea que nada de todo esto tiene que ver con la ojeriza que me tienes, director? —preguntó Reel—. ¿De verdad esperas que nos lo creamos?

—Me da igual lo que os creáis u os dejéis de creer. He dejado muy clara mi postura respecto a vosotros. Matasteis a dos de mis agentes y quedasteis impunes. Me parece fatal. Creo que deberíais estar en prisión, pero no decido yo. Sigo teniendo un trabajo por hacer, igual que vosotros. Mi trabajo consiste en proteger a este país de amenazas externas. Vosotros dos sois herramientas que tengo a mi disposición. Os utilizaré como necesite. Si considero que es acertado apretaros el culo contra la pared y luego hacer que la crucéis, lo haré. Si creéis que no estáis a la altura, entonces mejor que me lo digáis ahora mismo y así nos ahorramos todas estas monsergas.

Dejó de hablar y los observó con expresión expectante.

—¿Y si no queremos seguir? —planteó Robie.

—Podríais optar por esa vía, pero entonces lo más probable es que tu compañera sea acusada de homicidio y tú de complicidad.

—O sea que si seguimos con esto y acabamos muertos, ya sea a manos del otro bando o de tu gente, ¿no acabaremos en los tribunales? —preguntó Reel.

—¿Acaso esperabais algo más generoso que esto? —dijo Tucker con escepticismo—. Más vale que empecéis a hacer borrón y cuenta nueva, apechuguéis aquí y acabéis bien y llevéis a cabo con éxito la siguiente misión. Si queréis escaquearos, mejor que lo hagáis ahora mismo y entonces la situación cambia totalmente. Decisión vuestra. Pero hacedlo ahora. No tengo tiempo que perder.

—¿Para eso has venido? —preguntó Robie—. ¿Para darnos un ultimátum?

—No, he venido para despejar cualquier duda que tengáis sobre mis motivos. No os enviamos aquí para que os mataran. Estoy demasiado ocupado como para siquiera pensar en algo como eso. La cuestión es que en un plano global ninguno de nosotros importa. Ahora bien, tenemos la oportunidad de hacer algo que hará que el mundo sea mucho mejor y mucho más seguro. Necesito saber que estáis conmigo en esto al cien por cien, o no me servís de nada. Vuelve a ser una decisión que está en vuestras manos. Y necesito saberla ya.

Volvió a callarse y los miró.

Robie fue el primero en hablar.

—Yo me quedo.

Reel asintió.

—Yo también.

—Me alegro. —Tucker se levantó, abrió la puerta y se largó.

Antes de que Robie y Reel pudieran siquiera mediar palabra, oyeron que otra persona se acercaba.

Al cabo de unos momentos entró un ordenanza con un carrito. Iba cargado de alimentos para el desayuno y una jarra de café. Otro ordenanza trajo dos sillas plegables. Pusieron la mesa, dispusieron la comida y el café y se marcharon.

Reel y Robie no se habían movido mientras hacían todo eso. Al final, intercambiaron una mirada.

—¿Crees que nos han puesto cianuro en la comida? —preguntó Robie.

—Me da igual. Tengo un hambre canina.

Se levantaron, se sentaron en las sillas y atacaron la comida y se bebieron todo el café caliente. No dijeron ni media palabra mientras devoraban la comida.

Luego se recostaron en el asiento con aspecto saciado y llenos de energía.

—Nunca puede sobreestimarse el efecto que una buena comida tiene en el estado de ánimo —reconoció Reel.

—Sí, pero a lo mejor están cebando al ganado antes de llevarlo al matadero.

—¿O sea que ha sido nuestra última comida antes de la ejecución?

—Ojalá supiera qué decirte —reconoció Robie—. Antes de que Tucker apareciera, estaba convencidísimo de que estábamos acabados. Ahora ya no estoy tan seguro.

—Qué curioso que viniera hasta aquí para decirnos algo que ya sabemos.

—¿Crees que ha sido sincero?

—No me jodas. Miente como un bellaco.

—¿Por qué motivo? —preguntó Robie.

—Los espías mienten. Y probablemente se cubra las espaldas con lo de la tortura.

—¿Era necesario? No puede decir que pertenezcamos a un sindicato y podamos presentar una queja.

Volvieron a oírse pasos y los dos sujetaron el cuchillo que tenían al lado del plato por instinto. Sin embargo, era el ordenanza, que venía a recoger la mesa. Iba acompañado. Este último hombre les condujo a las duchas, donde se lavaron y se pusieron ropa limpia.

Cuando volvieron a conducirles a su habitación, Reel le susurró a Robie al oído:

—Esto me asusta más que la tortura. ¿Por qué son amables con nosotros?

—Tal vez Tucker diera la orden —susurró también Robie.

—No te lo crees ni tú.

Transcurrieron cuatro horas antes de que fueran a por ellos. Les indicaron que se pusieran ropa para correr. Acto seguido, les condujeron en jeep a una zona remota de las instalaciones, en lo más profundo del bosque, y los dejaron allí.

No hacía mal tiempo. Un poco por debajo de los 10 °C, un poco nublado pero el sol estaba alto y calentaba. Robie calculó que debían de ser las dos de la tarde.

Después de que el vehículo se marchara, alguien apareció en el sendero desde detrás de unos árboles. Se volvieron para ver de quién se trataba.

Amanda Marks iba con chándal y zapatillas Nike.

—Confío en que estéis bien alimentados y descansados —dijo.

—Y limpios —añadió Reel—. No lo olvidemos.

—Pues entonces vayamos a correr, ¿vale? —Sin esperar respuesta, Marks se volvió y echó a correr.

Robie y Reel intercambiaron una mirada con expresión confundida antes de seguirla, él por la derecha y ella por la izquierda.

—¿Sabías que Tucker venía hoy? —preguntó Reel.

—En el último momento. ¿De qué quería hablar con vosotros?

—¿Insinúas que no te lo ha dicho? —preguntó Robie.

—Si me lo hubiera dicho, no os lo preguntaría.

—Quería comunicarnos que nuestra presencia aquí no se debe a una venganza personal. Ha dicho que nos han sometido al ahogamiento simulado no para que confesáramos, dado que no esperaba tal cosa, sino para asegurarse de que resistiríamos en caso de que nos apresaran.

—¿Y le habéis creído? —preguntó Marks.

—¿Tú le habrías creído? —espetó Reel.

—No lo sé. La verdad es que no lo sé. Es una persona más complicada de lo que pensé en un principio.

—No me fío de él —reconoció Reel.

—Si estuviera en vuestro lugar, tampoco me fiaría de él —repuso Marks.

—Entiendo que la comida, el descanso y la ducha fueron obra tuya.

—Bueno, la verdad es que no fueron idea de Tucker, ni de Andrew Viola.

—Viola —dijo Reel sorprendida—. ¿Él está metido en esto?

—Pensé que reconocerías su voz en la sesión de tortura. Coincidisteis aquí, ¿verdad? Y sé que estuviste sobre el terreno con él en un par de misiones.

—Cierto, pero no he reconocido su voz.

—Probablemente tuvieras la cabeza en otras cosas —dijo Marks con sequedad. Miró a Robie—. ¿Conoces a Viola?

—Su fama le precede.

—Un guerrero como la copa de un pino que siempre sigue el manual al pie de la letra —repuso Marks.

Reel y Robie intercambiaron una mirada rápida.

—¿Es ese el motivo por el que estamos aquí corriendo en medio del bosque? —preguntó Reel—. ¿Para poder hablar con sinceridad?

—A ver si me explico. Yo ya he corrido quince kilómetros esta mañana. Así que desde el punto de vista de la forma física, no tengo necesidad de estar aquí.

—O sea que Viola es un buen jugador de equipo —dijo Robie.

—¿Y tú no? —añadió Reel.

—Yo no he dicho eso —repuso Marks—. Yo sí que soy una buena jugadora de equipo.

—¿Y la sesión de anoche en la que casi morimos ahogados? —preguntó Reel.

—No fue cosa mía. Y no me eligieron para llevarla a cabo. Ahí es donde Viola entró en juego.

—Me extraña que no le viera antes por las instalaciones —dijo Reel en tono inquisitivo.

—Le hicieron venir desde una misión en no sé dónde —respondió Marks.

—¿Evan Tucker le llamó? —preguntó Robie, balanceando los brazos con soltura e irguiendo el cuello mientras corrían a un paso cómodo.

—No lo sé seguro, pero no me extrañaría si fuera el caso. Viola es un activo de alto nivel. No le convocarían para un asunto de poca monta. Y yo no lo he hecho como directora adjunta.

—¿Y por qué Tucker no ha confiado en ti para hacer el trabajo sucio? —quiso saber Robie.

—¿Te negaste a someternos a la tortura con agua?

Marks siguió corriendo unos cuantos metros antes de responder.

—Nunca me lo pidió.

—¿Y si te lo hubiera pedido? —insistió Reel—. ¿Qué habrías hecho?

—Nunca he accedido a torturar al enemigo y mucho menos a nuestros propios agentes.

—Pues no cabe duda de que Tucker era consciente de ello —dijo Robie—. Y no se molestó en pedirte que lo hicieras. Obviamente, Viola no tenía ningún reparo en hacerlo.

—Pues no. Nunca se negaría a ejecutar una orden directa. Él no funciona de ese modo.

—Pero ¿cómo es posible que Tucker esperara que hiciéramos una confesión? —dijo Reel—. Incluso torturándonos.

—No es un verdadero miembro de la CIA —repuso Robie—. Nunca ha pertenecido al mundo de la inteligencia. Su nombramiento como director fue una jugada política. Probablemente pensara que el ahogamiento simulado sirve para todo el mundo.

—Como si una confesión bajo coacción fuera válida —apuntó Reel—. Y quería que la firmáramos, a pesar de la mierda que nos ha hecho tragar ahí dentro.

—No creo que pensara utilizarla ante un tribunal —dijo Marks.

Reel le lanzó una mirada.

—Entonces, ¿para qué?

—Probablemente quisiera demostrar al presidente que somos malos.

—Y quizás el presidente firmara vuestro despido oficial. No de esos en que recoges todo lo de tu escritorio y te acompañan a la salida.

—Si Tucker pensó que eso es lo que iba a ocurrir y dirige la CIA, América tiene un grave problema —comentó Reel.

—No sé —dijo Robie—. Tal vez quisiera matarnos.

—Quizá solo quisiera hacernos daño —sugirió Reel.

—Pues entonces misión cumplida —dijo Robie.

Reel dejó de correr y los demás se le acercaron y la miraron.

—Lo cual nos vuelve a llevar a la cuestión de por qué haces lo que haces, directora adjunta —dijo.

Marks siguió corriendo en el sitio para que no se le enfriara ni entumeciera el cuerpo.

—Soy una jugadora de equipo, Reel, que te quede claro.

—¿Pero?

—Pero pongo un límite en ciertos puntos. Torturar a uno de los nuestros es uno de esos límites.

—¿Algo más?

—Tucker ha dicho que quería que os llevara al límite y más allá. Realmente quería ver si sois aptos para el trabajo y para ser redesplegados. Si estabais a la altura o no. Supuse que su objetivo era averiguarlo.

—¿Y ahora?

—Y ahora no lo sé. Sus instrucciones daban cierta sensación de que quizá no quisiera que volvierais a ver el exterior de este lugar.

—¿Y tú qué decidiste? ¿Ignorarlas? —preguntó Reel.

—Decidí pensar que no era posible que quisiera tal cosa —reconoció Marks.

—O convencerte de que no podía —apuntó Robie.

Marks volvió a correr y la pareja la siguió.

—Así pues, ¿adónde nos lleva todo esto? —preguntó Reel.

—No lo sé —reconoció Marks—. Pero puedo deciros que a partir de ahora entrenaré con vosotros.

—¿Por qué? —preguntó Robie.

—¿Para ser nuestra guardiana? —sugirió Reel.

—Voy a entrenar con vosotros y punto.

—No es tu problema ni tu lucha, DA —dijo Robie—. No perjudiques tu carrera por esto. No te mereces las posibles consecuencias.

—Tal como dices, soy la directora adjunta, Robie. Y la DA es responsable de los activos desplegados sobre el terreno. Así pues, vosotros dos formáis parte de esos activos y tengo la responsabilidad de velar por vosotros.

—¿O sea que te planteas esto como una batalla de egos contra Evan Tucker? —exclamó Reel—. El número uno contra la número dos tiene un resultado muy predecible.

—Quizá —repuso Marks de forma críptica—. Pero lo cierto es que los números dos se esfuerzan más.

—¿Quieres enemistarte con Tucker? —preguntó Reel.

—Yo no quiero enemistarme con nadie a propósito. Lo único que intento es hacer mi trabajo.

—Pensaba que tu trabajo consistía en obedecer órdenes —dijo Robie.

—Mi trabajo consiste en ejercer de directora adjunta lo mejor posible. Tengo intención de hacer precisamente eso.

Marks aceleró el paso y les adelantó unos diez metros. Pareció hacerlo a propósito para dejar que hablaran de lo que acababa de decir.

—¿Crees que es una trepa o acaso pretende parecer nuestra amiga por algún motivo encubierto? —planteó Reel.

—No lo sé. Parece sincera. ¿Y por qué iba a necesitar ser nuestra amiga? Nos tiene aquí. Puede hacer con nosotros lo que se le antoje.

—Y tampoco es que nos haya pedido que hagamos algo —dijo Reel pensativa.

—Todavía no —la corrigió Robie.

—Entonces ¿qué hacemos?

—Vemos qué pasa. Creo que es lo único que podemos hacer.

—¿Y si lo que quiere es ascender?

—Entonces espero que no acabe siendo un daño colateral. Porque no creo que a Evan Tucker le importe quién se entromete o quién sale escaldado.

Reel aminoró la marcha antes de parar.

Él regresó hacia ella.

—¿Qué pasa?

—Robie, estoy poniendo en peligro a todo el mundo. A ti, a ella, a Julie, a cualquiera que se relacione conmigo.

—No seas tonta.

—¡Tú lo has dicho! Cualquiera que se entrometa en su camino. En su camino para pillarme. Porque, no nos engañemos, es a mí a quien quiere.

—¿Y qué?

—Pues que tengo que hacer esto sola, Robie.

—¿Hacerlo sola? ¿Contra la CIA?

—No quiero ponerte ni a ti ni a nadie en peligro. En más peligro. Por mi culpa casi te han matado tantas veces que ya he perdido la cuenta.

—¿Recuerdas lo que te dije cuando estábamos bajo la lluvia, Jessica?

—Lo sé, pero...

—Eso no se lo he dicho jamás a nadie.

A Reel se le humedecieron los ojos y pareció sorprendida, aunque enseguida recobró la compostura.

—Pero no se puede sobrevivir a esto, Robie. Anoche nos torturaron. ¿Qué será lo siguiente? ¿Un pelotón de fusilamiento?

—Sea lo que sea, lo asumiremos juntos. Así duplicamos las posibilidades de sobrevivir.

—No, duplicamos el número potencial de bajas.

—Vamos. Si Marks nos saca demasiada ventaja, quizá nos castigue esta noche sin postre.

Robie echó a correr. Reel aguardó unos cuantos segundos antes de negar con la cabeza y correr a toda velocidad para alcanzarlos, aunque mantuvo la expresión de preocupación en la mirada.

17

—¿Señor Fontaine?

Earl, que estaba dormitando en la cama del hospital de la prisión, se despertó, abrió los ojos y miró en derredor.

—¿Señor Fontaine?

Fijó la vista en la joven doctora. Se sentó más erguido.

—¿Sí, doctora?

Ella cogió una silla y se sentó a su lado. Earl se fijó en que la acompañaba un guardia que no era el grandullón de Albert. De todos modos, el hombre observaba a Earl con fijeza. Probablemente estuviera al corriente de los crímenes perpetrados por Earl aunque la doctora no los supiera.

—Quería comunicarle que he hecho unas cuantas llamadas.

—¿Llamadas?

—Sobre lo que me pidió.

Earl sabía de qué hablaba pero había decidido explotar al máximo la imagen de viejo chocho al que le queda poco tiempo de vida.

—¿Se refiere a lo de mi hijita?

—Sí, eso.

—Santo cielo, muchas gracias, doctora.

—He hablado con algunas personas de Washington.

—¡Washington! ¡Por todos los santos! Gracias, gracias.

—Me han puesto en contacto con otras personas después

de que les explicara la situación. De todos modos, no hay nada seguro.

—Por supuesto que no, doctora, nunca he esperado nada. Pero no tengo palabras para darle las gracias como se merece por lo que ha hecho. Es muy importante para mí. Muchísimo.

La doctora se sintió un tanto azorada ante tales muestras de agradecimiento. Se sonrojó ligeramente y siguió hablando.

—Estos asuntos son muy delicados, como seguro que sabe.

—Por supuesto que lo entiendo. Todo con discreción, ¿verdad? —se apresuró Earl a responder.

—Sí. Bueno, no domino el tema pero les expliqué la situación a los U.S. Marshals lo mejor que supe. Los U.S. Marshals...

—Los Marshals, madre mía —exclamó Earl—. Mi hijita está bien, ¿verdad?

—Los Marshals son quienes supervisan el programa de protección de testigos, señor Fontaine.

—Oh, recórcholis, es verdad. —Señaló las vías intravenosas—. Estas medicinas, doctora, estas dichosas medicinas me afectan a la cabeza. No soy capaz de pensar como toca. La mitad de las veces ni siquiera sé cómo me llamo.

—Me imagino —dijo, dedicándole una sonrisa comprensiva. Acto seguido, cogió carrerilla—. Dijeron que la petición era muy inusual y que tendrían que hacer ciertas comprobaciones. No sé seguro cuánto tiempo tardarán. Pero yo les hablé de sus circunstancias personales. Es decir... —En ese momento, vaciló.

—Se refiere a que no me queda mucho tiempo por vivir —dijo Earl tratando de ser útil.

—Sí, ya se lo dije. No entré en detalles porque eso sería una violación de la confidencialidad de los pacientes.

—Claro, claro —dijo Earl en tono alentador—. Joder, me alegro de que lo hiciera. No es que me importe quién lo sabe. Morir es morir.

—Pero dijeron que si estaba justificado, tomarían medidas para ponerse en contacto con su hija y, por lo menos, informarla de la situación.

—Un puto deseo hecho realidad y lo digo desde ya mismo —dijo Earl, mientras las lágrimas le rodaban por las mejillas y se llevaba la mano al pecho.

—De todos modos, señor Fontaine, tenga presente que por el hecho de que quizá se pongan en contacto con ella no debe presuponer que aceptará su petición de venir a visitarlo.

—Joder, eso ya lo sé, doctora, pero por lo menos sabrá que tiene la posibilidad de hacerlo, ¿no? Es más de lo que he tenido jamás. —Le tendió una mano temblorosa para que ella se la estrechara—. No sé cómo darle las gracias como corresponde, doctora. Solo espero que cuando le llegue el momento de partir, recuerde este instante, cuando hizo más feliz a un viejo de lo que lo ha sido en mucho, mucho tiempo.

La doctora le tomó de la mano y se la estrechó ligeramente mientras el guardia se cernía sobre ellos poniendo cara de asombro.

En cuanto la doctora se hubo marchado, Earl volvió a tumbarse en la cama. Notaba el corazón desbocado. Respiró profundamente para apaciguar su maltrecho pecho.

«Ahora no te puedes morir, viejo. Tienes que resistir. Tienes que resistir.»

Lanzó una mirada a Junior, que le observaba desde la cama. La expresión del otro hombre tenía algo que a Earl le daba igual.

—¿Tienes algo en mente, Junior? —preguntó Earl.

—¿Qué estás tramando, viejo? —dijo Junior.

—Lo que sea que esté tramando no es asunto tuyo, ¿verdad, mamón?

Junior observó a Earl con una sonrisa.

—Te conozco, Earl. Soy un puto asesino. He matado a zorras por todo Alabama. No lo puedo evitar, me sale así. —Se dio un golpecito en la cabeza—. Aquí arriba. Soy raro, dicen los médicos, pero al puto jurado se la trajo floja.

—Lo único que tienes raro, Junior, es la cara. Como el culo

de un cerdo. Por eso tenías que cargarte a las chicas. No iban a follar con alguien tan feo como tú sin una navaja en el cuello.

Junior pareció no haber oído sus palabras.

—Pero tú, Earl, tú eres un hijo de puta enfermo. Eres malvado y estás tramando algo. Lo huelo.

—Lo que yo huelo es a mierda y viene de tu puta cama. ¿Te has cagado en las sábanas otra vez como un niño pequeño?

Pero Earl no estaba centrado en los comentarios jocosos que intercambiaba con Junior. No le gustaba que Junior sospechara. ¿Y si se lo contaba a alguien? ¿Y si inventaba algún rollo? ¿Qué sería de su plan?

—Lo huelo, viejo —insistió Junior. Sonrió con expresión amenazadora—. Y no tengo nada mejor que hacer que pensar en ello. A lo mejor lo descubro. Y si lo descubro, a lo mejor se lo cuento a alguien, como a la doctora.

—Y a lo mejor no te ejecutan, cabrón. Pero yo no me apostaría una mierda.

Apartó la mirada de Junior y reclamó a la enfermera. Cuando se le acercó, dijo en voz baja:

—Tengo que hacer una llamada. ¿Me la preparas, guapa?

—¿A quién vas a llamar?

Earl lanzó una mirada a Junior, que volvía a tener los ojos cerrados.

—A unos amigos. Me siento solo. Me han dicho que puedo hacer una llamada al día. No he llamado a nadie desde hace cuatro días. ¿Me la preparas, guapa?

—A ver qué puedo hacer —dijo la enfermera.

Earl le sonrió.

—Estaré aquí mismo cuando vuelvas.

Ella soltó un bufido al oír la broma y se marchó.

La sonrisa desapareció de los labios de Earl. Lanzó una mirada a Junior.

No pintaba bien. No pintaba nada bien.

18

—Necesito saber de forma inequívoca cuál es tu postura.

Evan Tucker tenía la vista clavada al otro lado de una mesa de reuniones en el hombre que tenía delante.

Si a Andrew Viola le sorprendió la pregunta, no lo demostró.

—Mi postura es la que quiera que tenga, señor —repuso con tranquilidad.

—Hablar es fácil, Viola.

—Creo que he hecho algo más que hablar, señor. He obedecido sus órdenes al pie de la letra.

—Sin embargo, no ha habido confesión.

—Les sometimos a tres sesiones, señor. Con una más podían haber muerto. No pensaba que quisiese que la cosa acabara así. Y son duros, hay que reconocérselo.

—Yo no les reconozco nada, y menos a Reel.

—Tengo entendido que visitó el Quemador.

—Sí. Hablé con Robie y Reel.

—¿Y fue tal como lo planeó?

—¿De qué plan hablas exactamente? —preguntó Tucker con suspicacia.

—Me refiero a si consiguió su objetivo, fuera el que fuera.

—Les dije que necesitaba que me garantizaran que estaban totalmente comprometidos con esta misión. Les dije que la tortura había sido una prueba para ver si eran capaces de resistirlo si les apresaban.

—De acuerdo —dijo Viola con tranquilidad.

—Y por si te interesa saberlo, lo dije en serio.

—Nunca he presupuesto otra cosa, señor.

—Lo cierto es que son los mejores que podemos colocar sobre el terreno ahora mismo y les necesitamos para esta misión. No es que me apasione la idea, pero tengo que dejar de lado mis sentimientos por un bien mayor.

—Entiendo.

Tucker tamborileó la mesa con los dedos.

—Marks me ha decepcionado.

—Es una agente de primera clase —dijo Viola—. Yo no puedo decir nada en su contra.

Tucker miró a Viola con determinación.

—Si juegas bien tus cartas, podrías acabar siendo director adjunto.

A Viola pareció incomodarle el comentario.

—Con mis debidos respetos, señor. No sé si estoy a la altura. Soy un hombre de táctica sobre el terreno, siempre lo he sido. La política y las estrategias a largo plazo no son mi fuerte.

—Cuando un hombre conoce sus debilidades, puede convertirlas en puntos fuertes.

—Mejor que veamos qué tal va esto, señor.

Tucker asintió.

—La misión para la que están siendo probados es la más importante de los últimos cincuenta años. Tal vez la más importante de todos los tiempos para nosotros.

Viola se recostó en el asiento y se le agrandaron los ojos ligeramente ante tal comentario, aunque el mismo escepticismo se reflejara en su expresión.

Tucker debió de notarlo porque añadió:

—No estoy exagerando, Viola. Ni mucho menos.

Viola guardó silencio.

—¿Crees que lo lograrán? —preguntó Tucker.

—Yo no apostaría en su contra. Tal como ha dicho, son los mejores que tenemos ahora.

—Por lo que respecta a su capacidad, no a su lealtad. Y yo necesito ambas.

Viola se movió incómodo en el asiento.

—Nunca he sabido a qué se debe tanta mala sangre entre usted y Reel, señor.

—Ni falta que hace —repuso Tucker—. Basta con decir que Reel cometió un acto sumamente execrable.

Viola se mostró pensativo.

—Supongo que debe de ser muy grave si la quiere ver muerta.

—Yo nunca he dicho que la quiera ver muerta —espetó Tucker.

—Lo siento, señor. He supuesto algo que supongo que no debería haber supuesto.

Tucker se recostó en el asiento y formó una pirámide con las manos.

—Lo único que necesito saber, Viola, es que cuento con su lealtad y que están a la altura. ¿Lo entiendes?

—Saber si están a la altura es más fácil de comprobar, señor. La lealtad está en el cerebro, señor. Eso es terreno de los psicólogos.

—En eso están.

—Así pues, ¿qué quiere que haga exactamente?

—Tu trabajo. Nada más y nada menos. ¿Has hablado con Marks?

—Solo para estar al corriente de ciertas cosas.

—Quiero que la observes con el mismo detenimiento con el que observas a Robie y Reel.

—¿En qué tengo que fijarme exactamente?

—Lealtad, Viola. La exijo a todos los miembros de esta agencia.

—¿Quiere que espíe a la DA? —preguntó Viola con incredulidad.

—Ten en cuenta que si bien ella es la DA, yo soy el DCI... La última vez que consulté el organigrama de la organización, yo estaba por encima de ella.

Viola volvió a moverse en el asiento.

—De eso no hay duda.

—Entonces haz lo que te digo. Informes regulares. Eso es todo.

Viola se levantó y se dirigió hacia la puerta. Se volvió para mirar a Tucker.

—¿Sí? —preguntó Tucker expectante, aunque había cierto deje bélico en su voz.

—Me alisté a la CIA para servir a mi país, director.

—Igual que yo. ¿Qué quieres decir con eso?

—Nada, señor. Solo quería asegurarme de que lo tenía claro.

Tucker siguió sentado en su asiento tras la marcha de Viola. Se quedó mirándose las manos, llenas de manchas de la edad, tras pasar muchos veranos navegando en Chesapeake Bay a pleno sol. Eso fue antes de convertirse en DCI. Ahora no tenía tiempo de navegar. Solo tenía tiempo para esto. Le estaba consumiendo la vida. No, no tenía nada más en la vida. Era el DCI, eso era su vida. Esa era su identidad.

Pero su dilema era bastante obvio. ¿En quién podía confiar? ¿Marks? ¿Viola? ¿En ninguno de sus agentes?

Tenía por delante la misión más importante de su carrera, tal vez la misión más trascendental que la agencia tenía desde hacía décadas. Y le había dicho al presidente de Estados Unidos que la tenía controlada. Que su equipo estaba pasando por la criba correspondiente y que si no estaba a la altura, tenía a otro equipo listo para asumir la misión.

Pero ¿era así?

Sabía lo que quería. Quería que Reel pagara por lo que había hecho. Y si Robie la apoyaba, recibiría el mismo trato. Pero lo cierto era que los necesitaba para llevar a cabo tal misión. Tenía que enviar a los mejores. Y eran ellos. Con diferencia.

Puso la cabeza entre las manos. Sentía un miedo frío en el vientre. Tenía la piel húmeda de sudor. Sentía náuseas. Se sentía... muerto.

«¿Tengo tendencias suicidas? ¿Así va a acabar todo? ¿Estoy perdiendo la chaveta?»

El DCI necesitaba estar en plenas facultades. En ese preciso instante.

Se balanceó adelante y atrás con la cabeza sujeta entre las manos.

Y entonces, con un destello de claridad, recobró la lucidez. Levantó la cara de entre las manos.

Ya tenía su respuesta. De hecho, le había estado mirando a los ojos todo el rato.

Andrew Viola iba en coche hasta un aeropuerto privado para tomar un avión de la agencia para regresar al Quemador.

No obstante, hizo una parada por el camino. Tenía que hacer una llamada de teléfono. Y no confiaba en hacerla desde su móvil seguro sin que nadie le escuchara.

Se detuvo en una tienda abierta las 24 horas y se apeó del coche.

No entró. Se dirigió al único teléfono de pago que estaba empotrado en la pared exterior. Ni siquiera sabía si funcionaba.

Introdujo las monedas y oyó el tono de llamada.

Marcó el número y el teléfono sonó tres veces antes de que hubiera respuesta.

—¿Diga? —dijo Hombre Azul.

—Tengo que contarte algo, pero olvídate de que te lo he contado yo —dijo Andrew Viola en voz baja.

—¿Es sobre Robie y Reel? —preguntó Hombre Azul.

—Sí —repuso Viola.

Viola dijo lo que tenía que decir y respondió a algunas preguntas de Hombre Azul, cuyo verdadero nombre era Roger Walton. Ocupaba un alto cargo de la agencia, aunque no tan alto como Amanda Marks y Evan Tucker.

También era amigo y aliado de Will Robie. Y de Jessica Reel.

Cuando Viola terminó, colgó el teléfono público y regresó al coche.

Curiosamente, los viejos teléfonos públicos eran la forma de comunicación más segura que existía en la actualidad. La NSA tendía a centrarse más en el tráfico de llamadas entre móviles, los SMS y los mensajes de correo electrónico. Quedaban tan pocas cabinas de teléfono que ya nadie se molestaba en controlarlas.

Puso en marcha el vehículo y se marchó. Estaría de vuelta en el Quemador en unas pocas horas.

Tal vez acabara de darse cuenta de que el mundo no era sencillamente en blanco y negro, por mucho que a él le hubiera gustado que así fuera.

19

Spitzer y Bitterman se sentaron juntos.

Robie y Reel estaban sentados frente a ellos.

—Cuánto tiempo sin vernos —empezó diciendo Reel—. ¿Ya no nos queréis?

Los dos psicólogos intercambiaron una mirada con expresión un tanto incómoda.

—Nosotros no decidimos las sesiones —dijo Spitzer.

—Lo sé. Obedecéis órdenes como todos los demás —dijo Robie.

—¿Y por qué hoy jugamos a dobles? —preguntó Reel. Lanzó una mirada de reojo ansiosa a Robie—. Pensaba que estas sesiones eran individuales.

—Normalmente lo son —repuso Bitterman—. Pero hoy no. ¿Os incomoda?

—No —dijo Reel—. Me encanta revelar mis pensamientos más profundos en un escenario público.

Spitzer sonrió.

—No es el método preferido, agente Reel, pero lo cierto es que quizá resulte beneficioso para ti y para el agente Robie.

—No imagino por qué, pero no soy loquera. —Reel se recostó en el asiento con los ojos entornados—. Por lo menos mientras estamos aquí nadie intenta matarnos.

—¿Te refieres a mataros cuando estáis sobre el terreno? —dijo Bitterman.

—No —intervino Robie—, se refiere a matarnos mientras estamos aquí en el Quemador.

—Está claro que no es un camino de rosas —apuntó Spitzer, mientras hacía garabatos con el boli en el bloc de notas que tenía.

—Oh, la instrucción la manejamos bien —comentó Reel—. Son las torturas en plena noche las que me ponen un poco tensa. Me gusta dormir seis horas seguidas sin interrupciones para torturarme, como a todo hijo de vecino.

Tanto Spitzer como Bitterman se quedaron boquiabiertos.

—¿Estás diciendo que os torturaron? ¿Aquí? —inquirió Bitterman.

—No te escandalices, doctor —dijo Reel—. No ha sido la primera vez y dudo que sea la última. Lo que pasa es que normalmente no nos lo hacen los de nuestro país.

—Pero eso es ilegal —dijo Spitzer.

—Cierto —confirmó Robie—. Pero, por favor, no te pongas a presentar ninguna denuncia.

—¿Por qué?

—Eres una mujer lista. Imagino que sabes cómo acabaría la cosa.

Bitterman empalideció y miró con nerviosismo a Spitzer, que seguía con la vista clavada en Reel.

—Bueno, quizá deberíamos centrarnos en nuestra sesión —sugirió Bitterman.

—Sí, será lo mejor —reconoció Reel—. Dispara.

Los dos psicólogos prepararon sus notas. Spitzer fue la primera en hablar.

—En la última sesión estuvimos hablando de roles.

—Juez, jurado y verdugo —dijo Reel enseguida mientras Robie la miraba con curiosidad.

—Sí. ¿Qué papel crees que desempeñas ahora?

—Víctima.

—¿Y cómo te hace sentir eso? —preguntó Bitterman.

—Fatal.

Acto seguido, miró a Robie.

—¿Y tú?

—Yo, víctima no, más bien chivo expiatorio. Y cabreado, por si ibas a preguntarme cómo me hace sentir.

—¿O sea que todo esto te parece injusto? —preguntó Bitterman.

—He servido a mi país, he arriesgado mi vida durante muchos años. Me he granjeado más respeto del que me dispensan ahora. Lo mismo puede decirse de Reel.

—Pero ¿entiendes por qué han cambiado las circunstancias? —preguntó Spitzer.

—¿Porque hay dos traidores muertos? —repuso Robie—. No, la verdad es que no.

—No te ordenaron que los mataras —señaló Bitterman.

—Pues ella fue por la vía rápida. Las órdenes habrían llegado, créeme.

—No, les habrían juzgado y condenado, tal vez —aseveró Bitterman—. Igual que ha ocurrido con otros espías y traidores.

Robie negó con la cabeza.

—¿Sabes en qué estaban metidos esos dos? ¿Lo que estaban planeando?

—No vendían secretos —añadió Reel mientras los dos psicólogos negaban con la cabeza.

—Es algo que el mundo nunca habría sabido —dijo Robie—. Nunca se habría celebrado un juicio. Nunca. Y nunca habrían ido a prisión.

—Los habrían ejecutado y enterrado —dijo Reel—. Y ahí es donde yo les envié.

—Es tu opinión —dijo Bitterman—. Está la cuestión de obedecer órdenes y no de actuar de modo unilateral.

—De lo contrario, hay caos —añadió Spitzer.

—Vamos cuesta abajo —dijo Bitterman—. Sé que captáis las implicaciones.

—Esto era un caso especial —replicó Reel.

—Las excepciones no solo confirman la regla sino que la destruyen —repuso Spitzer—. Nuestra labor consiste en daros el visto bueno desde un punto de vista psicológico. Si bien sé que os han puesto al límite físico durante vuestra estancia aquí y así seguirá siendo, nosotros no nos centramos en vuestro cuerpo sino en vuestras mentes. ¿Seguís teniendo la disciplina y fortaleza mentales para hacer vuestro trabajo sobre el terreno?

—¿O crearéis una misión nueva por vuestra cuenta en vez de obedecer órdenes? —añadió Bitterman.

—Sobre el terreno improvisamos de forma continua —objetó Robie.

—No estoy hablando de improvisar —dijo Bitterman—. Todos los agentes buenos lo hacen. Me refiero a desaparecer del mapa, ir por libre y crear misiones totalmente distintas para responder a supuestos agravios. ¿Seguís teniendo la capacidad de obedecer solo las órdenes que os den?

Reel estuvo a punto de decir algo pero se contuvo. Por primera vez, Robie no parecía muy convencido.

Ninguno de los psicólogos habló. Se quedaron mirando a Robie y a Reel, esperando una respuesta de uno de ellos.

—No lo sé —reconoció Reel al final.

Robie no dijo nada.

Bitterman y Spitzer hicieron sendas anotaciones.

—Así pues, si no podemos decirlo de modo inequívoco, ¿qué hacemos? ¿No somos aptos para volver a ser desplegados?

Spitzer alzó la vista.

—No nos corresponde decidirlo. Nos limitamos a hacer recomendaciones.

—¿Y cuál sería vuestra recomendación ahora mismo? —preguntó Reel.

Spitzer lanzó una mirada a Bitterman, que habló.

—Responder ahora no tendría sentido.

—¿Por qué? —preguntó Reel—. Ya llevamos aquí algún tiempo. No creo que necesiten un año para decidir esto, no si quieren ver si somos aptos para una misión.

—Mi respuesta sigue siendo la misma —repuso Bitterman mientras Spitzer asentía.

—¿Queréis siquiera que os asignen una misión? —preguntó Spitzer. Miró primero a Reel y luego a Robie para ver si obtenía respuesta.

—Este trabajo ha sido mi vida entera —reconoció Reel.

—Eso no es una respuesta —señaló Bitterman.

—Es la única que tengo ahora mismo —repuso Reel con firmeza.

—¿Cuánto tiempo tenemos? —dijo Robie.

—Nosotros no estamos aquí para eso. Preguntad a la DA Marks.

—¿Vosotros tratáis con ella o con Evan Tucker? —preguntó Reel.

—La cadena de mando está bien definida —explicó Spitzer—. Pero al final todo acaba en el DCI. Sobre todo algo como esto.

Robie asintió.

—¿Hemos acabado?

—¿Quieres acabar? —preguntó Spitzer con una mirada de complicidad. Quedaba claro que no se refería únicamente a esta reunión.

Ni Robie ni Reel respondieron.

20

Se trataba de una carrera de obstáculos repleta de elementos mortíferos. En el Quemador no había medias tintas.

La única diferencia era que ahora Amanda Marks estaba ahí con ellos mientras colgaban de un cable metálico situado a treinta metros de altura y cruzaban un pantano conocido por estar infestado de serpientes venenosas.

Ninguno de ellos bajaba la mirada porque no habría servido de nada.

Llegaron al otro lado, encontraron el alijo de armas y siguieron avanzando.

Marks señaló hacia delante e hizo un gesto para que Reel fuera hacia la derecha y Robie hacia la izquierda.

El fuego enemigo empezó al cabo de treinta segundos.

Era munición real. En el mundo de Reel y de Robie siempre llegaba el momento en que no era de otro tipo.

Mientras las balas silbaban por encima de sus cabezas, Robie y Reel avanzaron como un equipo. Tenían una misión y un objetivo y cuanto antes se pusieran manos a la obra, mejor, porque así cesarían las balas.

Marks se quedó rezagada porque la operación estaba destinada a un equipo de dos personas. Sin embargo, observaba a la pareja con atención por más de un motivo.

Se quedó maravillada al ver cómo se movían Reel y Robie como si fueran uno. Daba la impresión de que sabían lo que pensaba el otro. En menos de veinte minutos consiguieron su objetivo y Marks ordenó poner fin al fuego real.

Durante el trayecto de vuelta en el jeep, Marks les dijo que tenían visita.

—¿Quién es? —preguntó Robie.

—Alguien a quien conocéis bien.

El jeep los dejó a un kilómetro y medio de las instalaciones y siguió adelante. Al cabo de un momento Hombre Azul apareció desde detrás de un árbol para saludarles.

—Os veo muy en forma a los dos —dijo Hombre Azul. Como de costumbre, vestía traje y corbata con zapatos relucientes. Quedaba totalmente fuera de lugar en el bosque. Tenía el pelo blanco y las facciones envejecidas, pero tenía unos ojos claros y vivaces y estrechaba la mano con fuerza.

Reel le dio un abrazo y le susurró «gracias» al oído.

Robie observó expectante a Hombre Azul.

—He recibido una llamada de una persona que os entrevistó aquí —empezó diciendo.

Robie y Reel intercambiaron una mirada.

—¿Hombre o mujer? —preguntó Reel.

—Hombre —respondió—. Se disculpó por lo tardío de la sesión y por lo mojados que acabasteis.

—Qué detalle —dijo Reel con sequedad.

—También me contó que hay un plan B en caso de que no salgáis bien parados de aquí.

—¿Y cuál es el plan B? —preguntó Robie.

—El equipo B, en realidad. Para la misión inminente. Por supuesto, vosotros dos sois la unidad preferida.

—Qué halagador —comentó Reel—. ¿Y sabemos qué misión es?

—Lo sabe una persona de la agencia y esa persona no soy yo.

—¿Solo una? —inquirió Robie, asombrado.

—¿O sea que es Evan Tucker, entonces? —sugirió Reel.

Hombre Azul asintió.

—Sumamente inusual. Estoy acostumbrado a círculos reducidos de personas informadas, pero un círculo con una sola persona resulta problemático.

—Hasta el momento hemos sobrevivido —dijo Reel—. ¿Intuyes algo que vaya a cambiar la situación?

—Voy a hablar sin tapujos porque lo contrario no os beneficiaría para nada. El director está en una situación muy conflictiva ahora mismo. Algunos hechos que he recopilado ponen de manifiesto que el hombre está peligrosamente al límite. Os necesita tanto como desea castigaros. Y en estos momentos no queda claro cuál de las dos situaciones prevalecerá.

—Intentó que confesáramos torturándonos con la técnica del ahogamiento simulado —explicó Robie—. Eso podría indicar que va ganando el deseo de «castigo».

Hombre Azul asintió.

—A primera vista, es lo que parece. Pero, por desgracia, es más complicado que eso. Parece que cambia de opinión no cada día sino cada hora.

—¿Y cómo sabes tú eso? —preguntó Robie.

—Somos una agencia de recopilación de inteligencia —repuso Hombre Azul con una sonrisa—. Y no hay ninguna ley que nos impida aplicarlo en casa.

Robie miró a Reel.

—Quizá sea el motivo por el que Tucker estuvo aquí.

—¿Vino a veros? —preguntó Hombre Azul.

—Quería «garantizarnos» que no tiene ninguna *vendetta* personal contra nosotros y que todo lo que nos hacen aquí, incluida la tortura, forma parte de las pruebas para ver si estamos a la altura.

—¿Y le creísteis? —preguntó Hombre Azul.

—Pues no —espetó Reel—. ¿Y no hay ningún activo al que podamos recurrir para evitar esta *vendetta* contra nosotros?

—Lo hemos probado y él se mantiene en sus trece. El personal de la agencia está convencido de la culpabilidad del ex director adjunto y del analista. Eran sencilla y llanamente traidores y sus muertes no resultan excesivamente preocupantes. Por desgracia, ninguna de esas personas dirige la CIA.

—Tenemos entendido que se ha llegado a algún acuerdo con el presidente —dijo Reel.

—Ese es el problema. La misión llega hasta la Casa Blanca. Me he enterado de que hubo una transmisión en la sala de Crisis en la que solo participaron el presidente, el DCI y el APNSA, el asesor presidencial para asuntos de Seguridad Nacional.

Reel se mostró confundida.

—¿Y el Mando de Vigilancia?

—Excluido. Por primera vez en la historia, creo. Nadie aparte de los tres asistentes a esa reunión está al corriente de quién estaba al otro lado del satélite. Lo cual es sin duda un incumplimiento del protocolo habitual.

—¿O sea que el vicepresidente no estaba allí? —quiso saber Robie.

Hombre Azul negó con la cabeza.

—Mala señal, teniendo en cuenta que el vicepresidente suele estar enterado de cosas así.

—Un momento, ¿crees que les preocupa que esté al corriente por si hay un gobierno de transición? —preguntó Reel.

—¿En caso de *impeachment*? —Hombre Azul asintió—. Sí, eso es precisamente lo que pienso.

—O sea que excluyen al vicepresidente para que pueda asumir el mando si este presidente acaba en la calle —dijo Robie—. Eso resulta revelador.

—Crímenes y faltas de altos vuelos —dijo Reel—. Eso es lo que según la Constitución son delitos que pueden dar lugar a un *impeachment*. Pero estos términos pueden interpretarse de muchas maneras.

—Pero en el mundo de la inteligencia hay algo que salta a la vista —dijo Robie.

—Asesinato de un jefe de Estado —dijo Reel. Miró con fijeza a Hombre Azul—. ¿Es eso para lo que nos quieren?

—Ojalá pudiera decíroslo a ciencia cierta pero no puedo.

—Atentamos contra Ahmadi antes de que ascendiera al poder en Siria por ese mismo motivo —dijo Robie—. Todavía no era jefe de Estado. De lo contrario, sería ilegal.

—Y Bin Laden era terrorista, no jefe de Estado —añadió Reel.

Hombre Azul caviló acerca de todo esto e inhaló con fuerza el aire tonificante de la montaña.

—Y existe un número limitado de objetivos como ese por los que el presidente se jugaría el pescuezo.

—Muy limitado —dijo Robie—. Y no puede tratarse de un dictador cabrón que esté destruyendo a su país. Los compatriotas de Saddam Hussein fueron quienes lo colgaron, no nosotros. Y África no es tan importante para nosotros desde el punto de vista de la geopolítica. Hablar de interés nacional no está justificado.

—Lo cierto es que se me ocurren dos posibles objetivos —dijo Reel—. Y ambos son misiones suicidas para quienes aprieten el gatillo. —Observó a Hombre Azul—. No nos vamos a engañar. El objetivo es abatido pero el equipo de la misión también. Quizá consigan entrar, pero no podrán salir. Estamos muertos.

—Ergo, creo que el director ha resuelto su conflicto. Pero, de todos modos, eso es lo que pensó la última vez.

21

Chung-Cha nunca había conocido a un occidental capaz de diferenciar a un chino de un japonés, y mucho menos a un norcoreano de un surcoreano, lo cual le había resultado muy útil en su trabajo. A ojos del mundo, los norcoreanos eran malvados, mientras que los surcoreanos y los japoneses no despertaban ninguna sospecha. A los chinos se les toleraba porque China fabricaba todo lo que usaban todos los demás y tenían todo el dinero, o por lo menos eso es lo que le habían contado a Chung-Cha.

Había tomado un vuelo a Estambul, donde había cogido un tren. Ahora estaba en Rumania, yendo hacia el oeste. Había estado en una carraca norcoreana pero nunca en un tren como aquel. ¡Nunca había visto nada tan lujoso sobre ruedas!

Escuchaba música por los auriculares mientras el tren circulaba. A Chung-Cha le gustaba escuchar música porque le permitía desconectar. Ahora podía permitirse el lujo de dejar vagar sus pensamientos. Más tarde no podría.

El paisaje era impresionante. Le gustaba viajar en tren por distintos motivos y uno de los que contaba era que las medidas de seguridad eran limitadas. En el caso de este viaje en concreto, había otro motivo.

El motivo se encontraba en el mismo tren en el que ella viajaba, pero cuatro compartimentos más allá.

Le había visto, pero él no a ella porque no estaba entrenado para observar, por lo menos no al mismo nivel que ella. El tren se dirigía a Venecia. Desde Estambul se tardaban seis días. Esperó hasta que él fue al coche restaurante por la noche. Le siguió con la mirada desde que salió del coche cama.

Imaginó que disponía de unos treinta minutos. Debería sobrarle la mitad del tiempo.

Chung-Cha no se limitaba a matar a gente; recogía inteligencia. Parecía una tímida joven asiática inofensiva. A ningún pasajero se le ocurriría que fuera capaz de matarlos a todos.

El compartimento del hombre estaba cerrado con llave. Tardó apenas unos segundos en forzar la cerradura. Chung-Cha se deslizó al interior y cerró la puerta detrás de ella. No esperaba encontrar gran cosa. El hombre era un enviado británico adjunto a la embajada en Pyongyang. Esa gente no dejaba documentos confidenciales por ahí en el compartimento vacío de un tren. Los secretos que tenían se los guardaban en la cabeza o en dispositivos encriptados para cuya descodificación se necesitaba un ejército de ordenadores.

Pero esa regla tenía excepciones. Y quizás aquel hombre fuera una de esas escasas excepciones.

Tardó apenas quince minutos en registrar el compartimento sin dejar ni rastro. A sus ojos, el hombre había dejado seis trampas sutiles para quienes intentaran encontrar algo. Si se movía cualquiera de ellas, él se daría cuenta del registro. Así pues, ella o no las tocó o las dejó en la posición original con la máxima precisión posible.

Si tenía un teléfono, se lo había llevado con él. No había ningún ordenador. No había documentos de ningún tipo. Viajaba ligero de equipaje. Debía de tenerlo todo en la cabeza. Si era así, ella también podía acceder a ello.

Sabía muchas técnicas de tortura y por un buen motivo. En Yodok se las habían aplicado todas.

La habían instruido para que fuera una chivata de su familia a cambio de una recompensa o a veces tan solo para que no la azotaran con tanta fuerza. Había robado comida a su familia. Había golpeado a otras personas, niños incluidos. Su familia la había pegado, se había chivado de ella, le había robado comida. Así eran las cosas. Lo cierto es que con la dosis de temor adecuada, los humanos eran capaces de cualquier cosa.

Ella siempre había querido ser una de las hijas de los *bowiwon*, los descendientes de los guardias. El Gran Líder, Il Sung, había ratificado su linaje. Tenían comida y algo más blando que el suelo de cemento para dormir. En sus sueños se había convertido en una purasangre como ellos con el vientre lleno y tal vez la posibilidad de cruzar la valla electrificada una vez al día.

Y un día lo había conseguido.

El mejor día de su vida. Jamás se había liberado a un prisionero de la zona de condenados a cadena perpetua de Yodok. Ella había sido la primera y seguía siendo la única.

Regresó a su compartimento pero había dejado una cosa en el del hombre.

Le oyó regresar al cabo de media hora. La puerta se abrió y se cerró. Esperó mientras escuchaba por el dispositivo inalámbrico que llevaba en el oído. Siguió mentalmente los movimientos de él basándose en los sonidos que recibía. No jugaba a las adivinanzas. Había recibido una preparación especial para ver con algo más que con los ojos.

Los movimientos fueron lentos al principio, rutinarios, pausados. Luego tomaron ímpetu. Y luego más ímpetu todavía.

Sabía exactamente lo que aquello significaba.

Había una séptima trampa que se le había pasado por alto.

Él sabía que le habían registrado el compartimento. Tal vez también hubiera encontrado el dispositivo de escucha que ella había colocado a hurtadillas.

Comprobó inmediatamente el horario del tren.

Llevaba una bolsa pequeña para el viaje de seis días. Chung-Cha nunca llevaba mucho porque nunca había tenido gran cosa. Nunca más de lo que cabía en una bolsa pequeña.

El coche no era de ella. El apartamento no era de ella. Se lo podían quitar cuando se les antojara. Pero lo que llevaba en la bolsa era de ella.

Al cabo de cuarenta y dos minutos, el tren aminoró la marcha. Luego la redujo todavía más. El revisor anunció la siguiente parada. Escuchó por el dispositivo. La puerta del compartimento del hombre se abrió y se cerró, y ella ya no pudo oír nada más del dispositivo que había plantado en su cubículo.

Sin embargo, creía que se dirigiría hacia la derecha, lejos de ella. La puerta de salida más cercana estaba allí. Abrió la puerta que daba a su compartimento y salió disparada hacia la izquierda. Salió por una puerta de servicio y bajó al andén de la estación antes incluso de que el tren se detuviera. Se apostó detrás de una pila de cajas y esperó, atisbando por entre la grieta de una de ellas.

Él salió y miró arriba y abajo del andén. Obviamente, esperaba a que alguien más se apeara, la persona que había registrado su compartimento. Nadie más bajó. Esperó hasta que el tren empezó a alejarse. Acto seguido, se volvió, se marchó corriendo sin verla y entró en la estación.

Era consciente de que en esos momentos su aspecto asiático supondría un problema. No podía haber muchos asiáticos en aquella ciudad antigua de europeos blancos. Sin embargo, se ocultó el rostro con un sombrero y unas gafas. Se dispuso a seguirle dejando una distancia prudente.

Él ya estaba hablando por teléfono. Había bajado del tren de forma imprevista, por lo que necesitaría alojamiento o transporte terrestre.

Si optaba por un coche ella tendría que actuar con rapidez. Si optaba por alojarse en algún sitio, tendría por lo menos la noche y la mañana para decidir, que es lo que ella prefería.

Afortunadamente para ella, el hombre optó por el alojamiento. Ella pasó de largo del lugar elegido por él y le observó por una ventana mientras pedía una habitación. Seguía hablando por teléfono, haciendo varias cosas a la vez mientras enseñaba el pasaporte y cogía la clásica llave sujeta a algo que parecía un gran pisapapeles dorado.

Quizá le resultara útil, el pisapapeles, pensó.

Chung-Cha estaba sentada en su habitación del mismo hotel que el británico. Sorbió el té caliente y se relamió de gusto. En Yodok las encías se le habían ennegrecido y se le habían caído todos los dientes. Lo que tenía ahora era la obra de un ortodoncista que trabajaba para el gobierno. Le habían disimulado las peores cicatrices con cirugía estética, pero el doctor no había podido ocultárselas todas. No tenía suficiente piel sana con la que hacerlo. Lo más doloroso habían sido las quemaduras. Que la colgaran encima de una hoguera y le hicieran confesar algo, cualquier cosa, para que dejaran de torturarla no resultaba beneficioso para la cara de nadie.

Así pues, sorbió el té y palpó la cama con los almohadones y la manta gruesa. Eran agradables al tacto, mucho más de lo que ella había tenido en Pyongyang.

Se preguntó a quién había llamado.

Después de la medianoche llegó la una.

Oyó un reloj que daba la hora en algún lugar del centro de aquella ciudad antigua.

El sonido de los juerguistas se apagó al cabo de media hora.

Entonces fue cuando ella se puso en marcha.

No salió al pasillo sino que saltó por la ventana.

La habitación de él estaba tres plantas por encima de la de ella. Habitación 607, la cuarta empezando por la derecha. Se había fijado en ello por la ventana del hotel cuando el recepcionista había cogido la llave del compartimento numerado de la recepción. Chung-Cha trepó ágilmente buscando pequeños asideros.

Abrió la ventana de la habitación de él sin hacer ruido y se deslizó al interior. En cuanto posó el pie en la moqueta, él se abalanzó sobre ella.

Chung-Cha notó la boca de la pistola contra su cabeza. Pero antes de que tuviera tiempo de disparar, ella se dio la vuelta y colocó el dedo detrás del gatillo para que no pudiera apretarlo. Mientras él intentaba zafarse, ella le utilizó de punto de apoyo, dio un salto, rodeó el cuerpo de él y le clavó la rodilla en el riñón derecho. Él gritó y cayó de rodillas, dejó de sujetar con fuerza la pistola y ella se la arrebató. Él intentó levantarse pero ella giró rápidamente delante de él, le dio una patada en la entrepierna y, al mismo tiempo, formó una V con el codo y se lo clavó en la sien.

Mientras él se tambaleaba, le clavó en el hombro el cuchillo que llevaba en la mano izquierda, mientras sostenía la pistola con la derecha.

Él quedó tendido en el suelo sujetándose el hombro sangrante y jadeando, con las rodillas dobladas de forma involuntaria hacia arriba para contener el dolor que le irradiaba de sus partes pudendas. Él empezó a gritar pero ella se abalanzó sobre él y le introdujo un trapo en la boca para acallarlo.

Él era un hombre corpulento y ella una mujer menuda. Aunque estaba gravemente herido, intentó levantarse. Ella le dio en la herida y él cayó hacia atrás, sollozando y sujetándose el hombro herido.

Ella le presionó la pistola contra la sien y le dijo lo que tenía que hacer si no quería morir.

Él se colocó boca abajo lentamente. Ella le ató las manos a los tobillos con una brida que llevaba con ella. Lo puso de costado y se colocó frente a él apuntándolo con una linterna a los ojos. Volvió a hablarle en inglés. Él asintió.

Ella le sacó la mordaza y lo observó.

Ella le hizo una pregunta y él respondió. Ella le hizo cuatro preguntas más y él solo contestó tres.

Le volvió a introducir la mordaza en la boca y le clavó la hoja del cuchillo hasta el fondo de la herida.

Sin la mordaza, habría despertado a todo el hotel con los gritos de dolor. Retiró la hoja y esperó a que se calmara.

Él la miró con los ojos anegados en lágrimas.

Ella le quitó la mordaza y le repitió la última pregunta. Él negó con la cabeza. Él intentó morderle la mano mientras ella volvía a ponerle la mordaza.

Él gritó.

O lo intentó.

Ya lo había dejado inconsciente con la llave en forma de pisapapeles que había visto en una mesa cercana. La sangre le chorreaba por la cara.

Ella se acercó corriendo a la mesita de noche y cogió el teléfono.

Lo sostuvo en la mano y miró la pantalla. Sabía que estaba protegida, no solo por una contraseña sino por un escáner de huellas dactilares. Ella le había visto acceder al teléfono en el tren una vez de ese modo. Calculó que sería lo bastante sofisticado como para reconocer si la huella era de un hombre vivo o muerto.

Era el único motivo por el que no le había matado.

Presionó el pulgar de él contra la pantalla y desbloqueó el teléfono. Entró en los ajustes del teléfono y desactivó el autobloqueo y lo puso en modo avión. Ahora estaba desbloqueado y era imposible de rastrear.

Ella se agachó.

La hoja le cortó el cuello de forma limpia. Esquivó el chorro arterial cuando se produjo. Se había convertido en experta en ello. Cuando estaba en Bukchang no lo había evitado. Había querido notar la sangre de los demás en las manos.

Esperó unos momentos y aguzó el oído para ver si oía algo procedente del exterior. No oyó nada. Pensó que las paredes del hotel antiguo debían de ser muy gruesas.

Limpió de sangre el cuchillo, se levantó y colgó el cartel de «No molesten» en la puerta. Después de eso, repasó los distintos mensajes de correo electrónico y los contactos del móvil del hombre.

Algunos surcoreanos que habían sido capturados le habían enseñado a entrar en archivos informáticos, y puso en práctica tales conocimientos. Sin embargo, no encontró gran cosa. Miró el registro de llamadas. Había hecho dos más desde su habitación además de la que ella le había visto hacer. Identificó el prefijo de Inglaterra en dos de las llamadas.

El tercero era mucho más interesante.

850.

Era el prefijo de país correspondiente a Corea del Norte. Pero no era el número de la embajada británica, que ella conocía bien. Calculó rápidamente la diferencia horaria entre donde se encontraba y Corea del Norte. Allí eran las 8.45. Desactivó el modo avión y pulsó el botón para marcar ese número.

El teléfono sonó tres veces antes de que hubiera respuesta, no en coreano sino en inglés. La voz volvió a hablar. Ella escuchó hasta que calló y entonces Chung-Cha pulsó el botón de finalizar llamada.

Dejó la habitación por donde había entrado después de aparentar un robo. Cogió el móvil, así como la cartera, el reloj, el pasaporte y el anillo del hombre. Ella no había deshecho su bolsa, por lo que no le costaría nada marcharse del hotel rápidamente y sin ser vista, sobre todo a esas horas de la noche.

Se encaminó a la estación ferroviaria a tiempo de pillar el siguiente tren que pasaba. Al cabo de diez minutos estaba a ocho kilómetros del pueblo en el que acababa de cometer un asesinato. Cuatro horas más tarde, mucho antes de que se descubriera el cadáver, había dejado ese tren y estaba a bordo de un avión con el que regresaba a Turquía.

Ahora tenía que decidir qué hacer. Y cómo.

22

Jessica Reel dejó el arma, se despojó de los amortiguadores de sonido y pulsó el botón para acercar la diana a ella.

Veinte disparos. Diecinueve en la zona de muerte. Observó el tiro que había fallado.

—Lo sé —dijo compungida.

Había pasado sin problemas la prueba de alcance de tiro incluso con las exigencias del Quemador. Aquel era su primer fallo en más de dos mil disparos desde que habían llegado allí.

Amanda Marks se colocó al lado de ellos.

—Creo que has demostrado tu puntería con creces —dijo.

Salieron del campo de tiro y regresaron a pie al edificio principal. Los días que habían pasado allí habían sido largos y arduos y tanto Robie como Reel se sentían exhaustos y a punto.

—Dos posibles objetivos —dijo Reel de repente.

Marks y Robie aminoraron la marcha.

Marks la miró.

—¿Hombre Azul?

—Su visita llegó en el momento oportuno —dijo Marks.

—Lo sabemos —repuso Reel—. Parece ser que se lo dijo tu compañero.

—¿Viola? Menuda sorpresa.

—No si se siente como pez fuera del agua. Se rumorea que tuvo un cara a cara con Tucker. Y salió algo más que un poco nervioso.

—De ahí que llamara a Hombre Azul —dijo Robie.

—Si Viola está nervioso, algo huele mal.

—Dos objetivos —repitió Reel—. Dos posibilidades.

Dejaron de caminar por completo y formaron un círculo estrecho.

—Dos jefes de Estado —dijo Robie tras lanzar una mirada a Reel. Habían hablado largo y tendido acerca de cómo decirle aquello a Marks. Al final habían llegado a la conclusión de que lo mejor era ser directos.

Marks se los quedó mirando.

—¿De qué narices estáis hablando?

—El objetivo será un jefe de Estado. Y la lista de posibilidades es bastante reducida.

Con expresión todavía incrédula, Marks tragó saliva con nerviosismo y dijo:

—¿Eso es lo que os contó Hombre Azul?

—No de forma directa. Pero, curiosamente, tal como evoluciona este asunto, es de lo único que podría tratarse. Y él está de acuerdo con esta apreciación. Eso es lo que Tucker está montando y parece que se lo está comiendo vivo. Eso y decidir qué hacer con nosotros dos.

—Pero eso es ilegal. Tucker no se la jugaría por algo así.

—Si cuenta con los aliados adecuados, sí.

—Hay muy pocos aliados que justificarían ese tipo de misión —dijo Marks de forma tajante.

—Y no todos los presidentes están hechos del mismo material —apuntó Reel.

Marks se la quedó mirando un buen rato.

—¿Insinúas lo que creo que estás insinuando?

—Pues sí.

—Pero eso es motivo de *imp*...

—Un delito sujeto a *impeachment* —intervino Robie—. De ahí que la necesidad de saber sea tan pequeña que es prácticamente inexistente.

—Entonces Irán o Corea del Norte —declaró Reel—. Hagan sus apuestas. Nuestros peores enemigos. Los dos que quedan del eje del mal. Ahora que Irak se porta tan bien y está tan pacífico y repleto de terroristas.

Marks miró en derredor. La zona estaba desierta pero ella seguía sintiéndose incómoda hablando de aquello.

—Las operaciones clandestinas como esta son mi especialidad como directora adjunta. Yo soy quien las dirige. O no. Y yo no sé nada de este asunto.

—Por lo que parece, Tucker es el único de la CIA que está al corriente.

—Y el presidente y Potter, el APNSA —añadió Reel.

—Esto es una locura —dijo Marks en voz baja—. ¿Cómo lo ha averiguado Hombre Azul?

—Haciendo lo que a él se le da mejor que a nadie: trabajarse a sus fuentes e interpretar los posos del café y el rostro de sus superiores en la organización —dijo Robie—. Tucker no tiene precisamente cara de póquer. Y no se ha formado en el campo de la inteligencia, es del mundo de la política. Estoy convencido de que Hombre Azul tiene maneras para averiguar cosas en Langley que Tucker ni siquiera imagina.

—O sea que el presidente de Irán o el ayatolá. O el líder supremo de Corea del Norte, Un.

—Esto es una absoluta locura —aseveró Marks—. Corea del Norte tiene armas nucleares. A Irán le falta poco para tenerlas. Y tienen escuadrones de la muerte por todo el mundo, incluso aquí mismo. ¿Y si se despliegan en gran número con armas químicas o biológicas?

—Entonces responderemos. Y los rusos se implicarán. Y luego los chinos. E Israel resultará atacada. Y nosotros damos la cara por ellos —dijo Robie.

—Entonces se acabó lo que se daba —dijo Reel—. Como en el apocalipsis.

Marks se llevó una mano temblorosa a la cara.

—No puede estar pasando esto.

—Si es uno de estos dos países, ¿cuál? —preguntó Reel.

—En cierto modo, da igual —dijo Robie—. Tal vez podamos entrar en Irán y Corea del Norte. Pero no podremos salir. Siria fue lo bastante difícil y Siria no pertenece a la misma liga que esos dos. Corea del Norte bien podría pertenecer a otro planeta.

—Corea del Norte es otro planeta. Pero para alcanzar ese objetivo debemos disponer de personas inquebrantables en el interior y en lo más alto. ¿Cómo ha ocurrido esto sin que yo me entere? La inteligencia de este tipo no se crea de la noche a la mañana.

—No hace tanto tiempo que ocupas el cargo —apuntó Robie—. Quizá se produjera antes de tu llegada. DiCarlo tampoco estuvo tanto tiempo como para enterarse de ello.

—Es cierto —reconoció Marks.

—Pero el DA que hubo antes que ella, Jim Gelder, sí —dijo Robie mientras lanzaba una mirada a Reel.

Reel apartó la vista.

—Gelder podría haber estado implicado en algo así —dijo—. Lo que pasa es que no llevó la situación al límite, lo borró. Habría considerado que cargarse a uno de esos dos tipos le llenaba de gloria, aunque causara el apocalipsis. —Hizo una pausa y añadió—: Ya intentó algo así en una ocasión. Ese tío estaba lleno de sorpresas. Lástima que esté muerto. Me entran ganas de volverlo a matar.

Robie miró a Marks.

—Así pues, ¿cómo queda esto exactamente? ¿Se nos encomienda dar un golpe que es a todas luces ilegal? ¿Cómo lo hacemos? Yo no pienso acabar asumiendo las culpas de una cosa así.

—Ya hemos soportado muchos test psicológicos y siguen insistiendo en una cosa: ¿obedeceremos órdenes o iremos por libre? Así pues, dinos, DA, ¿qué hacemos si nos dan esa orden?

Marks se dispuso a decir algo pero se calló.

—Que Dios me ayude, Jessica. No lo sé. La verdad es que no lo sé —reconoció.

23

Evan Tucker contemplaba el mensaje de correo electrónico confidencial que había leído ya una docena de veces. Su mente seguía sin procesar lo que veía.

«Lloyd Carson ha aparecido muerto en un hotel de Rumanía. Se cree que el móvil del crimen fue un robo.»

Tucker se miró las manos, que le temblaban. Intentó teclear una respuesta pero no era capaz. Se levantó del escritorio, cruzó su despacho de Langley, se sirvió un vaso de agua y se lo bebió. Se sirvió otro y sin querer se salpicó la camisa y la corbata.

Volvió a sentarse y contempló la pantalla. Una parte de él deseaba que el correo electrónico hubiera desaparecido o nunca hubiera existido, que fuera un producto delirante de su sumamente estresada mente.

Pero ahí estaba. Lloyd Carson, enviado de Gran Bretaña a Corea del Norte, había aparecido muerto. Se sospechaba que el motivo era un robo porque la cartera, joyas, el pasaporte y un móvil habían desaparecido.

«El teléfono móvil.»

Tucker hizo una llamada y ordenó hacer algo de inmediato. Se hizo.

Enseguida entró otro mensaje en su bandeja de entrada y lo abrió.

Tuvo la impresión de tener ganas de vomitar.

Tenía ante él una lista de llamadas recibidas y realizadas por Carson en las horas previas a su muerte.

La última se había realizado de madrugada desde Bucarest. Era una llamada a un número de Corea del Norte. Un número muy especial que solo conocía un puñado de personas. La cuestión era si Carson era quien había realizado la llamada u otra persona. ¿La persona que lo había matado?

Envió una comunicación segura al más alto nivel de confidencialidad. No esperaba una respuesta inmediata e intentó centrarse en otras tareas, pero le resultó imposible. No había ninguna otra cuestión más apremiante que aquella. No era capaz de pensar en otra cosa.

Al cabo de dos horas recibió una respuesta que le dejó helado.

«A esa hora se recibió una llamada, pero no habló nadie desde el otro lado.»

Nadie habló desde el otro lado.

Tucker imaginó en su interior lo que podía haber pasado sobre el terreno en Rumanía. Carson se asustó por algo y cambió sus planes de viaje de repente. Hizo varias llamadas, todas excepto una a números de teléfono británicos. Sin embargo, una fue a Corea del Norte. Quienquiera que lo había matado había reconocido el prefijo del país y se había limitado a volver a marcar el número. La persona había respondido al teléfono pensando que era Carson quien volvía a llamar.

Tucker apoyó la cabeza en el respaldo del asiento.

¿Significaba aquello lo que creía que significaba? ¿Importaba? No podía correr ese riesgo. Su operación ultrasecreta acababa de quedar al descubierto.

Tenía que informar al presidente.

Sabía en su fuero interno que tenía que hacerlo, pero su mano no se movía hacia el teléfono.

Empezó a replantearse la situación.

Aquel número de teléfono era imposible de rastrear. Tal vez no pasara nada. Solo tal vez.

Era posible que no tuviera que ponerse en contacto con el presidente. Lo primero que necesitaba era asegurarse de que la operación no corría peligro. Y si no lo corría, tenía que enviar inmediatamente al equipo sobre el terreno para que pudieran ejecutar la operación.

No tendrían una segunda oportunidad.

Hizo unas cuantas llamadas más y puso en marcha el proceso.

En esos momentos le daba igual si Robie y Reel sobrevivían o no. No se sentía abrumado por una sensación de injusticia que exigía que fueran castigados.

Lo único que quería era sobrevivir a todo aquello. El riesgo había sido enorme. Demasiado grande, lamentó entonces, pero era claramente demasiado tarde para eso.

Acudió corriendo a una reunión y soportó una presentación que ni escuchó ni le importaba. Pasó el día con una actividad tras otra de ese estilo y solo paró para tomar un tazón de sopa que le sentó como ácido en el estómago.

El chófer le llevó a su domicilio y él entró en la casa. Ordenó a sus asistentes que se quedaran atrás, esquivó a su esposa cuando salió a recibirle y se dirigió a la parte posterior de la casa, que era donde tenía su despacho. Conectó el sistema de Información Sensible Compartimentada y consultó los mensajes de correo y de voz.

Todavía nada, lo cual podía ser positivo o negativo.

Llamó a Marks al Quemador y le dijo que acelerara el proceso. Serían Robie y Reel, le dijo. Y era probable que fueran desplegados muy pronto. No esperó a que ella le formulara ninguna pregunta y se limitó a colgar.

Se sirvió una copa de algo mucho más fuerte que el agua y luego otra más. Estaba tan nervioso que el alcohol no le surtía ningún efecto. Era como si se estuviera tomando un refresco.

Se desplomó en el asiento y cerró los ojos.

Los abrió cuando se disparó una alerta en su ordenador.

Era una alerta muy especial que se había instalado. Y exigía atención inmediata.

Con la boca seca y el corazón palpitándole en el pecho, Tucker abrió el mensaje, que contenía unas características de encriptación del más alto nivel. El mensaje era breve pero cada palabra era como una bala que le atravesaba el cráneo.

Lo miraba con descrédito porque la poca esperanza que había albergado hasta el momento se esfumó de repente.

Esfumada sin remisión. De hecho, aquello superaba el peor escenario que podía haber imaginado después de ser informado del asesinato de Carson. Lloyd Carson era el intermediario, el eje central de todo aquel asunto. Y lo habían descubierto y atacado. Y había muerto.

Ahora todos iban a morir. Pero era peor que eso. De hecho, la situación cambiaba totalmente.

Cogió el teléfono y marcó un número.

El APNSA Potter respondió al segundo ring.

—Estamos muertos. Ni te imaginas hasta qué punto estamos muertos —dijo Tucker.

24

Tic, tic, tic.

La segunda manecilla recorrió la esfera del reloj de pared antiguo.

La oficina en la que se encontraba Chung-Cha era funcional, estaba en mal estado y resultaba deprimente. Bueno, habría resultado deprimente para mucha gente. En ella no surtía ningún efecto. Estaba ahí sentada con expresión impasible esperando su turno. Mientras contemplaba al empleado con uniforme militar sentado en el escritorio metálico situado cerca de la puerta por la que pasaría en algún momento, Chung-Cha dejó vagar su mente hacia el pasado, el pasado lejano, aunque no tanto, a Yodok, donde una parte de ella permanecería encarcelada para siempre, por muy lejos que estuviera.

Ahí había maestros que enseñaban a los niños gramática básica, unos cuantos números y se acabó lo que se daba. A medida que se hacían mayores, las únicas enseñanzas que se recibían eran sobre las labores a las que se dedicaría el resto de la vida. Chung-Cha había empezado a trabajar en las minas a los diez años, arañando piedras con otras piedras y recibiendo palizas por no alcanzar el cupo deseado.

A todos los alumnos de la clase se les alentaba a espiar a los demás y Chung-Cha no fue ninguna excepción. La recompensa era exigua, pero, por aquel entonces, parecía una montaña de oro: menos palizas, un poco más de col y sal, menos reuniones de autocensura donde a los estudiantes se les obligaba a confesar pecados imaginarios por los que les daban palizas. Chung-Cha había llegado al punto en que llegaba cada día a clase con pecados inventados que presentar al maestro, porque si no se confesaba ninguno, la paliza era el doble de fuerte. Los maestros parecían estar encantados cuando los alumnos hablaban de sus flaquezas y de las cosas que les convertían en pequeños, insignificantes, menos que humanos. En los campos, el maestro era también el guardián. Pero lo único que enseñaban era crueldad, engaño y dolor.

Hubo una niña un poco mayor que Chung-Cha a la que sus padres acusaron de haberles robado una porción de comida. Los padres la habían delatado, después de pegarle.

Chung-Cha había salido en su defensa porque había visto que eran los padres quienes le habían quitado comida a ella y luego acusado del crimen.

La recompensa que Chung-Cha obtuvo fue que la trasladaron a la cárcel situada bajo el campo y la colgaron boca abajo en una jaula en la que unos guardias la azotaban hora tras hora con la punta de una espada calentada al fuego. Notaba cómo se le chamuscaba la piel, sin embargo no sangraba demasiado porque el metal ardiente cauterizaba las heridas.

Nunca le explicaron por qué recibió un castigo por decir la verdad. Cuando por fin la soltaron y la enviaron de vuelta al campo, la niña a la que había ayudado se chivó de ella. Por culpa de eso, Chung-Cha fue golpeada por tres guardias hasta que se quedó inmóvil en el suelo deseando morir.

Le vendaron las heridas y al día siguiente la enviaron a los campos de cultivo para recoger su asignación de cosechas. Cuando no lo conseguía, traían a su padre para que la pegara, y lo hacía con energía, porque si no le golpearían a él con más fuerza. Y los demás trabajadores la escupían porque la cosa funcionaba de manera que todo el mundo sufría cuando una persona no cumplía con su trabajo.

Durante una semana la azotaron cada día en medio del campo a la vista de todo el mundo. Los prisioneros le lanzaban escupitajos e insultos y la golpeaban también cuando los azotes terminaban.

Cuando Chung-Cha se marchaba tambaleante después de la última sesión, oyó que un guardia decía:

—Es una zorrita dura.

Chung-Cha se frotó distraídamente las cicatrices de los brazos donde le habían clavado los extremos de la espada ardiente. La niña que la había delatado había muerto al cabo de un mes. Chung-Cha la había atraído a un lugar solitario prometiéndole un puñado de maíz y la había empujado a un acantilado. Hasta ese invierno no habían encontrado su cadáver, lo que quedaba de él.

A partir de ese momento, Chung-Cha, la «zorrita dura», nunca volvió a decir la verdad.

La puerta se abrió y el hombre la miró. También vestía uniforme militar. Era un general de alto rango. Para Chung-Cha todos tenían el mismo aspecto. Bajitos, fibrosos, con ojos pequeños y vidriosos y expresión cruel. Todos ellos podían ser guardias de Yodok. Tal vez lo hubieran sido todos.

Le hizo una seña para que entrara.

Ella se levantó y le siguió al despacho.

El militar cerró la puerta y le señaló una silla. Ella se sentó. Él tomó asiento tras el escritorio metálico, juntó las palmas de las manos y la observó.

—Todo esto es extraordinario, Dongmu Yie —reconoció él.

«Dongmu.» Eso significaba «camarada». Ella era su camarada, pero en realidad no. Ella no era la camarada de nadie. Autosuficiencia. Ella era su única camarada, eso era todo. Y estaba claro que él no la quería como camarada.

Ella no respondió nada. Por supuesto que era extraordinario. No podía añadir nada más a esa frase. Y en el campo de prisioneros había aprendido que era mejor no decir nada a decir algo por lo que podía recibir una paliza.

—Es un hombre respetado —dijo el general—. Es mi gran amigo.

Ella continuó guardando silencio.

Pero ella seguía mirándolo a los ojos. Normalmente a los varones norcoreanos eso no les gustaba, sobre todo si tenían delante a una mujer. Pero a ella no le vacilaba la mirada. Hacía tiempo que había perdido la capacidad de temer a hombres como aquel. Le habían infligido un gran daño físico y psíquico de todas las maneras posibles. No le quedaba nada. Así que no tenía motivos para tener miedo.

El general sacó el móvil que ella le había quitado a Lloyd Carson en Bucarest. Cuando había llamado al último número marcado, el general Pak había contestado.

Lo cierto era que el general Pak era muy respetado allí. Pertenecía al círculo más íntimo del Líder Supremo, algunos decían que era su asesor de más confianza.

No obstante, ella había reconocido su voz al otro lado de la línea. Le había oído hablar. Había estado con él en persona en una ocasión, aunque hacía muchos años. Pero nunca olvidaría ese encuentro. Estaba segura que la voz del teléfono era la de él.

Chung-Cha era consciente de que volvía a ser una chivata. Pero ahora en eso consistía su trabajo. El británico Lloyd Carson había llamado la atención de las fuerzas de seguridad norcoreanas. Había sido visto en compañía de agentes americanos conocidos. En Corea del Norte se sabía que los británicos y los americanos eran uña y carne. A ella se le había encomendado que le siguiera, que registrara sus pertenencias y, en caso necesario, que le matara mientras viajaba en tren.

Bueno, le había seguido, había registrado sus cosas y le había matado. Y tenía su teléfono. Y tenían su testimonio de que era el general Pak, el respetado. El gran amigo del hombre que tenía sentado delante. Era consciente de que se trataba de una situación delicada, potencialmente mortífera para ella.

—El número de teléfono no se puede rastrear. Cuando llamamos al número no respondió nadie —dijo el general—. O sea que solo tenemos tu palabra, Dongmu Yie. Contra la de un líder venerado. —Dejó el teléfono y la miró con expresión de duda burlona.

Al final, ella decidió hablar si bien eligió las palabras con sumo cuidado.

—He hecho mi informe. Te he contado lo que sé. No tengo nada más que ofrecer.

—¿Y no podrías estar equivocada al respecto? ¿Sobre la voz que oíste? ¿Estás absolutamente segura?

Chung-Cha sabía a la perfección qué es lo que deseaba oír. Sin embargo, no pensaba darle ese gusto. Iba a oír otra cosa.

Se introdujo la mano en el bolsillo y extrajo su teléfono. Pulsó unos botones y lo sostuvo. Había activado el altavoz.

Se oyó claramente una voz que hablaba en inglés.

—Hola, hola. Señor Carson, ¿es usted? ¿Me ha vuelto a llamar? ¿Ocurre algo?

El general se sobresaltó en el asiento e hizo caer un tarro de bolígrafos que tenía en el escritorio. Miró primero el móvil y luego a Chung-Cha.

—Es la voz del general Pak.

Ella asintió.

—Sí.

—¿De dónde has sacado eso?

—Lo grabé cuando llamé al número norcoreano desde Bucarest.

Él golpeó la mesa con los puños.

—¿Por qué no nos lo enseñaste antes?

—Confiaba en que creyeras la palabra de una agente leal del Líder Supremo en vez de la de un traidor.

La puerta se abrió y entraron otros dos hombres, también generales. Chung-Cha tenía la impresión de que en Corea del Norte había demasiados generales.

Aquellos hombres tenían un rango inferior al del hombre que tenía sentado delante. Pero en su país, esas cosas podían cambiar con rapidez. Los generales iban y venían. Los ejecutaban. Ya había visitado a esos dos, les había dejado escuchar la grabación telefónica y luego había acudido allí. Los hombres de detrás de ella eran demasiado cobardes para enfrentarse a su camarada de mayor rango, así que la habían enviado a ella a dar la cara.

El hombre del escritorio se levantó lentamente y se los quedó mirando.

—¿Qué significa esta intrusión?

—Hay que informar al Líder Supremo —dijo uno de los otros hombres.

Todos sabían perfectamente que el general de alto rango era amigo personal de Pak. Todo aquello se había organizado debido a ese hecho. En Corea del Norte la verdad no necesariamente liberaba o era motivo de muerte. No era más que un factor de entre varios que había que tener en cuenta si el objetivo era sobrevivir.

—¿No está de acuerdo, general? —preguntó el otro hombre.

El general miró el móvil y luego a Chung-Cha, que estaba impertérrita. Se dio cuenta de que le habían superado con una estrategia mejor que la de él y que no podía hacer absolutamente nada al respecto.

Asintió, cogió la gorra de un gancho y condujo a los otros dos generales al exterior.

Dejaron atrás a Chung-Cha, lo cual no le sorprendió. Aquí no existía la igualdad de género. Ella no pertenecía al ejército y, por tanto, el estamento militar la consideraba una ciudadana de segunda.

Se preguntó si la enviarían a matar a Pak. Pensó que no era muy probable que lo ejecutara un pelotón de fusilamiento, la forma más normal de tratar a un traidor. Era un equilibrio problemático, igual que los vendedores callejeros y el turista holandés. Ejecutar a Pak en público exigiría ciertas explicaciones. Por supuesto que podían mentir, pero la gente más espabilada sabría que solo una transgresión atroz justificaba la ejecución de un general de alto rango y se especularía que se trataba de un intento de golpe de Estado contra el Líder Supremo. Que un oficial de su círculo más próximo participara en tal complot dejaría en mal lugar al Líder Supremo. Aunque hubieran apresado al traidor, otros podrían envalentonarse para probar suerte. Pero había que lidiar con los traidores y normalmente la ejecución era el único castigo que se consideraba aceptable. Así pues, quizá recurrieran a Chung-Cha para que lo hiciera, pero simulando un accidente, encargo que ya había cumplido en otras ocasiones. Por consiguiente, el traidor moriría y cualquiera de sus cómplices se lo pensaría dos veces antes de volver a intentarlo. Pero el público y otros enemigos potenciales del país no se enterarían ni siquiera del intento de golpe. Así el Líder Supremo no parecería debilitado.

Ella pensó en todo esto y luego dejó de pensar. La orden le llegaría o no.

Se guardó el móvil en el bolsillo, se levantó y se marchó.

Al cabo de unos momentos salió a la luz del sol y alzó la vista hacia el cielo, donde no había nubes a la vista.

En Yodok era la época del año en la que los prisioneros sabían que se acercaba el frío. La primera muda que Chung-Cha había recibido al entrar en el campo era de un niño muerto. La ropa estaba asquerosa y agujereada. No recibiría una muda «nueva» hasta al cabo de tres años. Trabajaba en una mina de oro, extrayendo el metal precioso, sin saber lo que era ni que fuera valioso. También trabajaba en una cantera de yeso, en una destilería y en los campos. Su jornada empezaba a las cuatro de la mañana y acababa a las once de la noche. Había visto a personas claramente dementes obligadas a cavar hoyos y sacar malas hierbas. Los prisioneros moribundos eran puestos en libertad para que sus muertes no constaran oficialmente, con lo que así se maquillaban los índices de mortandad de los campos. Chung-Cha no sabía entonces que ese era el motivo; solo recordaba a prisioneros jóvenes y viejos arrastrándose por las puertas abiertas que morían a varios metros del lugar y cuyos cuerpos se dejaban descomponer y se convertían en carroña para los animales.

Había vivido con otros treinta prisioneros en una cabaña de barro no mucho mayor que su apartamento actual. Las cabañas no tenían calefacción y las sábanas estaban deshilachadas. Había sufrido síntomas de congelación en el interior de la cabaña. Se había despertado y se había encontrado a la persona que tenía al lado muerta por culpa del frío. Había un lavabo para cada doscientos prisioneros. Para el mundo exterior, aquello parecía inimaginable. Para Chung-Cha no era más que su vida.

Diez.

Todos los campos se regían por diez normas básicas.

La primera y más importante era: «No debes escapar.»

La última y casi igual de importante era: «Si incumples alguna de las normas anteriores te pegaremos un tiro.»

Todas las normas intermedias —no se puede robar, hay que obedecer todas las órdenes, hay que espiar y traicionar a otros prisioneros— no estaban más que de relleno, en su opinión. El hecho era que podían matarte por algún motivo o sin motivo alguno.

Sin embargo, la norma número nueve le resultaba intrigante. Decía que la persona debía sentir arrepentimiento sincero por los errores cometidos. Sabía que se trataba de un incentivo para quienes tenían la esperanza de salir algún día del campo. Ella nunca había albergado tal esperanza. Nunca había creído que sería libre. No se arrepentía de sus errores. Lo único que intentaba era sobrevivir. En ese sentido, ahora su vida no difería gran cosa de su vida en el campo.

«Solo intento sobrevivir.»

25

Los tres hombres volvían a estar en la sala de Crisis de la Casa Blanca. Y de nuevo los equipos de vigilancia de la NSC habían quedado excluidos. No se hacía ninguna grabación. No había más asistentes. No se guardaría ninguna transcripción oficial.

Evan Tucker miró al presidente y este le devolvió la mirada. Al presidente no le habían contado por qué se había convocado esta reunión, solo que era urgente y que tenía que producirse de inmediato. Por eso estaban ahora ahí sentados y por eso el presidente había cancelado cuatro reuniones a las que se suponía que debía asistir.

—¿Te importaría aclararme esto, Tucker? —dijo el presidente en un tono de evidente fastidio.

Josh Potter ya se había reunido con Tucker y, por consiguiente, sabía lo que se avecinaba. Le había incomodado no informar directamente al presidente dado que él era su mano derecha, pero Tucker le había intimidado para que dejara que él, en calidad de DCI, le presentara la información.

Además, a decir verdad, Potter no quería ser el mensajero de aquella debacle.

Tucker se aclaró la garganta, en la que últimamente tenía la sensación de que le crecía moho. Juntó las manos y se frotó los pulgares entre sí con tanta fuerza que se le enrojecieron.

—Se han producido acontecimientos de naturaleza crítica relacionados con la misión y ninguno de ellos es bueno.

Dio la impresión de que el presidente se quedaba sin color en el rostro.

—Explícate —bramó.

—Como ya sabe, Lloyd Carson era el enviado británico asignado a la embajada de Pyongyang. Ha sido nuestro principal mediador con el general Pak. En realidad, el único mediador.

—Y al comienzo yo me mostré incrédulo —reconoció el presidente—. Tenía que haber ido a su propio gobierno con eso. Así mi estimado colega del número 10 de Downing Street habría lidiado con ello.

—Tal como expliqué, Carson era plenamente consciente de que nadie de su país tendría las agallas de llevar esto adelante. Así pues, con el beneplácito de su líder, nos planteó la oportunidad.

El presidente cerró los ojos mientras clavaba la dentadura de la parte superior en el labio inferior. Cuando abrió los ojos, tenía una expresión enfurecida.

—Siempre nos toca a nosotros, ¿verdad? El policía del mundo, el viejo y bueno Estados Unidos. Nosotros hacemos el trabajo sucio mientras los demás observan desde la barrera. Y si la cosa se va al traste, se creen con derecho a volverse contra nosotros o salir corriendo.

Tucker asintió.

—El hecho de ser una superpotencia conlleva una gran responsabilidad, lo cual es bastante injusto. Pero la cuestión es que decidimos tomar el asunto en nuestras manos porque vimos una enorme oportunidad de librarnos de un régimen que lleva décadas sin dar tregua al mundo civilizado. Sabíamos que había riesgos pero todos creímos que los beneficios los superaban con creces.

—Ahórrate el discursito para salvar el pellejo, Evan —espetó el presidente—, y cuéntame lo que ha pasado.

Tucker se recostó en el asiento y se serenó. El presidente

había dado en el clavo, con aquel discurso pretendía salvar el pellejo, pero al menos lo había dicho.

—Al parecer, Lloyd Carson entró en el radar de los cuerpos de seguridad del Estado de Corea del Norte.

—¿Cómo?

—El país entero es un nido de paranoicos y todos se espían entre sí, señor. Lo tienen incorporado en su psique desde la cuna. Es la novela de Orwell convertida en realidad.

—O sea que su radar lo interceptó. ¿Y entonces qué ocurrió? —preguntó el presidente con sequedad.

—Viajaba por el extranjero. Tenía varias paradas a lo largo del trayecto, por lo que fue en avión a Estambul y tomó el *Orient Express*, que le llevaría al este de Europa y luego al oeste, con una última parada en Venecia.

—¿Pero no terminó el viaje?

—Al parecer, sintió que corría peligro en Rumanía y se apeó del tren. Fue a un hotel. Fue agredido en la habitación y lo mataron.

—Dios mío —exclamó el presidente. Esperó a que Tucker continuara.

—Según parece, había llamado a un número poco antes de que lo mataran.

—¿Qué número?

—El del general Pak. Era un teléfono especial, imposible de rastrear.

—Ya veo. Entonces ¿cuál es el problema exactamente? —preguntó el presidente, desconcertado.

—Según parece, el agente llamó al número. El general Pak respondió pensándose que se trataba de Carson. Y el agente le reconoció la voz.

—¡Mierda! —bramó el presidente—. ¿Lo dices en serio, Tucker? ¿Esto es lo que ha pasado? —Se arrellanó en el asiento con los ojos otra vez cerrados.

Tucker y Potter intercambiaron miradas angustiadas. Ambos hombres debían de estar pensando cuál sería su siguiente profesión. Quedaba claro que no sería en el gobierno.

El presidente habló sin abrir los ojos.

—Y si Carson fue asesinado y nadie más aparte de nosotros está al corriente de la misión, ¿cómo nos hemos enterado de todo esto?

Tucker sabía que le haría esa pregunta y había preparado muchas respuestas, algunas más largas que otras. Decidió optar por la vía rápida.

—General Pak. Cuando se enteró de que Carson había sido asesinado, reconoció su error de forma inmediata por haber respondido al teléfono y nos informó.

El presidente abrió los ojos.

—Así pues, ¿qué intenta hacer Corea del Norte exactamente?

—Bueno, no son más que conjeturas, pero imagino que intentan contar al mundo la existencia de este complot. Las potencias occidentales planeaban asesinar al Líder Supremo y colocar al general Pak como nuevo líder. Y aunque Carson fuera británico, está claro que el término «potencias occidentales» nos incluye.

—¿Y quién se creería tal cosa?

—Bueno, ya lo hemos hecho otras veces —señaló Tucker—. En otros países.

—Pero no desde hace mucho tiempo —repuso el presidente—. Por eso ahora existe una ley que... —Se le ahogó la voz y repitió—: ¡Mierda!

—Gran Bretaña es nuestro aliado más cercano. Nadie creería que actuarían sin nosotros en una cosa de tal envergadura —añadió Potter.

—Torturarán a Pak y a su familia hasta que cuente todo lo que sabe —dijo Tucker—. Tendrá detalles, hechos que demostrarán su posición. Les hablará de la videoconferencia que mantuvimos en la que le dio su palabra...

El presidente golpeó la mesa con el puño.

—No me lo eches en cara, Tucker; quien la ha cagado eres tú y solamente tú.

—Estoy totalmente de acuerdo con usted, señor. Solo que...

—¡Solo que qué! —espetó el presidente.

Potter intervino porque pensó que como asesor del presidente necesitaba... pues asesorarle.

—Solo que la culpa final recaerá sobre usted, señor —dijo con tono de lamento.

El presidente se llevó una mano a la cara y dijo:

—Harry Truman, ¿verdad? ¿Aquí recae la responsabilidad última?

Potter asintió y observó a Tucker con severidad.

—Es injusto, señor, pero cierto. El DCI no será el objetivo principal sino usted.

El presidente abrió los ojos y miró a Tucker.

—Está claro que esperábamos algo mejor, señor —dijo Tucker sin convicción.

El presidente suspiró y habló con resignación.

—O sea que se lo contarán al mundo. Bueno. Torturan a Pak y él les da munición para ello. Bueno. Supongo que esperamos y les devolvemos el golpe cuando nos llegue. ¿Sabemos cuál es la planificación temporal? Supongo que ya han detenido a Pak.

—No está en Corea del Norte —respondió Tucker.

El presidente le lanzó una mirada.

—¿Cómo?

—Salió de Corea del Norte, tanto en viaje oficial como porque padece una enfermedad que necesita tratamiento y que consideró que los médicos extranjeros podrían tratar mejor. Gracias a su posición dentro del liderato ha podido hacerlo.

—Bueno, ¿y dónde coño está? —balbució el presidente, que obviamente seguía intentando digerir todo aquello.

—En Francia.

—Pero con lo que saben los norcoreanos, ¿no le habrán arrestado ya?

—Es lo que habría pasado si no hubiera dejado a su séquito de forma extraoficial y no estuviera oculto.

—¿Por qué coño no me lo has contado antes?

—Porque necesitaba que comprendiera la situación en su totalidad, señor, antes de presentar posibles soluciones.

Potter tomó la palabra.

—Si está escondido y no arrestado por el gobierno norcoreano, ¿por qué no vamos a buscarle y lo dejamos escondido para siempre?

—¿Con qué explicación? —preguntó Tucker.

—¿Por qué íbamos a necesitar una explicación? No hace falta que sepan que lo tenemos.

—Entonces se dedicarán a comunicar a la opinión pública que hemos intentado utilizar a Pak para derrocar el gobierno violando el derecho internacional y nuestras propias leyes. Y que ahora le protegemos y le damos asilo en Estados Unidos.

—Pero no tendrán ni una sola prueba.

—Señor, ellos no funcionan a base de hechos. Pero tenga en cuenta una cosa, si hacen las acusaciones, captarán mucha atención. Tal como ha dicho, Carson era británico, lo cual implicará a nuestros aliados de Londres. Ha desaparecido en Francia. Nuestros colegas de París se convertirán en un objetivo. Nadie creerá que actuaron sin la ayuda de Estados Unidos. Los medios de comunicación harán su agosto. No dejarán títere con cabeza. Surgirán interrogantes. Habrá que dar respuestas. ¿Y si la verdad sale a la luz? —Miró tanto a Potter como al presidente—. Personalmente, yo no quiero ir a la cárcel por esto.

El presidente se levantó de repente, se puso las manos en los bolsillos y empezó a caminar de arriba abajo con expresión convulsa.

—No me puedo creer lo que está pasando. Es que no me puedo creer que me haya metido en esta... en esta situación insostenible y de mierda.

—Creo que debemos mantener la calma y pensarlo bien —dijo Potter, aunque estaba pálido.

El presidente dejó de caminar de un lado a otro y miró con sorna a su asesor.

—Para ti es fácil decirlo, Josh. Tu participación en esto no será más que una estúpida nota a pie de página en la historia. El golpe fuerte me lo llevo yo. Seré un presidente caído en desgracia.

Potter se sonrojó sobremanera.

—Por supuesto, señor. No quise dar a entender lo contrario. Yo...

El presidente alzó la mano y se dejó caer en el asiento.

—Pues... evita —dijo con aire cansino. Miró a Tucker—. ¿Qué propones entonces?

Tucker dedicó unos instantes a preparar su respuesta mientras el presidente y Potter le observaban de hito en hito.

—Propongo que busquemos y matemos al general Pak mientras está en Francia y luego echemos la culpa a los norcoreanos.

El presidente se quedó boquiabierto.

—¿Que lo matemos? Pero si le di mi palabra al hombre. Yo...

Tucker intervino.

—Eso fue entonces, y ahora la situación ha cambiado. Además, yo culpo a Pak de esto. Tenía que haber sabido que Carson corría peligro. No tenía que haber respondido al puto teléfono. La cagó. Y cuando uno la caga, tiene que pagar por ello. —Miró a ambos hombres—. Pues bueno —dijo sin aliento—, este es el precio.

—¿Su muerte? ¿Que lo asesinemos? —planteó el presidente.

—¿Eso de qué nos sirve? —preguntó Potter.

—En Corea del Norte las luchas de poder son constantes. Recientemente Un sufrió un intento de asesinato fallido. Podemos relacionarlo todo con Pak y finiquitarlo bien. Con eso como explicación alternativa y con la ayuda de nuestros aliados, creo que podemos darle la vuelta a la tortilla y pasarles la pelota. Podemos argüir que nos culpan de algo que hicieron ellos. Negativas generales e ininterrumpidas sin necesidad de entrar en detalles que pudieran volverse contra nosotros, todo basado en Pak como chivo expiatorio.

El presidente estaba a punto de decir algo pero se calló y siguió cavilando sobre la propuesta.

Ni Potter ni Tucker parecían tener la intención de romper el silencio.

—Se trata de una opción que confundiría al mismo Salomón —dijo el presidente al final—. Elegir entre algo horrendo y algo terrible.

—Sí, señor —convino Tucker.

—Si hacemos lo que propones, tiene que ser ya.

—Tengo al equipo preparado. Puede desplegarse de inmediato.

El presidente le lanzó una mirada severa.

—¿Robie y Reel?

Más silencio.

—Señor, ¿ha tomado la decisión? —preguntó Tucker al final.

El presidente no habló de inmediato y, cuando lo hizo, fue con voz débil y resignada.

—Me cuesta creer lo que está pasando. Pero es así. Hemos llegado a un punto en que no hay vuelta atrás.

—Me temo que no.

—Bueno, al menos no hemos empezado una guerra, ¿no? Ningún estadounidense ha muerto. —Tenía el rostro ceniciento mientras hablaba.

—Todavía no —masculló Potter.

—No, señor —repuso Tucker con firmeza.

El presidente se levantó y habló sin mirar a Tucker antes de salir de la sala.

—Haz lo que tengas que hacer. Y cuando todo esto haya terminado, empieza a pensar en hacer carrera fuera de mi administración, Tucker. Estás acabado.

26

Estaban esperando. Llevaban bastante tiempo esperando. Reel miró a Robie y él le devolvió la mirada. Entonces ambos dirigieron la vista hacia la puerta, que se estaba abriendo.

Esperaban encontrarse con la DA Marks y se sorprendieron al encontrarse con el DCI Evan Tucker.

Entró a paso ligero con aspecto tranquilo y rezumando autoridad. Se desabotonó la americana, se sentó y abrió la botella de agua que tenía a su disposición. Se volvió hacia una asistente que había entrado con él.

—Café. —Miró a Robie y a Reel—. ¿Queréis tomar algo?

Reel negó con la cabeza, frunció los labios y se cruzó de brazos.

—No, gracias —dijo Robie.

Tucker esperó a que la asistente trajera café y se marchara cerrando la puerta detrás de ella. Dio un sorbo y se volvió hacia ellos.

—Tengo entendido que los dos habéis superado el Quemador con una nota excelente —dijo amablemente—. Felicidades.

—¿Eso significa que ya estamos? —preguntó Reel.

A Tucker pareció sorprenderle.

—¿La DA no os lo ha dicho?

—Dijo que había una misión en perspectiva y que había que acelerar el proceso —respondió Robie mientras Reel se dedicaba a observar al DCI.

—Bueno, quizá no se lo dejara especialmente claro a ella —reconoció Tucker.

—¿Por qué no está ella en esta reunión? —preguntó Robie—. Ella lleva las operaciones.

—No lleva todas las operaciones —puntualizó Tucker—. Yo soy el DCI.

—¿En qué consiste la misión? —preguntó Robie.

—Sí, ¿cuál es la misión, director? —preguntó Reel con toda la intención.

Tucker dio otro sorbo al café, destapó el agua y bebió también. Tanto Robie como Reel advirtieron las gotas de sudor que se le formaban en la frente aunque la sala estaba bien fresca.

—Quería decíroslo personalmente —empezó Tucker—. A este asunto le aplicamos un nivel de secretismo mayor.

—¿Tan grande que ni siquiera la DA está enterada? —inquirió Reel.

Tucker se lamió los labios.

—Yo no he dicho eso.

—Bueno, ¿quién es el objetivo? —preguntó Robie.

Tucker señaló los paneles de pantalla de ordenador empotrados en la mesa que tenían delante. Pulsó varias teclas del panel y las pantallas cobraron vida. Robie y Reel bajaron la mirada hacia las mismas y vieron ahí la foto de un hombre.

—Se llama general Pak Chin-Hae —explicó Tucker—. Es vicemariscal, jefe de Estado Mayor del ejército de Corea del Norte y ayuda a dirigir el Comité Militar Central, probablemente el organismo más poderoso del país.

—¿Y él es el objetivo? —preguntó Robie—. ¿Por qué?

—No hace falta que sepáis el porqué, Robie —espetó Tucker—. ¿No habéis aprendido nada mientras estabais en el Quemador? Obedecéis órdenes. No tenéis que analizarlas. Vuestro trabajo consiste en apretar el gatillo, no en cuestionar a quienes os dicen que lo hagáis.

Se produjeron unos instantes de silencio antes de que Tucker volviera a hablar.

—Lo siento. Todos estamos sometidos a mucha presión. Necesitamos colaborar. Basta con que sepáis que hay que eliminar a este objetivo. Es por el bien de la seguridad nacional de nuestro país.

Robie miró a Reel.

—Bueno, tiene que morir. ¿Significa eso que nos vamos a Corea del Norte? Si es así, ¿cómo entramos y cómo salimos? ¿O lo de salir no entra dentro de los planes?

Tucker carraspeó.

—Comprendo la preocupación que podéis tener después de lo de Siria.

—Me alegro de oírlo, señor —repuso Robie.

—Pero me he reunido con vosotros para aseguraros de que no se trata de un asunto personal. La misión es por un bien mayor. No hay nada más importante que eso.

—Así pues, ¿dónde está el objetivo? —preguntó Reel.

—El objetivo no estará en Corea del Norte.

—¿Dónde pues?

—Actualmente está en Francia. Viajó allí para someterse a tratamiento médico. El golpe se dará allí.

—¿Un problema médico y se fue a Francia? —consideró Robie—. ¿Por qué no China? ¿O Rusia? Son aliados de Pyongyang.

—La verdad es que no me he molestado en averiguar por qué —reconoció Tucker—. Además, matarlo en cualquiera de esos lugares habría resultado mucho más problemático y quizás habría provocado un peligroso altercado internacional.

—Básicamente vamos a eliminar al número dos de Corea del Norte ¿y no crees que se vaya a producir un altercado internacional? —planteó Reel con incredulidad.

—Por el amor de Dios, no vamos a anunciar que somos nosotros —declaró Tucker—. No somos los únicos enemigos de Corea del Norte. La verdad es que la lista es larga. Y creo que con esa tapadera bastará. —Siguió hablando—: Le echaremos la culpa a otros. Es muy probable que se la echemos incluso a Corea del Norte. Un tiene muchos enemigos internos. No es tan descabellado pensar que uno de ellos podría haber urdido un complot contra él y vengarse. Nadie se enterará de que hemos sido nosotros.

—¿Cuándo vamos a actuar? —preguntó Robie.

Tucker dio otro sorbo al café y jugueteó con el tapón de la botella de agua.

—Os marcháis esta noche.

Robie y Reel se lo quedaron mirando con descrédito.

Al final Tucker levantó la mirada y los miró de hito en hito.

—Soy consciente de que no es la cantidad de tiempo habitual para una operación de este alcance.

—Ni por asomo —dijo Robie.

—Los SEAL acabaron con Bin Laden con poco tiempo para prepararse —señaló el DCI.

—Hacía tiempo que el lugar del objetivo estaba vigilado. Había planes. El escuadrón llegó allí en helicóptero. Fue un ataque rápido y eficaz. No hubo tapadera ni acusaciones. Queríamos que el mundo supiera que lo habíamos hecho —respondió Robie—. Lo que nos pides supone un desafío mucho mayor.

—Sí, reconozco que esa es la diferencia —dijo Tucker.

—¿Qué tipo de apoyo recibiremos de los franceses? —preguntó Robie.

—Ninguno —dijo Tucker—. Estáis solos.

—¿Y el plan de salida? —planteó Reel—. Todavía no has hablado de ello.

—Sí que hay plan de salida.

—¿Estás seguro? —cuestionó Robie.

—¿Y sin ayuda local? —añadió Reel.

Tucker ensombreció la expresión.

—Conseguisteis salir de Siria y volver sin contar con ayuda local —bramó, perdiendo los estribos. Tomó otro sorbo de agua y se secó la cara.

—Y el margen de error era tan exiguo que era inexistente —dijo Robie—. Esta vez esperamos algo más.

—Habrá activos allí para ayudaros. Nuestros activos. Os sacaremos de allí. Os lo prometo.

Reel se inclinó hacia delante y lo observó.

—¿A qué viene el cambio de opinión, director? Pasas de torturarnos para obtener una confesión firmada a preocuparte por nuestro bienestar personal.

—Ya os lo he explicado —dijo Tucker exasperado, aunque luego añadió con más calma—: La situación ha cambiado.

Reel se recostó en el asiento.

—Sí, eso parece. No es la misión original que habías pensado. Ha ocurrido algo y ahora nos envías a arreglar el desaguisado. —Volvió a inclinarse hacia delante—. Así pues, ¿cuál era la misión original?

—No tengo ni idea de qué estás hablando —repuso Tucker.

—Por supuesto que la tienes. Está tan claro como la expresión asustada y las gotas de sudor que tienes en la frente. —Hizo una pausa y añadió—: ¿Lo sabe el presidente?

Tucker se levantó y cogió la taza de café con fuerza.

—En unos minutos recibiréis los informes de preparación. En cuanto lleguéis a Francia haréis una práctica de situación y se acelerará toda la operación. Daréis el golpe y regresaréis a casa. —Hizo una pausa—. Si lo conseguís —dijo, mirando directamente a Reel—, todo quedará perdonado.

Reel se levantó también y lo miró directamente a los ojos.

—Está muy bien, director, lo único es que no recuerdo haberte pedido perdón.

27

Earl Fontaine se giró en la cama y miró al hombre que tenía delante.

—Oye, Junior —dijo—. ¿Junior? Junior, despierta de una puta vez.

Junior por fin se movió y le lanzó una mirada.

—¿Qué? —dijo con apatía.

—He oído decir que hoy vas al corredor de la muerte.

—¿Dónde has oído eso, viejo?

—Aguzo los oídos. No me paso el día sobando como haces tú. Tío, tienes que disfrutar de la vida mientras puedas. Te falta poco para que lo único que hagas sea estar dos metros bajo tierra llenándote de moho.

Junior soltó un bufido.

—Me van a incinerar, imbécil.

—¿Van a esparcir tus cenizas en tu lugar de origen? ¿Qué retrete es, Junior?

Junior hizo sonar la cadena con actitud amenazadora.

—Tienes suerte de que yo esté aquí y tú allí.

—Supongo que sí. No quiero que te me cagues encima como haces contigo mismo.

Junior sonrió.

—Yo sé cosas, viejo.

Earl le devolvió la sonrisa.

—¿De qué se trata? ¿Sabes contar hasta diez?

—Ya sabes a qué me refiero. La doctora. Y todos esos rollos que le has metido.

—No sé de qué hablas, tío.

—Tu hija, ¿eh? Seguro que no tienes ninguna hija.

—Claro que sí, tío. Claro que sí.

—Pienso que estás tramando algo y tengo que contárselo a alguien.

Earl se incorporó.

—¿En serio? ¿Vas a contárselo a alguien? ¿Qué vas a decir?

Junior se rascó el mentón con aire distraído.

—Pues lo he estado pensando. He estado pensando en qué puede estar tramando Earl Fontaine y su culo gordo.

—¿Y qué te ha respondido tu cerebro de mosquito?

—Me ha respondido que Earl Fontaine está preparando algún chanchullo. Quiere que alguien venga a verle por algún motivo que solo él sabe.

—Joder, tío, qué listo eres. Listo de verdad.

—Pues sí —dijo Junior con firmeza.

—Pero ¿a quién vas a contarle algo y te va a creer, estúpido? Te van a matar dentro de muy poco. Para ellos no eres más que una estadística. Un imbécil más con un número que va a dejar este mundo. Hasta nunca, Alabama.

—Se lo contaré a la doctora. ¿Mujeres? Puedo ser realmente convincente.

—Seguro que sí. —Earl se frotó el mentón y adoptó una expresión pensativa—. Sí, señor, seguro que sí. Se nota a la legua. Joder, pero si eres como esa estrella de cine, ¿cómo se llama? ¿Brad Pitt? Las tías le tiran las bragas al tío ese.

—O sea que en cuanto la vuelva a ver, le voy a contar unas cuantas cosillas.

—Pero es que tú vas a estar en el corredor de la muerte antes de que vuelva.

—Pues se lo contaré a otro. O le diré que me venga a ver aquí.

—Yo creo que sí. De verdad que sí.

Earl miró en derredor y vio que un hombre entraba en la sala. Volvió a mirar a Junior.

—A lo mejor podemos hacer un trato, Junior.

—A lo mejor te puedes ir a tomar por culo, Earl.

—¿Es esa tu última palabra, hijo?

—No, vete a tomar por culo dos veces.

—Maldita sea, tío, ¿qué tienes ahí debajo de la sábana?

—¿Cómo?

—Debajo de la sábana, tío. ¿Qué es eso que estoy viendo?

Junior puso la mano bajo la sábana y los dedos se cerraron alrededor del objeto. La retiró lentamente con aspecto asombrado.

—¡Tiene un cuchillo! —gritó Earl—. Va a matar a alguien. ¡Cuchillo! ¡Cuchillo!

Otros pacientes de la sala miraron hacia allí y empezaron a gritar. Una enfermera volcó la bandeja. Otro paciente empezó a gritar. Alguien pulsó la alarma.

—Un momento. Yo no sé de dónde... —dijo Junior.

Alzó la vista y se encontró con el rostro inmenso de Albert el guardia.

—¡Espera! —gritó Junior mientras se disponía a soltar el cuchillo.

Albert sujetó la mano de Junior para que el cuchillo no se moviera de sitio. Parecía forcejear con Junior para hacerse con el arma. Acto seguido, Albert golpeó a Junior en la cabeza con la porra, una y dos veces, y luego una tercera vez.

Cada impacto sonó como un melón partido por un martillo.

El primer golpe dejó K.O. a Junior.

El segundo golpe lo mató sin miramientos.

El tercer golpe fue un capricho de Albert.

Albert lo soltó y el cuchillo repiqueteó en el suelo.

Junior se quedó medio caído de la cama. La cadena clavada en la pared le sostenía el cuerpo. Albert retrocedió y miró los restos de sangre, pelo y sesos que tenía en la porra. Los limpió con la sábana de Junior.

Miró en derredor y dijo:

—Ya está. Ya no va a hacer daño a nadie más. —Volvió a mirar a Junior—. Hijo de perra estúpido.

—Santo cielo, Albert, nos has salvado a todos —dijo Earl—. Vete a saber lo que pensaba hacer ese loco con ese cuchillo.

—Ahora ya no va a hacer nada —dijo Albert con rotundidad. Lanzó una mirada a Earl y un resquicio de sonrisa asomó a sus labios. Dirigiéndose a todos, dijo—: Informaré de este incidente. Todo el mundo ha visto qué ha pasado, ¿verdad?

Earl asintió con energía.

—Y que lo digas. El loco ese intentaba matarnos a todos con ese cuchillo. Lo he visto claramente. Sabía que le iban a enchufar una inyección letal en el culo y probablemente quisiera cargarse al máximo de gente. El cabrón no tenía nada que perder. No le pueden ejecutar dos veces, ¿verdad?

—Verdad —reconoció Albert. Volvió a inspeccionar la sala—. ¿Verdad?

Todos los presentes, desde los prisioneros al personal, asintieron.

Albert sonrió con satisfacción.

—Todo correcto, entonces. Llamaré a los chicos para que se lleven a este pedazo de mierda. Por lo menos ahora no tenemos que gastarnos el dinero con la ejecución de este desgraciado.

Se volvió y se marchó.

Earl se recostó en la almohada, intentando disimular su sonrisa con todas sus fuerzas mientras observaba a Junior muerto. El mismo enfermero que lo había regañado por querer fumar mientras estaba conectado al oxígeno se le acercó.

—Maldita sea —dijo el enfermero—. ¿De dónde coño sacó Junior ese cuchillo?

Earl negó con la cabeza lentamente.

—Ni idea. Más vale que cuentes los bisturíes y todas esas cosas. Probablemente ese cabrón os lo cogiera a uno de vosotros.

—Pero si está encadenado a una pared. ¿Y qué pensaba hacer con él?

—Esperar a que alguien se le acercara y tomarlo como

rehén, supongo —dijo Earl—. Van a matarle. Quiere salir de aquí. Pues era la última oportunidad, ¿no?

—Maldita sea, mira que sois malvados los que estáis aquí.

—Desde luego —dijo Earl mientras ahuecaba la almohada y se tumbaba sin dejar de mirar la sangre de Junior goteando por las sábanas—. Mira que sois malvados. Intentando ganar al verdugo, el hijo de puta. Después de todo lo que hizo en su miserable vida. Ya iba siendo hora de que se largara al otro mundo.

—¿Adónde va el mundo? —se preguntó el enfermero.

«Viene —pensó Earl—. El mundo viene. Viene hacia mí.»

Entró un equipo de investigación e hizo algunas fotos y análisis forenses, pero todos los de la sala se dieron cuenta de que no le ponían mucho empeño. Un hombre que había cometido asesinatos espantosos y que iba a ser ejecutado por esos crímenes había intentado matar a gente con un cuchillo robado. Y un heroico guardia de prisiones le había abierto la cabeza por las molestias.

No podía haberles importado menos.

Más tarde, Earl observó cómo el personal de prisiones venía a llevarse a Junior y limpiaban la zona.

Earl mantuvo la mirada en la bolsa negra para cadáveres hasta que desapareció por la puerta.

Entonces cerró los ojos y sonrió.

—Muy buenas noches, Junior —masculló.

28

Despuntaba el alba de un día frío y despejado cuando aterrizaron en un aeropuerto privado situado en las afueras de Aviñón, Francia. No tuvieron ningún problema para pasar la aduana porque básicamente pasaron de largo. Cuando uno llegaba en un avión clandestino a un territorio gobernado por un aliado, solía disfrutar de ventajas de este tipo.

Robie y Reel sacaron talegas del jet y las dejaron en un vehículo que les esperaba en la pista. Reel se puso al volante mientras Robie iba de copiloto.

Tras la reunión con Evan Tucker se habían preparado y habían planificado el golpe en la medida de lo posible teniendo en cuenta las pocas horas de las que disponían para hacerlo. Habían dedicado el vuelo a repasar distintas situaciones.

Mientras circulaban, Reel bajó la ventanilla y dejó que la brisa le inundara el rostro. Ninguno de los dos había dormido durante el viaje más allá de una cabezadita de cuarenta y cinco minutos justo antes de aterrizar.

—Bueno —dijo ella para romper el silencio.

Robie puso la radio por si por casualidad hubiera un micrófono oculto en el coche.

—General Pak —dijo Robie.

—Tucker la ha cagado a lo grande en algún momento. Se le notaba por el sudor, menudo gallina.

—Un general norcoreano abatido en Francia. Me pregunto quién era el objetivo original.

Ella le lanzó una mirada.

—Los dos lo sabemos, ¿no?

Robie miró por la ventana. El paisaje del sur de Francia era hermoso buena parte del año. Aunque la lavanda no era tan vistosa ahora como en verano, seguía siendo digna de ver. Pero a Robie le habría dado igual que fueran cactus muertos.

—Hombre Azul pensaba que se trataba de un jefe de Estado, y Hombre Azul casi siempre está en lo cierto.

—O sea que para Corea del Norte significa que es el Líder Supremo, Kim Jong Un.

—Pero él ya no es el objetivo.

—Y el general Pak sí —apuntó—. Así pues, ¿qué ha cambiado?

—El general Pak es el segundo al mando ahí. ¿Crees que estaba detrás de un golpe de Estado orquestado por nosotros?

Jessica asintió, golpeteando el volante con los dedos al hacerlo.

—Seguro que pasa. Los militares quieren el poder. Colaboramos con ellos y convertimos a un enemigo en un aliado.

—Los golpes de estado funcionan cuando son por sorpresa. Yo creo que pasó algo que estropeó la sorpresa.

—¿Crees que el presidente dio el visto bueno para dar el golpe contra Pak?

Robie asintió.

—Ni siquiera Evan Tucker tiene los cojones de autorizar esto él solo.

—La misión se fue al garete, el contraataque podría formar un tsunami, y todo ello gracias a Evan Tucker y sus planes megalómanos. Y nos llaman a nosotros para hacer el trabajo sucio. El tío aparece con una sonrisa en los labios como si no hubiera intentado que confesáramos sirviéndose de una tortura y de repente somos sus mejores amigos. Sabía que el tío era un capullo, pero esto no hace más que confirmarlo.

Robie sacó la pistola de la funda y la examinó. La pistola

era su arma más fiable. La había utilizado en infinidad de misiones. Era ligera, compacta, tenía la mira de hierro perfectamente alineada y le encajaba en la mano como un guante. Era una hermosa pieza de ingeniería personalizada.

Bañada con una tonelada de sangre simbólica en el revestimiento de metal y polímero.

Reel volvió a mirarle.

—¿Te lo estás repensando?

Él la miró.

—¿Y tú no?

Reel no respondió. Se limitó a seguir conduciendo con la mirada fija en la carretera.

Robie y Reel dedicaron el día a preparar el golpe, incluyendo una visita de reconocimiento a la casa de campo que Pak tenía alquilada. Comieron tarde en su habitación de hotel con vistas a un valle que era un despliegue de colores otoñales. Reel se acercó a la ventana con la taza de café y miró hacia el exterior. Robie permaneció en la mesa repasando los detalles una vez más.

—¿Lo tienes claro?

—Cada milímetro y cada milésima de segundo —repuso ella antes de añadir—: ¿Alguna vez te has planteado vivir en un lugar así cuando acabe todo?

Robie se levantó y se colocó junto a ella ante la ventana, siguiendo la mirada de ella.

Ella se volvió hacia él.

—¿Te lo has planteado?

—Ya te lo dije en una ocasión, no pienso con tanta antelación.

—Y yo te dije en una ocasión que deberías empezar a hacerlo.

Él le lanzó una mirada por encima del hombro.

—Pacífico. Bonito.

—Vas al mercado con la cesta y compras la comida fresca para el día. Das paseos. Vas en bicicleta. Te sientas en la terraza de una cafetería a no hacer... nada.

—Suenas como el anuncio de una revista de viajes —dijo él, sonriendo.

—¿Por qué no debería experimentar algo así?

—No hay ningún motivo en contra —dijo él, poniéndose serio al oír su respuesta—. Puedes tenerlo perfectamente.

Ella miró con nostalgia por la ventana durante unos instantes y luego se volvió hacia él con una sonrisa de resignación.

—Y un cojón. Venga, a trabajar.

Fue anocheciendo. La noche cerrada llegó al cabo de varias horas.

Salieron del hotel y se dirigieron dando un rodeo a su destino final.

Era una casita en las afueras de un pueblo situado en un acantilado a unos treinta kilómetros al sur de Aviñón. La finca era boscosa y estaba aislada. No había ningún coche delante cuando Robie y Reel alcanzaron el extremo de la línea de árboles y lanzaron una mirada a la estructura a través de las gafas de visión nocturna.

—¿Crees que nos han tendido una trampa? —preguntó Robie.

—Lo he estado pensando desde que cogimos el avión en Estados Unidos.

—Yo también.

Robie fue a la parte trasera. Ella se dirigió a la parte delantera. Durante el anterior reconocimiento del lugar del golpe habían dejado cámaras que se activaban con el movimiento en todos los rincones de la finca y que también apuntaban a la parte delantera y posterior de la casa.

Habían comprobado las imágenes en la tableta electrónica mientras se dirigían allí en el coche. Las cámaras no habían captado nada aparte de alguna que otra ardilla y algún pájaro. Ningún humano. Ningún movimiento de nadie que entrara o saliera de la casa.

Robie llegó sin problemas a la puerta trasera igual que Reel a la delantera. No es que lo supusieran, disponían de un sistema de comunicación y se mantenían informados de sus movimientos y ubicaciones. Lo último que querían era matarse entre sí por equivocación.

Inspeccionaron las pocas habitaciones de la casa de campo y se reunieron en el pasillo de atrás. Solo les quedaba una estancia por revisar. Probablemente fuera un dormitorio.

Ambos oían movimiento, un movimiento ligero, en esa estancia.

Alzaron las armas con el dedo en el gatillo.

Reel miró a Robie.

—Yo dispararé el tiro mortal —susurró ella.

—¿Por qué? —susurró él.

—Porque estás en este lío por mi culpa —repuso ella.

Se acercaron en silencio a la puerta. Robie la cubrió mientras Reel la abría de un puntapié.

La luz de la habitación se encendió. Estaban preparados para ello. Las lentes que llevaban enseguida se adaptaron al aumento de iluminación.

El viejo estaba sentado al borde de la cama en calzoncillos y una camiseta blanca. Llevaba zapatillas de estar por casa con calcetines blancos. Iba repeinado y se le veía tranquilo.

El uniforme con las estrellas estaba bien doblado en el brazo de una silla situada al lado de la cama. La gorra estaba en el asiento de la silla.

Estas observaciones enseguida quedaron en segundo plano.

Tanto Robie como Reel se fijaron en la pistola que empuñaba.

Ambos apuntaron.

Pero no fue necesario disparar.

—No permitáis que hagan daño a mi familia. Y decidle a vuestro presidente que se vaya al infierno —dijo en inglés con un buen acento.

Acto seguido, el hombre se introdujo la pistola en la boca y apretó el gatillo.

29

Robie sorbía un café tibio y observaba al resto de los presentes en la pequeña sala. Se encontraban en un piso franco de la CIA situado a veinte kilómetros de París.

Reel estaba ahí, apoyada contra una pared y con la mirada perdida.

La DA Amanda Marks leía algo en el móvil.

Andrew Viola estaba sentado en una silla mirando el suelo.

Evan Tucker estaba en otra silla contemplando el techo.

Marks acabó con el teléfono y miró a Robie y a Reel.

—¿Algo que añadir a vuestro informe?

Robie negó con la cabeza y Reel dijo:

—Es obvio que sabía que íbamos a llegar y se pegó un tiro antes de que nosotros lo matáramos. Dijo que no permitiéramos que hicieran daño a su familia y mandó al infierno al presidente.

Dio la impresión de que Evan Tucker se estremecía con cada palabra que ella pronunciaba. Reel lo miraba con indignación pero no decía nada.

Robie dejó el café y se levantó.

—¿Piensas decirnos qué está pasando realmente?

Dirigió la pregunta directamente a Tucker, no a Marks.

El DCI fue dándose cuenta poco a poco de ello dado el silencio persistente. Bajó la mirada y se encontró a Robie observándolo.

—¿Qué demonios insinúas? —preguntó Tucker lentamente.

—Insinúo que me gustaría saber la verdad.

Robie dio unos cuantos pasos hacia el hombre y Reel también.

Viola se levantó y se colocó entre el DCI y ellos.

—Creo que a todos nos hace falta respirar hondo y tranquilizarnos.

—Robie y Reel, tenéis que retiraros de este asunto. La misión ha terminado.

Reel le lanzó una mirada.

—Lo dudo mucho.

—¿Qué quieres decir? —espetó Tucker.

—¿El segundo al mando de Corea del Norte se pega un tiro en Francia y creéis que ya está?

—La escena se ha limpiado —dijo Tucker—. No hay nada que nos implique. Se ha suicidado. Eso está claro. Cuando encuentren el cadáver, ese será el veredicto. Porque es la verdad.

—Estás de broma, ¿no? —dijo Reel—. ¿Crees que los norcoreanos, los paranoicos de los norcoreanos que quieren desesperadamente que el resto del mundo los tome en serio dejarán pasar esto?

—¿Por qué crees que les preocupa este asunto? —gritó Tucker.

—Porque te suda el labio —replicó Reel—. Estás metido hasta el cuello en esto, Tucker. Las últimas palabras del general fueron mandar al infierno a nuestro presidente. ¿Quieres que le informemos directamente de lo que nos dijo? Como le afecta, quizá desee saberlo.

Marks alzó una mano a modo de advertencia.

—Reel, entiendo a qué se debe todo esto, de verdad que sí, pero no sigas por esa vía. Retírate, ahora mismo, esto no ayuda.

Reel se disponía a decir algo pero se volvió, claramente furiosa.

—¿Y ahora qué? —planteó Robie.

Tucker lo miró.

—Dejemos las cosas tal como están.

—¿Ya está? ¿Esa es tu estrategia?

—Creo que tenemos que coger un avión y regresar a Estados Unidos. Aquí no estamos haciendo nada productivo. —Miró a Robie y a Reel—. Recoged vuestro equipo y larguémonos.

Robie siguió con la vista clavada en Tucker.

—Señor, con los debidos respetos, esto no va a desaparecer por mucho que tú y el presidente lo deseéis. Así pues yo sugeriría que tengáis una estrategia de refuerzo que aplicar cuando los norcoreanos vengan a por nosotros. Porque vendrán.

—¿Y tú qué coño sabes, Robie? —saltó Tucker, aunque la voz se le quebró al decirlo.

—Sé lo suficiente para saber que es un polvorín y que Corea del Norte tiene armas nucleares. Y da la impresión de que su único objetivo es hacernos la vida imposible a la mínima oportunidad. Bueno, me parece que les acabamos de poner en bandeja la oportunidad de que nos pillen por las pelotas. Y lo harán. La pregunta es cómo.

—¿Cómo crees que lo harán? —dijo Marks.

Tucker la miró y luego volvió a dirigir la vista a Robie. Daba la impresión de esperar también una respuesta.

Reel se hizo oír.

—O irán a lo grande o con moderación. A lo grande significa que lanzarán un misil. Con moderación significa que enviarán a su equipo de asesinos contra uno o más objetivos concretos.

Robie asintió en señal de aprobación.

—¿Y cuál creéis que será la opción elegida?

—Con un misil no ganan nada. No pueden alcanzarnos ni a nosotros ni a ninguno de nuestros aliados, y nunca han demostrado que sean capaces de hacer explotar una carga.

—Entonces será con moderación. Un equipo contra un objetivo —dijo Marks lentamente—. Pero ¿qué objetivo?

—Tal vez sean objetivos —matizó Robie—. ¿Y si nuestro plan era liquidar a su líder?

—Es imposible que hagan tal cosa, Robie —dijo Tucker—. El presidente está demasiado bien protegido.

—Tal vez sí o tal vez no. Pero como todos nosotros sabemos, casi se lo cargan recientemente en el interior de la Casa Blanca.

—Y los norcoreanos son famosos por contar con algunos de los asesinos más despiadados del mundo. Y, al igual que los terroristas suicidas de Oriente Próximo, les da igual si mueren.

—Me cuesta creer que optaran por eso —dijo Marks—. Los aniquilaríamos.

Tucker se levantó.

—Ya lidiaremos con esa cuestión cuando y si llega el momento.

Reel retrocedió.

—Bien, pero dejemos una cosa clara. Si intentáis echarnos las culpas de cualquiera de estas cosas, no solo serán los norcoreanos los que vendrán a por ti.

Tucker se le plantó delante de las narices.

—¿Cómo te atreves a amenazarme?

—No es una amenaza. Es más que eso, director. Y como bien sabes, cuando alguien me hace daño a mí o a alguno de mis allegados, me reboto. Me da igual la bandera que ondeen.

Reel dio media vuelta y se marchó de la sala.

30

—No vuelvas a permitir que esté en la misma sala que ese hombre, porque solo saldrá con vida uno de nosotros —dijo Reel—. Y no será él.

Habían regresado a Estados Unidos y estaban en el apartamento de Robie.

—No quiero estar en el mismo edificio que ese tío y mucho menos en la misma habitación —afirmó Robie moviéndose por la cocina mientras preparaba la comida.

Reel sirvió una taza de café y se apoyó en el fregadero a observar el trajín de ollas, sartenes y platos.

—¿Eres cocinillas? —preguntó.

—Vivo solo. No puedo comer siempre fuera. Tengo un repertorio limitado pero me saca de un apuro. —Le enseñó dos cajas—. ¿Pasta o arroz?

—No tengo hambre.

—No te he visto comer nada en las últimas cuarenta y ocho horas. ¿Cómo es posible que no tengas hambre? No es que nos cebaran en el Quemador.

Reel suspiró con resignación.

—Pasta. —Y Robie se puso a calentar agua en una olla grande.

—Ya sabes que esto va a causar un descalabro a escala internacional —dijo Reel.

—Probablemente —convino Robie mientras buscaba salsa napolitana en la despensa.

—Y probablemente nos vuelvan a enviar a arreglar el desaguisado.

Robie encontró la salsa y luego le lanzó una hogaza de pan duro.

—Coge un cuchillo, corta esta hogaza en pedacitos y saca tus frustraciones. Imagínate que Evan Tucker se ha transformado por arte de magia en pan de aceitunas.

—A tomar por saco. Si me lo piden, no pienso hacerlo —dijo Reel mientras cortaba. ¿Y tú?

—Depende de lo que pidan y de quién lo pida.

Vertió los fideos en el agua hirviendo, abrió una botella de vino y sacó dos copas de una alacena. Sirvió el vino y le tendió una de las copas a Reel mientras daba un sorbo de la otra y empezaba a cortar unas hortalizas.

—Que yo sepa —empezó a decir Robie—, la DA Marks nos dijo que nos retiráramos y nos dio vacaciones. Y a mí ya me va bien. Soy demasiado mayor para pasar por esa mierda de Quemador. Y tú no eres mucho más joven que yo.

—En años caninos soy mucho mayor —señaló Reel—. Y así es como me siento, como un perro. Un perro viejo y acabado.

Robie terminó de cortar las hortalizas y se dispuso a sofreírlas en una sartén caliente que estaba en los fogones. Dio un sorbo al vino y miró hacia la ventana. Llovía a cántaros.

—El general Pak dijo que no permitiéramos que hicieran daño a su familia.

Reel asintió.

—Cierto. En Corea del Norte se practica lo de culpabilidad por vinculación. Es la base de todos los campos de trabajos forzados. Si detienen a papá y mamá y los envían ahí, los hijos también van. Así limpian a generaciones de «indeseables» o cualquier otro término despectivo que utilicen.

—Lo sé. Pero he investigado sobre Pak. Su esposa está muerta. Tenía más de setenta años, por lo que supongo que sus padres están muertos. Y no tenía hijos.

—¿Hermanos o hermanas?

—Yo no los he encontrado. Según el informe, era hijo único.

Reel se bebió el vino y se sirvió otra copa.

—No sé, Robie. Es raro. Hablando de familia, ¿qué tal Julie?

—No es mi familia.

—Yo diría que es lo más parecido que tienes.

—No he hablado con ella desde antes de que nos marcháramos al Quemador.

—Ahora estamos de vacaciones, como dijiste. Deberías ponerte en contacto con ella.

—¿Y a ti qué más te da?

—Me gusta vivir indirectamente a través de personas más normales que yo. Lo cual básicamente son todos los habitantes del planeta, salvo la compañía presente.

Robie comprobó la hora.

—¿Qué te parece si la invitamos a cenar? Tú vigila la comida y yo voy a recogerla.

—¿Lo dices en serio?

—¿Por qué no? Dio la impresión de que le caías muy bien.

Reel dio un sorbo al vino y se lo quedó mirando.

—¿Tú crees?

—De hecho lo sé. Me dijo que le parecías guay.

Reel caviló al respecto y luego lanzó una mirada a la comida que se estaba haciendo.

—Cocinar se me da fatal. ¿Qué te parece si la llamas y yo voy a buscarla mientras tú haces de maruja?

Robie sonrió y le lanzó las llaves del coche.

—Hecho.

Julie estaba libre y Reel la recogió en el exterior de su casa con el coche de Robie.

Ella se situó en el asiento del pasajero y miró a Reel.

—¿O sea que habéis sobrevivido en donde quiera que fuerais?

—Lo cierto es que el jurado todavía no ha dado el veredicto.

Julie se ciñó el cinturón mientras Reel salía a toda mecha.

—¿Alguna herida reciente? —preguntó.

—Solo por dentro —reconoció Reel.

—Esas son las que más duelen.

—Lo sé, créeme.

—¿Qué tal está Robie?

—Se alegra de haber vuelto —repuso Reel.

—He estado siguiendo las noticias por si se producía alguna catástrofe global para averiguar dónde estabais.

—¿Y?

Julie se encogió de hombros.

—Ninguna parecía encajar con vosotros dos. —Observó por el parabrisas el diluvio que caía—. Tú y Robie parecéis muy unidos.

—Lo estamos. O tanto como se puede estar con él.

—¿Tienes a otra persona con la que estés así de unida? —preguntó Julie.

—Lo estuve. Ahora ya no.

—¿Porque ya no vive? —preguntó Julie.

—Algo así.

—Robie te respeta de verdad. Se nota.

—Imagino que no hay muchas personas a las que respete —respondió Reel.

—Seguro que tú eres igual.

—Nos formamos juntos, Robie y yo —dijo Reel—. Él era el mejor, Julie. Siempre pensé que yo lo era, pero tengo que reconocer que él es mejor.

—¿Por qué?

—Los intangibles. A grandes rasgos somos iguales. Incluso él estaría de acuerdo con ello. Sin embargo, son las pequeñas cosas en las que yo le voy a la zaga. A veces me dejo dominar por las emociones.

—Eso significa que eres humana. Ojalá Robie dejara que le pasara eso más a menudo. Se lo guarda todo en su interior.

—Que es exactamente para lo que nos han preparado —señaló Reel.

—El trabajo no lo es todo, ¿verdad? No es toda tu vida.

—Algunos trabajos sí. Nuestros trabajos lo son; al menos el mío solía serlo.

—¿Y ahora? —preguntó Julie.

Reel la miró mientras maniobraba por las calles mojadas y cruzaba un puente de entrada a Washington D.C.

—Tal vez esté en una fase de transición.

—¿Hacia otro trabajo o la jubilación?

—¿Jubilación? ¿Qué edad te crees que tengo? —Reel se echó a reír, pero Julie se mantuvo seria.

—Robie me dijo que uno no se retira del tipo de trabajo que hacéis.

Reel volvió a mirarla.

—¿Eso te dijo?

Julie asintió.

—Pues entonces debe de ser verdad. Will Robie nunca habla por hablar.

Julie puso una mano en el hombro de Reel.

—Pero tú puedes hacer que sea realidad. Puedes ser la primera en hacerlo.

Reel miró por la ventana hacia la tormenta que había llegado desde el Ohio Valley hacía rato y que parecía querer quedarse un rato.

—No sé si soy una buena candidata para crear tendencias.

—¿En serio? Creo que serías la persona ideal.

—No me conoces demasiado bien —dijo Reel.

—¿Por qué has venido tú a buscarme y no Robie?

La pregunta pilló desprevenida a Reel.

—Él... estaba preparando la cena y yo cocino fatal.

—Entonces ¿fue idea suya que vinieras a recogerme?

—No, bueno, sí. Es que yo le sugerí...

Julie continuó observándola.

—¿O sea que querías hablar conmigo a solas? No tiene nada de malo.

Se hizo el silencio durante varios minutos.

—Robie me habló de ti —dijo Reel—. Sobre cómo...

—¿Hice una transición a una nueva vida?

—Eres demasiado perspicaz para tu edad.

—Soy mucho mayor de lo que aparento. —Julie se dio un golpecito en el pecho—. Aquí dentro. Ya me entiendes, sé que sí. Ha habido mucha mierda en tu vida. Y no me refiero solo al trabajo. Me refiero a cuando tenías mi edad, más joven. Lo sé. Se nota. Como yo, ¿verdad?

Reel giró por una calle lateral y paró junto a la acera.

—Robie me dijo que eras superlista y que habías pasado por un infierno, pero, aun así, ¿cómo lo notas? —preguntó con voz queda—. No suelo dar pistas.

—Se te nota en los ojos. En la piel. En tu forma de caminar. En la forma de hablar. Lo veo en ti por todas partes. Y seguro que tú me lo notas a mí.

Reel asintió lentamente.

—¿Sabes, Julie? Es que... —No era capaz de articular palabra. Se sentía como si una mano le apretara el cuello.

Julie le sujetó el brazo y se lo apretó.

—Lo que pasa es que tienes miedo. Sé que eres valiente y que probablemente eres capaz de cargarte a doce tíos de una vez. —Hizo una pausa—. Pero sigues teniendo miedo porque te preguntas si esto es todo lo que la vida te ofrece.

Reel asentía antes de que ella terminara.

—No puedo responder por ti. Pero sí que puedes, Jessica. Sí que puedes.

31

Después de la cena, Robie llevó a Julie a casa.

Reel se sentó en un sillón del salón y miró en derredor. Se estaba haciendo tarde pero en realidad no tenía adónde ir. Su casa de Eastern Shore estaba destruida. Su finca de Keystone State tampoco estaba ya a su disposición. Debido a lo que había pasado allí arriba, ya no podía volver. Podía ir a un hotel. Probablemente es lo que tendría que hacer. Pero ahora mismo, ahora mismo solo quería quedarse sentada en el sillón, cerrar los ojos y no pensar en nada.

No iba a poder ser.

Le sonó el móvil. Bajó la mirada hacia él y dio un respingo al reconocer el número.

Hacía años que no recibía una llamada de esa persona. Muchos, muchos años.

Siempre había respondido. Estaba programada para ello.

Al parecer, seguía estando programada para ello.

—¿Diga? —preguntó.

—¿Recordabas el número de teléfono? —preguntó la voz.

—Sí. Me sorprende que sigas teniendo el mismo después de tantos años.

—La burocracia federal avanza a paso de tortuga. He tenido unos cuantos ascensos a lo largo de los años, pero el número principal sigue siendo el mismo. Y cuando llegó la petición, les dije que yo quería encargarme. Eras y sigues siendo un caso muy especial.

—¿Qué petición? —quiso saber Reel.

No respondió de inmediato.

—Tu padre —dijo al final.

Al comienzo Reel no dijo nada. Era como si una mano salida de la tumba le tapara la boca.

—No tengo padre.

—Sé que es así en todos los sentidos del término salvo en el biológico. Pero tu padre biológico ha pedido verte, antes de morir.

—No tengo ningún interés en volverlo a ver.

—Ya pensé que esta sería tu respuesta y no me extraña lo más mínimo.

—¿Sigue en la cárcel?

—Por supuesto. En el mismo sitio, en Alabama. Y no va a ir a ningún sitio. En la actualidad está en una sala del hospital de la cárcel. Cáncer. No le pueden ejecutar por su estado de salud. Es un enfermo terminal. Me lo han asegurado. No saldrá vivo de la cárcel.

—Bien. La inyección letal es rápida. El cáncer, lento. Cuanto más doloroso, mejor. El infierno es demasiado bueno para él. Cualquier cosa que le pase es demasiado buena para él. Es un hijo de perra de nacimiento y morirá como hijo de perra, y no habrá ni una sola persona que lamente su muerte. —Reel había ido alzando la voz al hablar.

—Lo sé, pero yo solo soy el mensajero, Sally.

—Ya no me llamo así.

—No han querido decirme tu nombre actual, así que Sally es el único que conozco.

—De acuerdo.

—Mira, le he dado vueltas a si te molestaba siquiera con esto. Pero llegué a la conclusión de que la decisión final tenía que ser tuya, no mía. Hice unas cuantas llamadas. Tenía cierta idea de adónde habías ido a parar. Toqué unas cuantas teclas y me dieron tu número actual pero no tu nombre. Me dijeron que podía hacer una llamada. Tú decidías si responder o no. Ni siquiera habrían permitido tal cosa, pero soy un colega federal. Probablemente te hayas llevado un buen susto al ver el número.

—Pues sí. Ya sabes que ya no estoy en el programa de protección de testigos. Hace mucho tiempo que no.

—Lo sé, pero era la única manera que se nos ocurrió para contactar contigo. Al parecer, él sabía que tú estabas en el programa. Debió de descubrirlo en algún momento.

—Me da igual. No pienso ir.

—No tengo nada que objetar.

—¿Cuánto tiempo le queda de vida?

—¿Cómo? Oh, eh, no me lo han dicho con certeza. La doctora con la que hablé me dijo que estaba muy mal. El cáncer se le ha extendido por el cuerpo. No sabía a ciencia cierta qué es lo que le mantenía con vida. En cualquier momento, supongo. Y entonces ya podrás dejar dormir a ese fantasma.

Reel asintió para sus adentros, pensando.

—Te agradezco la llamada.

—Bueno, ojalá fuera para algo mejor que esto. Eras una persona muy especial, Sa..., es decir, como te llames ahora.

—Jessica. Me llamo Jessica.

—De acuerdo, Jessica. Ha pasado mucho tiempo, pero ni mucho menos te he olvidado. Y teniendo en cuenta que me las he visto y me las he deseado para conseguir siquiera hablar contigo, imagino que eres alguien importante. Me alegro por ti. Siempre supe que harías algo especial en la vida.

—Yo no diría que mi vida es «especial».

—Bueno, sea como sea, te deseo toda la suerte del mundo. Y si alguna vez necesitas algo, por favor, llama. Ya sé que ya no estás en el programa de protección de testigos, pero sigue importándome lo que te pasa.

—Gracias, de verdad.

—Y tu viejo que se vaya al infierno.

Reel colgó y se quedó observando el teléfono que tenía en la mano.

Cuando Robie entró, seguía mirándolo.

—¿Qué pasa? —preguntó mientras se quitaba el abrigo y se acercaba para sentarse a su lado.

—Nada. ¿Qué tal Julie?

—Está bien. Me ha dicho que tú y ella habíais tenido una charla agradable de camino aquí, pero no ha querido contarme nada más.

—Esa chica me cae cada día mejor.

Robie miró el móvil y luego la miró a ella.

—¿Qué ocurre, Jessica?

—He recibido una llamada.

—¿De quién?

—Del programa de protección de testigos.

—Ya no estás en el programa.

—Se han puesto en contacto conmigo porque alguien se puso en contacto con ellos.

—¿Quién?

—Mi padre, Earl Fontaine.

32

Robie entró en la cocina y preparó café. Llevó dos tazas a la otra sala y le tendió una a Reel. En el exterior seguía diluviando. Se sentó frente a ella y dio un sorbo para combatir el frío que sentía con la bebida caliente.

—¿Tu padre?

Reel asintió.

—¿Quieres hablar de ello?

—La verdad es que no.

—Vale.

Él hizo además de levantarse, pero entonces ella habló.

—Espera, espera un momento.

Robie volvió a arrellanarse en el asiento mientras Reel bebía y luego sujetaba la taza con fuerza entre las manos. Robie vio que las manos le temblaban ligeramente, algo que no le había visto hacer jamás.

Ella no hablaba, por lo que Robie dijo:

—Para que quede claro, DiCarlo me contó ciertas cosas de tu pasado. Sé por qué estuviste en el programa de protección de testigos. Sé ciertas cosas sobre tu viejo. Y lo que hizo.

—¿Y sobre mi madre? —preguntó ella sin mirarle.

—Sí —repuso Robie antes de añadir—: lo siento, Jessica.

Ella se encogió de hombros y se recostó en el asiento, haciéndose un ovillo con el cojín del sillón. Se tomó el café y los dos se pusieron a escuchar la lluvia.

—Quiere verme.

—¿Tu padre?

Jessica asintió.

—Se está muriendo, en la cárcel, por supuesto. Se suponía que lo tenían que ejecutar, pero tiene cáncer terminal.

—Y no se puede ejecutar a un recluso moribundo —dijo Robie—. Resulta irónico.

—Quiere verme —repitió ella.

—Da igual lo que él quiera —repuso Robie—. Quien decide eres tú, no él. —Se inclinó hacia delante y le dio un toque en la rodilla—. Sé que lo entiendes.

Ella volvió a asentir.

—Lo entiendo. La decisión es mía.

Robie inclinó la cabeza y la observó.

—Y debería ser una decisión fácil de tomar. —Hizo una pausa y añadió—: ¿Pero no lo es?

Ella dejó escapar un largo suspiro que parecía haber estado reteniendo, porque soltó un pequeño jadeo de incomodidad.

—Las decisiones fáciles suelen ser las más difíciles de tomar —declaró con voz ronca.

—¿Entiendo que no llegaste a enfrentarte a él en el pasado?

Ella negó con la cabeza, tomó más café y se retiró a un caparazón más grueso que la superficie blindada de un tanque Abrams.

—¿Y quieres esa oportunidad, antes de que sea demasiado tarde? De ahí que lo fácil resulte difícil.

—Es irracional.

—La mitad de las cosas que sentimos son irracionales. Pero eso no significa que sea más fácil lidiar con ellas. En realidad lo hace más difícil, porque la lógica no entra en juego. Es una de las desventajas de ser «solo» humanos.

Reel se frotó un ojo.

—Era un hombre malvado. Sin conciencia, Robie. Lo que más le hacía disfrutar era... era hacer daño a otras personas.

—¿Y te hizo daño?

—Sí.

—Y mató a tu madre.

Una lágrima se formó en el rabillo del ojo de Reel. Parpadeó con fuerza para eliminarla, con ira, incluso, moviendo la mano como si quisiera impedir un fuerte golpe dirigido a ella.

Alzó la vista hacia él, con ojos ya secos.

—Él fue el principal motivo por el que me dedico a lo que me dedico. —Hizo una pausa, pareció replantearse sus palabras y añadió—: Él es el único motivo por el que me dedico a lo que me dedico.

—La gente normal no llega a la vida adulta para hacer nuestros trabajos, Jessica —matizó Robie.

Escucharon la lluvia un poco más antes de que Robie volviera a hablar.

—¿Qué vas a hacer entonces? ¿Dejarlo correr?

—¿Es eso lo que crees que debería hacer? —planteó enseguida, aferrándose a las palabras de él.

—De lo único que estoy seguro es de que tú eres la única persona que puede responder a esa pregunta.

—¿Y qué harías tú en mi lugar? —preguntó ella con toda la intención.

—Pero no estoy en tu lugar —dijo él con tranquilidad.

—No eres de gran ayuda.

—Te escucho. No puedo decidir por ti. Tampoco es que tú fueras a permitirlo.

—En este asunto, quizá sí.

Robie se tomó el café y no respondió nada. La observó mientras cerraba los ojos y respiraba hondo varias veces. Cuando los abrió, dijo:

—¿Por qué crees que quiere verme?

Robie se recostó en el asiento y dejó la taza en la mesita auxiliar que estaba entre ellos.

—Se está muriendo. ¿Redención? ¿Despedida? ¿Decirte que te vayas al infierno? ¿Todas las anteriores? —Se inclinó hacia delante—. Creo que lo más importante es qué le dirías tú a él.

Reel miró a Robie y de repente él vio la fragilidad que nunca había pensado que pudiera existir en su interior.

—No hay perdón —dijo ella—. Me da igual que sea hombre muerto.

—Entiendo. Pero no has respondido a la pregunta.

—¿Y si no tengo respuesta?

—Entonces no tienes respuesta.

—¿Y no debería ir?

Robie no dijo nada al respecto y siguió observándola.

—Tengo la impresión de que vuelvo a estar en la sesión del psicólogo.

—No tengo la titulación. Pero decidas lo que decidas, te arrepentirás de todos modos. Eres consciente de ello, ¿verdad?

—No, no lo sé —dijo ella enseguida—. ¿Por qué lo dices? —añadió en voz más suave.

—Tal vez no seas la única que ha intentado asumir su pasado.

Reel separó los labios ligeramente.

—¿Tú?

—Insisto en que yo no soy quien importa en esta conversación. Ten claro que una respuesta en vez de otra no equivale a una solución. No es más que una decisión. Y las decisiones tienen ramificaciones en todos los casos.

—La verdad es que solo te falta el título para parecer un psicólogo.

Robie se encogió de hombros.

—¿Quieres más café?

Ella negó con la cabeza, pero él se levantó y se preparó otra taza. Volvió a situarse frente a ella.

—¿O sea que la cosa se reduce entonces a la decisión que provoque menos arrepentimiento?

—Es muy posible. Pero eso no es más que un factor de entre muchos.

—¿Cuál es el más importante? ¿Para ti? —añadió ella rápidamente.

—Como he dicho antes, si hay algo que quieres decirle al viejo, entonces vale. Si no hay nada en tu corazón que quieras que escuche el hombre antes de palmarla, entonces...

—Pero no perdón —interrumpió Reel—. Nunca le perdonaré.

—No, no se trata de perdón. Y no hace falta que lo decidas ahora.

—Me han dicho que está a punto de morir.

Robie tomó un sorbo de café.

—No es problema tuyo, Jessica.

—¿Puedo pedirte una cosa, Robie?

—Sí.

—Si decido visitarlo... —Se calló. Dio la impresión de que buscaba las palabras o la valentía para continuar.

—Dilo, Jessica.

—Si decido visitarlo, ¿me acompañarás? —añadió con prisas—. Mira, ya sé que es una estupidez. Ya soy mayorcita. Sé cuidarme solita y...

Él se le acercó y la cogió de la mano.

—Sí, te acompañaré.

33

El aeropuerto era pequeño y las opciones de alquiler de coche se reducían a una sola compañía. Robie alquiló el coche mientras Reel recuperaba la bolsa rígida que contenía sus armas.

Le entregó su pistola a Robie mientras se sentaba en el asiento del copiloto. Él enfundó el arma y dijo:

—¿Cómo son las leyes de posesión de armas en Alabama?

—Estás de broma, ¿no?

—No, hablo en serio.

—Básicamente en Alabama si tienes pulso puedes tener un arma, tantas como quieras.

Cerró la puerta con un buen golpe y Robie puso el coche en marcha.

—Gracias por aclarármelo —dijo él con sequedad.

—De nada.

El viaje hasta la prisión duraba una hora. Reel había llamado con antelación y estaban en la lista de visitas.

Él la miró de reojo.

—¿Estás preparada para esto?

—No.

—¿Cuándo le viste por última vez?

—De pequeña.

—Entonces habrá cambiado mucho. Me refiero al físico.

—Yo he cambiado mucho más. Y no solo el físico.

—¿Ya has decidido lo que vas a decir?

—Tal vez.

—No voy a hacerte más preguntas.

Ella estiró el brazo y tomó el de él.

—Agradezco muchísimo que me acompañes, Robie. Significa... significa mucho para mí.

—Bueno, hemos pasado por muchas cosas juntos. Si no nos cubrimos las espaldas el uno al otro, ¿quién lo hará?

Ella sonrió al oír el comentario y se recostó en el asiento.

—Hace mucho tiempo que no venía por esta zona del país.

—DiCarlo me contó que eras una adolescente cuando te pasaste a la clandestinidad y ayudaste a desarticular a una banda de neonazis. Impresionante. Y que la CIA se enteró cuando estabas en el programa de protección de testigos y te reclutó.

Reel guardó silencio durante unos instantes.

—Mi padre también creía en toda esa mierda. La supremacía blanca. Nuestro país tiene muchas cosas de las que sentirse orgulloso, pero los cabezas rapadas no son una de ellas.

—¿O sea que tu padre también era cabeza rapada?

—La verdad es que no estoy segura de si respondía a ese apelativo. Básicamente odiaba a todo el mundo.

—¿O sea que la banda que desarticulaste acabó en prisión?

—No todos sus miembros. El cabecilla, Leon Dikes, tenía un buen abogado y solo pasó unos cuantos años en prisión. Cuando estuve en una casa de acogida, el «padre» era pariente de alguien que pertenecía al grupo xenófobo de Dikes.

—¿Un tipo así puede hacer de padre de acogida? —preguntó Robie.

—No es que lo pregonara a los cuatro vientos, Robie. Y era la manera perfecta de captar a adolescentes para que fueran esclavos para la causa. Cocinar, limpiar, entregar mensajes, coser los uniformes horribles, fotocopiar los panfletos xenófobos. Era como estar en la cárcel. Cada vez que intentaba escapar, me pillaban, me pegaban y me aterrorizaban.

Dikes era el peor de todos con diferencia. Incluso le odiaba más a él que a mi padre.

—Pero al final volviste las tornas contra ellos, Jessica. Y desarticulaste a la banda.

—No a toda, Robie. No a toda.

Reel bajó la mirada, cerró los ojos e hizo una mueca de dolor.

—¿Estás bien?

Jessica abrió los ojos.

—Estoy bien. Haz el favor de ir más rápido. Quiero zanjar este asunto.

Dejaron las pistolas en el coche de alquiler y pasaron por el control de seguridad de la cárcel. Daba la impresión de haber sido construida hacía cien años. Las paredes exteriores estaban ennegrecidas y parte de la entrada delantera se venía abajo y se veían las barras de acero bajo la albañilería. Solo había una carretera de acceso. El terreno era llano y no había lugar donde esconderse.

Robie observó las torres de vigilancia situadas por todas partes. Unos hombres uniformados y armados con rifles de largo alcance recorrían el interior.

—No veo muy viable fugarse de aquí —dijo Robie.

—Bueno, si mi padre lo hubiera intentado, podrían haberle disparado. Nos habrían evitado muchos disgustos.

No les acompañaron a una zona de visitantes sino directamente a la sala del hospital.

Al llegar al umbral, Robie habló.

—Bueno, aquí estamos. ¿Seguro que estás preparada?

Jessica respiró hondo aunque seguía temblando ligeramente.

—Esto es una locura. He visto inmundicia cinco veces peor que él.

—Esa inmundicia no era tu padre.

Jessica entró en la sala seguida de Robie. La entrada a la

zona donde estaban los pacientes estaba bloqueada por un puesto de guardias. Robie y Reel pasaron por el puesto de control. Robie se fijó en la identificación que llevaba el guardia en la camisa: «Albert».

Se dio cuenta de que era un hombre muy corpulento. Y daba la impresión de que su mala leche superaba a su corpulencia.

Albert observó a Reel con gran interés. Robie vio que ella lo repasaba con la mirada, pero sabía que lo estaba calibrando por si tenía que enfrentarse a él más adelante.

—¿Qué venís a hacer con el viejo Earl?

—De visita —se limitó a decir Reel.

—Lo sé. Estáis en la lista.

—Bueno —dijo Reel—. Pues estoy en la lista.

—¿Conoces a Earl?

—Has dicho que estoy en la lista. ¿Lo voy a ver o no? Si tengo que responderte a veinte preguntas, doy media vuelta y me largo por donde he venido.

—Eh, eh, solo preguntaba. Puedes entrar a verlo. La cuarta cama a la izquierda.

—Gracias —dijo Reel mientras pasó con aire despreocupado por su lado acompañada de Robie.

—Capullo —masculló.

Dio más pasos, contó las camas hasta llegar a la cuarta a la izquierda. Entonces se paró y bajó la mirada con rostro impertérrito.

Era obvio que Earl Fontaine la esperaba. Estaba incorporado en la cama, con el pelo limpio y bien peinado y la cara afeitada.

—Hola, niñita —dijo—. Madre mía, ¡cuánto has crecido! ¿De verdad eres tú, Sally?

34

Chung-Cha estaba terminándose la primera taza de té matutino cuando llamaron a la puerta. Se levantó, cruzó la estancia sin hacer ruido y miró por la mirilla. Abrió la puerta y retrocedió.

Tres hombres entraron en su apartamento dejándola atrás. Dos iban uniformados. Uno llevaba una túnica negra y pantalones anchos del mismo color.

Chung-Cha cerró la puerta detrás de ella y se situó junto a ellos en el centro de la pequeña estancia.

—Buenos días, camarada Yie —dijo el hombre de la túnica.

Chung-Cha asintió ligeramente y esperó. Dirigió la mirada a los uniformes y contó las estrellas que llevaban en el hombro. Tantas como las que tenía el general Pak.

Les señaló unas sillas y todos tomaron asiento. Les ofreció té pero declinaron la oferta.

—Pak —dijo el de la túnica negra.

—¿Sí? —repuso Chung-Cha.

—Está muerto. Según parece se suicidó en Francia. Por lo menos es lo que dicen los informes preliminares.

—Tenía un gran sentimiento de culpa —dijo uno de los generales—. Por su traición.

El otro general negó con la cabeza.

—Cuesta de creer. Su familia es distinguida.

—Ya no —dijo el de la túnica negra, que era un representante directo del Líder Supremo—. Su familia ha quedado deshonrada y recibirá el castigo correspondiente. De hecho, el castigo se está aplicando en estos momentos.

Chung-Cha sabía que esto significaba que los enviaban a los campos de trabajos forzados. No conocía a ningún miembro de la familia de Pak pero, de todos modos, se compadeció de ellos. Sabía que esta orden incluía también a niños pequeños. ¿Qué culpa podían tener ellos?

«Tres generaciones. Hay que hacer limpieza.»

De repente recordó algo.

—¿Qué parientes tiene? —preguntó Chung-Cha—. Tengo entendido que su mujer está muerta y que no tenían hijos.

—Tiene un hijo y una hija adoptados. No era del dominio público. Los adoptó ya de mayor. Ambos son adultos.

—Pero si son adoptados no llevan la sangre del traidor —dijo Chung-Cha.

El de la túnica negra pareció hervir de indignación.

—Eso no es problema tuyo. Era un traidor, lo cual significa que ellos son traidores. Recibirán el trato que les corresponde.

—¿A qué campo van? —preguntó Chung-Cha, antes de contenerse.

El de la túnica negra no daba crédito a sus oídos.

—Yo en tu lugar, camarada, me centraría en mis intereses. Soy perfectamente consciente de tu pasado. No me des motivos para revisitarlo.

Chung-Cha inclinó la cabeza.

—Pido disculpas por mi insensatez. Nunca volveré a hablar de ello. Tienes razón, no es problema mío.

—Me alegro de que lo entiendas —dijo el hombre de la túnica negra, aunque su expresión seguía siendo suspicaz.

—Me entristeció tener que informarte de la traición del general Pak —dijo Chung-Cha—. Pero era imprescindible que lo supieras. Un enemigo del Estado es un enemigo del Estado, independientemente de lo elevado de su cargo.

Lo más probable era que la intención subyacente pasara

desapercibida a los tres hombres. Ella no ocupaba un cargo elevado. Nunca lo había ocupado. No obstante era leal. Hasta cierto punto. Y nunca volvería a los campos de trabajo.

—Efectivamente —convino el hombre de la túnica negra—. Has actuado bien, camarada Yie. Recibirás la recompensa que te mereces.

Chung-Cha se preguntó si sería otra cocedora de arroz eléctrica. O tal vez un juego de neumáticos nuevos para el coche. En realidad, ella prefería un modelo surcoreano, Kia. Había oído decir que aquellas cosas eran posibles si el Líder Supremo así lo decidía.

—Gracias.

—Pero nos enfrentamos a otro dilema.

Ella inclinó la cabeza. Desde el preciso instante en que había llamado a su delgada puerta y entrado en su humilde morada se había preguntado qué querían realmente de ella. No tenían por qué ir allí para darle las gracias. Eran hombres importantes, ajetreados. Era inaudito que fueran allí solo para mostrarle su agradecimiento.

Eso solo podía significar una cosa.

El de la túnica negra habló:

—Precisamos de tus servicios, camarada Yie, para una misión muy delicada.

—¿Sí? —repuso ella de un modo inquisitivo.

—El general Pak no estaba solo en el momento de su muerte.

Ella se quedó allí sentada, con las manos en el regazo, y esperó lo que le diría a continuación.

—Creemos que dos agentes americanos estaban con él en el momento final.

—¿Lo mataron? ¿No fue un suicidio?

—No estamos seguros —dijo uno de los generales—. No podemos estar seguros. Pueden haber simulado que Pak se quitó la vida. Son astutos y malvados a partes iguales. Ya lo sabes.

Chung-Cha asintió.

—Sí, lo sé.

Un norcoreano no podía dar ninguna otra respuesta a tal comentario y esperar vivir o seguir estando en libertad.

—Pak debía de saber que descubriríamos su traición —aseveró el mismo general—. Por eso huyó a Francia de inmediato con el pretexto de tratar un problema de salud.

—¿Por qué a Francia? —preguntó Chung-Cha.

El de la túnica negra se encogió de hombros.

—Ya había estado allí con anterioridad. Tenía debilidad por las cosas francesas. No siempre apreciaba la gloria y la belleza de su propio país.

—Si bien el hombre que mataste, el tal Lloyd Carson, era británico, creemos que trabajaba en secreto para los americanos. Habíamos seguido el rastro del general Pak hasta la casa de campo donde murió y la teníamos vigilada. Estábamos a punto de apresarlo cuando aparecieron esos dos agentes. Tenían instaladas cámaras de vigilancia, pero nuestros agentes consiguieron evitarlas. Solo se disparó un tiro. Luego, muy pronto, vinieron varias personas a limpiar la zona, más americanos. Es obvio que estaban detrás de todo esto, esos demonios malvados.

—¿Y cuál es la delicada misión que queréis encomendarme? —preguntó ella.

Los generales intercambiaron una mirada y ambos se giraron hacia el de la túnica negra. Parecía ser que él era el elegido para dar la orden.

—Creemos que, de hecho, esos cobardes americanos querían matar a nuestro Líder Supremo y sustituirlo por el traicionero general Pak. No podemos permitir que eso quede sin respuesta. Una respuesta contundente. Es imprescindible.

—¿Y qué forma adoptará esta respuesta contundente? —preguntó Chung-Cha.

—Ojo por ojo, camarada Yie.

Chung-Cha parpadeó.

—¿Deseas que muera el presidente de Estados Unidos?

Entonces el de la túnica negra también parpadeó.

—No. Debemos tener la humildad de reconocer que tal objetivo es poco realista. Está demasiado bien protegido. Pero hay otro objetivo que supondrá una respuesta igual de contundente.

—¿Y de qué se trata?

—Tiene esposa y dos hijos. Deben pagar el precio por la maldad de su esposo y padre. Deben morir porque son igual de culpables que él.

Chung-Cha miró a los dos generales y vio que estaban impasibles. Volvió a mirar al de la túnica negra.

—¿Queréis que viaje a América y los mate? —inquirió ella.

—Tienes que hacerlo cuando estén juntos, como suele ser habitual. No podemos liquidarlos uno a uno porque los supervivientes estarían sobre aviso.

—¿Y cuando lo haga y los americanos tomen represalias?

—Son unos matones de poca monta. ¿Tienen armas nucleares? Pues nosotros también. Y, a diferencia de ellos, nosotros tenemos el valor de usarlas. Ellos tienen mucho que perder. Nosotros, relativamente poco. Y, por ello, saldrán corriendo y huirán como los cobardes que son. Tienes que entender, camarada Yie, que deseamos esta confrontación. Después de todo lo que ha pasado, demostraremos al mundo de una vez por todas que nuestro país es más poderoso. El Líder Supremo es inflexible al respecto.

Chung-Cha intentó procesar todo aquello. En cuanto lo hubo hecho, vio un resultado que no se asemejaba en nada a lo que decía el hombre. Veía a su país borrado literalmente de la faz de la tierra. Pero no le correspondía cuestionar tales cosas.

—Si hay que llevar a cabo esta misión, tiene que haber un plan, hay que recoger inteligencia y reclutar a personas útiles.

El de la túnica negra sonrió.

—Todo lo que dices es cierto. Y hemos empezado a hacerlo. No daremos el golpe de inmediato. Pero cuando lo hagamos, el mundo nunca lo olvidará —dijo, antes de añadir en tono condescendiente—: y sé que tú te sientes honrada más allá de lo que puede decirse, camarada Yie, por haber sido elegida por el Líder Supremo para tan importante misión. Sé que si mueres mientras la llevas a cabo, morirás con el corazón henchido de orgullo por el hecho de que el Líder Supremo haya confiado en ti. Me cuesta imaginar un sentimiento mayor cuando llegue el final.

Chung-Cha asintió, pero lo que sí sabía es que si moría por su país, no iba a pensar en nada de todo eso.

Para el de la túnica negra y los generales era fácil enviarla a lo que, a todas luces, era una misión suicida. Pero pretender que ella entregara su vida alegremente por una misión que bien podía provocar la destrucción de su país era pedir demasiado.

El de la túnica negra habló.

—Estaremos en contacto a medida que avance la situación. E informaré al Líder Supremo de lo sumamente agradecida que estás por haber sido seleccionada para luchar en nombre de tu país.

Chung-Cha volvió a asentir de forma respetuosa pero sin decir nada.

Cuando los hombres se hubieron marchado, se acercó a la ventana y les observó mientras entraban en una pequeña furgoneta militar estacionada junto a la acera y se marchaban a toda velocidad.

En cuanto los perdió de vista, alzó la vista al cielo y vio que se avecinaba una tormenta desde el Taedong.

No podía ser más oscura que los pensamientos que albergaba.

Se apartó de la ventana y se dispuso a acabarse el té, que ya se le había enfriado.

35

Reel bajó la mirada hacia el hombre que había desempeñado un papel tan «pequeño» en su llegada al mundo. Cuando Robie miró a su alrededor, se dio cuenta de que todo el mundo tenía la vista clavada en ellos dos. Se preguntó si Earl Fontaine había anunciado a todos que su única hija iba a visitarle para despedirle al otro mundo.

Había cambiado mucho. Pero no tanto como para que Reel no le reconociese. Tras las arrugas, la piel ajada y las facciones hinchadas estaba el hombre que la había maltratado hasta límites insospechados. Y el hombre que había matado a su madre. Y a muchas otras personas.

Ella decidió dejar que siguiera hablando antes de decir nada.

—Qué contento estoy de que hayas venido, niñita —dijo con excesivo entusiasmo.

—No soy ninguna niña. Ni soy pequeña.

—Claro que no, claro que no, pero lo eras la última vez que te vi, Sally.

—Ya no me llamo así. Y si me viste por última vez fue porque tú así lo decidiste. El hecho de ser una bazofia asesina te deja con pocas opciones. Y como mataste a mi madre, no había nadie que cuidara de mí, ¿verdad que no?

Earl desplegó una amplia sonrisa ante tal reprimenda de campeonato.

—Sigues siendo igual de impertinente, de eso no hay duda.

Me alegro. Es verdad lo de la decisión. Sí, la tomé. Ahora tengo que apechugar. Pero eso no quita que me alegre de verte. Ahora me puedo marchar más tranquilo.

—¿Por qué?

—¿Por qué? Joder, chica, eres mi única familia. Quiero despedirme como Dios manda.

—¿Para eso te crees que he venido? ¿Para despedirme como Dios manda? ¿Tan imbécil eres? ¿O egocéntrico? ¿O ambas cosas?

Earl no hizo ningún caso a esos comentarios y ensanchó la sonrisa.

—Tienes todo el derecho del mundo a odiarme. Lo sé. Y en el pasado, tienes toda la razón, fui un cabrón. Malvado y bazofia, como tú has dicho. Pero me he reconciliado conmigo mismo. Ya no me queda nada. Excepto decir adiós. O sea que puedes odiarme, no puedo hacer nada para evitarlo. Y supongo que tienes algo que decirme, espero. Así que también será bueno para ti que te lo saques de dentro. ¿Lo ves? Este era el otro motivo por el que quería que vinieras. ¿Lo que te hice? Detestable. Peor no podía ser. Puedes decirme que me vaya al infierno. Ahí es adonde voy, de todos modos. Pensé que quizá te serviría para superar esto.

—¿Y por qué ibas a querer tal cosa? —preguntó Reel.

—Nunca he hecho nada por ti en toda tu vida aparte de daño. ¿Te crees que no lo sé? Es mi única posibilidad de hacer algo distinto. Eso es todo.

—¿Por qué? ¿Para sentirte mejor contigo mismo? —bramó Reel.

—No, para que tú te sientas mejor contigo misma. Así que, desahógate, Sally, o como te llames. Te toca a ti. Venga, chica.

—¿Te crees que me basta con gritarte para hacer las paces contigo?

—No tengo la menor duda de que no. —Hizo una pausa y englobó con un movimiento de la mano la sala de la cárcel y luego se incluyó a sí mismo—. Pero es todo lo que puedo darte.

Reel respiró hondo y miró en derredor. Todos los presentes la observaban a ella y a su padre. Ella dirigió la mirada a Robie y se lo encontró con la vista clavada en ella con expresión inescrutable. Jessica volvió a mirar a Earl.

—Le he dado muchas vueltas a lo que iba a decirte.

Earl sonrió ante la expectativa.

—No lo dudo, para nada.

—E incluso ahora ni siquiera sé qué está bien y qué está mal.

—Solo quería que tuvieras la oportunidad de elegir, eso es todo. No le he dado más vueltas. Ni siquiera acabé los estudios secundarios. Soy un tonto de mierda.

—Dicen que te estás muriendo.

Earl meneó el extremo de una de las vías hacia ella.

—He aguantado para verte, cariño.

—Pues ya puedes dejar de aguantar.

Jessica se volvió para marcharse.

—Oye, ¿no quieres soltarme un sermón?

Ella volvió la mirada.

—No te mereces que pierda el tiempo, Earl. Para cabrearme contigo, tendría que pensar en ti. —Hizo una pausa—. Y no voy a hacerlo.

Se marchó y dejó a Earl desconcertado. El moribundo miró a Robie.

—¿Eres su amigo?

—Sí.

—Es complicada.

—Sí.

—¿Quieres decirme algo? ¿Como si fueras ella?

—No.

—¿No?

—Muérete y acabemos de una vez. Quien ríe último, ríe mejor, Earl. Hay que ser muy cabrón para matar a personas que no podían defenderse. Ni siquiera en la flor de la vida fuiste capaz de acabar con ella. No le llegas ni a la suela de los zapatos.

—¿Ves? Me refería a esto. Regáñame.

—Sí, hombre. Si te veo en el otro mundo algún día, volveré a matarte. Si es que me apetece perder el tiempo con un miserable como tú.

Robie se volvió y siguió a Reel.

Con una profunda sonrisa de satisfacción, Earl se recostó en la almohada, cerró los ojos y se puso a dormir.

Reel ya estaba en el coche cuando apareció Robie.

—Vaya, ha sido decepcionante.

—Lo importante es que lo has hecho. Le has visto. Le dijiste lo que le dijiste y ahora ya está fuera de tu vida. Para siempre.

—Gracias por acompañarme.

—Te cubro las espaldas, como dije.

—¿Le has dicho algo después de que yo me marchara?

—Unas cuantas cosas. Pero, tal como has dicho, no vale la pena el esfuerzo.

—De niña fue un monstruo para mí. Ahora es lamentable. Me cuesta creer que le tuviera miedo a ese cabrón patético.

—Convertirse en adulto sirve para eso. Para destruir a muchos monstruos.

—Supongo que tienes razón. —Ella apartó la mirada.

—Marchémonos de este agujero infecto.

—Buena idea.

Robie subió al coche y se marcharon.

No vieron a nadie camino del aeropuerto.

Habría sido imposible.

Las cámaras de largo alcance estaban demasiado lejos. Pero les hicieron foto tras foto, más que suficientes, de hecho.

Y entonces llegó la hora de la verdad.

36

—¿Vais a seguir haciendo vuestro trabajo? —preguntó Julie.

Robie y Reel estaban sentados frente a ella. Hacía ya varios días que habían regresado de Alabama y Reel había sugerido llevar a Julie a cenar para celebrar que, por fin, había pasado página de esa parte de su pasado.

Estaban al fondo de un restaurante de Georgetown. Había pocos clientes en el local pero aun así hablaban con voz queda.

—En algún momento —dijo Reel.

—Pero ahora mismo estamos de permiso —dijo Robie—. Autorizado, esta vez.

—¿Significa eso que vuestra última misión salió bien? —quiso saber Julie.

Reel y Robie intercambiaron una mirada.

—Tan bien como cabe esperar de ese tipo de misiones —dijo Reel.

Julie se centró en ella.

—¿Vas a encontrar el momento de replantearte ciertas cosas?

—Creo que ya me he replanteado algunas; o por lo menos estoy encaminada.

Robie miró a la una y luego a la otra.

—¿Me estoy perdiendo algo?

Julie seguía con la vista clavada en Reel.

—Cosas de chicas.

A Reel se le escapó una sonrisa.

—Tengo entendido que estuviste con familias de acogida —dijo.

Julie asintió.

—Yo también —dijo Reel—. La verdad es que conmigo no funcionó.

—Conmigo tampoco.

Reel miró a Robie.

—¿Nos dejas solas un momento?

Robie asintió lentamente.

—¿Más cosas de chicas?

—Algo así.

—Me voy al baño. Ya sabéis, cosas de chicos.

Cuando se hubo marchado, Reel se colocó al lado de Julie.

—Fui a ver a mi padre a Alabama. Robie me acompañó.

—¿En dónde de Alabama vive?

—En una cárcel de máxima seguridad. Iban a ejecutarlo pero tiene cáncer, por lo que no pueden materializar la condena a muerte.

Julie lo aceptó con frialdad y preguntó:

—¿Qué hizo?

—Entre otras cosas, mató a mi madre.

Julie estiró el brazo y sujetó el hombro de Reel.

—Me cuesta creer que te esté contando esto, Julie. Para empezar, no te conozco demasiado y, para continuar, es mucho que digerir para una chica joven como tú.

—Soy mayor para mi edad, ya te lo dije. —Aguardó unos instantes antes de añadir—: ¿Por qué fuiste a verle?

—Me hizo llegar un mensaje diciendo que quería verme antes de morir.

—¿Por qué?

—Para intentar compensarme, o eso dijo. No le creí. Es malvado, Julie, y las personas así nunca cambian. Son así.

Julie había empezado a asentir antes de que Reel terminara.

—O sea que no quería compensarte. Entonces ¿qué?

—No sé, quizá quisiera burlarse de mí. No paraba de sonreír y de vomitar esa mierda. Creo que ha sido su último intento de reconciliación antes de palmarla.

—Un hombre malvado mató a mis padres —dijo Julie—. Robie lo sabe. Él impidió que el hombre me matara.

—Me alegro de que estuviera allí para impedirlo, Julie.

—Yo también me alegro de que él te acompañara.

—Supongo que las dos tenemos la suerte de contar con él.

—Pero cuidado con nuestra superagente Nicole Vance. Está colada por él. Él no me cree cuando se lo digo, pero es que, a pesar de todas las cosas flipantes que sabe hacer, no tiene ni idea de mujeres.

Reel sonrió y luego se echó a reír.

—Nunca te había visto reír —reconoció Julie.

—No lo hago muy a menudo —repuso Reel—. Pero me ha ido muy bien.

—Lo cual significa que, por lógica, deberías hacerlo más a menudo.

—No sé si la lógica tiene que ver con esto.

Las dos guardaron silencio durante unos instantes.

—¿O sea que fuiste a una familia de acogida después de lo que le pasó a tu madre? —preguntó Julie.

Reel asintió.

—Pero no durante mucho tiempo. Me mezclé con gente realmente mala. No fue culpa mía. Tenían relación con mis padres de acogida. Yo no quería meterme en eso así que colaboré con el FBI para desenmascararlos.

—¿Con el FBI? ¿Cuántos años tenías?

—No mucho mayor que tú.

—¿No tenías miedo?

—A todas horas, todos los días, pero no había alternativa. Al final el FBI los trincó y a mí me pusieron en el programa de protección de testigos, y de ahí entré en la CIA. Así se resume mi vida. Y que conste que solo lo sabe un puñado de personas.

—Entonces me honra que confíes en mí lo suficiente como para contármelo.

—No soy de las que confía fácilmente en otras personas.

—Yo tampoco —reconoció Julie—. Pero confío en ti.

Al cabo de unos instantes, Robie regresó a la mesa y se sentó. Se encontró a las dos mujeres mirándolo fijamente.

—¿Qué? —dijo al final.

—Nada —respondieron las dos al unísono, aunque Julie se echó a reír y Reel soltó un bufido.

Llevaron a Julie a casa y esperaron a que entrara. Reel habló cuando la puerta se cerró detrás de ella.

—Es una jovencita muy especial.

—Ya me di cuenta hace tiempo. Da la impresión de que habéis conectado muy bien.

—Somos muy parecidas en muchos sentidos. ¿Sabes qué pensé la primera vez que la vi?

—¿Qué?

—Que podría ser yo, aunque veintipico años más joven. —Reel miró por la ventanilla—. Y pensé algo más.

—¿El qué?

—Que sería un gran fichaje para la agencia.

—¿No para lo que hacemos nosotros?

Reel le lanzó una mirada y se encogió de hombros.

—Tal vez no. Pero tiene el cerebro y la intuición para ser una analista excelente. Podría resultarle muy útil a su país.

—Quizá. Pero es decisión de ella.

—¿Igual que lo fue para nosotros?

—Tuvimos opciones.

—Tuvimos malas opciones, Robie. Y escogimos una. Por lo menos es lo que yo hice. Tú sabes mucho más de mi pasado que yo del tuyo. De hecho, no sé nada de tu pasado.

—Sabes algo —puntualizó él.

—Algo —convino ella—. Pero ni mucho menos todo.

—No hay gran cosa que contar. No vale mucho la pena escucharlo.

—¿Y cuántas mentiras me contaste? ¿Todo o la mayor parte?

—No vuelvo la vista atrás. Miro hacia delante.

—Yo volví la vista atrás en Alabama.

—Pero no durante mucho tiempo. Ahora puedes mirar hacia delante.

—Y me aterra. Mi futuro.

Cuando regresaron al apartamento de Robie, él preparó un té para él y, a petición de Reel, a ella le sirvió un chupito de whisky escocés. Se sentaron y charlaron hasta tarde.

—Tengo que buscarme un sitio para vivir —dijo Reel mientras daba el último sorbo a su bebida.

—Puedes quedarte aquí hasta que lo encuentres.

—No sé si funcionaría.

—¿Por qué no? Compartimos litera en el Quemador durante demasiado tiempo.

—Ahí había cámaras, gente observando.

Él la miró con curiosidad.

—No entiendo adónde quieres llegar.

—En una ocasión, te hice proposiciones en un avión, Robie. Y me rechazaste. No me gusta que me rechacen. Mi orgullo queda herido. Lo volveré a probar. Yo soy así.

Robie se la quedó mirando.

—El rechazo no tenía nada que ver contigo. Ya te lo expliqué.

—Exacto. Eso es mirar hacia el pasado. Has dicho que tenemos que mirar hacia el futuro.

Reel se levantó y le tendió la mano.

—¿Qué te parece si volvemos a intentarlo?

—¿Estás segura?

—No, pero quiero hacerlo de todos modos.

Robie estaba a punto de levantarse cuando le sonó el móvil.

—Mierda —exclamó Reel—. Me da igual si es Marks, Tucker o el presidente en persona. No respondas.

Robie miró la pantalla del teléfono.

—Es Nicole Vance.

—Entonces razón de más para no responder.

Robie pulsó una tecla.

—¿Qué ocurre? —preguntó.

Robie dedicó una sonrisa a Reel, que hizo el gesto de cortarle el cuello con el dedo. La sonrisa de Robie desapareció de repente.

—Ya voy.

Colgó y miró a Reel, que tenía cara de pocos amigos.

—¿Qué?

—Es Julie.

Reel se quedó boquiabierta.

—¿Julie? ¿Qué ha pasado?

—La han secuestrado.

37

Nicole Vance se encontró con ellos en el exterior de la casa donde apenas unas horas antes Robie y Reel habían dejado a Julie. Los coches de policía flanqueaban la calle y Robie veía coches del FBI a lo largo del bordillo. Había cinta amarilla por todas partes y los agentes de policía contenían a los curiosos que estiraban el cuello y empujaban a sus vecinos intentando ver.

—¿Qué ha pasado? —preguntó Robie.

Vance miró a Reel y después a Robie.

—¿Estabais juntos cuando os he llamado?

—Sí —repuso Robie—. Habíamos salido a cenar con Julie y después la dejamos aquí. Vimos cómo entraba. Todo parecía en orden.

—Pues no lo estaba —contestó Vance y volvió a mirar a Reel con severidad—. Jerome Cassidy consiguió llamar a la policía.

—¿Consiguió? —repitió Robie.

—Estuvieron a punto de matarle. Ahora me pregunto por qué no lo hicieron. La policía a su vez nos llamó a nosotros porque se trataba de un secuestro. Hemos activado la alerta Ambert, pero por ahora nada.

—¿Cómo han llegado hasta ella? —preguntó Reel.

—Parece que la estaban esperando cuando llegó a casa. Cassidy ya estaba inconsciente.

—Entonces, ¿entraron en la casa después de que nosotros recogiésemos a Julie? —preguntó Robie lentamente.

—Eso parece —repuso Vance—. Sometieron a Cassidy y después esperaron a que ella regresase.

—Eso significa que estaban vigilando su casa —añadió Reel.

—Parece que sí —dijo Vance—. Sabemos que es posible que tenga algunos enemigos —añadió mirando a Robie.

Robie le devolvió brevemente la mirada y después la apartó, de repente sintió una fuerte sensación de acidez en el estómago.

—¿Tenéis alguna idea de quién se la puede haber llevado? —preguntó Reel.

—El equipo forense está analizándolo todo. Cassidy puede que ayude algo una vez que los médicos lo hayan examinado. Pero no tengo muchas esperanzas. La policía dice que estaba bastante confuso cuando llamó al 911. Y dudo que hayan dejado una tarjeta de visita con la información de contacto.

Reel asintió con la cabeza y miró a Robie. Pero acto seguido dirigió la mirada hacia Vance al oír las siguientes palabras que pronunció la mujer.

—El teléfono de Julie no se lo han llevado. No es que se le haya caído. Estaba encima de la mesa del vestíbulo, como si quisieran que lo encontrásemos. Había un mensaje. Por la hora que indicaba, debieron de enviarlo aproximadamente cuando se la llevaron. Lo desbloquearon para que pudiéramos acceder a él cuando llegásemos. No estaba dirigido a Julie, sino a una tal Sally Fontaine.

Reel y Robie intercambiaron una significativa mirada de la que Vance no se percató porque en ese momento uno de sus hombres se acercó a ella para entregarle un informe.

Vance terminó de hablar con él y se dirigió de nuevo a la pareja.

—Habéis dicho que cenasteis con ella. ¿Notasteis algo que os pudiese hacer pensar que estaba nerviosa o asustada?

—No —contestó Robie en tono distraído—. Todo lo contrario.

—¿Visteis si os seguían?

—No vimos nada —repuso Reel—. Pero no hacía falta que nos siguiesen si sabían dónde habíamos recogido a Julie. Solo tenían que esperar a que la dejásemos en casa.

—Cierto —dijo Vance cansada—. Pobrecilla. Ha pasado por tanto últimamente... Uno pensaría que iba a tener un respiro.

—¿Hay alguna pista sobre esa tal Sally Fontaine? ¿Se puede averiguar la procedencia del mensaje? —preguntó Robie.

—Por ahora no tenemos nada, pero estamos trabajando en ambas cosas.

—¿Por qué me llamaste? —inquirió Robie.

—Se trata de Julie. Pensaba que querrías saberlo. Y miramos en el calendario de su teléfono. Estabas anotado para esta noche. No sabía que era para cenar. Pero pensé que si la habías visto quizá tuvieses alguna información útil.

—Lo siento pero no la tengo —repuso Robie. Miró a Vance cansado—. ¿Quieres ayuda con esto?

—¿Oficial o extraoficial?

—Creo que va a tener que ser la segunda.

Ella caviló al respecto.

—De acuerdo, pero siempre y cuando seas completamente honesto conmigo con todo lo que averigües. Yo haré todo lo posible por hacer lo mismo.

—No sabía que la agencia fuese tan cooperativa —dijo Reel.

—Oh, podemos serlo —replicó Vance—. Siempre y cuando se nos muestre respeto.

Reel asintió con la cabeza, pero no dijo nada. Era evidente que su mente estaba en otra parte.

—El mensaje para esa tal Sally Fontaine, ¿qué decía? —preguntó Reel.

Vance se encogió de hombros.

—No lo sé.

—¿Por qué no?

—Parece ser que está escrito en clave. Al menos, no tenía ningún sentido para nosotros.

—¿Podemos verlo? —preguntó Robie después de que Reel le mirase con severidad.

—¿Por qué? ¿Es que sabéis descifrar mensajes en clave?

—Yo tengo alguna experiencia —repuso Robie.

—Bueno, supongo que no pasa nada.

Vance hizo una llamada y unos quince minutos después uno de sus agentes le trajo una copia escrita del mensaje. El teléfono ya estaba en una bolsa etiquetada y en el camión de las pruebas de la agencia.

Reel le echó un vistazo al papel, pero no mostró ninguna reacción.

—Le echaremos una ojeada y te comunicaremos lo que averigüemos —dijo Robie.

—¿De modo que vosotros volvéis a ser un equipo? —preguntó Vance.

—Más o menos.

—Vaya —añadió Vance sin pizca de entusiasmo.

—Estaremos en contacto —dijo Robie apresuradamente.

Cogió a Reel del brazo y la alejó de Vance llevándola calle abajo. Miró hacia atrás una vez y vio que Vance les estaba observando.

Reel no habló hasta llegar al coche.

—Sally Fontaine —dijo Robie.

—Se la han llevado por mi culpa —admitió Reel con voz temblorosa.

—Tú no podías saber nada, Jessica.

—Claro que sí. Ha sido una trampa, Robie, está bien claro.

—¿Tu padre?

—¿Quería que fuese a verle para poder despedirse? Qué estupidez. Pero qué idiota he sido. —Dio un puñetazo en el salpicadero—. ¡Mierda! —gritó furiosa.

—Se estaba muriendo solo en la cárcel donde había pasado veinte años. No es el tipo de persona por la que te preocupas.

Levantó el papel otra vez.

—No estaba solo, Robie. Hizo que fuese a verle por alguna razón. Y esto me dice por qué —añadió con voz apagada.

—¿Puedes descifrar el código?

—Yo ayudé a inventar este código.

La miró sorprendido.

—¿Cómo?

—Cuando era adolescente y trabajaba como agente secreto para el FBI.

—¿Te refieres a cuando te infiltraste en el grupo neonazi?

Asintió con la cabeza.

—Los neonazis necesitaban una manera segura de comunicarse. Yo les ayudé con este método de comunicación. Lo único que no sabían es que al mismo tiempo le estaba pasando la información al FBI.

—¿Entonces se trata del mismo grupo? Pensaba que los habían arrestado.

—Eso fue hace casi veinte años, Robie. Muchos de ellos ya han salido.

—Entonces han utilizado a tu padre para llegar hasta ti.

Reel soltó una risa sardónica.

—Seguramente fue idea de mi padre y no de ellos.

—¿Y qué dice?

Reel se tapó los ojos con las manos.

—Jessica, ¿qué dice?

Apartó la mano y le miró.

—Es una elección, Robie. Es un ultimátum.

—¿Qué ultimátum?

—Soltarán a Julie sana y salva.

—¿Y qué quieren a cambio? ¿A ti? ¿Como venganza por todos estos años?

—En parte.

—¿En parte? ¿Qué más, entonces?

Reel soltó un grito ahogado y Robie vio que los ojos le brillaban por las lágrimas.

Recobró la compostura y añadió:

—Quieren a mi hija.

38

Robie estacionó el coche al lado de la acera y paró el motor. Se ladeó en el asiento para mirarla.

—¿Tu hija? ¿Es que tienes una hija?

—Ya es mayor. Solo tenía diecisiete años cuando la tuve.

—No lo sabía.

—No está incluido en mi expediente «oficial». Pero la doctora que me hizo el reconocimiento en el Quemador se dio cuenta.

—¿Cómo?

—Porque me tuvieron que hacer una cesárea. Lo supo por la cicatriz.

—¿Pero cómo lo saben estos aspirantes a nazis?

Reel se enjugó las lágrimas.

—Porque su cabecilla es el padre de mi hija.

La expresión de Robie dejó traslucir la sorpresa ante tal revelación.

Ella le miró y añadió:

—Me violó, Robie. No fueron relaciones consentidas. Solo tenía dieciséis años. Llevé a término el embarazo y di a luz tres días después de que el FBI detuviese al grupo. Ellos fueron a la cárcel y yo entré en el programa de protección de testigos.

—¿Y la pequeña?

—Tuve que renunciar a ella. Me dijeron que tenía que renunciar.

—¿Quién te lo dijo?

—Pues los poderes establecidos, Robie. Tenía diecisiete años. Estaba en el programa de protección de testigos. Tuve que mudarme seis veces en menos de un año. Tenía que testificar contra esos canallas y lo hice. —Y añadió con brusquedad—: No se puede criar a un niño en semejante situación, ¿o sí? Podía cuidarme de mí misma. Pero no podía cuidar de un bebé.

—¿Entonces fue decisión tuya renunciar a ella?

—Te he dicho que no tuve elección.

—¿Pero si la hubieses tenido?

—¿Qué más da? Renuncié a ella.

—Has dicho que el cabecilla del grupo neonazi es el padre. Te violó.

Asintió.

—Leon Dikes.

—Dijiste que tenía un buen abogado y que tardó mucho tiempo en ir a la cárcel.

—A pesar de que yo sabía que había ordenado el asesinato de como mínimo seis personas.

—Pero, ¿él nunca supo tu paradero?

—No, hasta que entré en esa maldita cárcel de Alabama. Debían de estar esperándonos. Nos siguieron. Y ahora tienen a Julie.

—¿Pero tú sabes dónde está tu hija?

Reel no contestó.

—¿Sabes...? —preguntó Robie.

—¡Ya te he oído! ¿Pero tú te crees que la voy a meter en algo así? ¿Por qué crees que Dikes la quiere? ¿Para decirle lo mucho que la quiere? ¿Para colmarla de dinero y darle una vida maravillosa?

—No sé qué quiere de ella, me imagino que lo que quiere es matarte a ti.

—No tanto como yo quiero matarle a él.

—Pero probablemente no sabe qué eres.

Ella le miró.

—¿Qué quieres decir?

—Él sabía que estabas en el programa de protección de testigos. No sabe quién eres ahora. De haberlo sabido nunca habría hecho esto.

Reel asintió lentamente con la cabeza.

—¿Y eso cómo ayuda a Julie?

—No lo sé. Y si nos han seguido, ¿por qué no han intentado secuestrarte a ti? ¿Por qué han ido a por Julie?

—Porque puede que él sepa dónde estoy, pero no dónde está mi hija. Y sabe que nunca se lo diré.

—De modo que Julie es el cebo. O pones a tu hija en peligro o Julie muere.

Reel hundió el rostro en sus manos y empezó a sollozar, le temblaba todo el cuerpo.

Robie se acercó a ella y le puso el brazo sobre los hombros.

Al fin se calmó y se enjugó las lágrimas.

—No hay ninguna salida, Robie. Lo único que puedo hacer es ofrecerme en lugar de Julie. Eso es todo.

—¿Y si no suelta a Julie?

—Pues no sé. No sé.

Cerró los ojos y bajó la vista.

—Tienen que tener una manera de que contactes con ellos —sugirió Robie.

Reel se enderezó.

—Eso también estaba en el mensaje en clave. Hay un número para llamar.

—No hay números en el papel —señaló Robie.

—No utilizábamos números en el código. Demasiado obvio. Los números estaban representados por letras.

—¿Y entonces cómo sabíais lo que eran números y lo que eran letras?

Reel señaló el papel.

—Cuando una línea empieza con TNF significa que lo que viene a continuación son números. Así es como los distinguíamos.

—El número seguramente es un teléfono de prepago, que no se puede localizar.

—Seguro.

—¿Así que quieren que llames? ¿Cuándo?

Reel levantó su teléfono.

—Ahora.

—¿Y qué vas a decir?

—Que me intercambio por Julie.

—¿Y si no están de acuerdo? Que probablemente no lo estén.

—¿Qué otra cosa puedo hacer, Robie? El hecho es que no sé dónde está mi hija ahora. Hace más de veinte años. Ni siquiera sé qué aspecto debe de tener —añadió con tristeza.

—¿Pero reconocerías al tal Leon Dikes?

—Nunca lo olvidaré —repuso fríamente—. Es peor que mi padre, si es que eso es posible.

—Vaya, eso es mucho decir.

Reel pasó los dedos por el borde del salpicadero.

—Entonces, ¿qué hacemos, Robie? Tenemos que recuperar a Julie. Daría mi vida por lograrlo.

—Sé que lo harías —repuso con calma—. Y yo también. Pero quizá no tengamos que llegar a eso.

Reel le miró.

—¿Tienes un plan?

—Tengo algo. No estoy muy seguro de si se puede considerar un plan.

—Tenemos que recuperarla —insistió Reel—. Tenemos que conseguirlo. Ella es inocente.

—Ella es inocente. Hace mucho tiempo que lo sé. Y la rescataremos. Así que vamos a mi apartamento, tú haces la llamada y veremos qué es lo que quieren estos cabrones.

39

El viejo avión fue dando botes a lo largo de la pista de aterrizaje antes de detenerse con el chirrido de los frenos de las ruedas, la sacudida del fuselaje y las dos turbohélices que giraban más lentamente hasta que dejaron de moverse por completo.

La puerta de la cabina se abrió y salieron las escaleras.

Primero bajó un hombre con un uniforme negro seguido por el único pasajero forzoso de este vuelo procedente del infierno.

Julie estaba atada, amordazada y encapuchada. Como no veía por dónde tenía que ir, el hombre que estaba detrás de ella, también vestido con el mismo uniforme negro, la bajó en brazos. Cuando tocó la pista con los pies, la metió sin miramientos en una furgoneta blanca sin ventanillas. Una vez dentro, la furgoneta partió circulando por carreteras que pasaron rápidamente de asfalto a macadán y por último a tierra.

Julie se dejó caer contra el respaldo del asiento. No hizo intento de mirar a su alrededor puesto que la capucha no le dejaba ver nada ni a nadie. La habían asaltado dos minutos después de entrar en su casa. Habían sido rápidos y eficaces. Un trapo húmedo sobre la cara con alguna sustancia que hizo que la cabeza le diese vueltas y después nada. No volvió en sí hasta que el avión donde la llevaban empezó a despegar. Y ahora estaba en una furgoneta.

Ni siquiera sabía si Jerome Cassidy, su tutor, estaba vivo o muerto. No sabía adónde la habían llevado.

Bueno, tenía una idea. Puede que tuviese algo que ver con Will Robie. O con Jessica Reel. Le parecía demasiada coincidencia que en cuanto ellos la habían dejado, la hubiesen secuestrado.

La furgoneta siguió circulando media hora más y después se detuvo. La sacaron a empellones del vehículo y la hicieron pasar por una puerta, bajar por unas escaleras y pasar por otra puerta. Que se cerró tras ella. La sentaron de un empujón y a través de la capucha intuyó que se encendía una luz.

Le quitaron la capucha con brusquedad y parpadeó con rapidez para que los ojos se acostumbrasen a la luz. Se encontraba en una pequeña habitación de paredes de piedra y suelo de tierra. Estaba sentada junto a una desvencijada mesa de madera. En las paredes colgaban estandartes con esvásticas. Una bombilla colgada del techo crepitaba y parpadeaba.

En realidad, estas observaciones se le ocurrieron más tarde.

Sentada frente a ella al otro lado de la mesa se encontraba un hombre delgado de mediana estatura con el pelo negro teñido con una raya cuidadosamente perfilada y unos rasgos angulosos muy marcados. Los ojos no concordaban con el color de pelo. Eran como dos puntos de un azul intenso. Al igual que los demás hombres de la habitación, vestía un uniforme negro, pero el suyo era diferente. Tenía más cosas, observó Julie. Estrellas y medallas y los brazaletes eran rojo brillante con esvásticas negras en el centro y tres rayas blancas alrededor. Sobre la mesa, al alcance de la mano del hombre, había una gorra de oficial de estilo militar.

El hombre hizo un movimiento rápido con la mano en dirección a Julie y enseguida le quitaron la mordaza y las ataduras. Puso las manos sobre la mesa delante de él.

—Bienvenida —dijo, con una fugaz sonrisa en los labios, que en ningún momento le alcanzó los ojos azules.

Julie se limitó a mirarle.

—Seguro que te estás preguntando dónde estás y por qué estás aquí.

—¿Le habéis hecho daño a Jerome? —preguntó.

—¿Jerome?

—Mi tutor. Vivo con él. ¿Le habéis hecho daño?

—Nada de lo que no se pueda recuperar. Y ahora, volvamos al asunto que nos ocupa, estoy seguro de que no tienes ni la menor idea de dónde estás ni de por qué estás aquí.

Le miró de arriba abajo.

—Bueno, no estamos en Alemania. El avión es un turbopropulsor. No tiene autonomía para realizar un vuelo transatlántico. Y ningún avión te puede llevar de regreso al pasado, por ejemplo, a la década de los años treinta del siglo XX. —Julie dijo esto último lanzando una mirada de indignación a las esvásticas de la pared—. El vuelo ha durado aproximadamente dos horas y media. Así que yo diría que estamos en algún lugar del Sur Profundo —prosiguió.

Él la miró desconcertado por esta afirmación.

—¿Por qué no en el norte? ¿No crees que nuestros hermanos viven allí?

—Tienes acento sureño. —Miró al suelo—. Y el suelo es de arcilla roja. Georgia. Alabama, quizá.

El desconcierto del hombre desapareció y la miró con frialdad.

—Serías una buena detective.

—Sí, ya me lo habían dicho. ¿Qué quieres?

—No quiero nada de ti.

—Entonces tiene que ver con alguien relacionado conmigo, ¿no?

El hombre asintió con la cabeza.

—¿Quieres que lo adivine?

—Eres buena haciendo deducciones. Sigue haciéndolas.

—El pelo no concuerda con los ojos y la cara está demasiado ajada para el pelo, lo que significa que te lo tiñes. Por las manchas de la edad en las manos, diría que tienes cincuenta y muchos o incluso sesenta. Y el tipo de uniforme es el que llevaba Himmler, responsable de las SS. También era el cabrón que gestionaba los campos de concentración. Enhorabuena. Algo por lo que estar orgulloso.

Julie oyó cómo la respiración de los hombres que estaban detrás de ella se aceleraba, sin embargo, el hombre sentado al otro lado de la mesa no cambió de expresión.

—No, me refería a quién está relacionado contigo. Explícalo, por favor —dijo.

—¿Y darte información que puede que no tengas? No, creo que paso.

—Eres una joven de lo más inusual, en absoluto lo que esperaba.

—¿Qué esperabas, una tímida damisela de antes del movimiento feminista temblando de miedo al verte? Estoy asustada, por supuesto. Me habéis secuestrado. Me superáis en número. Tenéis armas. Estoy completamente en vuestras manos. —Miró las esvásticas de nuevo—. Y es evidente que estáis cargados de odio y completamente locos. Sería idiota si no tuviese miedo. Pero eso no quiere decir que vaya a ayudaros, porque no lo haré.

—En realidad no me hace falta que hagas nada, señorita Getty.

—No me impresiona que sepas mi nombre. Es bastante fácil de averiguar.

—¿Te suena el nombre de Sally Fontaine?

—No.

—¿Y el de Jessica?

Julie no respondió.

—¿Alta, delgada y rubia?

Julie siguió sin responder.

—Tu silencio resulta muy elocuente.

—Vale —repuso Julie—. Entonces, ¿cuál es el plan? ¿Ella a cambio de mí? Va a ser que no.

—Pues por la cuenta que te trae más te vale que sea que sí.

—No depende de mí. No depende de ti. Tampoco depende de ella.

—¿Entonces admites que conoces a Jessica?

—No admito nada. Pero deja que te pregunte una cosa, si no te importa. —Julie esperó hasta que asintió con la cabeza—. ¿Crees que esa tal Sally Fontaine es la misma persona que la tal Jessica?

—Sé que lo es, sin lugar a dudas.

—¿Y de qué conoces a Sally Fontaine?

—Era una de mis más fieles seguidoras.

—Vaya, eso es una estupidez.

El hombre enarcó las cejas.

—¿Y tú cómo lo sabes? ¿Una suposición sin ningún fundamento?

Julie negó con la cabeza pero no dijo nada.

—No parece que te intimide la situación. La mayoría de la gente, incluidos los adultos, estaría angustiada por haber sido secuestrada y retenida a punta de pistola.

—No es la primera vez que me secuestran y me retienen a punta de pistola.

—¿De verdad? —preguntó en tono escéptico.

—Sí. La última vez fue un príncipe saudí con tendencias yihadistas muy acentuadas. Estuvo a punto de matarme.

—¿Y por qué no lo hizo?

—Vinieron mis amigos a rescatarme.

—Esta vez no pasará lo mismo.

—Nunca digas nunca jamás. Y no tienes intención de soltarme.

—¿Por qué dices eso?

—Has dejado que te vea la cara. Te puedo identificar. Así que no me puedes soltar.

—Ya veremos. Como has dicho tú, nunca digas nunca jamás.

—¿Qué tiene que ver Sally Fontaine contigo?

—Como te he dicho era una de mis más fieles seguidoras.

Julie resopló.

El hombre sacó una foto del bolsillo.

—Puede que reconozcas a tu amiga.

Le enseñó la foto a Julie.

Era una fotografía de una adolescente de pie al lado de una versión más joven del hombre que estaba sentado frente a Julie. Iba vestido con un uniforme negro de las SS, parecido al que llevaba ahora. Al mirarla más de cerca, se dio cuenta de que la chica era Jessica Reel. Y había algo más.

—Está embarazada —exclamó Julie.

—Sí, de mi hijo. Nuestro hijo natural, como me gusta decir.

—Pero si parece de mi edad y tú ya eras mayor. ¿También eres pedófilo?

El golpe la hizo caer de la silla y aterrizar en el duro suelo de tierra. Acto seguido, los hombres que estaban detrás de ella la levantaron de un tirón y la lanzaron a la silla. El hombre que estaba al otro lado de la mesa se estaba restregando la mano con la que le había pegado.

—Perdona mi arrebato de ira. Pero tus palabras me han tocado la fibra sensible.

Julie se restregó la boca para quitarse la sangre y le miró.

—Estábamos muy enamorados —continuó—. A pesar de nuestra diferencia de edad.

—Pero ya no estáis enamorados —replicó.

Él ladeó la cabeza.

—Si tienes que secuestrarme para llegar a ella...

—El tiempo pasa y las cosas cambian, es cierto. Pero mis sentimientos siguen ahí.

—¿Y el niño?

—Otro hueco en mi corazón. Quiero rectificarlo.

—¿Conocías al padre de Sally?

—¿A Earl? Sí, es un buen amigo mío.

—Seguro que sí. ¿Es así como has llegado hasta ella y hasta mí?

—La verdad es que eres increíblemente precoz. Me iría bien una persona como tú para nuestra lucha.

Julie no se molestó en contestarle.

—Entonces, ¿cuál es el siguiente paso? —preguntó.

—Nos hemos puesto en contacto. Esperamos que ella haga lo mismo dentro de poco.

Se oyó un zumbido. Julie miró en derredor un momento antes de percatarse de que provenía del bolsillo del hombre.

Sacó el teléfono y miró la pantalla.

—Hablando del rey de Roma.

Se volvió y salió de la habitación.

40

—Dime, ¿prefieres Sally o Jessica?

—¿Cómo estás, Leon? ¿Sigues jugando a escondidas con tu pequeña esvástica? —preguntó Reel.

Leon Dikes sonrió y miró en dirección a la puerta de la habitación donde Julie estaba prisionera.

—Cuánto me alegra oír tu voz, Sally.

—Vivamos en el presente. Mi nombre es Jessica.

—Vale, Jessica.

—La próxima vez que veas a Earl salúdalo de mi parte. Es reconfortante ver que habéis seguido siendo tan buenos amigos.

—La verdad es que tu padre nunca me ha importado, Jessica. Es ordinario e inculto. Yo tengo un doctorado.

—Sí, un doctorado del programa Amo a Hitler de la Universidad de los Dementes.

—En realidad es en Ciencias Políticas y de Berkeley.

—Vaya, eso es una cosa que no sabía de ti, Leon.

—Pero tu padre ha demostrado ser útil. Se estaba muriendo, pero no se sentía realizado.

—A ver si lo adivino. ¿Yo era el último punto en su lista de cosas que hacer antes de morir?

—Se trataba de un objetivo común. Tú me has costado varios años de mi vida en la cárcel.

—Lo que hiciste debería haberte costado la vida. Te cayó

una sentencia ridículamente corta porque me impidieron regresar y testificar contra ti.

—Pero tú diezmaste la organización. Me ha costado mucho tiempo reconstruirla.

—Me alegro por ti. Hablemos del futuro.

—Julie es una chica muy inteligente. Puede llegar muy lejos en cualquier ámbito que escoja. ¿Tendrá la posibilidad?

—Suéltala y la respuesta es sí.

—Me gustaría soltarla. Si se satisface mi petición.

—Tengo unos cuantos dólares en mi plan de pensiones.

—Tú y mi hija sois el precio.

—No es tu hija.

—Soy su padre biológico.

—Me violaste.

—Según tú. Pero en cualquier caso eso no me quita el estatus de padre.

—Desde luego que sí. Y ya te lo quitaron. El tribunal ya dictó sentencia.

—Los tribunales estadounidenses no tienen jurisdicción sobre mí.

—No estoy muy segura de cómo se te ha ocurrido semejante cosa. Pero no tengo ganas de profundizar en ello. Me quedo yo y sueltas a Julie. A fin de cuentas a quien quieres es a mí.

—He dicho que a ti y a mi hija.

—Se llama compromiso, Leon. Nunca se consigue todo lo que uno quiere.

—Yo sí. Porque si no lo consigo, dejaré embarazada a Julie y la mantendré prisionera hasta que dé a luz. Y después la mataré. De esa manera tendré a mi hijo. Esas son mis condiciones. No son negociables. Me conoces lo bastante bien para saber que es así.

Reel guardó silencio durante varios minutos.

—Voy a tardar algún tiempo en encontrar a Laura.

—¿Laura? ¿La has llamado como...?

—Mi madre, sí.

—Te dije que se llamaba Eva.

—No iba a ponerle a mi hija el nombre de la amante de Hitler.

—Estaban casados. Eva Braun fue el gran amor de Der Führer.

—Ya, se casó con ella y después la asesinó. Eso es amor.

—No voy a discutir de filosofías políticas contigo. Su mente estaba demasiado avanzada para que alguien como tú la entienda.

—Gracias a Dios.

—Te voy a dar dos días para que localices a «Laura». Después te llamaremos y te daremos instrucciones para el intercambio.

—Mira, Leon. No puedo sacar a Laura de su vida y entregártela.

—Pues me las pagarás de un modo u otro. Y tendré un hijo con Julie. Y te enviaré la cabeza de Julie dentro de nueve meses. Es muy sencillo. No te preocupes, Sally. Eres una mujer. Conoces tus límites. Recuerda que muchas veces te aconsejé sobre eso.

—Bueno, pues esta mujer es quien consiguió destruirte a ti y a tu horrible organización.

—Tuviste una suerte fuera de lo común.

—Fui más lista que tú.

—¿Quieres que te envíe ya la cabeza de la chica? —gritó Dikes.

Reel se calmó.

—Llámame dentro de dos días.

—Cuenta con ello.

—Y si le haces algún daño a Julie te arrepentirás, te lo aseguro.

—Ya le he pegado una vez. Me ha faltado al respeto. Tú sabes que eso no lo tolero. Dos días, Sally. Haz el favor de estar preparada para entregarme lo que pido.

Colgó.

Reel puso el teléfono en la mesa. No miró a Robie, que había escuchado cada palabra de la conversación.

—Suena tan retorcido como dijiste —comentó Robie.

—Es un monstruo, Robie.

—¿Has dicho que te impidieron que testificases contra él?

—Yo entonces pertenecía a la CIA. No me dejaron. Intenté todo lo que se me ocurrió, pero no tenía ni veinte años. Me intimidaron e hicieron que lo ignorase. Nunca me lo perdonaré, Robie. Nunca.

—Lo entiendo, Jessica. De verdad.

—Y Dikes es un mentiroso patológico y no tiene intención de liberar a Julie a pesar de lo que yo haga.

—Nunca pensé que la dejaría ir voluntariamente.

—Bueno, ¿entonces qué hacemos?

—Recuperamos a Julie sana y salva. Tú sales de todo esto viva. Y a esa mierda le damos su merecido.

—Parece un buen plan. ¿Y cómo propones exactamente que lo llevemos a cabo?

—Seguro que piensa que todavía estás en el programa de protección de testigos.

—Puede.

—Jessica, este tipo no tiene ni idea de lo que eres, ¿verdad?

—¿Te refieres a una fría asesina? —preguntó en tono grave—. No, no lo sabe.

—No, me refiero a una agente del gobierno sobradamente preparada que sabe cuidar de sí misma.

—Bueno.

—Y no sabe nada de mí, ¿verdad que no?

—No. Bueno, no cabe duda de que nos vieron en la cárcel. Así que sabe que estabas conmigo.

—Pero no tiene ni idea de a qué me dedico y sinceramente dudo que lo pueda averiguar en dos días.

—Estoy de acuerdo.

—¿Pues sabes lo que creo?

—¿Qué?

—Que él es quien debería tener miedo.

Reel asimiló todo lo que le había dicho y asintió con la cabeza.

—Soy una idiota. De verdad.

—No, en absoluto. Estás terriblemente estresada y te sientes muy culpable. La mayoría de los seres humanos no están preparados para lidiar bien con semejante combinación de elementos.

—Pero yo no pertenezco a la mayoría de los seres humanos, ¿no? Por un momento lo he olvidado. Supongo que he creído que todavía era una adolescente tratando con esa mierda. Pero no lo soy. —Se levantó—. No lo soy. —Se interrumpió y escogió las palabras con cuidado—. No hay mal que por bien no venga, Robie. Ha utilizado a mi padre para llegar hasta mí. Pero no se le ha ocurrido pensar al revés.

—¿Qué quieres decir?

—Quiero decir que no se le ha ocurrido pensar que esta era la única manera en la que «yo» podía llegar hasta «él». Y créeme si te digo que desde hace dos décadas quiero hacerlo. Y ahora me ha dado la oportunidad. Voy a hacer que se arrepienta del día en que pensó que podría vengarse o hacer daño a alguien a quien yo quiero.

—Esa es la Jessica Reel que yo conozco. Y esta vez va a ir a la cárcel de por vida.

—Si es que llega al juicio —repuso Reel con calma—. Y no apostaría gran cosa a que va, Robie. De verdad que no. Porque este hijo de puta... es mío.

Cuando Jessica salió de la habitación, Robie solo fue capaz de pensar una cosa: menos mal que no era Leon Dikes.

41

Leon Dikes estaba sentado al otro lado de la mesa frente a Julie, que estaba a punto de terminar un plato de comida. Se limpió la boca, bebió un trago de agua y se recostó mirándole. Tenía la cara hinchada donde le había golpeado.

—¿Quieres algo? —le preguntó.

—¿Cómo conociste a Jessica?

—¿Por qué quieres saberlo?

—Porque es mejor saber las cosas que no saberlas.

—Es una amiga que conocí a través de otro amigo.

—Los nombres que dieron en la cárcel fueron Jessica Reel y Will Robie. He hecho que los comprueben. Poco se sabe de ellos. Muy poco. De hecho, casi nada.

—Yo no sé nada de eso.

—Pues yo creo que sí. ¿Sabías que Sally, o Jessica, estaba en el programa de protección de testigos?

—Por tu culpa, ¿no?

—Yo creo que ese Will Robie también está en el programa o puede que sea el alguacil encargado de protegerla.

—Puede que sí.

—Esa respuesta no es lo bastante buena.

—Como te he dicho, solo somos amigos.

—Los que solo son amigos no arriesgan la vida el uno por el otro. Jessica ha ofrecido entregarse para que te libere sana y salva. ¿Por qué iba a hacer eso?, me pregunto.

—Porque es una buena persona —repuso Julie en tono casual—. A ti te debe de resultar difícil entenderlo. Probablemente por eso encuentras el concepto tan desconcertante.

—Tu arrogancia ante la posibilidad de daño inminente es ciertamente digna de admiración y desconcierto, una combinación de lo más inusual.

—Soy una persona complicada.

—Quiero que me cuentes todo lo que sepas sobre Jessica Reel y ese tal Will Robie.

—Ya te he dicho lo que sé de Jessica. En realidad no conozco a Will Robie. Le he conocido esta noche.

Dikes no parecía escuchar.

—¿Tú también estás en protección de testigos? ¿Es así como os conocisteis?

—¿Por qué lo crees?

—Porque también me he informado sobre ti y los resultados han sido, podríamos decir, escasos, lo que me resulta problemático.

—Pues no estoy en protección de testigos y si lo estuviese no creo que tengan costumbre de poner a diferentes personas juntas en el programa o dejen que conozcan la identidad de los demás participantes.

—Eres demasiado joven para que te pusiesen en el mismo programa que Sally.

—Jessica.

—Para mí siempre será Sally Fontaine.

—Lo que tú quieras —repuso Julie cortante.

—Su padre se pudo poner en contacto con ella a través de protección de testigos. Si sigue en el programa o si eso era simplemente un canal para enviarle un mensaje donde sea que esté ahora, no lo sé.

—Pues yo tampoco —añadió Julie.

—Creo que mientes.

—Piensa lo que quieras.

—Te voy a hacer unas preguntas y si no me respondes,

tendré que preguntártelas de forma más persuasiva. No será agradable para ti, pero si no tengo otra opción...

Dikes dio una palmada. La puerta se abrió inmediatamente. La persona que apareció en la puerta debía de haber estado esperando allí para recibir sus órdenes, pensó Julie.

Era inmenso, no obstante el uniforme le quedaba perfecto. Al parecer, la organización de Dikes tenía más dinero para gastar en uniformes que el sistema penitenciario de Alabama.

Albert, el guardia de prisión, la miró fijamente. En una mano llevaba un atizador para el fuego, con el extremo al rojo vivo. En la otra, un látigo que parecía muy usado.

—Es mi interrogador jefe. Le voy a permitir que se encargue de ti un rato, a no ser que desees decirme algo —explicó Dikes.

Julie miró a Albert y su atizador y después a Dikes.

—¿Qué quieres saber? —preguntó temerosa.

—Quiero saberlo todo.

—Entonces, te contaré lo que sé —repuso Julie.

42

—Quiero hablar con ella —exigió Reel.

—No, va a ser que no —respondió Dikes.

—Pues entonces ya te puedes olvidar. Conociéndote como te conozco, probablemente ya esté muerta. Así que no voy a poner a Laura ni a mí en peligro si ya está muerta.

—Qué cansina eres —exclamó Dikes con un suspiro exagerado—. Era uno de tus rasgos menos atractivos.

—Quiero hablar con ella. ¡Ya!

Unos segundos después Reel oyó la voz de Julie.

—Estoy bien —dijo Julie.

—Siento tanto lo que está pasando, Julie. ¿Te han hecho daño?

—Nada que no pueda soportar. Están de pie a mi lado por si digo algo que no debo.

—Lo sé. Solo quiero que sepas que todo saldrá bien, Julie. Pase lo que pase, tú estarás a salvo, ¿de acuerdo?

—De acuerdo —asintió Julie con voz queda.

Reel oyó que Julie daba un grito ahogado y Dikes añadió:

—Bueno, ya has comprobado que está bien.

—Y más te vale que siga así —le advirtió Reel.

—No estás en situación de exigir nada. Y no intentes utilizar a tus amigos los U.S. Marshals del programa de protección de testigos.

—¿Qué?

—Tu amiguita me ha contado todo sobre ti. Que sigues en protección de testigos. Y que te has prometido a Jerome, su tutor, un hombre muy rico.

—Cabrón —gruñó Reel—. ¿La has torturado para obtener esa información?

—La simple amenaza ha sido suficiente. Es una niña. Precoz, pero una niña. Y parece que vive en un mundo de fantasía. Ha intentado hacerme tragar el cuento de que la secuestró un príncipe saudí, como si me lo fuese a creer. Pero con solo ver a mi, eh, mi interrogador jefe, lo confesó todo. Ha sido bastante patético.

—No es más que una niña, Leon —gritó Reel.

—Pues entonces debería actuar conforme a su edad en lugar de hacerme perder el tiempo con historias ridículas. Y también me ha informado sobre tu amigo, el señor Robie. ¿O debería decir el policía Robie? Ni se te ocurra traerlo contigo. Te podremos ver llegar desde muy lejos. Y todo lo que encontrarás cuando llegues será el cadáver de Julie.

—Entonces, ¿cómo quieres que hagamos esto?

—¿Has contactado con Laura?

—No estaría hablando contigo de no ser así —contestó Reel.

—Vendrá contigo. Nada de dispositivos localizadores. Nada de armas. Recuerdo que eras hábil con los cuchillos.

—¿Dónde tengo que ir?

—Quieres decir dónde tenéis que ir Laura y tú —la corrigió Dikes.

—Dímelo ya, Leon.

—No te dejes llevar por los nervios, Sally. No queda bien. No sé cómo pudiste mantenerlos a raya con lo joven que eras. La suerte, como dije antes.

—Dame las instrucciones —dijo Sally en tono cansino.

Jessica no tuvo más remedio que reconocer que eran elaboradas y estaban bien pensadas.

Primero tendrían que coger un vuelo comercial a Atlanta y después una avioneta a Tuscaloosa. Allí, subirían a un autobús de Greyhound que las llevaría a una localidad todavía más pequeña. Un coche las estaría esperando en un aparcamiento al lado de la única tienda de comestibles de la localidad. Las llaves estarían en el asiento delantero. Las indicaciones para proseguir, en la guantera. Conducirían hasta un lugar previamente acordado y allí las recogerían. A partir de ahí las llevarían en coche al destino final.

—No olvides que este es mi territorio. Conozco hasta el último rincón. Tengo a la policía local en el bolsillo y en mis filas. La ciudad es mía —añadió Dikes.

—Lo dudo mucho.

—La gente, en tiempos de crisis económica, busca cualquier salvador —repuso Dikes—. Yo puedo darles lo que quieren. Orden, seguridad, trabajo. Incluso nos estamos aventurando en otras zonas del país. Algunos grupos de nuestra organización están comprando pueblos enteros en el Medio Oeste y en Dakota. Es una buena plataforma para crecer y difundir nuestra extraordinaria manera de hacer las cosas.

—¿Te refieres a vuestros desvaríos?

—Es evidente que ellos no lo ven así, ¿no crees?

—Puede que tú pienses eso. Pero entonces estás equivocado.

—Da igual, cuando llegues aquí estarás en mi poder, completamente.

—Lo que significa que no tienes intención de soltar a Julie.

—Te he dado mi palabra, Sally.

—Tu palabra no significa nada para mí.

—¿Entonces por qué vas a venir?

Reel echó chispas durante unos segundos intentando recuperar la compostura.

—Porque no le vas a hacer lo que me hiciste a mí.

—Bueno, eso ya lo veremos, ¿no? Y lo veremos muy pronto.

Le dijo a Reel cuándo la esperaba y colgó.

Reel colgó y miró las notas que había tomado con las indicaciones para el viaje. Acto seguido, levantó la vista y miró a Robie que, de nuevo, había escuchado toda la conversación.

—Esto complica las cosas —reconoció Reel, dando golpecitos en el papel.

—Pero no es algo inesperado —señaló Robie—. Su trabajo no consiste en ponértelo fácil.

—Ya, su trabajo es conseguir hacerlo imposible.

—Pero no es imposible —observó Robie.

Reel miró las notas y de repente sonrió.

—No, no lo es. ¿Te acuerdas de Jalalabad?

—¿Cómo iba a olvidarme? ¿Es así como lo quieres hacer?

—Sí —repuso Reel con firmeza. Volvió a mirar las notas—. Veo dos, quizá tres posibilidades.

Robie asintió con la cabeza.

—Yo también. Me pondré en camino antes.

Reel asintió pensativa.

—Es importante el reconocimiento. Como ha dicho, la zona está bajo su control. Necesitarás una tapadera.

—Dos pájaros de un tiro, Jessica.

Jessica parecía entusiasmada.

—Lo veo. Lo veo perfectamente.

—Una vez que te recojan, estarás incomunicada.

—Si me pierdes estamos perdidos.

—Pues no pienso perderte. —Dio unos golpecitos en la mesa—. ¿Y Laura?

—Está todo arreglado, Robie.

—¿De verdad?

—De verdad.

43

Dos días después Reel y una joven embarcaron en un vuelo de Delta que las llevó a Atlanta. El avión aterrizó una hora y cuarenta minutos más tarde. Tras una breve escala, embarcaron en una avioneta para realizar un breve vuelo con destino a Tuscaloosa, sede de la Universidad de Alabama. Allí recorrieron ochenta kilómetros más en un autobús de la Greyhound en dirección sudoeste y se apearon en un pueblo que solo tenía una calle y un puñado de tiendas. En el aparcamiento junto a una tienda de ultramarinos había un Plymouth Fury oxidado con las llaves en el asiento delantero y un mapa en la guantera.

Siguiendo las indicaciones del mapa, condujeron durante una hora hasta llegar a un cruce donde las aguardaba una furgoneta negra, con el motor en marcha.

Las dos mujeres salieron del Plymouth con una pequeña mochila cada una. En cuanto bajaron, se abrieron las puertas traseras de la furgoneta y descendieron cinco hombres. Apuntaron con sus armas a la cabeza de Reel y de la otra mujer.

Les ordenaron subir a la parte trasera de la furgoneta, que tenía una parte como maletero pero sin asientos. Les registraron las mochilas y después las desecharon. Las desnudaron y las registraron.

Cosido en el forro de la camisa de la otra mujer había un delgado cable de metal con un extremo afilado. Uno de los hombres lo sacó y lo sostuvo para que ella lo viese. Con una sonrisa, lo tiró fuera de la furgoneta.

Tiraron la ropa que llevaban y les entregaron unos monos naranjas y unas zapatillas de deporte para ponerse. A Reel le quitaron la diadema que llevaba en el pelo, la examinaron y después se la devolvieron.

Uno de los hombres les pasó un lector óptico de mano. Empezó a sonar cuando llegó a la altura del reloj de Reel. El tipo sonrió, se lo arrancó, lo tiró al suelo y lo aplastó con el pie.

—No es lo bastante bueno —dijo.

Reel no pudo disimular su descontento al respecto mientras se recogía el pelo y lo sujetaba con la diadema. Le lanzó una mirada torva a la otra mujer.

—¿Pensabas que éramos unos paletos incapaces de actuar como profesionales? —preguntó el más corpulento de los captores—. Estás a punto de descubrir lo buenos que somos —añadió amenazante.

A Reel y a la otra mujer les pusieron esposas de plástico y las obligaron a tumbarse en la parte trasera de la furgoneta. Antes de que las puertas se cerrasen con un ruido sordo, Reel pudo ver los faros de otros dos vehículos y oyó cómo se ponían en marcha. Al parecer, la furgoneta formaba parte de una caravana de vehículos.

Regresaron a la carretera y la furgoneta ganó velocidad. La carretera no estaba en buen estado y Reel y su compañera botaban por todo el maletero. Los hombres que estaban sentados cerca de ellas aprovecharon para darles patadas y puñetazos cuando sus cuerpos chocaban con ellos.

—A ver si sabéis cuál es vuestro lugar, zorras —gritó uno de ellos mientras sus amigos reían—. Arrastrándoos por el suelo.

Reel calculó que llevaban conduciendo aproximadamente una hora cuando la furgoneta empezó a aminorar la marcha. Habían hecho muchos giros, de modo que asumió que el conductor había dado muchos rodeos para que fuese casi imposible que alguien los siguiese sin ser visto.

Oyó el rugido de lo que parecía un grupo de motos que les adelantaba. Atronaban las bocinas y parecía que una pandilla de moteros saludaba a sus colegas nazis. Pasó otro minuto y oyó el estruendo de un camión articulado retumbar al pasarlos y la sacudida que produjo en la furgoneta.

Diez minutos más tarde la furgoneta salió de la carretera y después de dar varios botes sobre lo que parecía una serie de baches, se detuvo. Se abrieron las puertas de un tirón y las pusieron de pie tirando de ellas. Salieron dando tumbos.

Reel le dio una patada a uno de los hombres que la había agarrado por el trasero. Él le dio un empujón y, como tenía las manos atadas, perdió el equilibrio y se cayó. El hombre se rio y le tiró de la cola de caballo. Dejó de reírse cuando la rodilla de Reel encontró su entrepierna y fue él quien cayó al suelo con el rostro desencajado.

Otro de los hombres sacó su pistola y apuntó a la cabeza de Reel.

—Basta —gritó la voz.

Reel levantó la vista y vio a Leon Dikes que la miraba.

Llevaba el uniforme negro de las SS al completo, que resultaba casi invisible en la oscuridad. Sobresalían los brazaletes rojos, que daban la impresión de que tenía dos heridas abiertas en los brazos.

—Llevad a nuestras invitadas al interior —ordenó Dikes.

Sonrió cuando Reel pasó por delante de él.

—Me alegro de verte, Sally.

Y entonces miró a la otra mujer.

—¿Y esta es Eva?

—Laura —ladró Reel.

—¿Lo es? ¿Seguro? —preguntó Dikes—. Pero siempre se puede confirmar. Con total certeza.

Las llevaron a una pequeña habitación y la puerta se cerró tras ellas. Un hombre se acercó con algo en la mano. Abrieron a la fuerza la boca de Reel y la de la otra mujer y les extrajeron muestras del interior de las mejillas.

Dikes levantó un pequeño tubo de cristal con un tapón.

—Ya han tomado mi muestra de ADN —explicó mientras el hombre que llevaba los bastoncillos puso las muestras de Reel y de la otra mujer en tubos de cristal similares y los tapó—. En veinticuatro horas lo sabremos con total certeza. ¿Es o no es mía?

Se acercó a Reel y la agarró del hombro.

—¿Es o no es mi hija? Esa es la cuestión. Si lo es, maravilloso. —Dikes acarició la mejilla de la otra mujer. Ella se retiró, pero los hombres la obligaron a mantener la posición original.

—Si no lo es —continuó Dikes—, entonces tú morirás, Sally. Y esta impostora se convertirá en mi concubina. Y Julie en la madre de mi hijo. En realidad siempre salgo ganando.

—¿Y si es tu hija? —preguntó bruscamente Reel.

—Pues también salgo ganando. Porque tú morirás, con la muerte más horrible que pueda infligirte. Tendré a mi hija aquí, que me dará otros hijos. Y tendré a Julie como sustituta cuando me canse de esta.

Dikes le dio una ligera bofetada en la mejilla a la otra mujer.

—Y me aburro con facilidad. Nunca pudiste controlar mi atención, Sally. Nunca. Era uno de tus principales puntos débiles.

—¿De modo que tu palabra no significa nada? —gritó Reel.

—No, mi palabra es inviolable. Si se la doy a mis iguales. Tú no eres mi igual ni nunca lo serás. Tú no eres nada. Puede que incluso seas judía. O negra. O que Dios no lo quiera, mejicana.

—Bueno, tienes razón en una cosa, no eres mi igual —repuso Reel—. ¿Dónde está Julie?

—¿Por qué te iba a dejar verla?

—Porque puedes. Porque quieres que la vea. Quieres que sepa que la tienes en tu poder, como me tienes a mí. Admítelo y déjalo ya.

Dikes sonrió.

—No eres tonta, eso hay que reconocerlo.

Asintió con la cabeza a dos de sus hombres, que sacaron

de la habitación a Reel y a la otra mujer de un tirón. Las llevaron por un pasillo, se abrió otra puerta y las metieron dentro con un empujón tan fuerte que las dos cayeron al suelo.

—¿Jessica? —Julie corrió hacia ellas para ayudarlas a levantarse.

—Julie, ¿estás bien? —preguntó Reel mirando la cara hinchada de la joven.

—Estoy bien —repuso rápidamente mirando a la otra mujer.

—Julie, esta... esta es Laura, mi hija.

—¡Oh, Dios mío! —exclamó Julie—. Yo... yo... ¿Jessica, por qué has venido? Te van a matar.

—No pasará nada —contestó Reel mientras sus ojos examinaban la pared en busca de dispositivos de escucha y encontraron dos en veinte segundos—. No nos pasará nada.

—Hola, Laura, me llamo Julie Getty —saludó Julie.

Laura intentó sonreír, pero era evidente que estaba asustada.

Julie lanzó una mirada a Reel cargada de reproche.

—¿Por qué la has traído aquí?

—No me ha quedado otro remedio, Julie, de no haberlo hecho te habrían matado.

—¿Entonces ahora nos matarán a las tres?

—A vosotras dos no os matarán. Solo a mí.

—Correcto.

Dikes estaba de pie en la puerta. Extendió la mano.

—Pero ahora ha llegado el momento de conocerte.

—No —dijo bruscamente Reel, y se puso delante de Laura.

—No estaba hablando de ella —repuso Dikes sonriendo—. Estaba hablando de ti, Sally. Quizá debería de haber dicho de «volver» a conocerte.

44

—¿Yie Chung-Cha?

Chung-Cha levantó la vista de su asiento y observó al hombre que le estaba hablando. Era bajo y de complexión delgada, con pelo oscuro y los ojos detrás de unas gafas cuadradas.

—¿Sí?

—¿Te importaría acompañarme, por favor?

Ella se levantó e hizo lo que tan amablemente le había pedido.

Mientras caminaban por el largo pasillo, él aflojó el paso, de modo que ella caminaba a su lado.

—Todos te conocemos, por supuesto, camarada Yie. Eres una leyenda en nuestro círculo. Una heroína nacional.

—No soy una heroína, camarada. Soy simplemente una persona que hace lo que su país le pide. Nuestro Líder Supremo y su padre y su abuelo son los héroes. Los únicos héroes verdaderos de nuestro pueblo.

—Por supuesto, por supuesto —respondió rápidamente—. No quería decir nada que pudiera...

—Y yo no digo que lo hayas dicho. Dejémoslo así.

Él asintió con la cabeza de manera cortante, sonrojándose y con la mirada baja.

La llevó a una pequeña estancia con las paredes revestidas de madera y un feo fluorescente en el techo. Parpadeaba tanto que si ella no hubiese estado acostumbrada a la dificultad de su país para mantener un flujo constante de corriente eléctrica, le habría provocado migraña.

Se sentó a la mesa llena de marcas y puso las manos sobre el regazo. Miró el suelo de cemento que tenía bajo los pies y se preguntó si el cemento provenía de uno de los campos de trabajo. A los prisioneros se les daba bien hacer este tipo de cosas. Los trabajos duros, peligrosos e insalubres los realizaban mejor los esclavos que las personas libres. O que creían ser libres.

Se abrió la puerta y entraron dos hombres. Uno era el mismo general a quien Chung-Cha había mostrado pruebas fehacientes de la culpabilidad de Pak al dejarle oír su voz grabada en el teléfono. Sabía que había sido uno de los principales partidarios de Pak, lo que significaba que la sospecha enseguida había recaído sobre él. Ahora haría cualquier cosa con tal de mostrar su lealtad. Y Chung-Cha era consciente de que intentaría castigarla por haber provocado la caída de su camarada. El otro vestía un traje oscuro y una camisa blanca, pero sin corbata. La camisa estaba abotonada hasta arriba. Llevaba una cartera voluminosa.

Se sentaron y saludaron.

Ella asintió respetuosamente con la cabeza y aguardó expectante. Hacía mucho tiempo que había aprendido a no ofrecer nada excepto como respuesta a otra cosa. De lo contrario, podrían darse cuenta de lo que estaba pensando en realidad, lo cual prefería evitar.

—Los planes van bien, camarada Yie, para que lleves a cabo esta grandiosa misión a favor de tu país —aseveró el general.

Ella volvió a asentir con la cabeza, pero no dijo nada.

El del traje se sumó a la conversación cuando el del uniforme hizo un gesto de ánimo con la cabeza.

Por un segundo, Chung-Cha dejó que su mente divagara. ¿En cuántas reuniones había participado con civiles y militares? Todos hablaban mucho, pero básicamente no decían nada que no supiese ya. Se volvió a centrar cuando el del traje sacó tres fotos del bolsillo.

Una era de una mujer. Guapa y de pelo oscuro. Tenía unos ojos azules que resaltaban considerablemente con aquel color del pelo. El efecto de conjunto era que el cabello quedaba suavizado y los ojos realzados, aparte de otorgar calidez a su mirada.

—La primera dama de los Estados Unidos de América —dijo el del traje.

—El diabólico imperio que pretende destruirnos —añadió el general.

Chung-Cha asintió con la cabeza. Sabía quién era la mujer. Había visto su foto antes, cuando había viajado por el extranjero.

—Se llama Eleanor Cassion —prosiguió el del traje.

También lo sabía pero se limitó a asentir con la cabeza.

El del traje señaló la siguiente foto. La chica de la foto tendría unos quince años, calculó Chung-Cha. No sabía quién era, pero se lo imaginaba. Tenía el pelo rubio oscuro y unas facciones parecidas a las de la mujer.

—Claire Cassion, hija de la primera dama —aclaró el del traje.

Chung-Cha asintió con la cabeza. Había acertado.

A continuación indicó una tercera foto. Se trataba de un niño de unos diez años que tenía el pelo de la mujer pero los ojos marrones de mirada dulce como los de la niña.

—Thomas Cassion hijo, se llama como su padre, Thomas Cassion, el presidente de Estados Unidos —aclaró el del traje.

—Estos son los objetivos —añadió el general, aunque no fuera necesario.

—Según tengo entendido han de ser asesinados simultáneamente —matizó Chung-Cha.

Los hombres asintieron con la cabeza.

—Por supuesto —corroboró el del traje.

—Por ti, camarada Yie —añadió el general.

Chung-Cha percibió una hostilidad apenas velada detrás de las palabras del general. Pensó que debería de ser más sutil.

—¿Es factible esperar que una persona sea capaz de matar a los tres a la vez? —preguntó ella.

—Me has sido presentada como una gran guerrera, Chung-Cha, ¿no estás a la altura de tu reputación? —inquirió el general en tono burlón.

Inclinó la cabeza con humildad.

—Me halagan tus palabras, general, pero no voy a permitir que mi vanidad interfiera en el éxito de la misión. Lógicamente lo miro como alguien que ha realizado este tipo de misiones antes.

—Explícate —exigió el del traje.

—Estas personas van siempre acompañadas de agentes del Servicio Secreto. Los niños tienen sus propios escoltas, igual que la primera dama. Cuando viajan juntos, estos escoltas se unen y todavía son más imponentes que si se elimina a cada objetivo por separado pero de forma simultánea.

El del traje asintió con la cabeza pensativo, pero el general cortó el aire con un gesto de la mano y resopló burlón.

—Imposible. —Fulminó a Chung-Cha con la mirada—. ¿Enviar tres equipos distintos de agentes a Estados Unidos para atentar contra tres personas? —Negó categóricamente con la cabeza—. Lo único que se consigue con eso es dividir los efectivos y aumentar exponencialmente las posibilidades de que algo salga mal. Y si un ataque fracasa, casi seguro que fracasarán todos. —Cogió las tres fotos y las extendió como si fuesen cartas.

—Serán todos juntos. Cualquier otra alternativa está descartada. —La señaló de nuevo con el dedo—. Y tú apretarás el gatillo, camarada Yie. Al parecer, has acabado con facilidad con poderosos generales en Corea del Norte. En comparación, esto será un juego de niños.

—Yo solo acabo con generales que son traidores —repuso Chung-Cha sin alterarse.

El general empezó a sonreír con esta afirmación, pero de repente su expresión cambió.

—¿Me estás acusando de...?

—Yo no acuso a nadie —respondió interrumpiéndole.

El del traje levantó la mano.

—No tiene sentido que discutamos entre nosotros. Al Líder Supremo no le va a gustar. Y lo que la camarada Yie ha dicho es bastante correcto. Ella cumplió con su deber y nuestro Líder Supremo la recompensó con generosidad.

Esta afirmación inmediatamente borró el enfado del rostro del general y se tranquilizó.

—Mi colega tiene razón, camarada Yie. Tú desenmascaraste a un traidor. Así es como debe ser.

—Pero ¿aun así tengo que ir sola?

—No irás sola —prosiguió el general mientras el hombre trajeado asentía con la cabeza—. Te acompañará un equipo. Pero a los americanos los asesinarás tú sola. —El general alcanzó a sonreír—. Eres una mujer, camarada Yie. Los americanos sienten debilidad por las de tu sexo. No creerán que una mujer pueda hacerles daño.

Chung-Cha se limitó a mirarle hasta que él apartó la vista.

El del traje sacó una carpeta de la cartera que había traído consigo y se la entregó.

—Este es nuestro informe preliminar sobre los tres objetivos. Tienes que leerlo y memorizarlo y luego te daremos más información.

—¿Se han formulado planes sobre cuándo y dónde se atacarán los objetivos? —planteó Chung-Cha.

—Se están tramitando y estudiando —repuso el del traje—. Se escogerá el mejor. Mientras tanto, tienes que leer este material, practicar tu inglés y regresar a tu riguroso entrenamiento. Nosotros crearemos los documentos necesarios que confirmen tus antecedentes para que tú y tu equipo entréis en Estados Unidos. Tienes que estar preparada para iniciar esta misión en cuanto se te avise.

Chung-Cha se levantó, cogió la carpeta y se la guardó en el bolso.

El general recogió las fotos y se las dio.

—Las necesitarás, camarada Yie. Tienes que estudiar estos rostros hasta un minuto antes de matarlos. —La miró con condescendencia.

Chung-Cha cogió las fotos y las guardó también. Salió de la habitación sin mirar a ninguno de los dos hombres.

Cogió el metro para ir a su casa y caminó las últimas manzanas. Se cruzó con pocas personas y no miró a ninguna de ellas. Sin embargo, sí que se percató de que un hombre la seguía. Llegó a su apartamento y subió andando los pocos tramos de escaleras. Preparó té y puso el arroz a hervir, se sentó al lado de la ventana con la taza y abrió el bolso.

Echó una ojeada calle arriba y calle abajo. No se veía al hombre por ninguna parte. Notaba su presencia.

Sacó las fotos y la carpeta.

Apartó la foto de la madre y se centró en la de la chica: Claire Cassion. Miró el informe. Tenía quince años, nacida en marzo. Estudiaba en un sitio llamado Sidwell Friends. A medida que Chung-Cha iba leyendo, se enteró de que Sidwell era un colegio mixto, para niños y niñas. Miró las fotografías del colegio y pensó que era bonito y tranquilo. Lo habían fundado los cuáqueros. El informe también explicaba que los cuáqueros eran un grupo religioso orgulloso de sus creencias no violentas. Un principio estúpido sobre el que basar una religión, pensó Chung-Cha. No se podía excluir la violencia, porque muchas veces era necesaria. Y puesto que otras religiones empleaban la violencia de forma sistemática, las que no lo hacían corrían el peligro constante de que las hiciesen desaparecer.

Siguió leyendo mientras bebía sorbitos del té fuerte y caliente, de vez en cuando miraba por la ventana mientras pensaba sobre los datos que iba acumulando en su mente. Pero de nuevo se encontró pensando en otras cosas.

Parecía que Sidwell Friends era un centro muy prestigioso y que muchos de los alumnos pertenecían a familias importantes. Recibían una educación rigurosa. Leyó que muchos de los graduados pasaban a universidades de élite con nombres como Harvard, que ya había oído antes, Standford, que no había oído nunca, y un lugar llamado Notre Dame. Había visitado Oriente Próximo y se había aventurado en países donde las niñas no recibían ninguna educación. Al parecer no pensaban que las niñas mereciesen la molestia. Chung-Cha pensó que en realidad valían más que los niños.

En Corea del Norte las niñas estudiaban, pero no en los campos de prisioneros. En Yodok, Chung-Cha nunca había asistido a clase para aprender de verdad sino para memorizar unos cuantos números y unas cuantas letras y para reconocer sus pecados. Después había pasado a la mina y a la fábrica.

Miró los bonitos edificios de Sidwell Friends con un poco de nostalgia.

Pasó a la del niño, Thomas hijo. Asistía a un colegio llamado St. Albans. Según el informe se llamaba así en honor al primer mártir de Gran Bretaña: san Albano. Los edificios eran de piedra y a ella le parecían casi un castillo. Bonitos edificios antiguos donde los alumnos, en St. Albans solo había niños, iban a aprender. Parecía que estaba tan bien considerado como Sidwell Friends.

La mascota de St. Albans era un bulldog. Chung-Cha nunca había tenido un perro. Nunca había tenido la oportunidad. Aunque tampoco habría sabido qué hacer con él.

Sin embargo, al otro lado de la valla de Yodok había habido un chucho. Lo había visto un día, fugazmente. Pensó que era bastante feo y que estaba sucio, igual que ella. Ese fue el vínculo que le unió a él. En una ocasión, cuando los dejaron salir al otro lado de la valla para recoger madera, el perro la había seguido, le había lamido la mano. Ella se apartó y le golpeó porque, para ella, que algo le tocase significaba un ataque inminente. El animal ladró y se sentó sobre las patas traseras con la lengua fuera y lo que parecía una sonrisa en el morro, una sonrisa que le alcanzaba a los grandes ojos.

El perro estaba allí la siguiente vez que salió a buscar leña. Esta vez, cuando se le acercó, ella le tendió la mano y el perro se la lamió. No tenía nada para darle, no tenía comida. Nunca daría comida. Nunca. Nadie del campo de prisioneros lo haría. Sería como dar tu sangre o tu corazón. Pero le dejó que le lamiese la mano. Y ella le restregó la cabeza, cosa que pareció gustarle.

No oyó el cerrojo del rifle al cerrarse. Oyó el disparo. Oyó el ladrido. Notó la sangre del animal encima de ella. Oyó al guardia reírse y ella gritó y se desplomó.

Vio cómo el perro se retorcía una vez antes de quedarse quieto, la herida sangrante en el pecho cada vez mayor, la lengua colgando a un lado del morro. Salió corriendo. Oyó al guardia reír de nuevo. Si hubiese sabido cómo matar a un guardia y seguir viva, lo habría hecho.

Introdujo los papeles en la carpeta, puso el arroz en un cuenco y se lo comió mientras bebía el té. Igual que había hecho con la hamburguesa en el restaurante de estilo americano, comió el arroz lentamente, casi grano a grano parecía. Miró por la ventana.

Al fin vio al hombre, acechando cerca de la esquina. No vestía uniforme, pero era militar. Había olvidado cambiarse los zapatos. Eran característicos. Y el pelo estaba aplastado donde normalmente se lleva la gorra.

Habían ordenado que la siguiesen. Estaba claro. Lo que no estaba claro era por qué. Chung-Cha tenía unas cuantas respuestas posibles a esa pregunta. Ninguna era buena para ella. Ni una sola.

Así eran las cosas aquí.

45

—Encárgate de que no nos molesten.

Dikes le dijo esto a un hombre corpulento vestido con un uniforme negro que estaba apostado al final del pasillo. A lo largo del pasillo solo había una puerta y tras ella un dormitorio.

El guardia saludó y cuando Dikes se dio la vuelta y empujó a Reel, que estaba delante de él, el hombre dejó que se le escapase una ligera sonrisa.

Dikes abrió la puerta con llave y empujó a Reel, que todavía llevaba las manos esposadas en la espalda, por la abertura. Entró, cerró la puerta y echó la llave.

Se quitó los guantes. Ella se volvió hacia él.

—Ha pasado mucho tiempo, Sally. Demasiado.

—Yo siento lo mismo. Hace mucho que quería regresar y matarte. Gracias por darme la oportunidad.

Él se rio, una risa fría y triste.

—¿Matarme? Es obvio que no te enteras de la situación. Aquí estás completamente bajo mi mando. Eres una mujer. Yo soy un hombre. Estás atada. Tengo una pistola. Este lugar está muy vigilado por mis hombres. Yo decidiré cuándo vas a morir. Solo yo. Es igual que en los campos de concentración. Dirigidos con absoluta autoridad y un orden perfecto. Cosas bellas. Pero no espero que lo entiendas.

—Lo que yo entiendo y lo que tú no entiendes podría llenar una biblioteca, Leon.

Su expresión de suficiencia se desvaneció.

—Sabes que no permito que nadie me llame por ese nombre. Para todos soy Der Führer.

—¿En serio? Mi apodo para ti siempre fue «el Pollita» Dikes. Descriptivo y exacto. Todavía no sé cómo me dejaste embarazada. Nunca sentí nada. Ni siquiera notaba que estaba dentro de mí. Pero tienes manos y pies pequeños y ya sabes lo que dicen.

—Si te hace sentir mejor decir todas esas tonterías, por favor, no te cortes. No va a cambiar en absoluto lo que pasará esta noche aquí.

—Estoy de acuerdo. No cambiará nada.

Se quitó la gorra y se desabrochó la camisa. Sonrió.

—Entonces, ¿me has añorado? —Se quitó la cartuchera y la dejó encima de la mesa.

—Seguramente no tanto como tú a mí.

Se sacó las botas, se desabrochó los pantalones y se los quitó.

Ella bajó la vista.

—Espero que te hayas tomado una viagra. De no ser así, probablemente no aparezca el aparato que vas a necesitar. Al fin y al cabo eres un viejo.

—Pretendo mostrarte de nuevo que soy un hombre. ¿Recuerdas la última vez? ¿Cómo gritabas? De alegría, estoy seguro. —Señaló la cama—. Túmbate. Ya.

—No me apetece.

Desenfundó la pistola y le apuntó a la cabeza.

—Ya, Sally. Me estoy impacientando.

Reel se tumbó en la cama.

Le quitó las zapatillas y después los calcetines.

Le masajeó los pies.

—Sigues teniendo la piel suave. —Con un violento tirón le rasgó el mono hasta los tobillos y tiró la prenda contra la pared—. No me acuerdo si te gusta el sexo duro o no. Me he acostado con tantas mujeres después de ti...

—¿A cuántas has tenido que pagar? ¿Y a cuántas has tenido que secuestrar?

—Nunca has apreciado mis virtudes, ¿verdad?

—¿Por qué iba a perder el tiempo en un ejercicio inútil?

Se estaba inclinando sobre Reel y ella le escupió en la cara. Se incorporó y se tomó un momento para limpiarse el rostro con el dorso de la mano antes de volverse a coger la pistola.

Reel saltó de la cama y pasó las manos atadas por debajo de los pies para tenerlas delante. Se arrancó la diadema de la cabeza y la sujetó como si fuese a utilizarla para estrangular. Antes de que Dikes se pudiese dar la vuelta, ya le había puesto la diadema en el cuello. Saltó desde el suelo y le rodeó el torso con las piernas inmovilizándole los brazos contra los costados. Se tambaleó hacia atrás y los dos cayeron sobre la cama.

Botaron arriba y abajo mientras Dikes forcejeaba para liberarse. Los muelles del colchón empezaron a chirriar mucho. Reel oyó pasos cada vez más cerca de la puerta.

Empezó a jadear y a gemir con fuerza mientras el colchón seguía chirriando. A Dikes le salía saliva de la boca mientras lo estrangulaba poco a poco.

Cuando intentó gritar para pedir ayuda, Reel empezó a chillar.

—¡Fóllame! ¡Oh sí, fóllame, Der Führer! ¡Fóllame! —gritó—. ¡Sí! ¡Sí! —Botaba arriba y abajo en el colchón hasta que pensó que la cama iba a ceder.

Entonces oyó cómo los pasos se alejaban de la puerta de puntillas. Imaginaba al guardia sonriendo para sí, pensando en cómo su jefe se la estaba follando. Quizá creyera que se iba a quedar con las sobras.

Notó a Dikes cada vez más débil. Le rodeó con las piernas como si fuese un tornillo. La diadema le estaba haciendo un corte en el cuello por la fuerza con la que ella tiraba. Él empezó a gorjear.

—¡Sí, sí! —gritó, amortiguando los ruidos que él emitía.

Y entonces, Reel empezó a girarle la cabeza lentamente hacia un lado incluso mientras seguía ejerciendo presión sobre el cuello.

—Así, dame más —gritó—. ¡Dámelo todo!

Ahora la estaba mirando. Tenía los ojos salidos y llenos de sangre debido a la hemorragia que le estaba provocando el estrangulamiento. Le salía espuma por la boca.

Utilizó la poca fuerza que le quedaba para intentar quitársela de encima. Eso hizo que se cayesen de la cama, pero Reel no lo soltó. Levantó la pierna y le colocó el pie en la parte superior de la cabeza.

—Adiós, Leon —susurró—. Y dile al Führer cuando le veas en el infierno que se vaya a la mierda. ¡Sí, sí, hijo de puta! —gritó. Con las manos, le tiró del cuello hacia la derecha al mismo tiempo que estampaba la cabeza hacia la izquierda con el pie. El cuello de Dike se partió limpiamente.

Cuando notó que su cuerpo se aflojaba relajó las piernas que le rodeaban el torso, se separó de él, le cogió la mano muerta y le quitó el reloj. Se levantó del suelo sin aliento.

Con las manos todavía esposadas cogió su pistola, se acercó a la puerta, comprobó la hora en el reloj, contó hasta cinco y disparó tres disparos rápidos al techo.

Y entonces llegó el caos absoluto.

46

El camión articulado extralargo que antes había adelantado a la furgoneta había retrocedido y había aparcado. Del camión salieron tres todoterrenos negros. En cada vehículo había ocho hombres. Todos llevaban dispositivos de visión nocturna e iban armados hasta los dientes.

Se dirigieron hacia la parte delantera del complejo neonazi.

Por detrás llegaron diez hombres más que habían aparcado sus motos a medio kilómetro de allí y habían recorrido el resto del camino a pie. Iban armados y también llevaban dispositivos de visión nocturna y estaban preparados para el ataque. O al menos para el ataque contra los neonazis.

Robie dirigía este grupo. Cruzaron una colina y descendieron rápidamente. A cien metros se encontraba el grupo de edificios rodeado por una valla. Robie miró la hora en su reloj y esperó cinco minutos. Después hizo una señal a sus hombres para que avanzasen.

Se detuvieron a treinta metros. Los dispositivos ópticos revelaban imágenes verdes inconfundibles de la patrulla perimetral. Solo eran tres hombres. El grupo de Robie volvió a avanzar hasta situarse a quince metros de distancia. Apuntaron los rifles y en el pecho de los hombres uniformados de la patrulla perimetral aparecieron unos puntos rojos.

Robie miró de nuevo la hora. Siguió el segundero mientras este avanzaba por la esfera del reloj.

Entonces resonaron los tres disparos y Robie empezó a correr.

Inmediatamente, tres rifles dispararon y los tres hombres de la patrulla perimetral se desplomaron en el lugar donde se encontraban. No estaban muertos, simplemente sedados. Robie y su equipo no querían privarlos de una larga condena en la cárcel.

En unos segundos Robie ya estaba al otro lado de la valla seguido de cinco de sus hombres. Se tiraron al suelo dentro del complejo e inmediatamente les dispararon. Se pusieron a cubierto y volvieron a disparar, esta vez con balas de verdad.

Mientras tanto, en la parte delantera, el todoterreno eléctrico había avanzado tan silenciosamente con las luces apagadas que antes de que los guardias que estaban allí pudiesen reaccionar ya casi estaban en la entrada. Para entonces, ya era demasiado tarde. Las puertas cayeron hacia dentro y los todoterreno entraron en el patio a toda velocidad. Los hombres saltaron de los vehículos y corrieron directos hacia el edificio principal.

Rodearon y ataron a los dos guardias que se encontraban allí.

Reel había disparado al guardia del pasillo que había estado escuchando a escondidas cuando ella y Dikes estaban «haciendo el amor». Se apresuró y disparó contra otro neonazi que apareció delante de ella con el arma desenfundada.

Un segundo después la tiraron contra la pared y se le cayó el arma que sujetaba con las manos esposadas. Un pie la alejó de una patada. Reel recuperó el equilibrio y miró hacia arriba, a la cara del inmenso Albert vestido con el uniforme negro de las SS. Él le sonrió, ella todavía iba en ropa interior, y le deslizó la lengua a lo largo de la boca.

—Me voy a divertir un poco contigo, preciosa.

Reel le golpeó con tanta rapidez que Albert no tuvo tiempo de reaccionar. Le dio un puntapié en la entrepierna que le hizo doblarse y acto seguido se movió de un lado a otro y le golpeó con el codo en el riñón derecho. Él gritó furioso, pero solo un segundo. Utilizando la pared de enfrente como punto de partida, ella se escabulló y le golpeó con los dos pies en las nalgas. Doblado como estaba, Albert se dio con la cabeza en la pared de enfrente. Primero se golpeó la parte superior de la cabeza, lo que hizo que levantase el cuello hasta un punto imposible y tirase hacia atrás la cabeza de tal manera que el cuello se le rompió.

El difunto Albert cayó de rodillas. Reel ya había salido corriendo hacia delante y no le vio desplomarse en el suelo de cemento.

Oyó un grito por el lado izquierdo y fue corriendo pasillo abajo.

Un hombre con un cuchillo clavado en el pecho salió por una puerta dando tumbos. Se desplomó en el suelo, muerto, y mientras caía, la gorra le resbaló de la cabeza.

Laura apareció en la puerta, vio a Reel.

—Me separaron de Julie. Creo que ella está por aquí. Deprisa —dijo.

Las dos mujeres corrieron pasillo abajo en dirección a la habitación del fondo. Se oyó el ruido del cristal al romperse, gritos y después disparos.

—¡Esa es Julie! —gritó Reel.

Laura y ella corrieron a toda velocidad.

—¡Julie! —gritó Reel.

La puerta estaba cerrada con cerrojo, pero Reel lo abrió de un disparo e irrumpió en la habitación.

Y se detuvo.

Dos hombres yacían en el suelo, sus cuerpos cubiertos de cristal hecho añicos. Julie estaba pegada a una de las paredes.

Se veía movimiento en la ventana.

Reel apuntó su arma en esa dirección y después aguantó la respiración.

Robie trepó por la ventana vacía y saltó al interior. Enfundó la pistola y miró a Julie.

—¿Estás herida?

Ella negó con la cabeza y se acercó a Robie, aplastando con los pies los cristales que cubrían el suelo. Robie la rodeó con los brazos y miró hacia abajo, a los hombres.

—Creo que tenían órdenes de matar a Julie en caso de ataque.

—Y les has disparado a través de la ventana —dedujo Reel.

—Y les he disparado a través de la ventana —confirmó Robie.

Sonó su *walkie-talkie*, él habló y después escuchó.

—Todo bien. No hay víctimas en nuestro bando. La mayoría de esos gilipollas se ha rendido.

—Bueno, no el que realmente importaba —añadió Reel.

—¿No habrá cárcel para el señor Dikes? —preguntó Robie.

—No en esta vida —repuso Reel—. Esperemos que en la próxima. Para la eternidad.

Robie sacó un cuchillo y cortó las ataduras de las muñecas de Reel. Se quitó la chaqueta y se la puso por encima a ella.

Julie miraba a Reel y después a Laura.

—¿Es tu hija?

Reel se restregó las muñecas y negó con la cabeza lentamente.

—Julie, te presento a Lesley Shepherd, agente especial del FBI.

Shepherd asintió con la cabeza y sonrió tímidamente a Julie.

—Es que parezco mucho más joven.

—Al FBI no le gusta que secuestren a la gente. Nos ha proporcionado todos los medios necesarios.

—¿El FBI? ¿La superagente Vance? —preguntó Julie.

—Se preocupa mucho por ti, Julie. Gracias a ella hemos podido utilizar todos estos recursos.

Reel miró a Robie.

—¿Habéis tenido problemas para encontrarnos?

Él negó con la cabeza.

—¿Cómo los habéis localizado? —preguntó Julie—. Oí a Dikes y a sus hombres hablar sobre las medidas que habían tomado para asegurarse de que no podríais localizarles.

—Nuestros amigos de la Agencia Nacional de Inteligencia Geoespacial —contestó Robie—. Son los que dirigen la red de espionaje por satélite.

—La directora adjunta de la CIA habló con su homólogo en Inteligencia Geoespacial —añadió Reel—. Y ellos han accedido a varios satélites. Han seguido nuestra trayectoria hasta nuestro encuentro con los hombres de Dikes. En ese momento nos colocaron un marcador electrónico. Era imposible perdernos. Simplemente se limitaron a seguir múltiples ojos en el cielo. La tecnología propiamente dicha tiene un nombre específico, pero es secreto. Me alegro de que haya funcionado.

—Es muy difícil perder un puñado de satélites —explicó Robie—. Nos dieron la ubicación en tierra. Adelantamos a la furgoneta que llevaba a Reel y a Shepherd. Íbamos en motos y en un camión articulado. Rodeamos el complejo y esperamos la señal.

—¿La señal? —preguntó Julie.

—Jessica tenía que disparar tres disparos seguidos —contestó Robie.

—¿Pero cómo sabías que lograría hacerse con una pistola? Robie sonrió.

—Aquí es cuando entra el elemento de la confianza.

—Yo hice lo que tenía que hacer —dijo Reel—. Y después disparé el arma.

—Y entonces fue cuando nosotros entramos a saco —prosiguió Robie.

—Y me salvasteis otra vez —concluyó Julie.

Reel se acercó a ella y se arrodilló.

—No habría hecho falta salvarte si no hubiese sido por mí. Te secuestraron por mi culpa.

—Les conté una historia falsa sobre ti. Dije que todavía estabas en el programa de protección de testigos. Quería que se sorprendiese cuando descubriera lo que realmente eres capaz de hacer.

—Se sorprendió.

—Y nunca tuve miedo de verdad.

—¿Por qué no? —preguntó Reel.

—Porque sabía que vendríais a salvarme.

—¿Cómo podías estar tan segura?

Entonces fue Julie quien sonrió.

—Aquí es cuando entra el elemento de la confianza.

47

Nicole Vance bebía de una taza de café mientras su equipo se ocupaba del lugar de los hechos.

Miró a Robie y a Reel y a la agente Lesley Shepherd que estaban sentados en unas sillas en una de las habitaciones del complejo neonazi. Entre Robie y Reel estaba sentada Julie, acurrucada en una manta y bebiendo chocolate caliente.

Vance se acercó a ellos.

—Llevábamos tiempo vigilando a este grupo. Terrorismo nacional además de ser unos impresentables. Eran listos. Nunca dejaban pruebas ni testigos. Aunque creemos que estaban metidos en muchas cosas. Incluido tráfico de personas y de armas —explicó.

—Buena gente, igual que los imbéciles a los que trataban de emular —dijo Robie.

—Y con tantos detenidos puede que consigamos llegar a otros lugares y hacer más arrestos.

—Te deseo lo mejor en esa empresa.

Ella miró a Julie.

—¿Necesitas algo más, Julie?

La joven negó con la cabeza.

—Estoy contenta de que Jerome esté bien.

—Ha tenido suerte. Parece que tiene la cabeza más dura de lo que creían. Sigue en el hospital, pero los médicos me han asegurado que se va a recuperar. En cuanto podamos te llevaremos a casa en un avión de la agencia.

—Tengo que hacer muchos deberes atrasados —reconoció Julie.

Vance miró a Robie.

—Qué aburrida se ha vuelto la juventud.

Julie le lanzó una mirada a Shepherd y después a Reel.

—¿Y dónde está tu verdadera hija?

Reel se miró las manos.

—No lo sé —dijo en voz baja—. Tuve que darla en adopción hace mucho tiempo.

—¿Por qué? —Julie quería saberlo.

—Porque entonces yo era una niña también y no tenía trabajo. Y después con el trabajo que me ofrecieron no podía cuidar de un bebé.

—Ya —dijo Julie, que parecía y sonaba decepcionada.

Reel se levantó y se volvió hacia Shepherd.

—Lesley, te debo mucho más de lo que jamás lograré pagarte.

Shepherd cogió la mano que le había extendido Reel y se la apretó.

—¿Estás de broma? Ha sido un honor.

Reel se volvió hacia Vance.

—¿Te puedo pedir un favor?

—¿Cómo voy a decirte que no? —dijo Vance.

—¿Puedo hacer un par de fotos?

—¿De qué?

—Te lo voy a enseñar.

Las dos mujeres se marcharon. Robie se volvió hacia Julie.

—¿Seguro que estás bien? ¿No te... ya sabes, no te hicieron nada?

—Aparte de pegarme, esos asquerosos me dejaron en paz. Pero eso no iba a durar. El jefe era un psicópata.

Se acercó más a Robie.

—¿Tú sabías que Jessica no sabe dónde está su hija?

—No. Hace poco que me he enterado de que tiene una hija. Nunca había hablado de ello.

—¿Crees que se arrepiente? Me refiero a haber renunciado a su hija.

—No lo sé. Supongo que la mayoría de las madres se arrepienten, ¿no?

Julie se encogió de hombros, parecía triste.

—Algunas no tienen otra opción. Como mi madre. Pero ella siempre quiso recuperarme. —Caviló durante unos segundos—. Creo que Jessica se arrepiente.

—Creo que tienes razón. —Robie le pasó el brazo por encima de los hombros—. Y sé que Jerome estará contento de recuperarte.

—¿Vas a hacer de esto una especie de costumbre?

—¿Qué?

—Lo de salvarme.

Estaba de broma, pero Robie frunció el ceño.

—Espero no tener que hacerlo nunca más, Julie. Teniendo en cuenta, para empezar, que fue culpa nuestra que te involucrasen a ti.

—Todo ha salido bien.

—Pero nadie puede estar seguro de que siempre vaya a ser así. —Estaba a punto de decir algo más cuando apareció una mujer en la puerta.

Robie la miró sorprendido.

Se trataba de la DA Amanda Marks. Sonrió y se le acercó.

—Tú debes de ser Julie. Una amiga tuya me ha hablado mucho de ti.

—¿Jessica? —preguntó Julie.

Marks asintió con la cabeza.

—Tengo entendido que ha salido todo bien.

—Sí —repuso Robie—. Y gracias por la ayuda.

—Casi nunca tengo la oportunidad de devolver los favores. La verdad es que sienta bien.

Reel volvió a entrar en la habitación seguida de Vance. Parecía aliviada por algo. A Vance se la veía complacida. Reel negó con la cabeza.

—Gracias, esto significa mucho para mí.

—Espero de verdad que te salga bien.

—Ah, estoy segura de que ahora saldrá bien. —Miró alrededor y vio a Marks—. Me gustaría terminar esto ahora, si no te importa.

—Con mi bendición, agente Reel. Con mi bendición.

Julie miró de repente a Robie.

—¿De qué están hablando?

—No estoy seguro —admitió Robie.

Reel le llamó.

—¿Eh, Robie? ¿Quieres participar en esto hasta el final?

—¿Y qué va a ser?

—Prefiero mostrártelo antes que explicarlo.

—Será mejor que vayas. Y más vale que me cuentes todo lo que pasa —le susurró Julie.

Robie se levantó y se dirigió a donde estaba Reel.

—¿Adónde vamos? —preguntó.

—Pues no muy lejos, la verdad. Podemos ir en coche. Pero antes tengo que hacer una llamada para prepararlo todo.

—¿Solo una llamada?

—Es todo lo que se necesita si llamas a la persona adecuada.

48

Llovía. Incluso en el interior Earl Fontaine oía el repiqueteo de las gotas contra el tejado de la prisión. También oía el aullido del viento. Se acurrucó más cómodamente en la cama del hospital. Ahora que ya había pasado todo, sabía que podía morir feliz. Bueno, igual podía aguantar un poco más. Tenía una cama, un techo sobre su cabeza, medicamentos para el dolor, tres comidas al día, aunque fueran en forma líquida y se las introdujeran en la barriga mediante la vía del suero, y una doctora guapa para cuidarle. La verdad es que no era una mala vida.

Miró la cama que había ocupado Junior. Sonrió. No tenía ni idea de cómo semejante imbécil había sido capaz de matar a tanta gente y eludir su captura durante tanto tiempo. Earl solo había tenido que llamar a su «amigo» y habían recurrido a Albert el grandullón para esconder el cuchillo en la cama de Junior. Después había sido Earl el encargado de hacer que el idiota lo sacase. Bueno, eso había sido bastante fácil.

Cuando los dedos de Junior tocaron el cuchillo, su suerte estaba echada. Albert había recibido instrucciones exactas de lo que debía hacer. Agarrar a Junior, que no soltase el cuchillo, hacer ver que forcejeaban y después matar a ese pequeño hijo de puta y rematarlo bien.

Y si había una cosa que se le daba bien a Albert era matar.

Earl se preguntó si había sido el designado para matar a Sally. Esperaba que sí. De ser así estaría bien muerta.

Suspiró con satisfacción y cerró los ojos mientras la lluvia seguía cayendo. Durmió un rato, pensando que le sentaría bien una siesta antes de tomar la última tanda de medicamentos.

—¿Earl? —Una mano le agarró el hombro—. ¿Earl? —llamó la voz con más urgencia.

Earl abrió los ojos lentamente. Había estado soñando con la doctora. Había sido un sueño cojonudo: Ella estaba desnuda y atada y él estaba a punto de...

—¿Qué? —Parpadeó y con lentitud se puso boca arriba para mirar la cara del mismo enfermero con el que había hablado antes—. ¿Qué pasa? ¿Hora de la medicación?

Miró el reloj grande colgado en la pared. Solo había dormido una hora. No tocaba la medicación. La lluvia seguía cayendo en el exterior y el viento hacía que la vieja cárcel se estremeciese con su furia.

Earl hizo una mueca.

—¿Para qué me has despertado? Todavía no me toca la medicación, muchacho, falta mucho. —Estaba enfadado porque le había interrumpido el sueño. Empezó a cerrar los ojos una vez más.

El enfermero le zarandeó otra vez.

—No es por la medicación, Earl. Tienes una visita. Bueno, visitas.

Earl parpadeó más rápido.

—¿Visitas? Es de noche, chico. No se permiten visitas después de que oscurezca. Ya lo sabes.

—Bueno, están aquí.

—¿Quiénes son?

El enfermero señaló a su izquierda.

—Ellos.

Earl miró en esa dirección y cuando les vio casi se le para el corazón.

Jessica Reel y Will Robie estaban de pie, con el pelo pegado y la ropa goteando a causa del tiempo inclemente que había llegado.

Earl se incorporó con tal rapidez que una de las vías se le enredó en las sábanas.

El enfermero la desenredó y retrocedió. Observaba la expresión de Earl y a continuación la de Reel.

—Bueno, les... les dejo que hablen —se apresuró a decir. Dio media vuelta y se marchó deprisa.

Reel dio un paso adelante seguida de Robie.

—¿Sally? —dijo Earl. Intentó sonreír, pero se quedó a medias—. ¿Qué haces aquí?

—He venido a despedirme, Earl.

—Vaya, pero si ya te habías despedido. No es que no me alegre de verte otra vez.

Reel ignoró esto y se acercó más.

—Y yo también tengo algo que mostrarte. —Sacó de su bolsillo una fotografía y se la dio—. Creo que lo reconocerás, aunque está un poco pálido.

Earl extendió una mano temblorosa y le cogió la foto. Cuando la miró, inmediatamente dio un grito ahogado.

—Albert, creo que se llama —continuó Reel—. Está muerto, claro, pero se le puede reconocer.

—¿Cómo murió? —preguntó Earl con voz ronca.

—Ah, me había olvidado de decírtelo. Lo maté yo. Le partí el cuello. Para ser tan grande, se fue rápido. A mí me vino bien. Tenía que encargarme de otros nazis de pacotilla.

Boquiabierto, Earl la miró, los ojos como platos.

—¿Que le mataste tú? ¿A él?

—Me parece que no te he dicho a lo que me dedico ahora, Earl. En nombre de los estadounidenses, cojo a canallas como Albert y me aseguro de que no vuelvan a hacerle daño a nadie nunca más. Como este cabrón.

Sacó de la chaqueta otra fotografía y la dejó caer en la barriga de Earl. Él la cogió con una mano temblorosa y el rostro ceniciento.

—Este es otro de tus colegas, Leon Dikes. Le conocí hace mucho tiempo. Nos encontramos hace poco. Porque él insistió. Parece ser que estaba merodeando por la cárcel y de casualidad me vio cuando vine a visitarte. Ya ves, el mundo es un pañuelo.

Earl alzó la vista y la miró a la cara.

—¿También le mataste tú?

Reel hizo un óvalo aproximado con las manos y después las separó bruscamente.

—Un movimiento muy efectivo. Muerte instantánea. Antes de morir, Leon me dio recuerdos para ti y me dijo que sentía que tu plan no hubiese funcionado.

Earl dejó caer la fotografía como si fuese una serpiente a punto de morderle.

—No tengo ni puta idea de lo que hablas.

—Claro que la tienes, Earl. No te vayas a quitar méritos. Todo muy bien pensado y yo no reparto cumplidos fácilmente, te lo aseguro.

—Lo que dices no tiene sentido. Y si no tienes nada más que decir, voy a seguir durmiendo.

—Creo que tu siesta va a tener que esperar.

—¿Eso por qué? —preguntó Earl bruscamente, con renovada seguridad—. No tienes nada, si lo tuvieses habrías traído a la pasma contigo. De todas maneras, ¿qué me van a hacer? ¿Arrestarme? ¿Meterme en la cárcel? ¡Mierda! —Se rio hasta atragantarse.

—No, nada de policía. Ni nuevos cargos. Con los viejos tenemos suficiente.

—Bueno, como te he dicho, ya puedes largarte. Necesito descansar.

—Pero si estás fantástico. Mucho mejor de lo que estabas.

Se incorporó más.

—¿Qué coño estás diciendo? Tengo cáncer terminal. No voy a mejorar.

—Ya, pero no es solo eso.

Reel señaló a su derecha. Earl miró en esa dirección y vio

a la doctora de la prisión que se acercaba a ellos con grandes zancadas.

—Doctora Andrews, gracias por venir esta noche —dijo Reel.

Andrews esbozó una sonrisa forzada.

—Un placer. La verdad es que no me lo habría perdido por nada.

Reel se dirigió a Earl.

—Le expliqué a la doctora Andrews su papel en reunirnos a ti y a mí. Y además, eso desembocó en una visita muy agradable a tu buen amigo Leon Dikes y a su grupo de alegres lunáticos neonazis.

—Sí, ha sido fascinante, señor Fontaine —añadió la doctora Andrews, que parecía que quería sacar una pistola y dispararle una bala a Earl, directamente en la cabeza.

—No tengo ni idea de lo que estáis hablando —dijo Earl—. Ni puta idea.

—Bueno, vamos a ver si te lo podemos dejar bien claro —continuó Reel—. En primer lugar, la doctora Andrews tiene buenísimas noticias para ti.

Earl miró a Andrews.

—¿Qué noticias?

—Aunque su cáncer sigue siendo terminal, hemos determinado que su estado se ha estabilizado.

—¿Qué coño quiere decir eso?

—Eso quiere decir que puede dejar el hospital y esta prisión. Estará de nuevo en régimen de aislamiento en el corredor de la muerte.

El rostro de Earl se desencajó.

—Pero no pueden ejecutarme.

Andrews sonrió.

—Desgraciadamente es verdad, pero le pueden cuidar allí, aunque debo decir que no será para nada tan agradable como aquí. Y no tendrá contacto con nadie, excepto con el personal de la prisión.

—No... no puede hacer eso —protestó Earl.

—La verdad es que sí podemos —respondió otra voz.

Un hombre vestido de traje entró con cuatro guardias fornidos detrás de él.

—¡Qué demonios está haciendo aquí! —exclamó Earl.

Reel miró detrás de ella.

—El director de este excelente centro y sus guardias han venido a ocuparse de tu traslado al corredor de la muerte del centro penitenciario Holman.

A través de la ventana con barrotes se vio el destello de un relámpago, seguido por el violento estruendo de un trueno.

El director hizo una señal a sus hombres para que se acercasen.

—Llevaos la cama con todo fuera. El vehículo que lo va a transportar está esperando.

—No puede hacer esto —farfulló Earl—. No puede.

—Sacadlo de aquí —ordenó el director—. ¡Ahora!

Los guardias quitaron los grilletes de Earl de la pared y sacaron la cama de la habitación con él dentro gritando como un loco. Oyeron sus gritos durante un minuto más y después el estruendo de una pesada puerta al cerrarse. Earl Fontaine dejó de oírse.

Reel se volvió hacia el director y Andrews.

—Gracias —dijo.

—No, gracias a usted —repuso Andrews—. Pensar que ese impresentable me utilizó para... para intentar llevar a cabo todas esas cosas horribles.

—Una pena —añadió el director—. No creo que podamos ejecutarlo. Pero podemos amargarle el tiempo que le quede lo máximo que la ley permita. Y lo haremos. —Y se marchó.

—Cuando recibí su llamada no lo podía creer. Pensaba que estaba ayudando a un padre a encontrar a su hija. Debería haber sabido que Earl Fontaine no es un hombre al que le preocupen esas cosas —explicó Andrews.

—Engañó a muchas personas, doctora —repuso Reel.

—Pero nunca más —dijo Robie.

—No, nunca más —añadió Reel.

Tras darle de nuevo las gracias a la doctora Andrews por su ayuda, dieron media vuelta y salieron de la prisión.

—¿Te sientes mejor? —preguntó Robie cuando subían al coche después de haber cruzado el aparcamiento corriendo porque seguía lloviendo a cántaros.

—La verdad, Robie, es que no siento nada. Y quizá sea lo mejor.

Robie puso una marcha y dejaron atrás para siempre la cárcel de Alabama y con ella a Earl Fontaine.

49

Los norcoreanos no tenían un centro como el Quemador. No tenían presupuesto para ello. Ningún país gasta lo que Estados Unidos en defensa o en seguridad interna. No obstante, Chung-Cha consideraba que compensaban con esfuerzo y dedicación la falta de financiación.

Corrió por las calles de Pyongyang hasta que ya no podía más. Y después siguió. El departamento de Seguridad Estatal tenía un centro deportivo donde ella se ejercitaba. Tenían campos de tiro subterráneos donde practicaba su puntería, el tiempo de reacción, las destrezas motoras en la utilización de armas de fuego y otro tipo de armas. Allí, sola contra hombres que eran mucho más corpulentos y fuertes que ella, se entrenaba en ciertas técnicas de combate en espacios cerrados, algunas de las cuales había utilizado para someter a Lloyd Carson en Rumanía.

Su entrenamiento no era solo físico. Hablaba inglés con fluidez, además de otros tres idiomas.

Sin embargo, en lo que realmente sobresalía, aparte de mantener la calma en las situaciones más extremas, era en las artes marciales. Nunca le había ganado un hombre. Ni siquiera varios juntos. Ella atribuía esto al tiempo pasado en el campo de prisioneros. Para sobrevivir en el campo se necesitaba una dureza hercúlea. Aun así no era suficiente. Sobrevivir en el campo y conservar el espíritu humano y la energía y determinación para luchar era casi imposible. Ella había logrado lo imposible. Y para sobrevivir en el campo había que pensar con diez movimientos de antelación. Lo mismo pasaba con las artes marciales. No solo derrotaba a sus contrincantes, sino que era más lista que ellos.

Su departamento había invertido mucho tiempo y dinero en desarrollar su habilidad para atacar a oponentes en superioridad numérica y salir victoriosa. Se trataba de una combinación de tácticas originales, una destreza excepcional para la lucha y la habilidad de evaluar y asumir riesgos, muchas veces convirtiendo una desventaja en una ventaja. Lo había demostrado cuando se enfrentó al administrador y a los guardias de la prisión. Había convertido los puntos fuertes de sus oponentes en debilidades y nunca paró de moverse o de luchar. Era como si su mente y su cuerpo fuesen una sola cosa.

Regresó a su apartamento cansada, pero satisfecha de que su nivel de destreza no hubiese mermado. Se daba cuenta de que en la próxima misión se iba a enfrentar contra el mejor equipo de seguridad del mundo. Sabía que el Servicio Secreto de Estados Unidos estaba considerado como invencible, con todos sus agentes dispuestos a morir para defender a quienquiera que tuviesen que proteger. Pero en el pasado habían perdido algunas de las personas que habían protegido, por lo tanto no eran infalibles. Aunque probablemente sería su mayor reto.

Se comió el arroz, se bebió el té y escuchó música country en el iPod que el Líder Supremo le había dado. Miró por la ventana buscando al hombre que había estado allí todo el día. Seguía en el mismo sitio. Parecía como si no le importase que ella supiese que estaba allí. En realidad, eso le decía mucho.

En Corea del Norte se decía que las alianzas eran tan frágiles como el hielo en un día caluroso.

Salió del apartamento y entró en el coche. Ya tenía diez años, pero todavía servía. Y era suyo. Hasta que se lo quitasen, cosa que podrían hacer en cualquier momento. Y dependiendo del resultado de su próxima misión, ese momento podría llegar pronto.

Salió de Pyongyang. Miró por el retrovisor y no se sorprendió al ver que un sedán negro la seguía. Ella conducía despacio, muy por debajo del límite de velocidad. No tenía prisa. No tenía intención de perder a quienquiera que fuese que tenía detrás.

El viaje la llevaría aproximadamente a ciento quince kilómetros al nordeste de la capital, a una zona montañosa de la provincia de Hamgyong del Sur, dividida en dos por el valle del río Ipsok.

El nombre oficial del lugar adonde se dirigía era Kwan-li-so Número 15. Pero la mayoría de la gente simplemente le llamaba Yodok. Se trataba de un campo de concentración o colonia penitenciaria; a Chung-Cha le daba igual el término que se utilizase. Todos significaban lo mismo.

Personas que quitaban la libertad de otras personas.

Durante años para ella había tenido otro nombre: su casa.

Al igual que otros campos de trabajo, Yodok estaba formado por dos partes: la zona de control total, donde los prisioneros nunca eran puestos en libertad, y la zona revolucionaria, donde los prisioneros eran castigados, reeducados y finalmente liberados. El campo tenía una superficie aproximada de trescientos noventa kilómetros cuadrados. Vallas eléctricas y más de mil guardias aseguraban que nadie se marchase por propia voluntad.

Chung-Cha no creía que hubiese corrupción en Yodok. Los guardias parecían cumplir con su deber con una alegría brutal. Al menos así era cuando ella estuvo allí. Y seguía siendo la única prisionera de la zona de control total que había sido voluntariamente puesta en libertad. No obstante, esa puesta en libertad le había costado cara, quizá más cara que si hubiese intentado escapar.

Por eso estaba allí hoy, para revivir esa parte de su vida. Bueno, eso solo era cierto en parte. Se necesitaba un permiso especial para hacer eso, que ella había pedido y le habían concedido. Quienes le concedieron el permiso entendieron que quería venir para rendir homenaje a aquellos que habían permitido su libertad a cambio de dedicar toda su vida al servicio de su país. Al menos, ese había sido el propósito inicial. Después había convencido a aquellos más poderosos que ella de que debería haber otra razón. Y que ella era la persona ideal para poner en práctica ese plan. No había tenido garantías de que le concediesen el permiso, pero se lo habían concedido. En el bolsillo interior llevaba los documentos que lo acreditaban. Las augustas firmas en los documentos no admitirían oposición.

Aparcó cerca de la entrada, donde la recibieron dos guardias y el administrador. Chung-Cha lo conocía bien. Había sido el administrador cuando ella era una prisionera del campo.

Respetuoso, hizo una reverencia y ella se la devolvió. No dejó de mirarle a la cara mientras se incorporaban. En su rostro arrugado y quemado vio al hombre que había soñado con matar durante gran parte de su vida. Chung-Cha sabía que él lo sabía. Pero ahora él ya no podía hacerle daño. Sin embargo, esa mueca que dejaba ver un diente torcido demostraba a Chung-Cha claramente que estaría encantado de tenerla de nuevo en el campo y bajo su poder.

—Es un honor tenerte aquí, camarada Yie —dijo.

—El Líder Supremo le envía sus mejores deseos, camarada Doh —repuso Chung-Cha, dejando bien claro en el punto en que se encontraba en esta fase de su vida.

Doh parpadeó tras sus gruesas gafas y sonrió con una sonrisa tan falsa como sus siguientes palabras:

—Mi corazón se alegra de ver lo lejos que has llegado, camarada Yie.

La acompañó a la entrada y al complejo penitenciario.

Aunque hacía muchos años que Chung-Cha se había marchado de este lugar, no había cambiado apenas. Las cabañas donde vivían los prisioneros seguían siendo de adobe con el tejado de paja. Al mirar en el interior de una, vio los tablones con mantas que se suponía que eran las camas de los prisioneros. Había cuarenta en una habitación de apenas cuarenta y seis metros cuadrados. Las cabañas no tenían calefacción y no estaban limpias, de ahí que proliferasen las enfermedades. Una vez oyó decir al administrador cuando ella todavía estaba en el campo que esas grandes epidemias mortales les ahorraban el gasto en balas.

Se detuvo delante de una cabaña. Lo hizo por una razón en particular. Esa había sido «su» cabaña, donde había vivido durante años. Miró a Doh y vio que él también se acordaba.

—Ciertamente has llegado muy lejos —dijo con su falsa sonrisa extendiéndose por su rostro moreno.

Era un purasangre, ella lo sabía, un miembro del núcleo del grupo de élite. Su abuelo había sido uno de los primeros partidarios de Kim Il Sung y uno de los más apasionados. Por ello él y su familia habían sido siempre enormemente recompensados. Para el nieto supuso poder jugar a ser Dios con las vidas de cientos de miles de conciudadanos a lo largo de los años, determinar quién podía seguir viviendo y, mucho más a menudo, quién iba a morir.

—Sigo siendo la única —contestó.

—Sí —reconoció maliciosamente—, debió de parecerte un milagro.

—A ti también —respondió con rapidez.

Él hizo otra reverencia.

Esperó a que se incorporase antes de añadir:

—El Líder Supremo cree que esto es una vergüenza. Quiere saber por qué no hay más prisioneros que puedan ser convertidos.

Esta había sido la otra recompensa que Chung-Cha había solicitado y le había sido concedida por su labor en el descubrimiento de la traición del general Pak. El poder de venir aquí y hacer este tipo de preguntas. Y también se le había concedido algo más.

Miró expectante a Doh, que obviamente no había previsto esto. Chung-Cha vio cómo le empezaba a latir la vena de la sien y la mano le temblaba cuando se la acercó a la cara para ajustarse las gafas.

—¿El Líder Supremo cree tal cosa? —repitió con voz temblorosa. Los guardias que le acompañaban retrocedieron unos pasos, como si quisiesen distanciarse de las repercusiones que esto podría ocasionarle al administrador.

Chung-Cha metió la mano en el bolsillo y sacó los documentos acreditativos. Doh los cogió, se ajustó de nuevo las gafas y los leyó antes de devolvérselos mansamente.

—Entiendo que el Líder Supremo posee una gran sabiduría. Es un honor cumplir sus órdenes.

—No lo dudo. Pero vayamos al grano. Yo estaba en la zona de control total. Yo no era ni núcleo ni vacilante. Pertenecía a la clase hostil, camarada Doh. Y ahora estoy considerada como una de las agentes más valiosas. Quizás aquí haya personas valiosas como yo, pero que están desperdiciadas. Al Líder Supremo no le gusta que se desperdicie nada.

—No, no, claro que no. ¿Qué... qué quieres que haga, camarada Yie? Por favor, solo tienes que decirlo y se hará.

Chung-Cha lo miró de arriba abajo. Era mucho más bajo y de aspecto más débil de lo que ella recordaba. Para una niña pequeña cuya vida o muerte dependía del humor diario de esta persona y de sus subordinados, podía haber sido un gigante. Sin embargo, ahora no era nada para ella.

—Quiero ver a algunos de los hostiles. Las niñas en particular.

—¿Las niñas? —repitió en un tono desconcertado acorde con su expresión.

—Sí. El Líder Supremo entiende perfectamente lo útiles que pueden ser las mujeres en ciertos ámbitos. Mucho más que los hombres, pues ellos son fácilmente identificables y considerados objetivos de los potenciales enemigos de otros países. ¿Lo entiendes?

Doh asintió rápidamente con la cabeza.

—Sí, sí, por supuesto, entiendo lo que quieres decir.

—Y quiero que me muestres las posibilidades más interesantes —añadió Chung-Cha.

Asintió de nuevo con la cabeza.

—Sí, sí. Te acompañaré yo mismo.

—Por supuesto que sí —repuso sin sonreír.

No pareció captar el significado de lo que acababa de decir. Era un hombre cruel, cauteloso y malvado; eso ella lo sabía. Pero también era mezquino, vanidoso y superficial. Y una persona así nunca conseguiría ser brillante ni siquiera aguda, por mucho que lo intentase.

—Y me encargaré de comunicar tu excelente nivel de cooperación.

—Oh, gracias, camarada Yie. Gracias, no imaginas lo que eso significa para mí.

—Al contrario, lo sé perfectamente.

Pareció un poco desconcertado con esta afirmación, pero recuperó la compostura.

—Eh, a qué te refieres con lo de «interesante»? —preguntó.

—Me refiero, camarada, a alguien como yo.

50

Había examinado a más de quinientos niños de edades comprendidas entre los cuatro y los catorce años. En muchos aspectos se parecían todos: malnutridos, sucios y de ojos inexpresivos. Les decía unas palabras a cada uno de ellos. Sus respuestas, si las había, eran titubeantes, poco elaboradas y simples. Sabía que nada de eso era culpa de ellos.

Se volvió al guardia que la acompañaba.

—¿Cuántos han nacido aquí?

La miró con cierta insolencia, pero sin duda le habían dicho que cooperase en todo o caería sobre él la ira del Líder Supremo. Miró las filas de pequeños prisioneros con ojo perezoso. Igual podrían haber sido pollos puestos en fila para ser sacrificados.

—La mitad aproximadamente —respondió con tono despreocupado antes de quitar una mancha de suciedad de su pistola—. Había más, pero eran nacimientos no autorizados, de modo que, evidentemente, fueron eliminados junto con las madres.

Chung-Cha sabía que la educación de los niños, la poca que recibían, era totalmente inadecuada. Los habían educado como ignorantes y morirían ignorantes, a pesar de la determinación que pudiesen tener por conseguir algo más en la vida. Llegaba un momento en el que daba igual la ira que llevasen dentro; las palizas, el hambre y el lavado de cerebro frecuente aquí apagarían cualquier esperanza hasta que no quedase nada dentro. Sentía que si se hubiese quedado un día más en Yodok nunca habría salido de allí viva.

Chung-Cha vio a lo lejos a un grupo de niños trabajando bajo el peso de leños o de cubos que sabía estaban llenos de estiércol. Una niña tropezó, se cayó y tiró parte del contenido del cubo. El guardia que acompañaba al grupo le pegó con un palo y después con la culata del rifle y acto seguido animó a los otros niños a que la pegasen, cosa que hicieron. Les habían enseñado que cuando un trabajador fallaba todos serían castigados, y en lugar de dirigir su ira contra los guardias, que es donde correspondería, la dirigían contra los suyos.

Chung-Cha observó la paliza hasta que paró. No hizo ningún movimiento para detener el ataque. Incluso con la autorización del Líder Supremo en su bolsillo, nunca podría hacer una cosa así y esperar no ser castigada. Las normas de los campos eran inviolables y desde luego una persona como ella no podía intervenir y saltárselas sin consecuencias.

Pero no deseaba detener la paliza. Quería ver el resultado, porque incluso desde esa distancia había percibido algo que la intrigaba.

La niña apaleada se levantó, se limpió la sangre del rostro, cogió el cubo del suelo, metió el estiércol en el cubo con las manos y con paso firme pasó por delante del guardia y de los otros niños que la habían pegado. Caminaba con la cabeza alta y la mirada obstinada y fija al frente.

—¿Quién es esa prisionera? —preguntó Chung-Cha al guardia.

Entrecerró los ojos en la distancia y acto seguido palideció.

—Se llama Min.

—¿Cuántos años tiene?

El guardia se encogió de hombros.

—Quizá diez. Quizá menos. Está en un lío.

—¿Por qué?

Se volvió y le sonrió.

—Es una zorrita dura. La pegan, se levanta y se va como si hubiese ganado una gran victoria. Es idiota.

—Tráemela.

Al guardia se le desvaneció la sonrisa y miró su reloj.

—Todavía tiene que trabajar seis horas más.

—Tráemela —repitió Chung-Cha con más firmeza, sin dejar de mirarle a la cara.

—Hemos oído hablar de ti aquí. De lo que hiciste en Buk-chang. —El guardia dijo esto de forma arisca, pero Chung-Cha, que era capaz de percibir el miedo de casi cualquier persona, veía que el hombre la temía.

—¿Sobre cómo maté a los hombres corruptos? Sí, los maté. Los maté a todos. El Líder Supremo me lo agradeció mucho. Me dio como recompensa una cocedora de arroz eléctrica.

El guardia la miró boquiabierto, como si le acabase de informar de que le habían entregado en su puerta una montaña de oro.

—¿Por eso has venido aquí? —preguntó—. ¿Sospechan que hay corrupción?

—¿Hay corrupción? —preguntó Chung-Cha con agresividad.

—No, no. En absoluto. Te lo prometo.

—Una promesa es algo muy importante, camarada. Te tomo la palabra. Ahora tráeme a Min.

Hizo una reverencia rápida y se fue deprisa a buscar a la niña.

Veinte minutos más tarde, Chung-Cha estaba sentada en una pequeña habitación con dos sillas y una mesa. Observó a la niña. Le había pedido que se sentase. Min se había negado, porque prefería, dijo, estar de pie.

Y de pie se quedó, con los puños cerrados mientras le devolvía, desafiante, la mirada a Chung-Cha. Con esa mirada Chung-Cha sabía que era un milagro que la niña siguiese viva en un lugar como ese.

—Me llamo Yie Chung-Cha —dijo—. Me han dicho que te llamas Min. ¿Cuál es tu otro nombre?

Min no respondió.

—¿Tienes familia aquí?

Min no respondió.

Chung-Cha observó las piernas y los brazos de la niña. Estaban sucios, llenos de cicatrices y de moratones. Tenía heridas abiertas y purulentas. Todo en esa niña era una herida abierta y purulenta. Pero en los ojos, sí, en sus ojos Chung-Cha vio un fuego que no creía que ninguna paliza ni enfermedad pudiese extinguir.

—Yo comí ratas —dijo Chung-Cha—. Tantas como pude. Su carne evita la enfermedad que algunos contraen aquí. Es por la proteína. Yo no lo sabía cuando estaba aquí. Lo aprendí después. Tuve suerte en ese aspecto.

Observó cómo Min abría los puños. Aunque seguía recelando. Chung-Cha lo entendía. La primera regla oficial del campo podría ser: «No debes confiar en nadie.»

—Vivía en la primera cabaña al lado del sendero a la izquierda de la entrada interior —explicó Chung-Cha—. Fue hace ya algunos años.

—Entonces, ¿eras una hostil? —espetó Min—. ¿Por qué ya no vives aquí? —preguntó, con ira y resentimiento en cada una de las palabras.

—Porque era útil a otros fuera de este lugar.

—¿Cómo? —preguntó Min, olvidando su recelo.

En esa pregunta Chung-Cha vio lo que había esperado ver. La niña quería irse, cuando tantos prisioneros, incluso más jóvenes que ella, estaban completamente resignados a vivir allí siempre. El fuego en sus vidas, y con él el coraje, había desaparecido. Era triste, pero era un hecho. Estaban perdidos.

—Yo era una zorrita dura —repuso Chung-Cha.

—Yo también soy una zorrita dura.

—Ya lo he visto. Esa es la razón por la que estás hablando aquí conmigo.

Min parpadeó y se relajó un poco más.

—¿Cómo puedo serte útil?

«Desafío, sí, pero inteligencia también y su primo hermano, ingenio», pensó Chung-Cha. Bueno, al fin y al cabo en coreano eso es lo que significaba Min: ingenio e inteligencia.

—¿Cómo crees tú que puedes serlo? —preguntó Chung-Cha dando la vuelta a la pregunta y devolviéndosela.

Min caviló sobre la pregunta unos segundos. Chung-Cha casi podía ver el remolino de pensamientos en la cabeza de la niña.

—¿Cómo fuiste tú útil a otros? —inquirió Min—. ¿Eso te permitió salir de aquí?

Chung-Cha logró disimular la sonrisa y su satisfacción. Min estaba demostrando estar a la altura del desafío.

—Me prepararon para realizar un trabajo específico.

—Entonces yo también puedo —repuso Min.

—¿Incluso aunque no sepas de qué trabajo se trata?

—Puedo hacer cualquier cosa —contestó Min—. Haré cualquier cosa para salir de aquí.

—¿Y tu familia?

—No tengo familia.

—¿Están muertos?

—No tengo familia —repitió Min.

Chung-Cha asintió lentamente con la cabeza y se levantó.

—Regresaré en una semana. Estarás lista para marchar.

—¿Por qué una semana?

A Chung-Cha le sorprendió la pregunta.

—Esto toma tiempo. Hay que preparar cosas, papeleo.

Min la miró con recelo.

—Regresaré.

—Pero puede que ya no esté viva.

Chung-Cha ladeó la cabeza.

—¿Por qué?

—Ellos sabrán lo que vas a hacer.

—¿Y?

—Y no me dejarán marchar.

—Vengo en nombre de la autoridad suprema. Los guardias no te harán daño.

—Hay accidentes. Y no son solo los guardias.

Chung-Cha asintió con la cabeza pensativa.

—¿Los otros prisioneros?

—A ellos no les importa la autoridad suprema. Y además, ¿qué tienen que perder?

—¿Sus vidas?

Min hizo una mueca.

—¿Y por qué iba a importarles? Eso sería algo bueno para ellos.

Chung-Cha sabía que tenía toda la razón.

—Entonces nos iremos hoy mismo de aquí.

Probablemente por primera vez en su vida, Min sonrió.

51

Chung-Cha había rellenado con paciencia todo el papeleo necesario para que Min fuese liberada del campo y pasase a su cargo. Habían regresado a Pyongyang en el Sungri con las ventanillas bajadas. Chung-Cha no le dijo que las había bajado porque no quería tener que soportar el hedor de la niña durante ciento quince kilómetros. Le dijo que le convenía respirar aire fresco.

Y Min parecía respirar con deleite cada bocanada de aire.

Al principio, no quería entrar en el Sungri. Chung-Cha entendió de inmediato por qué. La niña nunca había subido antes a un coche. Probablemente ni siquiera hubiera visto un coche jamás, solo los viejos camiones que se utilizaban en el campo de trabajo.

Sin embargo, cuando le dijo que era la manera más rápida de alejarse del campo de trabajo, no dudó en subir con celeridad. Una vez sentada, estiró las manos y tocó todos los botones y otras cosas que le llamaron la atención.

«Eso está bien», pensó Chung-Cha. Todavía tenía curiosidad. Se asombraba. Eso quería decir que la mente infantil estaba intacta.

Cuando se alejaban, Chung-Cha miró dos veces al campo de trabajo por el retrovisor. Había visto a los prisioneros mirándolas a través de las vallas, quizá preguntándose por qué ellos no podían también ser libres.

Cuando miró a Min, vio que la vista de la niña estaba fija en el frente. No miró atrás ni una sola vez.

Chung-Cha había hecho exactamente lo mismo cuando dejó el campo de trabajo. Temía que si miraba atrás, la llevarían de nuevo allí. O lo más probable, se despertaría del sueño y regresaría a su pesadilla.

Habían llegado a Pyongyang por la noche muy tarde. Chung-Cha había aparcado el coche y llevado a Min a su apartamento. La niña había mirado todo mientras iban en el coche. Desde las calles asfaltadas hasta los altos edificios, pasando por algo tan simple como un semáforo o un letrero de neón, o un autobús, o alguien andando por la acera, lo miraba todo asombrada. Era como si acabase de nacer, con diez años de retraso.

Cuando Min vio el edificio de apartamentos quiso saber qué era.

—Aquí es donde vivo —contestó Chung-Cha.

—¿Cuánta gente vive contigo?

—Vivo sola. Bueno, vivía. Ahora vas a vivir conmigo.

—¿Eso está permitido? —preguntó Min.

—Está permitido en todas partes excepto en los campos de trabajo —repuso Chung-Cha.

La primera orden del día había sido prepararle algo de comer a Min. Ni mucha cantidad ni comida muy pesada... no es que Chung-Cha tuviese alimentos pesados. Pero incluso demasiado arroz blanco podría sentarle mal. Chung-Cha lo sabía porque era lo que hicieron los que la liberaron. De modo que para empezar, las comidas serían sencillas y en poca cantidad.

La siguiente orden del día fue una ducha, muy larga, con mucho jabón y restregando bien.

Chung-Cha no dejó que Min se duchase sola, porque la niña no sabía lavarse, así que ella la restregó bien. La suciedad que se desprendía de su piel, del pelo, de los orificios habría hecho vomitar a mucha gente. A Chung-Cha le daba igual. Ya se lo esperaba. Y Min no había sentido ninguna vergüenza mientras miraba el agua sucia que se iba por el desagüe. No conocía otra cosa. Lo único que quería saber era dónde iba a parar el agua.

—Al río —contestó Chung-Cha, porque sabía que esa respuesta bastaba por el momento. Se necesitarían muchas más duchas para que la niña se quitase de verdad años de mugre.

Puso sábanas y una almohada en el pequeño sofá, que era donde Min dormiría por ahora. Chung-Cha ya había comprado ropa y zapatos para ella, asumiendo correctamente que una niña del campo de trabajo sería menuda. Le quedaban muy bien, mucho mejor que los harapos con los que había venido. Esos fueron a la basura.

Chung-Cha le enseñó a cepillarse los dientes y le avisó de que no se tragase la pasta dentífrica. Después le limpió las uñas, que estaban cubiertas de años de mugre y porquería. A continuación le peinó la larga melena, le desenredó los nudos y le recortó con unas tijeras los cabellos sueltos. Min estaba pacientemente sentada mientras le hacía todo esto, mirándose todo el tiempo en el espejo que Chung-Cha había colocado delante de ella en el pequeño cuarto de baño.

Sabía perfectamente por qué la niña se observaba con tal detenimiento. Nunca se había visto en un espejo. Por lo tanto, no tenía ni idea de su aspecto. Chung-Cha se acordaba de cuando se levantaba por las noches e iba al baño, no solo para orinar, sino también porque quería ver de nuevo qué aspecto tenía.

Le dio a Min otra comida ligera y después le curó los múltiples cortes y heridas con agua oxigenada, ungüento y vendas. A continuación la acostó en la cama improvisada, con sábanas limpias y unos pantalones cortos y una camiseta nuevos. Pese a que le había limpiado las muchas heridas y le había curado lo mejor que había podido los cortes y las costras, Chung-Cha había concertado una visita médica para el día siguiente. Quería que le examinasen bien las heridas. En los campos de trabajo había muchas infecciones que habían acabado con numerosos prisioneros. No había liberado a Min para ver cómo moría. Y normalmente, antes de que los prisioneros de los campos fuesen liberados, tenían que demostrar que no tenían ninguna infección ni enfermedad. Puesto que esto era casi imposible, casi nunca conseguían la libertad. Chung-Cha había dado su palabra en el papeleo que había firmado que un médico la examinaría minuciosamente y la trataría al día siguiente de abandonar el campo.

Después de instalar a Min en el sofá, Chung-Cha apagó la luz.

Oyó a Min dar un grito ahogado.

—¿Puedes hacer que haya luz otra vez, Chung-Cha? —preguntó.

Encendió la luz, se acercó a Min y se sentó en el borde del sofá.

—¿Te da miedo la oscuridad? —Sabía que las cabañas del campo no tenían electricidad y aunque Min probablemente había visto las luces eléctricas, no estaba acostumbrada a ellas.

—No tengo miedo —contestó Min.

—Entonces, ¿por qué quieres las luces encendidas?

—Para poder ver dónde vivo ahora.

Chung-Cha dejó la luz encendida y se fue a su dormitorio. Dejó la puerta entreabierta y le dijo a Min que si necesitaba algo que la despertase.

Se metió en la cama, pero no se durmió. No había muchas cosas que le diesen miedo; sencillamente ya no era posible después de todo lo que había pasado. Pero lo que acababa de hacer le daba más miedo que las palizas o el temor a morir. Había pasado toda su vida sola y ahora había asumido la responsabilidad de otro ser humano.

Escuchó la respiración regular de Min, que debido al diminuto tamaño del apartamento se oía a unos pocos metros de distancia. Se preguntó si la niña dormía o simplemente miraba un mundo que no podía creer que existiese y que para ella no había existido nunca hasta hacía tan solo unas horas.

Chung-Cha sabía perfectamente cómo se sentía. Había pasado por la misma serie de emociones. Pero su liberación y lo que le sucedió después fueron muy diferentes a la situación de Min.

Los guardias habían ido a buscarla una mañana. Al principio pensó que venían a castigarla por acusar a alguien. Pero no era esa la razón. La habían llevado a ver al administrador de la cárcel, a Doh, el mismo hombre que había visto hoy. Tenía una oferta para ella. Procedía de las altas esferas del gobierno. No tenía ni idea de cuál había sido el catalizador.

Si le gustaría ser libre. Eso es lo que le habían preguntado.

Al principio no había entendido lo que querían decir. Instintivamente pensó que se trataba de algún tipo de trampa y fue incapaz de responder, pues temía decir algo que la llevase a sufrir más o incluso a morir.

Pero la llevaron a otra habitación en la que le esperaba un grupo de hombres y, sorprendentemente, una mujer que no era prisionera. Chung-Cha nunca había visto a una mujer que no fuese prisionera. La mujer le dijo que pertenecía al gobierno y que las autoridades buscaban a hijos de malhechores que quisiesen servir a su país. Primero deberían demostrar su lealtad, dijo. Y si la demostraban, los llevarían a otro lugar, les darían alimentos, ropa y la posibilidad de estudiar. Después, a lo largo de muchos años, los instruirían para servir a Corea del Norte.

La mujer había preguntado si Chung-Cha querría prestarse a esto.

Chung-Cha todavía recordaba que había mirado a los hombres que se encontraban en la habitación y que la observaban. Llevaban uniformes, pero no de la prisión, diferentes. Tenían cosas brillantes de diferentes colores colgadas del pecho.

Estaba estupefacta, paralizada, incapaz de responder.

Uno de los hombres que tenía más cosas brillantes que ningún otro dijo al final:

—Traednos a otra y llevaos a esta zorra a donde estaba. Y triplicadle la cantidad de trabajo. Y reducidle la cantidad de comida. Nos ha hecho perder el tiempo.

Varias manos se acercaron a Chung-Cha, pero de repente logró hablar.

—¿Qué tengo que hacer? —gritó con tanta fuerza que

uno de los guardias sacó su arma temiendo quizá que se hubiese vuelto loca y los atacase.

Pasó un minuto de silencio mientras todos en la habitación la miraban. El hombre que la había llamado zorra la escudriñaba ahora de forma diferente.

—Te han descrito como una zorrita dura. ¿Cómo eres de dura? —preguntó.

Le cruzó la cara de un revés y la tiró al suelo. Chung-Cha, con sus diez años, se levantó y con la mano se quitó la sangre de la boca.

—Esto no es nada —prosiguió el hombre—. No te vayas a pensar que por esto eres dura, porque no es así.

Chung-Cha hizo acopio de valor y le devolvió la mirada.

—Dígame qué es lo que tengo que hacer para salir de este lugar y lo haré.

El general la miró divertido y después endureció la expresión.

—Yo no discuto nada con basura. Otros te lo dirán. Si fracasas, nunca te irás de este lugar. Les ordenaré que te mantengan apenas con vida para que te queden muchas más décadas aquí. ¿Me has entendido?

Chung-Cha siguió mirando al hombre, la mente más clara que nunca. Era como si una vida de oscuridad se hubiese llenado de repente de luz. Sabía que sería la única oportunidad que tendría en la vida de salir de ahí. Y no tenía intención de dejarla escapar.

—Si no discute con basura como yo, dígame quién me puede decir lo que tengo que hacer para salir de aquí —dijo con firmeza.

El hombre se sorprendió de su audacia. Se volvió a la mujer.

—Ella —dijo.

Se dio media vuelta y se fue.

Y esa fue la primera y última vez que Chung-Cha vio al general Pak.

Chung-Cha despertó de sus cavilaciones al oír la puerta abriéndose lentamente. Min estaba de pie en el umbral.

Chung-Cha se incorporó en la cama y la miró. La niña y la mujer no se dijeron nada. Chung-Cha le hizo un gesto y Min rápidamente se acercó y se metió en la cama con ella.

Se tumbó e inmediatamente se quedó dormida.

Pero Chung-Cha no se durmió. Yacía en la cama mirando a Min y pensando en sucesos de lo que parecía otra vida.

Pero en realidad había sido la de ella.

52

—Está a salvo y de regreso en casa —señaló Robie.

Reel y él estaban sentados en la terraza de un café en Washington D.C. desayunando a primera hora.

—De milagro, Robie.

—Los milagros suceden por casualidad. Esto no ha sido así.

Dejó la taza y le miró.

—Ya sabes lo que quiero decir. Sabes todo lo que podía haber salido mal. Cualquiera de ellos podría haber hecho fracasar la misión y Julie estaría muerta.

—Pero no lo está.

Reel se puso las gafas, se recostó y miró al infinito.

—¿Y Earl? —preguntó Robie.

Ella esbozó una sonrisa forzada.

—De vuelta en el corredor de la muerte y hablando solo. No esperan que dure ni una semana.

Sonó el teléfono de Robie. Lo miró y después se incorporó.

—Hombre Azul.

—Al menos no es Evan Tucker. No podría con él, hoy no.

—Quiere que vayamos a verle.

—¿Crees que ha surgido algo?

—No suele llamar para charlar.

Reel se levantó y tiró la taza de café en un cubo de basura.

—Pues no le hagamos esperar.

—Rumores —dijo Hombre Azul—. Pero perceptibles.

Estaban sentados en el despacho de Hombre Azul en Langley. El cielo se había ido oscureciendo por el camino y ahora empezaba a llover.

—¿Perceptibles en qué sentido? —preguntó Reel.

—Tenemos numerosos contactos en Corea del Sur, en China y en Taiwan. Ellos a su vez tienen un menor número de recursos instalados en Corea del Norte, principalmente en Pyongyang.

—Y si los sumamos todos, ¿qué dicen estos rumores? —inquirió Robie.

—Que los norcoreanos están planeando algo.

—Te refieres a represalias —añadió Reel.

—Dudo que sea otra cosa —repuso Hombre Azul—. A los norcoreanos no se les conoce ni por su tacto ni por su compasión.

—Pero saben guardar secretos —señaló Robie—. ¿Tenemos alguna idea de en qué podría consistir esta represalia?

—Parece que está claro que han descubierto el nivel de las acciones de Pak. Y ahora su familia ha desaparecido.

—No pensaba que tuviese familia —dijo Reel.

—Pues o los han matado o los han enviado a campos de trabajo —añadió Robie con un suspiro de resignación.

Hombre Azul asintió.

—Ese parece ser el caso.

—Si es así, ya no se les puede ayudar —añadió Robie.

—Tengo que darte la razón. Cualquier intento de liberarlos provocaría un problema internacional que ahora no podemos permitirnos.

—Nos pidió que protegiésemos a su familia —observó Reel en voz baja—. Pues le hemos fallado.

—Estábamos hablando de represalias —dijo Robie rápidamente al ver la expresión deprimida de Reel.

Hombre Azul asintió con la cabeza y abrió una carpeta que estaba sobre su mesa.

—En realidad, por esto os he llamado a vosotros dos. Pero el DCI...

—¿Sigue sin aceptarlo? —interrumpió Reel.

—Eso parece. Esconde la cabeza bajo el ala a ver si no pasa nada.

—Un plan fantástico —repuso Reel indignada.

—Quizás. Aunque las opciones son limitadas.

—Seguro que podemos tomar algunas medidas defensivas —sugirió Robie.

—Podemos y lo vamos a hacer —repuso Hombre Azul—. Consideramos que como nuestro objetivo se encontraba en el más alto nivel en Corea del Norte, cualquier represalia por su parte estará dirigida al mismo nivel aquí.

Robie se mostró dubitativo.

—¿El presidente? Tienen que darse cuenta de que no pueden llegar hasta él.

—Al Servicio Secreto se le ha hecho saber la necesidad de aumentar la protección, aunque el presidente disfruta de la mejor protección del mundo.

—Entonces, si no es el presidente, ¿quién? —preguntó Reel.

—¿El vicepresidente? ¿El presidente de la Cámara de Representantes? ¿Un ministro importante? ¿Algún juez del Tribunal Supremo? Quizás incluso una bomba sucia en una zona densamente poblada. El objetivo sería principalmente simbólico y el mensaje sería: «Podemos atacar a vuestros líderes o a vuestra gente cuando nos dé la gana.» No hay duda de que si lo lograsen sería un duro golpe para este país.

—¿Pero cuál es la finalidad de esto? —preguntó Robie.

—Una vez que hayan contraatacado, Pyongyang podría dar a conocer al mundo las pruebas que tengan sobre el complot dirigido por este país para asesinar a su líder.

—El mundo no creerá a los norcoreanos. Apenas tienen credibilidad —señaló Robie.

—Pero en este caso estarían diciendo la verdad, ¿no es así? Y no sabemos lo que pueden haber descubierto. Por Pak. O por Lloyd Carson. El DCI no cree que haya nada ahí. Aunque su opinión no ha sido infalible.

—Todo lo contrario —dijo Reel fríamente.

—No nos has llamado para decirnos que no hagamos nada —añadió Robie.

—No, quería avisaros —respondió Hombre Azul.

—¿Avisarnos de qué? —preguntó Reel.

—En la casa de campo donde visteis cómo se suicidó Pak.

—¿Sí? —dijo Reel con cautela.

—Podríais haber sido vistos.

—Eso es imposible —contestó Reel—. No vimos a nadie y las cámaras de vigilancia no mostraron ninguna actividad.

—Sin embargo, según los rumores que nos han llegado, podríais haber sido vistos. Y de ser así, podríais convertiros también en objetivos.

Robie miró a Reel.

—Bueno, no sería la primera vez. Aunque creo que prefiero a los neonazis que a los norcoreanos.

53

El presidente Tom Cassion estaba sentado a la mesa de desayuno en las dependencias privadas de la Casa Blanca. Ya había recibido la sesión informativa diaria y se estaba tomando una taza de café más para reunir fuerzas antes de empezar de verdad el día, que estaba planificado al minuto.

Miró hacia el otro lado de la mesa, a su mujer, Eleanor o Ellie, como la llamaban él y sus amigos íntimos.

—He visto tu agenda para los próximos dos días —dijo él mientras doblaba un ejemplar del *Washington Post* y lo dejaba al lado del desayuno que apenas había tocado—. Muy apretada.

Ella le miró por encima de su taza de té.

—Sí. Y yo he visto la tuya. No tienes apenas nada. Qué vago.

Él sonrió con resignación.

—No está tan mal.

Ella miró toda la comida que había dejado en el plato.

—Últimamente no comes nada, Tom.

—Tengo el estómago un poco mal. No me siento muy bien.

—Pues ve al médico. Tienes un médico privado.

Asintió con la cabeza.

—Iré —dijo con expresión distraída.

—¿Cuándo regresas? —preguntó.

—Cuatro paradas. Seattle, San Francisco, Houston y Miami. El Air Force One aterrizará mañana a las dos.

—Más o menos como en campaña.

—Bastante menos ajetreo. ¿Cuántas veces viajamos a ocho o a diez ciudades en un solo día?

—Demasiadas —repuso ella con sequedad.

—Y en la actualidad los políticos nunca dejan de hacer campaña. Con los cambios en la ley, uno puede presentar la cantidad de dinero que haga falta y saltar al ruedo de la política. Tienes que asegurarte de conseguir tu parte, de lo contrario el otro bando seguro que se aprovechará de lo que sobre.

—Añoro la época en que imprimíamos los folletos de la campaña y recolectábamos los cheques en una lata de café en barbacoas que se hacían en los patios traseros —dijo ella.

—A veces yo también la añoro.

Miró a Eleanor de arriba abajo mientras ella volvía a repasar su agenda del día. Todavía era joven, tenía cuarenta y seis años, cuatro menos que él. Tenían dos hijos: Claire y Tommy Junior. Claire tenía quince y estaba en la edad del pavo. Se había adaptado sumamente bien a su nueva vida. Había hecho amigos en el colegio y era una alumna implicada y popular de Sidwell Friends, además de muy buena estudiante. Tommy seguía siendo un niño pequeño a quien al principio le había encantado vivir en la Casa Blanca, pero que enseguida había pasado a odiarla. Ni el presidente ni su esposa sabían qué hacer al respecto y la infelicidad de su hijo era un gran motivo de preocupación para ambos.

La voz de Eleonor interrumpió estos pensamientos.

—Los niños van a tener una semana de vacaciones escolares dentro de poco. Estaba pensando en salir de viaje. Quizás a Nantucket. Los Donovan nos han ofrecido su casa otra vez.

La miró boquiabierto.

—¿Nantucket? ¿En esta época del año? Hará frío y lloverá.

—La verdad es que la temperatura máxima media se acerca a los veinte grados y la mínima media está por encima de los diez. Y según las previsiones meteorológicas a largo plazo las precipitaciones estarán muy por debajo de la media, aunque el cielo probablemente estará cubierto. El océano Atlántico ayuda a moderar el clima. Hará menos frío que en Boston.

—Como siempre, veo que has hecho los deberes, Ellie —dijo el presidente a regañadientes.

Ella sonrió.

—Y todos los turistas se habrán ido. Podremos tener privacidad y estar en familia. Acurrucarnos con un buen libro al lado del fuego calentito. Jugar a juegos de mesa. Dar paseos juntos por la playa. Recargar las pilas. Pasar tiempo con los niños.

—Quieres decir pasar tiempo con Tommy. Claire está perfectamente.

—Quiero decir como familia —repuso con firmeza—. Y aunque sé que tienes una agenda muy apretada, sería maravilloso que pudieses venir al menos un día.

El presidente la miró con extrañeza. Sus vidas estaban regidas por itinerarios del grosor de una guía telefónica con viajes planificados con mucha antelación.

—¿Está en la agenda? No lo he visto.

—No, lo estaba pensando ahora.

—Pues la verdad es que dudo que pueda ir ni siquiera un día. Mi agenda está completa los próximos dos meses. Además, a los votantes no les gusta que los presidentes se vayan de vacaciones de repente. Tendrás que hablar con el Servicio Secreto. Necesitan tiempo para prepararlo. Puede que sea demasiado complicado con tan poco tiempo de preaviso.

—Ya están trabajando en ello.

—Bueno, espero que se pueda hacer. Pero creo que estás exagerando con los problemas de Tommy. Solo necesita un poco más de tiempo para adaptarse, eso es todo. —Cogió el periódico.

Eleanor suspiró, empezó a decir algo, pero siguió con su té y con su agenda, mirando las anotaciones para un discurso que tenía que dar después de acompañar a una visita guiada por la Casa Blanca a las esposas de los senadores.

El presidente no pareció notar la decepción de su esposa. Le dolía el estómago por una razón muy sencilla. Por la culpa. Una culpa inmensa e implacable. Le había dado su palabra al general Pak de que llevaría a cabo todo lo que habían planeado. Se lo había dicho cara a cara. Y ahora Pak estaba muerto. En realidad, el presidente había enviado hombres para que lo matasen, pero Pak se había suicidado. Y les había dicho a los agentes que no olvidasen decirle que se fuese al infierno. Si la situación hubiese sido al contrario, el presidente habría hecho lo mismo. Había traicionado a Pak, simple y llanamente. Y ahora le habían dicho que lo más probable era que los hijos adoptivos de Pak hubieran sido enviados a campos de trabajo, seguramente para el resto de sus vidas.

«Lo he traicionado. Lo he matado. Soy culpable de asesinato.»

—¿Papá? ¿Papá?

El presidente sacudió la cabeza y miró alrededor.

Su hija Claire había bajado a desayunar.

—Quería que leyeses el trabajo que he hecho para este trimestre sobre la clase gubernamental estadounidense.

—¿Crees que sé algo sobre el gobierno? —preguntó. Intentó esbozar una débil sonrisa.

—No, pero mamá está muy ocupada —replicó con una amplia sonrisa.

Rio y Eleanor les miró divertida. Después el presidente continuó mirando orgulloso cómo su hija atacaba el desayuno mientras echaba un vistazo a unos apuntes que parecían de matemáticas.

Miró con cautela a su hijo, que entró arrastrando los pies y vestido con el uniforme del colegio. El chico había pasado de un colegio público a una de las instituciones más elitistas del país. La transición no había sido fácil.

—Eh, grandullón —dijo el presidente—. ¿Has dormido bien?

—No soy grande. Soy el más bajo de mi clase. Incluso las niñas son más altas que yo.

Claire dejó en el plato la cuchara con cereales.

—Y más listas también —dijo.

—¡Cállate! —exclamó Tommy.

—¡Claire! —dijo su madre con severidad—. Déjalo.

Claire sonrió triunfante y volvió a sus apuntes.

—Tommy, yo mido uno ochenta y ocho. Tu madre, uno setenta y cuatro. Vas a ser alto. Es una simple cuestión de genética. Estoy seguro de que en un par de años serás mucho más alto que tu hermana. Solo tienes que tener paciencia —dijo el presidente.

Claire resopló y Tommy frunció el ceño.

—Y tenemos que estar tres años más aquí —se quejó Tommy—. ¡Yupi!

—Siete más si papá gana la reelección —señaló Claire alegremente—. ¿Verdad, papá?

El presidente miraba a su hijo y no le respondió.

Eleanor se levantó con rapidez, inspeccionó el aspecto de Tommy y se puso en modo madre total: le arregló el pelo, le remetió la camisa, le rehízo el nudo de la corbata y le alisó el cuello de la camisa.

—Vas un poco tarde —dijo—. Será mejor que te des prisa con el desayuno.

Tommy se dejó caer en la silla y miró el plato con desgana.

Eleanor miró rápidamente a su marido, pero él volvía a tener la mirada perdida. Ya se había resignado, tras un poco de pataleo y de gritos, a que mientras estuviesen en esta casa y fuese presidente, apenas iba a estar con ellos. Los problemas de los que debía ocuparse eran demasiado importantes, la virulencia demasiado intensa y era mucho lo que estaba en juego. Se sentía como una madre soltera. Pero tenía mucha ayuda y se daba perfecta cuenta de que había muchas mujeres que eran de verdad madres solteras y que luchaban por sacar adelante a sus familias con muchos menos recursos de los que ella tenía. Aun así no era fácil. La familia es difícil, da igual el dinero que uno tenga.

Pero ver a su hijo había dado que pensar al presidente.

La familia.

Se levantó y dejó caer la servilleta en el plato.

Eleanor le miró.

—¿Estás bien?

—Había olvidado que tenía que hacer algo antes de coger el avión.

Se marchó precipitadamente.

Eleanor volvió a centrar su atención en Tommy y le convenció para que comiese un poco más del desayuno. Después observó cómo sus hijos se marchaban con sus escoltas del Servicio Secreto. Primero dejarían a Tommy y después a Claire. Un agente del Servicio Secreto permanecería en la clase con cada uno de ellos durante todo el día.

Cuando la minicaravana de coches paró, Eleanor no se percató del grupo de turistas que se congregaba en la entrada lateral de la Casa Blanca. El lugar por donde la familia del presidente salía y entraba de la Casa Blanca era muy privado y apenas visible para el público.

Para casi todo el público.

Un hombre y una mujer levantaron sus cámaras y hacían fotos de todo lo que lograban ver. Habían buscado posiciones que les permitieran gozar de la mejor vista posible de esta zona privada mientras los guardias de este emplazamiento estaban distraídos con las preguntas que deliberadamente les hacían otros miembros del grupo.

Cuando la caravana de vehículos apareció por la calle, otro miembro del grupo le hizo fotos; sonreía y saludaba con la mano y parecía entusiasmado como suelen estar los turistas. No paró de hacer fotos a la caravana hasta que la perdió de vista. Entonces, dos sedanes negros que estaban aparcados en la calle Diecisiete, relevaron el seguimiento. Trabajaban conjuntamente, doblaban en una esquina y luego volvían a aparecer para que el Servicio Secreto no sospechase.

En la Casa Blanca, Eleanor se había detenido a mirar unos

arriates en los que trabajaba el equipo de jardineros. Mientras estaba allí de pie se le acercó su secretario.

—Señora Cassion, estoy comprobando los detalles de su viaje a Nantucket. Solo van usted y sus hijos, ¿correcto?

—Sí. Esta mañana he hablado con el presidente. No parece que vaya a poder venir.

—El Servicio Secreto está trabajando en la logística y enviarán el informe preliminar a finales de esta semana si le parece bien.

Eleanor asintió con la cabeza.

—Recuerdo cuando era tan sencillo como meternos en el coche con un par de maletas y el perro y nos marchábamos.

El secretario rio.

—¿Le gustaría que volviese esa época?

—Solo cada minuto de mi vida. Pero la verdad es que creo que nos va a ir bien salir de viaje. Ojalá pudiese venir el presidente.

—La casa que ha escogido es preciosa.

—Es de unos amigos. Los Donovan. Nos la han dejado. Es muy antigua, muy rústica. Podemos dar paseos por la playa. Y podemos ir en bicicleta al pueblo. Una buena chimenea. Libros para leer, charlas. Simplemente... simplemente estar juntos.

—Suena idílico.

—Eso espero. Espero que... a Tommy le guste.

El secretario asintió con la cabeza de manera cómplice.

—Es difícil para los niños. Yo no creo que pudiese.

—Bueno, tenemos que pensar la manera en que Tommy pueda sobrellevarlo. No nos queda más remedio.

Cuando la pareja entró en la casa un hombre vestido con el uniforme del Servicio Nacional de Parques se levantó de los arriates en los que estaba trabajando. Oficialmente era de Corea del Sur y llevaba seis años trabajando aquí. En realidad, era de Corea del Norte y había sido enviado a Estados Unidos quince años antes con la única finalidad de conseguir trabajo en la Casa Blanca. Le habían descartado para muchos trabajos. Pero no para trabajar en los jardines. Y después de trabajar más que nadie a su alrededor, había conseguido llegar hasta allí.

Había enviado informes regularmente a su gobierno sobre cualquier detalle que pareciese merecer la pena. Aunque no había habido gran cosa.

Hasta ahora. Ahora quizás hubiera encontrado un filón.

54

Robie y Reel estaban de camino al apartamento de Robie después de su reunión con Hombre Azul, cuando recibieron una llamada suya urgente requiriéndoles que fuesen de inmediato a la Casa Blanca.

Pasaron los controles de seguridad a una velocidad récord, y acto seguido les llevaron a la pequeña sala de reuniones del complejo de la sala de Crisis. No era usual que se permitiese la entrada a gente como ellos, pero les habían dicho que el presidente salía de viaje esa mañana y tenía que reunirse enseguida y en relativo secreto. Hombre Azul ya estaba allí cuando ellos llegaron. Les había telefoneado cuando entraba.

—¿Te importaría informarnos antes de que llegue el presidente? —dijo Reel.

—Yo lo estoy tan poco como vosotros —admitió Hombre Azul—. No creo que esto haya pasado por los canales oficiales. La llamada me sorprendió.

—¿Te refieres a que fue una decisión improvisada? —observó Robie.

—Según me ha dicho fue una decisión de «desayuno». Al menos fue entonces cuando el presidente tuvo un momento de revelación que ahora quiere comentar con nosotros.

—¿Y no con Evan Tucker? —señaló Reel—. Para bien o para mal sigue siendo el DCI. Más para mal que para bien, la verdad.

—No creo que asista, no. De hecho, parece que sus días en la CIA podrían estar contados.

—¿Y el presidente ha pedido específicamente nuestra presencia —preguntó Reel, tomando asiento al lado de Hombre Azul mientras Robie rondaba cerca de la puerta.

Hombre Azul extendió las manos.

—No estarías aquí si no fuese así, tampoco yo. Esta sala no se suele visitar a no ser que te convoquen.

Reel se levantó de repente, igual que hizo Hombre Azul, cuando el presidente Cassion entró en la sala, solo. Uno de sus asesores cerró la puerta tras él después de lanzar una mirada resentida a los otros ocupantes de la sala. Al parecer, el equipo del presidente no estaba muy contento de haber sido excluido de aquella reunión.

—Gracias por venir. No tengo mucho tiempo, así que manos a la obra —dijo Cassion.

Se sentó y los demás le imitaron.

—Vamos al grano. Hemos sabido que el general Pak tenía un hijo y una hija adoptados. Ya son mayores. Han sido enviados a campos de trabajo en Corea del Norte como represalia por lo que Pak hizo.

Se detuvo un momento mientras los demás le miraban fijamente.

Cassion miró primero a Reel y después a Robie.

—Fuisteis enviados a Francia para matar a Pak. Lo sé. No tuvisteis que llevar a cabo la misión porque se suicidó en vuestra presencia.

—Correcto, señor Presidente —dijo Robie.

—¿Y sus últimas palabras fueron que me dijeseis que me fuese al infierno?

Reel asintió con la cabeza, pero no dijo nada.

—Y que salvase a su familia —añadió el presidente.

—Sí —contestó Robie—. Está todo en nuestro informe.

El presidente se recostó en su asiento con aire resignado.

—La cuestión es que estoy terriblemente avergonzado por lo que ha pasado. Sentado en esta misma sala le di mi palabra al general Pak de que, pasara lo que pasase, no le abandonaría. No cumplí mi palabra. Todo lo contrario, autoricé su asesinato.

—Las circunstancias cambian, señor Presidente —señaló Hombre Azul—. Desgraciadamente, en este mundo ya nada es sagrado.

—Bueno, el mundo de una persona debería serlo —repuso acaloradamente—. Se mordió el dedo pulgar y pareció ensimismarse en sus pensamientos. Ninguno de los otros le interrumpió.

Al final dijo:

—Esto podría parecer una especie de repentina inspiración por mi parte, pero no lo es. Es algo que hace un tiempo me ronda por la cabeza. —Se inclinó hacia delante con una expresión cargada de determinación—. Quiero un equipo que libere a la familia de Pak y la traiga aquí, donde le concederemos asilo político.

Se hizo un minuto de silencio durante el que Robie y Reel contemplaban a su comandante general. Cuando Robie le lanzó una mirada a Hombre Azul, vio que estaba atónito.

Robie miró otra vez al presidente.

—¿Qué tipo de equipo?

—No creo que pueda enviar al ejército estadounidense sin causar más mal que bien —repuso Cassion mirándole fijamente—. De modo que un equipo pequeño.

—¿Sabemos en qué campo de trabajo se encuentran? —preguntó Hombre Azul—. Hay unos cuantos.

—Para eso tenemos al mejor servicio secreto del mundo. He pedido, y ya me ha sido entregado, un informe preliminar. Parece probable que hayan sido enviados a Bukchang, también conocido como Campo 18.

—¿Por qué? —preguntó Reel.

—Bukchang depende del ministerio del Interior y no del departamento de Seguridad Nacional. Es menos brutal y los prisioneros tienen más privilegios. Algunos incluso llegan a ser reeducados y a quedar en libertad —repuso Hombre Azul.

—Pero entonces ¿por qué crees que los enviaron allí? Pak era un traidor. Seguro que querrían hacer pagar a su familia. Nada de segundas oportunidades para ellos —dijo Robie.

—El honor y la lealtad están muy enraizados allí, especialmente entre los militares —repuso Hombre Azul—. No hay duda de que Pak tenía amigos de alto rango.

El presidente asintió con la cabeza.

—Ya me he dado cuenta.

—Y no es simplemente por portarse bien con los hijos de un amigo caído en desgracia —añadió Hombre Azul—. Es por ellos mismos.

—¿Qué quieres decir? —preguntó Reel.

—Es probable que algunos generales piensen que fue condenado de forma injusta. Puede que estén preocupados porque piensen que van a ser los siguientes. Por lo tanto, quieren establecer un precedente que permitirá a sus familias, o a ellos mismos, ser enviados a Bukchang si se encuentran en el lado equivocado de una acusación de traición. En Corea del Norte tienes que pensar cinco pasos por delante si quieres sobrevivir, especialmente a ese nivel, porque las alianzas pueden cambiar con rapidez.

Cassion reflexionó sobre esto y asintió.

—Creo que tienes razón. Pero tenemos que verificar que están en ese campo de Bukchang.

Miró a Hombre Azul.

—Eso será difícil, pero pondremos todos nuestros recursos a trabajar en ello, Presidente. —Hizo una pausa—. ¿De verdad quiere sacar a los hijos de Pak del campo?

Cassion suspiró y rehuyó la mirada de Hombre Azul.

—Creo que eso es lo que he dicho —repuso con brusquedad.

Pasó un minuto de silencio.

Por fin Hombre Azul habló.

—Eso nunca se ha hecho antes, señor. Nunca.

—Soy consciente de ello —contestó Cassion mirándole entonces de hito en hito—. ¿Alguna idea?

Sorprendentemente, fue Reel quien contestó.

—Bueno, creo que podríamos dirigirnos al puñado de personas que han logrado escapar de los campos de trabajo norcoreanos y que están en este país. Creo que uno o algunos de ellos han escapado de Bukchang. De ser así, pueden contarnos cómo lo hicieron. No hace falta reinventar la rueda si no es necesario.

Cassion parecía impresionado.

—Una sugerencia excelente. —Miró a Hombre Azul—. ¿Qué tipo de equipo se necesitará?

—Pocos agentes y de los mejores. Aun así, no veo cómo puede llevarse a cabo. Estamos hablando de Corea del Norte —dijo Hombre Azul.

—Pensaba que el hecho de estar aquí significaba que quería nuestra participación, señor Presidente —observó Robie.

Cassion le miró con aire de culpabilidad.

—Me doy cuenta de que soy vuestro comandante en jefe, agente Robie. Pero después de lo que los dos habéis pasado, Siria primero y ahora Pak, soy reacio a volveros a llamar.

—¿Y si nos ofrecemos voluntarios? —preguntó Reel alzando la voz.

Hombre Azul la miró extrañado, Robie mantuvo su mirada en el presidente.

—¿Te estás ofreciendo voluntaria? —inquirió Cassion.

—Sí —contestó Reel. Robie asintió.

—Es muy valiente por vuestra parte —añadió Cassion.

—En realidad —dijo Reel—, es nuestro trabajo.

El presidente miró a Reel y después a Robie.

—Gracias —dijo—. No os imagináis lo que esto significa para mí.

—Creo que sí —repuso Reel.

Cuando Cassion se marchó de la sala para embarcar en el *Air Force One*, Robie miró a Hombre Azul.

—¿Nos podemos reunir con alguien que haya escapado de Bukchang?

—Creo que lo podemos organizar, sí. Pero os dais cuenta de que se trata de una misión suicida, ¿no?

—¿Un par de agentes estadounidenses introduciéndose en un campo de trabajo de Corea del Norte para rescatar a dos prisioneros políticos muy valiosos? —dijo Reel con las cejas enarcadas—. Pan comido.

—Captura es igual a muerte —señaló Hombre Azul.

—O peor —añadió Robie.

—¿Cómo? —preguntó Reel.

—Podrían encerrarnos en el campo de trabajo para el resto de nuestras vidas. —Miró a Hombre Azul—. Y me imagino que se negaría cualquier conexión con una misión oficial de Estados Unidos.

—Creo que podemos asumir sin temor a equivocarnos que así sería —confirmó Hombre Azul.

—Bueno, está bien saber cuál es la posición de cada uno —añadió Reel secamente.

55

Había tardado casi dos semanas, pero Chung-Cha enjuagó a Min en la ducha una vez más y contempló a una niña sin rastro de suciedad, ni siquiera en las orejas. La mugre persistente debajo de las uñas de los dedos de las manos y de los pies también había desaparecido.

Habían asistido a las visitas médicas para Min, le habían curado las heridas y los moratones y estaban cicatrizando deprisa. El estado general de salud de la niña se consideraba bueno y su sistema inmune funcionaba de la forma adecuada. Chung-Cha era consciente de que eso era un verdadero milagro para un prisionero de un campo fuera cual fuese la duración de su estancia, pues las condiciones eran muy míseras. Como sucedía en el campo de batalla, muchos más morían a causa de las enfermedades que de las heridas. Las bacterias superaban fácilmente a las bombas y a las balas en letalidad.

Los dientes de Min estaban en mal estado, pero a diferencia de los de Chung-Cha, casi todos se podían salvar. La niña no había rechistado ni una sola vez en la consulta del dentista. Parecía entender que todo lo que le hacían era por su propio bien.

Chung-Cha había aumentado poco a poco las raciones de comida que daba a la niña y cada día le daba un poco más y alimentos variados para que su estómago los asimilase bien. Los médicos le habían dicho que Min no había dado el estirón todavía y que la comida adicional le ayudaría a acelerar este proceso.

En cuanto a los estudios, de los que por ahora se ocupaba Chung-Cha, Min era una alumna con ganas de aprender aunque se frustraba y las horas de clase pasaban rápidamente. Sabía leer un poco y podía contar algo. Era bien versada, como todos los prisioneros, en la filosofía y en las enseñanzas de los grandes líderes de Corea del Norte. No obstante, necesitaba saber más que eso.

Chung-Cha era consciente de que esto no podía conseguirse en una semana, ni siquiera en un año. Además, no era maestra de formación. Tendría que hacer las gestiones necesarias para que Min fuese a la escuela. Pero estaría muy retrasada con respecto a los otros alumnos de su edad y colocarla allí ahora solo serviría para humillarla. De modo que Chung-Cha trabajaría con ella y después pensaba buscarle un profesor particular. Todo tomaría tiempo y dinero. Pero Chung-Cha había solicitado y le habían concedido una dispensa especial para lograrlo. Le sorprendía no haber pedido antes cosas así. Al parecer, los dirigentes estaban dispuestos a darle mucho más que una cocedora de arroz y algunos wons.

Mientras pasaba tiempo con Min, Chung-Cha esperaba una llamada telefónica o un golpe en la puerta requiriéndola para trabajar. Sabía que en algún momento llegaría.

Y cuando se iba a entrenar, como hacía todos los días, Min se quedaba con la familia que se encargaba del edificio de apartamentos. Al principio, Min quería quedarse con Chung-Cha, ir a donde ella fuese. Esto era imposible, le había explicado a la niña. La primera vez que tuvo que marchar, Min se disgustó mucho y Chung-Cha sabía por qué.

«No cree que vaya a regresar.»

Chung-Cha se había quitado un anillo que llevaba y se lo había entregado a Min.

—Cuídalo mientras yo estoy fuera. Me lo puedes devolver cuando regrese. Es mi posesión más preciada.

—¿Pertenecía a alguien de tu familia? —preguntó Min.

—A mi madre —mintió Chung-Cha.

En realidad el anillo no tenía ningún significado para ella. No era más que un anillo. Pero una mentira era tan buena como la verdad si se conseguía un propósito.

Una noche, Chung-Cha vistió a Min con su ropa más bonita y se fueron andando al metro. Al principio, a Min le daba miedo subirse al vagón, pero Chung-Cha le dijo que era un trayecto divertido que las llevaría a un lugar donde les esperaba una comida fantástica. Min se subió al tren sin dudarlo más. Miró a su alrededor sorprendida por la gente que había en el vagón y por la velocidad a la que circulaba el tren. Cuando se bajaron y subieron al nivel de la calle, quería saber si cogerían «esa cosa del tren» de vuelta a casa.

Chung-Cha le aseguró que lo cogerían, cosa que hizo sonreír a Min.

Pasaron por delante de varios restaurantes. Mientras Min los miraba curiosa, Chung-Cha mantuvo su mirada al frente.

Entonces llevó a Min al restaurante Samtaesung Hamburger. Se sentaron a una mesa. Chung-Cha de espaldas a la pared.

Le sorprendió que Min se diese cuenta de esto.

—No te gusta que la gente pase por detrás de ti, ¿verdad? —le dijo.

—¿A ti?

—No. Pero lo hacen igualmente.

Comieron hamburguesa y patatas fritas. Chung-Cha le dejó que tomase solo unos sorbos de su batido de vainilla porque le preocupaba que fuese demasiado pesado para ella y le sentase mal.

Min abrió mucho los ojos.

—Es la mejor comida que he comido jamás.

—No es comida coreana.

—¿De dónde es, entonces?

—No es coreana.

Terminaron de comer y se marcharon. Chung-Cha y Min pasearon por Pyongyang y ella le mostró a la niña todos los lugares de interés posibles en unas pocas horas. Min hacía innumerables preguntas y Chung-Cha intentaba responderlas todas lo mejor que podía.

—¿El Líder Supremo mide de verdad tres metros de altura?

—No lo conozco, así que no sé.

—Dicen que es la persona más fuerte de la tierra y que en su mente está toda la sabiduría del mundo.

—A mí me dijeron lo mismo de su padre.

Caminaron en silencio durante un rato.

—Me dijiste que no tenías familia en el campo —empezó Chung-Cha.

—No tengo familia.

—Naciste en el campo, Min. Tenías que tener familia.

—Si la tuve, nadie me dijo cuál era.

—¿Te separaron de tu madre?

Min se encogió de hombros.

—Siempre estuve sola en el campo. Así era. —Levantó la vista y miró a Chung-Cha—. ¿Y tu familia? —Y tocó suavemente el anillo que llevaba Chung-Cha en el dedo—. ¿Tu madre te lo dio?

Chung-Cha no respondió. Siguieron andando en silencio.

Después regresaron al apartamento en metro. Chung-Cha instaló a Min en el sofá cama. Min la observó en silencio.

—¿He dicho algo que te ha entristecido, Chung-Cha?

—No has hecho nada malo. Lo malo está todo dentro de mí. Duérmete.

Chung-Cha fue a su habitación, se desvistió y se acostó. Se quedó allí tumbada mirando el techo.

Y en el techo aparecieron imágenes que había expulsado de su mente al parecer para siempre.

Los guardias habían venido a buscarla ese día. El general Pak le había dicho que podía quedar en libertad. Entonces Pak se había marchado. Y la mujer la había apartado a un lado y le había dicho que tenía que ganarse la libertad.

—Tu madre y tu padre son enemigos de nuestro país. La mente de tu hermano y la de tu hermana han sido también contaminadas, Chung-Cha. Lo entiendes, ¿no es así?

Chung-Cha había asentido lentamente con la cabeza. No podía recordar haber querido a sus padres. Le pegaban con regularidad, incluso cuando los guardias no se lo habían ordenado. La acusaban. Su hermano y su hermana competían con ella por la comida, por la ropa. Ellos también la acusaban. También la pegaban. Ella no los quería. Eran malvados. Suponía que siempre habían sido malvados. Estaba ahí por culpa de su familia. Ella no había hecho nada malo. Eran ellos los que habían hecho algo malo.

—Así que tienes que actuar, Chung-Cha. Debes librar a tu país de sus enemigos. Entonces serás libre.

—Pero ¿cómo lo hago? —había preguntado.

—Yo te lo mostraré. Debes hacerlo ahora.

La habían llevado a una habitación que estaba debajo de la prisión. Se encontraba en la misma zona donde había vivido durante un tiempo por algo que su padre había hecho durante su estancia allí. Era muchísimo peor que vivir en la cabaña. No había creído que hubiese algo peor que eso, pero lo había. Durante ese tiempo, no había visto el sol, por lo que le parecieron años. Todo el trabajo lo había hecho bajo tierra: excavar con un pico, transportar rocas, trabajar hasta dejarse la piel.

En el interior de la habitación había cuatro personas. Estaban atadas a postes. Sus cabezas estaban cubiertas con capuchas. Debían de tener mordazas, porque Chung-Cha no oía más que gruñidos y gemidos.

A cada lado de las cuatro personas había dos guardias.

La mujer había sacado un cuchillo de su bolso. Era largo y curvado y con el borde serrado. Se lo entregó a Chung-Cha.

—¿Ves el círculo rojo dibujado sobre el pecho?

Chung-Cha miró y vio un círculo rojo en el pecho de cada una de las cuatro personas.

—Tienes que clavar el cuchillo dentro del círculo rojo.

Después tienes que sacarlo y volverlo a clavar. Lo mismo en cada una de las cuatro personas, ¿lo has entendido?

—¿Es mi familia? —preguntó Chung-Cha.

—¿Quieres salir libre de este lugar? —inquirió la mujer.

Chung-Cha asintió con energía.

—Entonces no hagas preguntas. Obedece las órdenes. Esta es tu orden. Hazlo ya o morirás aquí siendo una anciana.

Chung-Cha agarró el cuchillo y caminó vacilante hacia la figura atada en el extremo izquierdo, la que suponía que debía de ser su padre.

Él intentaba desatarse, quizá porque sabía lo que le esperaba. Ella oyó cómo sus gruñidos aumentaban de volumen. Él se revolvía, pero en realidad no se podía mover por las ataduras y por la solidez del poste de madera.

Chung-Cha levantó el cuchillo lo más que pudo, por encima de su cabeza. Lo llevó hacia atrás. Los gruñidos aumentaron. De no ser por la mordaza, su padre estaría gritando.

Cerró los ojos hasta que apenas veía nada. Entonces se lanzó hacia delante y clavó el cuchillo en el círculo. El cuerpo del hombre se puso rígido y a continuación empezó a dar sacudidas tan violentas que casi le hicieron soltar el cuchillo.

—¡Otra vez! —gritó la mujer.

Chung-Cha extrajo el cuchillo y se lo volvió a clavar. Entonces el hombre dejó de moverse y la sangre le brotó del pecho. Un guardia dio un paso adelante y le quitó la capucha. Era su padre. La cabeza le colgaba, la mordaza hecha una bola en la boca. Tenía los ojos abiertos, sin vida. Parecía que miraban hacia abajo, a ella.

—El siguiente, Chung-Cha. Hazlo o estás perdida —gritó la mujer.

Chung-Cha automáticamente se volvió hacia la siguiente persona y la apuñaló dos veces.

Era su hermana.

—¡Hazlo ya, Chung-Cha! ¡Ya! ¡O estarás perdida para siempre!

Siguiente. Era su hermano.

La mujer gritaba la amenaza una y otra vez.

—¡Hazlo ya, Chung-Cha! ¡Ya! ¡O estarás perdida para siempre!

Los dos últimos golpes. El metal penetró en la carne.

Chung-Cha ya no tenía ni idea de lo que estaba haciendo. Su mano se movía sola, *motu proprio*. Podía haber estado apuñalando a un cerdo muerto.

Cuando sacaron la capucha, su madre la miraba.

Chung-Cha tiró el cuchillo, dio un paso atrás y cayó al suelo, llorando, su cuerpo cubierto con la sangre de su familia. Entonces cogió el cuchillo e intentó apuñalarse, pero los guardias fueron más rápidos. Se lo arrebataron.

La mujer la levantó.

—Has hecho bien. Ahora te puedes ir de aquí y servir a tu país. Para siempre. Has hecho bien, Chung-Cha. Tienes que estar muy orgullosa.

Chung-Cha miró a la mujer. Estaba sonriendo a la niñita que acababa de asesinar a su familia.

Chung-Cha no sabía por qué ahora estaba llorando en su cama.

Pero sí sabía que Min se había metido en la cama con ella, estrechaba su pequeño cuerpo contra el suyo y la abrazaba con fuerza.

Chung-Cha no podía devolverle el abrazo. Ahora no.

En el techo estaba la imagen de su familia.

Muerta por su propia mano.

Todos muertos.

¿El precio de su libertad?

El alma de Chung-Cha.

56

Se llamaba Kim Sook. Se había escapado de Bukchang hacía muchos años. Sook se había mostrado de lo más solícito para explicar a Robie y a Reel su terrible huida del campo de trabajo. Se había escapado con dieciocho años. Ahora tenía casi treinta.

Había estado encarcelado con su familia como clase hostil a causa de los presuntos crímenes que su padre había cometido contra el Estado. Sook y un amigo, un joven un año mayor que él, habían planeado la huida durante meses. Habían recibido información de otros dos prisioneros que habían escapado, pero que habían regresado al campo después de ser capturados en China.

Habían vuelto de trabajar fuera del campo. Se habían dispersado para regresar a sus cabañas. Los guardias estaban perezosos, dijo Sook. No habían contado correctamente ni habían prestado suficiente atención para ver hacia dónde se habían ido los trabajadores. Su amigo y él se habían alejado deprisa en dirección a sus respectivas cabañas. Pero era una hora del día muy ajetreada con mucha gente andando y muy pocos guardias para vigilarla.

Sook y su amigo se habían dirigido al lugar donde habían escondido unos sacos de lana viejos que habían ido reuniendo con el tiempo. Esperaron hasta que oscureciese. Sería una locura intentar escapar a la luz del día, dijo Sook. Entonces se envolvieron en los sacos de lana, intentando cubrirse especialmente la cabeza y las manos.

A rastras, se dirigieron hacia una parte de la valla sin vigilancia. Habían visto a las patrullas de guardias en el exterior de las entradas y esperaron a que pasase una unidad. Entonces, tendrían media hora para escapar.

Utilizaron una tabla larga que habían escondido cerca de la valla para separar el alambre electrificado. Sook dijo que podía sentir cómo la corriente pasaba de la tabla a él, pero que llevaba la mano cubierta y parecía que eso funcionaba. Su amigo se coló por la abertura de la valla. Entonces Sook pasó la tabla entre los alambres y su amigo hizo una abertura y él se coló por ella. Uno de los alambres le rozó el hombro y sintió una descarga y el olor a piel quemada.

Se había abierto la camisa para enseñarles la cicatriz a Robie y a Reel.

—Tuve suerte —prosiguió—. Un hombre que había intentado escapar de esa manera dos años antes se quedó enganchado en la alambrada y murió electrocutado.

Después los dos hombres se habían echado a correr. Corrieron durante kilómetros, siguiendo la carretera primero, luego un sendero y después simplemente entre los árboles del bosque circundante.

Ese había sido el comienzo de su largo viaje, un viaje durante el que se habían visto obligados a robar ropa y comida, a sobornar a los guardias fronterizos con cigarrillos, a hacerse pasar por trabajadores en busca de trabajo remunerado y durante el que habían estado a punto de ser capturados varias veces. Afortunadamente para ellos, había millones de norcoreanos que buscaban trabajo y pudieron mezclarse entre la multitud.

—Pese a todo fue muy difícil —continuó Sook—. Casi nos morimos de hambre. Estuvimos a punto de que nos disparasen. Al final logramos llegar a China. Fui trabajando en distintos lugares en dirección oeste hasta la India. Ahorré dinero durante dos años y después, con ayuda, volé a Francia. De allí vine a Estados Unidos. Estoy aquí desde entonces.

—¿Y tu amigo? —inquirió Reel.

—No lo sé. Una vez que llegamos a China nos separamos. Pensamos que seguir juntos levantaría sospechas. Espero que haya conseguido llegar a Occidente, pero no lo sé.

Miró a Robie y a Reel.

—Entonces, os proponéis rescatar a esas personas de Bukchang?

—Sí.

—No lo conseguiréis.

—¿Por qué? —preguntó Robie.

—Puede ser más fácil de lo que muchos creen escapar del campo en sí. Hay muchísimos más prisioneros que guardias. Es como si un puñado de hombres intentase acorralar a una pequeña ciudad. Hay muchos agujeros, muchos lugares por donde escapar. Controlan a la población mediante el miedo y las acusaciones de los demás prisioneros. En ese aspecto tienen muchos más ojos que vigilan si hay problemas.

—Bueno —asintió Reel—. ¿Qué quieres decir con eso?

—El verdadero reto empieza después de escapar del campo. Hay que pasar desapercibido. Hay que pagar sobornos. Hay que mostrarse ante aquellos que no son leales. Puede que miren hacia otro lado si eres norcoreano. Al fin y al cabo simplemente estás intentando apañártelas. No puedes hacer daño de verdad. Te dejarán pasar por unos pocos paquetes de cigarrillos. Se hace. Puede que te capturen de nuevo o puede que no. Pero los guardias fronterizos no sufrirán por ello.

—¿Pero y si no se tiene el mismo aspecto? —preguntó Robie.

—Es evidente que sois norteamericanos. Cuando abráis la boca verán que sois norteamericanos. Sois el diablo. Nunca os dejarán pasar. Lo siento.

—No tenemos que entrar por la frontera, Sook —dijo Reel—. Tenemos otros recursos, recursos que tú no tuviste.

—Aun así, incluso con todos vuestros recursos, no os dejarán pasar. Os capturarán.

Robie miró a Reel, quien se dirigió de nuevo a Sook.

—¿Se te ocurre alguna forma de lograrlo?

Sook se reclinó en el asiento y pensó en la pregunta.

—Tal vez si fueseis con un norcoreano...

—Estoy bastante segura de que no tenemos ninguno en la agencia.

—Yo lo haré —dijo Sook.

Robie y Reel intercambiaron miradas de sorpresa.

—¿Te vas a arriesgar a regresar a un campo de trabajo en Corea del Norte para ayudar a una gente que ni siquiera conoces? —preguntó Reel.

—Puede que no los conozca, pero sé lo que les pasará allí. Y eso es suficiente para mí. Dejadme ayudaros.

—Eso no es cuestión nuestra, Sook, aunque te agradecemos el ofrecimiento —dijo Robie—. Tenemos que plantearlo a nuestros superiores.

—Pues hacedlo —repuso—. Porque sin alguien como yo no tenéis ninguna posibilidad.

Hombre Azul estaba a favor. Evan Tucker y Josh Potter estaban en contra.

El presidente Cassion lo aprobó. Su aprobación invalidaba los dos votos en contra. El presidente estaba por encima de todos excepto de la voluntad colectiva de los votantes en las elecciones de cada cuatro años.

Los analistas geoespaciales habían dirigido sus satélites a Bukchang y las informaciones que habían pasado, junto con los resultados de otros agentes del Servicio Secreto, habían confirmado que los hijos adoptivos del general Pak se encontraban allí. Incluso sabían en qué cabaña vivían. Y que cuatro guardias rodeaban la cabaña.

También había otra fuente de información. El general Pak tenía amigos poderosos en Corea del Norte. Uno de ellos había conseguido que enviasen un mensaje codificado al hijo y a la hija del general que estaban en el campo.

Tardaron una semana más en preparar la misión. Cada detalle se analizaba cientos de veces. Y también cada eventualidad en caso de que algo saliese mal, algo que sabían que no se podía descartar.

Corea del Norte era probablemente el desafío más duro al que Robie y Reel tenían que enfrentarse. Era difícil entrar en el país y todavía más difícil salir de él. Tenía millones de soldados y una ciudadanía paranoica experta en espiarse entre sí. El terreno era complicado, las barreras lingüísticas y culturales inmensas y el país estaba situado en una parte del mundo donde, excepto Corea del Sur, Estados Unidos tenía pocos aliados.

Pasaron una semana en el Quemador realizando un intenso trabajo de campo para prepararse. Las montañas escarpadas de Carolina del Norte suplían a las que se encontrarían en Bukchang. En el complejo se construyó una maqueta de la prisión y de la cabaña. Durante los primeros ejercicios, Robie, Reel y Sook recibieron «disparos mortales». Desde entonces habían avanzado a pasos agigantados. Pero ninguno de ellos sabía si sería suficiente cuando lo probasen de verdad.

La ruta para entrar y salir del objetivo sería poco usual. Como Sook les había explicado, los prisioneros que escapaban de Bukchang se dirigían siempre hacia el norte, hacia China, cuya larga frontera con Corea del Norte no se encontraba muy lejos. Ellos no se dirigirían hacia el norte. Demasiadas cosas podían salir mal, especialmente con dos occidentales a la zaga.

Todos contaban con que su capacidad para improvisar hiciera imposible que los norcoreanos los siguiesen.

La noche antes de partir, Robie y Reel estuvieron sentados hasta tarde repasando el plan una vez más.

—¿Crees que Sook resistirá? —preguntó Robie.

—Ya lo ha hecho antes, Robie.

—Hace muchos años. Y puede que en parte fuese suerte.

—Puede que lo fuese. Pero nosotros seguramente también necesitaremos algo de suerte.

—Estoy de acuerdo contigo. Vamos a tener que mantener la cabeza baja, literalmente.

—Pero nosotros somos los ángeles de la guarda. Si tenemos que luchar para salir, tendremos que hacerlo —dijo ella.

—Lo sé.

—Me pregunto si el presidente se ha planteado las implicaciones de todo esto a largo plazo.

—¿Te refieres a que arrebatemos la familia del traidor de las garras de los norcoreanos? —preguntó Robie.

—Sí. Es muy posible que vayan a por nosotros antes, pero de lo que no hay duda es que irán a por nosotros después si logramos llevar esta misión a buen puerto.

—Parecía muy afectado por todo esto, de modo que quizá no lo haya pensado todo bien. Pero eso no es asunto nuestro, Jessica. Nosotros solo somos los operarios sobre el terreno.

—Sí, bueno, pero quizá los «cerebros» a veces deberían seguir el consejo de los «operarios».

—No creo que eso vaya a suceder. Demasiados egos implicados.

—Ahora en serio, Robie, los norcoreanos tienen misiles nucleares. Y están lo bastante locos como para utilizarlos. Si nuestra misión tiene éxito se sentirán humillados. No van a poner la otra mejilla. En este caso, nuestro éxito puede desencadenar el apocalipsis.

—Lo que significa que muchas personas inocentes morirán porque sus dirigentes se han sentido ofendidos.

—Que es lo que ha pasado en casi todas las guerras que se han librado —replicó ella.

—Pero esto no será una guerra; será una aniquilación.

—¿Quieres rechazar la misión?

Robie negó con la cabeza.

—No. Voy a realizar la misión. Solo quiero que los dos entendamos las posibles consecuencias.

—Las entiendo perfectamente. Y al menos el presidente, con toda su lógica incorrecta, está intentando hacer las cosas bien después de lo que ha pasado con Pak. Hay que reconocérselo.

—Pues manos a la obra —dijo Robie.

57

Fueron en avión a China y viajaron hasta la costa en avioneta y desde ahí tomaron un barco para cruzar la bahía de Corea por la noche. Llegaron al extremo de una pequeña ensenada que cortaba hasta bien adentro la costa norcoreana. La localidad más cercana era Anju. Bukchang se encontraba a unos cincuenta kilómetros al este de su ubicación.

Solo eran tres: Robie, Reel y Kim Sook. Todos iban vestidos de negro y llevaban también el rostro ennegrecido. Robie y Reel iban armados hasta los dientes y llevaban un equipo de comunicación de última generación. Esperaban poderlo utilizar en algún momento para encontrarse con su equipo de apoyo.

Robie miró a Kim Sook mientras amarraba la lancha hinchable con el casco rígido de alto rendimiento. La lancha alcanzaba velocidades de 50 nudos con un motor relativamente silencioso.

—¿Preparados? —preguntó Robie.

—Un poco tarde para eso —dijo Sook.

—Solo lo compruebo.

Portaban mapas e indicaciones descargadas en dispositivos electrónicos que llevaban en la muñeca como si fueran relojes. Un satélite estadounidense situado en el espacio les transmitía detalles sobre lo que tenían por delante. Por el oído recibían un flujo constante de información de inteligencia.

Ahí era imprescindible ser sigiloso pero también ser veloz. Tenían una larga distancia por recorrer y debían llegar y regresar mientras fuera todavía de noche. Era imposible hacerlo a pie. Así que necesitaban algo más: tres escúteres pequeñas accionadas con batería que eran muy silenciosas. También disponían de pedales que cargaban la batería. Gracias a las gafas de visión nocturna, veían en la oscuridad. Robie iba delante, Sook en medio y Reel detrás.

Siguieron la carretera hasta donde se atrevieron y cuando se aproximaron al campo se salieron de la misma. Bukchang estaba en medio de ninguna parte, o sea que no tenían que cruzar una ciudad ni ningún tipo de zona poblada antes de llegar. Los campos de concentración no se construían en medio de zonas habitadas por millones de personas.

El viaje de ida transcurrió sin incidentes. El satélite les proporcionó una trayectoria clara hasta el campamento. La información de inteligencia les puso al corriente de las últimas novedades.

Du-Ho y Eun Sun, los hijos adoptivos de Pak, estaban recluidos en una cabaña situada cerca de la parte posterior del campo. A diferencia de otros prisioneros, que estaban amontonados de cincuenta en cincuenta, los Pak estaban solos con unos guardias especiales. El hecho de tener solo a dos prisioneros no facilitaba el intento de rescate sino que lo dificultaba. Las otras cabañas no tenían guardias dedicados. Al parecer, los norcoreanos preveían que era difícil tener encerrados a los hijos de Pak.

Estaba confirmado que se había enviado un mensaje codificado a Du-Ho y Eun Sun. No les habían dicho qué noche ocurriría para evitar que la información cayera en las manos equivocadas, lo cual habría sido un desastre. Pero los dos sabían que se produciría un intento de rescate y que tendrían que estar preparados.

Cuando Robie, Reel y Sook se acercaron al campo, se apearon de los escúteres y los ocultaron en una arboleda. Sook se cambió de ropa, se limpió la cara y se colgó una vieja talega al hombro. Así parecía un típico campesino norcoreano. Salió a la carretera mientras Robie y Reel hacían el mismo recorrido en paralelo por entre los árboles.

La patrulla del perímetro exterior de Bukchang estaba muy por delante.

Mientras Sook caminaba, tres guardias se le acercaron. Le dijeron que parara y se identificara. Obedeció y les dijo que viajaba en dirección este, a Hamhung, para ver a su familia y hacer un trabajo que le habían prometido. Les entregó sus documentos, preparados con mano experta.

Mientras dos de ellos le registraban la talega, el guardia principal examinó la documentación. Al final se la devolvió.

—Estás cerca del campo de Bukchang. —Señaló al norte—. Tienes que ir por allí. Hay una carretera que bordea el campo y luego puedes dirigirte al este. —De repente miró a Sook con suspicacia—. ¿Qué tipo de trabajo vas a hacer en Hamhung?

—Campesino.

—Enséñame las manos.

Sook las enseñó. Las tenía ásperas y llenas de callos. Se había pasado una semana trabajando para tenerlas así.

El guardia asintió.

—Vete a trabajar con tu buey y a oler la mierda de tu caballo —dijo. Los demás guardias se rieron.

Se les acabaron las risas en cuanto tres balas de armas con silenciador les entraron en el cuerpo. Los guardias se desplomaron en el sitio.

Robie y Reel emergieron del bosque y arrastraron los cadáveres a la arboleda. Robie cogió los *walkie-talkies* de uno de los guardias y se lo tendió a Sook para que escuchara las conversaciones locales.

Siguieron avanzando y enseguida llegaron a la verja exterior trasera del campo. Les habían dado los horarios de las patrullas de los guardias y esperaron que pasaran cuatro de ellos antes de acercarse más a la verja. Sabían que estaba electrificada y habían venido preparados para ello. Reel cortó con un láser suficientes hilos como para crear aberturas de un tamaño que les permitiera pasar al otro lado.

Sook fue el primero, seguido de Reel y luego Robie. La cabaña a la que se dirigían estaba al final del campo. Mientras avanzaban sigilosamente vieron un destello de luz pero enseguida se dieron cuenta de que era un guardia encendiendo un cigarrillo. Reel y Robie circundaron la cabaña mientras contaban la cantidad de guardias que la rodeaban.

Cuatro. El número coincidía con la información que les habían dado desde inteligencia.

Acto seguido se separaron. Reel fue a la izquierda y Robie y Sook hacia la derecha.

Reel habló por el pinganillo con Robie. Él la escuchó y dijo:

—Afirmativo. A la de tres cuando la segunda manecilla llegue a doce.

Sacó dos pistolas aturdidoras de sendas fundas y apuntó con cada una a un guardia distinto. Ahora que estaban en el interior del campo, no deseaban emitir sonidos innecesarios. Siguiendo las recomendaciones surgidas de los informes del satélite y de la inteligencia sobre el terreno, ambos llevaban dos pistolas aturdidoras, para un total de cuatro disparos, que equivalían al número de guardias previstos. Por suerte, esa cifra no había cambiado.

Al otro lado de la cabaña Reel estaba haciendo lo mismo. Resultaba más difícil de lo que parecía, disparar dos pistolas a la vez a dos objetivos distintos, pero no les quedaba más remedio. Si no aturdían a los cuatro guardias a la vez, los demás reaccionarían y les dispararían. Todo el campo estaría en alerta.

Ambos consultaron los relojes hasta que la segunda manecilla llegó a las doce. Entonces apuntaron al doble objetivo, contaron hasta tres mentalmente y dispararon.

Cayeron cuatro hombres.

Sook entró corriendo en la cabaña.

Robie y Reel estaban justo detrás de él.

Du-Ho y Eun Sun no estaban dormidos y vestían la ropa

de trabajo. Sook les explicó quiénes eran sus rescatadores y lo que iban a hacer. No hicieron preguntas y se limitaron a asentir y seguirlos al exterior.

Pasaron por la abertura de la verja y huían por un sendero en dirección al bosque cuando lo oyeron.

Saltó una sirena.

Cuando miraron hacia atrás, vieron el resplandor de las luces del campo, oyeron los pasos que se acercaban y motores que se ponían en marcha.

Robie señaló un terraplén.

—Por aquí. Ahora.

Subieron corriendo al terraplén. Por suerte, Du-Ho y Eun Sun eran jóvenes y estaban en forma. No les costó seguirles el ritmo, vigorizados sin duda por la constatación de que, si los pillaban, los ejecutarían.

Mientras Robie y Reel corrían, ella preguntó:

—¿Crees que nos han tendido una trampa?

—Acabo de oírlo por el *walkie-talkie*. Han encontrado a los guardias a los que disparasteis en el perímetro.

—Fantástico —dijo Robie—. Aceleremos.

—Por aquí —dijo Sook, señalando a la izquierda—. Es un atajo que nos lleva a donde dejamos los escúteres.

Los cinco corrieron por la carretera oscura. Robie tenía cogido de la mano a Du-Ho y le guiaba gracias a las gafas de visión nocturna mientras que Reel hacía lo mismo con Eun Sun.

Llegaron a los escúteres y Eun Sun se subió al mismo que Reel mientras que Du-Ho se montaba en el de Robie. Bajaron zumbando por un sendero que conducía a la carretera. Reel miró detrás de ella y vio faros en la carretera. Habló por el pinganillo para decirle a Robie que se acercaban los camiones.

Robie paró su escúter e hizo que Du-Ho subiera al de Sook.

—Buena suerte —le dijo Reel.

—Si no llego dos minutos después de que lleguéis a las lanchas, marchaos. No me esperéis.

Se marcharon y Robie volvió sobre sus pasos, cargado

con un arma al hombro. Se arrodilló en una loma con vistas a la carretera, apuntó y disparó.

La granada propulsada alcanzó al vehículo que iba en cabeza justo en el radiador. Explotó y envió los escombros a varios metros de distancia. También tuvo otra función: bloqueó la carretera.

Pero el estallido de la granada había revelado su posición y a Robie empezaron a lloverle balas desde los demás vehículos. Cargó otra granada, apuntó y la lanzó hacia el segundo vehículo incluso mientras una bala golpeaba contra su pecho y le hacía caer de culo.

El segundo vehículo explotó y Robie oyó los gritos de hombres que probablemente quedaban desmembrados o quemados vivos.

Se miró el pecho y vio que la bala casi le había atravesado el chaleco antibalas. Notaba el impacto en el esternón. Tenía la impresión de que le había golpeado un coche.

Se levantó y cogió el rifle.

Había dos vehículos más pero no podían salvar la obstrucción que formaban el par de vehículos destrozados. La tropa se alejaba corriendo de las llamas y le disparaba.

Robie preparó el rifle automático, lo colocó en el bípode, se situó boca abajo, exhaló un largo suspiro, apoyó el mentón en la culata del arma, miró por la mira nocturna, apuntó y disparó. Sin parar. Conseguía un objetivo y apretaba el gatillo. Conseguía otro objetivo y apretaba el gatillo.

Podía haberse encontrado perfectamente en un campo de tiro destrozando con toda tranquilidad dianas de papel. La única diferencia era que había hombres que le devolvían los disparos. Las balas silbaban a su alrededor. Pero él estaba en un terreno elevado y seguía disparando. Abatía a un hombre con cada disparo.

Mientras se le iba acabando la munición, el primer fuego de mortero explotó a apenas quince metros de él e hizo temblar la tierra con tal violencia que se le cayó el rifle y fue a dar con la cara en la tierra.

Era consciente de que la próxima explosión sería más cerca. No podía permanecer allí mucho más tiempo. Lo único que podía hacer frente a una potencia de fuego y un número de hombres superior era batirse en retirada.

Regresó corriendo a su escúter y se montó en él. Con solo una persona en la motocicleta, la velocidad era mucho mayor.

Fue a toda velocidad por el sendero, viró a la izquierda, bajó por el terraplén y llegó a la carretera. Puso el escúter a su límite de velocidad mientras las balas silbaban a su alrededor. Condujo durante unos cinco minutos, ampliando al máximo la distancia entre él y sus perseguidores.

Se dio cuenta de que todavía no estaba fuera del alcance del mortero cuando un disparo cayó por delante de él y encendió el cielo nocturno como un millón de velas. Tuvo que girar bruscamente el escúter a la derecha y subir por un terraplén para evitar que le alcanzaran los escombros.

Se bajó del escúter de un salto cuando otro fuego de mortero explotó a menos de seis metros de él. El impacto volvió a hacer temblar la tierra y la contundencia de la explosión le hizo dar unas dolorosas vueltas por el terreno escarpado.

Cuando se levantó, lleno de tierra, notó un dolor punzante en la pierna. Se palpó el muslo y se le quedó la mano húmeda y roja.

Al volver corriendo y ver el escúter se le cayó el alma a los pies. La rueda delantera estaba destrozada. Alzó la vista y miró delante de él. Le quedaban kilómetros por recorrer. A pie tardaría una eternidad. La lancha ya haría rato que se habría marchado.

Miró detrás de él y seguían yendo a por él.

«Bueno —pensó Robie—, ya está.» Pero no pensaba darse por vencido sin oponer resistencia.

Sacó las pistolas de las fundas y se aseguró de que estaban totalmente cargadas. Empezó a correr pero la pierna herida se lo dificultaba. De todos modos, aquella misión era difícil de por sí, así que intentó ahuyentar el dolor de su mente y resistió.

Había recorrido unos tres kilómetros a duras penas cuando oyó un sonido que le resultaba familiar.

Los norcoreanos habían pedido refuerzos aéreos.

Vaya, qué listos. Para él ahí terminaba también la carretera.

Alzó la vista al cielo y vio la silueta oscurecida del helicóptero. No llevaba las luces de navegación encendidas y se preguntó por qué. Esperaba encontrarse con un reflector que sondeara el terreno para localizarlo.

En cambio, oyó una voz por el pinganillo.

—Agente Robie, al habla el general de corbeta Jordan Nelson de la Armada de Estados Unidos desde el helicóptero. Creemos que necesita ayuda.

—¡Recibido!

—Te hemos rastreado a través de la señal de localización electrónica que llevas, pero ¿podrías darnos las coordenadas exactas?

Robie observó el dispositivo iluminado que llevaba en la muñeca y reveló a Nelson su ubicación exacta.

El helicóptero voló en círculos inmediatamente y se acercó al suelo en un claro entre los árboles.

Volvió a recibir la voz de Nelson.

—Me temo que vas a tener que sujetarte al patín. Aquí no podemos aterrizar bien.

—Allá voy.

Robie cubrió con rapidez la distancia que le separaba del helicóptero, que estaba suspendido a apenas dos metros del terreno.

Volvió a oír la voz de Nelson dándole una advertencia.

—Tenemos camiones a tu espalda y cuatro a diez metros. Tenemos que marcharnos. Ya mismo.

Los norcoreanos habían ganado mucho terreno. Tal vez hubieran apartado los vehículos y conseguido pasar. Ahora el helicóptero era como un faro para ellos. Nada de eso pintaba bien.

A pesar de la herida, Robie corrió como alma que lleva el diablo. Era su última posibilidad.

A un metro del helicóptero, mientras el fuego enemigo cortaba el aire, saltó y sujetó con fuerza el patín izquierdo del helicóptero. Inmediatamente rodeó el patín con las piernas y se aguantó con todas sus fuerzas.

—¡Vamos, vamos! —gritó por el pinganillo.

El helicóptero alzó el vuelo a tal velocidad que Robie tuvo la impresión de que el estómago se le había quedado en el suelo.

Mientras los disparos de rifle seguían rodeándoles, el helicóptero se alejó de los árboles, se inclinó con fuerza hacia la izquierda, cruzó el cielo y se enderezó. Entonces el piloto apretó la palanca de gases.

Mientras volaban hacia el oeste por el cielo ennegrecido, la puerta lateral del helicóptero se abrió y un hombre con casco se asomó para mirarlo.

—¿Quieres viajar en primera clase?

—Si hay sitio... —respondió Robie—. La clase turista da asco.

Se desplegó el manubrio y un cable ponderado bajó hasta el patín. El piloto redujo la velocidad para que disminuyera la fuerza del viento que soportaba el cable.

Robie sujetó el cable, que tenía un arnés incorporado y se lo ciñó alrededor de la cintura con fuerza. Levantó el pulgar en dirección al hombre del casco y el helicóptero redujo la velocidad y permaneció inmóvil en el aire.

Robie soltó el patín y se balanceó en el aire. Accionaron el motor del cable y fue alzándolo poco a poco. Cuando llegó a la puerta, dos hombres que había allí y que estaban sujetos con cables para no morir arrastrados, maniobraron el manubrio más cerca del helicóptero y le ayudaron a entrar. Se quitaron el arnés y colocaron el manubrio en su posición original. La puerta del helicóptero se cerró y Robie consiguió coger sitio justo antes de que el piloto surcara el cielo a toda velocidad.

—¿Estás herido? —preguntó uno de los hombres.

—Nada que vaya a matarme. Pero necesito que envíes un mensaje a la agente Reel. No quiero que ella...

—Ya está hecho, señor. Ella fue quien nos llamó para que fuéramos a rescatarte. Han llegado a la lancha y van de camino a alta mar. Somos del mismo portaaviones que los recogerá en la bahía de Corea. El *USS George Washington*. Ahí nos encontraremos.

—Es precisamente lo que quería oír —dijo Robie, aliviado.

—Oh, y la agente Reel me pidió que te diera un recado.

—¿De qué se trata?

Se quitó el casco y resultó que era un joven rubio de unos veinte años. Sonreía.

—Según palabras textuales, le debes una cena de puta madre regada con un vino muy caro.

Robie sonrió también.

—Desde luego que sí.

58

El *USS George Washington* era una ciudad flotante que cargaba a miles de personas, casi ochenta aeronaves y una carga de misiles apabullante. El puente se elevaba más de setenta metros de la superficie del agua. Transportaba casi cien mil toneladas y tenía una longitud mayor a la de tres campos de fútbol. Cuando los patines del helicóptero aterrizaron en la cubierta del portaaviones, Robie exhaló un último suspiro de alivio. Bajó del helicóptero por sus propios medios pero sin dejar de sujetarse la pierna herida. El joven aviador del helicóptero le pasó un brazo por la axila para sujetarlo.

—Te llevaremos a la zona de enfermería para que te vean enseguida.

—¿Es posible conseguir una taza de café en este barco? —preguntó Robie con una sonrisa cansada.

—Joder, señor, este barco no es sino una enorme cafetera.

El médico del barco ya casi había terminado de vendarle las heridas a Robie cuando apareció Reel.

Robie alzó la vista hacia ella.

—¿O sea que no pensabas que saldría de ahí sin ayuda?

Ella se sentó en el extremo de la cama.

—No, me ha parecido que los chicos del helicóptero necesitaban hacer un poco de práctica cogiendo a gente que está en tierra en territorio norcoreano y sabía que tú te ofrecerías voluntario enseguida.

El doctor sonrió antes de hablar.

—Estoy convencido de que no estoy autorizado para escuchar esta conversación.

—Entonces mejor que te marches —instó Reel—. Tengo que hablar con este tío.

El doctor puso un último trozo de esparadrapo en la gasa del muslo de Robie.

—Hecho. Ya podéis hablar.

Se marchó.

Reel le tendió un termo que se sacó del bolsillo del mono.

—He pensado que igual te venía bien tomarte otro café. —Rellenó la taza de él y ella bebió directamente del termo.

—¿Qué tal están los demás? —preguntó Robie.

—Sook está bien. Ha estado a la altura. Du-Ho y Eun Sun siguen un poco traumatizados, creo. Pero muy contentos de no estar donde estaban. —Reel dirigió la vista a la pierna vendada de Robie—. Entiendo que la cosa se puso muy fea allí.

—Un poco. Bueno, más que un poco. Los norcoreanos se reagruparon mucho más rápido de lo que previmos. Pero ¿lo del helicóptero? —Alzó la taza de café—. Digamos que este final fue mucho mejor de lo que podría haber pasado.

—Me alegro de verte, Robie. De verdad que sí. —Tenía la voz entrecortada.

Robie se recostó en la almohada y la observó.

—O sea que Du-Ho y Eun Sun serán reubicados y pasarán... ¿dónde? ¿A una especie de programa de protección de testigos?

Reel asintió.

—Algo así. Creo que van a contratar a Sook para que les ayude durante la transición.

—Pyongyang sabrá exactamente qué ha pasado.

—Sí, seguro. Si ahora mismo no estuviéramos en el buque de guerra más potente de la tierra, esperaría fuego enemigo.

—O sea que hemos ganado la batalla táctica.

—Pero la estratégica sigue pendiente.

—Seguro que toman represalias. Lo de Pak ya fue lo bastante malo.

Reel dio un sorbo al termo y asintió.

—Les hemos ganado en su propio terreno de juego. Considerarán que tienen que hacernos lo mismo.

—Pero ¿dónde?

—¿Y qué? ¿O quién? —añadió Reel. Desvió la mirada y se le notó la expresión cansada, agotada.

—¿El plan sigue siendo transportarnos en un puente aéreo a Seúl y de ahí en un jet privado a casa?

Reel asintió.

—Es lo último que he oído.

—¿Y luego qué?

Reel lo miró.

—Entonces nos retiramos hasta que nos vuelvan a convocar.

—¿En serio?

—¿Qué otra cosa, si no?

—Tú dirás.

—¿Estás pensando en dejarlo?

Robie esbozó una sonrisa.

—Conozco a cierto DCI que estaría encantado de que lo hiciéramos.

—¿Y eso no es entonces motivo suficiente para no dejarlo?

La sonrisa de Robie se esfumó.

—¿Eso es lo que quieres?

—No sé qué quiero, Robie. Solo sé lo que se supone que debo querer.

Alzó la mano y se apartó un mechón de pelo de la cara.

—Bueno, quizá desees dedicar un poco de tiempo a decidir qué quieres, Jessica. Y deja el «se supone» en la papelera. Porque ninguno de nosotros se está haciendo joven.

—¿Insinúas que hace quince años no habrías necesitado que el helicóptero te rescatara de los malos?

—¿Quieres la verdad o el «se supone»?

—Lo cierto, Robie, es que tenemos una preparación excepcional y somos capaces de hacer cosas extraordinarias pero seguimos siendo de carne y hueso. —Se dio un golpecito en el pecho—. Y aquí somos tan vulnerables como los demás. Yo lo he descubierto, ¿verdad que sí?

—Una parte vive y otra parte muere.

—¿Lo bueno con lo malo? —preguntó ella—. Es difícil imaginar que seguimos viviendo en un mundo en el que hay gente que vive en campos de concentración. Donde los tratan como animales.

—No hace falta ir a Corea del Norte para ello, Jessica. Pasa en todo el mundo. En algunos lugares no es tan obvio. Lo cual para mí hace que sean peores.

—Lo sé.

Robie estiró el brazo y le cogió la mano, se la apretó y notó su fuerza cuando ella le devolvió el apretón.

—No quería dejarte ahí —dijo ella.

—Pero hiciste lo que tocaba. No dejas sin cubrir a las personas que estamos protegiendo.

—Pero va a quedárseme grabado, Robie.

—Tienes que dejarlo estar. Yo tomé la decisión de quedarme. Hiciste exactamente lo que debías. Y encima tuviste la previsión de salvarme el pellejo. Te debo la vida, Jess. De no ser por ti, estaría muerto. Sin remedio.

Ella le acarició la mejilla con la mano y luego se inclinó y le besó ahí. Jessica se acomodó contra él mientras él la rodeaba con el brazo.

Robie no sabía si ella estaba llorando. Era prácticamente imposible de saber con Jessica Reel. Lo que estaba en su interior nunca parecía acabar de aflorar a la superficie.

Así pues, la abrazó mientras el enorme portaaviones se dirigía al sur donde la parte libre de Corea les daría la bienvenida brevemente antes de que emprendieran el viaje de regreso a su país.

59

Chung-Cha se quedó mirando mientras Min escribía los símbolos en la pequeña libreta pautada que le había comprado. Estaban sentadas a la mesa junto a la ventana del apartamento de Chung-Cha. Sin rechistar, Min entintaba las marcas lo mejor posible. Las facciones de Chung-Cha no transmitían lo que sentía.

A sus diez años, realmente Min no sabía leer ni escribir. Su vocabulario era escaso y su amplitud de pensamiento se limitaba a los confines brutales de un campo de concentración. Había visto más horrores que un soldado en un campo de batalla infernal. Y para ella, la guerra había durado una década.

Min alzó la vista después de pelearse con el alfabeto. Buscó la aprobación o desaprobación en el rostro de Chung-Cha.

Chung-Cha sonrió y dijo:

—Seguiremos trabajando en esto todos los días. Un poco cada vez.

—No soy muy lista —repuso Min.

—¿Por qué dices eso?

—Porque es lo que me decían ahí.

No llamaba al lugar Yodok, ni Campo 15, ni empleaba ninguno de los muchos nombres que tenía. Lo llamaba «ahí».

—Ahí mienten, Min. Es todo lo que hacen. Para ellos no eres nada. ¿Por qué preocuparse por la verdad para nada?

—¿Sabías leer o escribir las letras cuando fuiste libre?

—No. Y también me llamaban tonta. Ahora tengo este apartamento. Tengo coche. Y tengo trabajo. Y te tengo... a ti.

Min arrugó la frente mientras pensaba en esas palabras.

—¿A qué te dedicas?

—Trabajo para el Líder Supremo.

—Pero dijiste que nunca le has conocido en persona.

—La mayoría de quienes le sirven no le ha conocido. Es un hombre muy importante. El más importante. Pero le servimos como corresponde y él cuida de nosotros como el padre que es.

Min asintió lentamente.

—Pero ahí no cuida de la gente.

—Él los considera enemigos.

—Yo no le he hecho nada —señaló Min.

—No, es cierto. Se debe a una filosofía.

—¿Qué es esa palabra?

—Se refiere a una idea.

—¿Por culpa de una idea estoy ahí?

Chung-Cha asintió y acto seguido le pareció que se estaba aventurando en terrenos demasiado resbaladizos para ella. Consultó su reloj.

—Es hora de comer.

Aquel comentario siempre hacía que Min olvidara cualquier cosa en la que estuviera pensando.

—Te ayudaré. ¿Podemos volver a tomar arroz blanco?

Chung-Cha asintió y Min fue a la pequeña cocina para empezar a cocinar.

Mientras las dos trajinaban en el diminuto espacio, Chung-Cha miró por la ventana y vio al mismo hombre ahí fuera. Siempre estaba ahí fuera, o alguien que era como él. Le parecía que trabajaba para el de la túnica negra. Ese hombre tenía un nombre, pero a Chung-Cha le daba igual porque había decidido no añadirlo a su memoria. El hombre de la túnica negra era un ser suspicaz, paranoico, lo cual era uno de los motivos principales por el que había llegado tan alto en el gobierno. En ciertos sentidos, era más influyente que los generales con gorra y medallas de rostro enjuto y ajado en los que el potencial de violencia se filtraba justo debajo de la superficie.

Chung-Cha sabía que era su salvadora y su enemiga a partes iguales. Siempre se mostraría cautelosa con él. La autorización para que Min saliera de Yodok había llegado gracias a sus buenos oficios. Pero podían quitarle a Min en cualquier momento y por cualquier motivo. Era claramente consciente de ello.

Por el momento, Min estaba con ella. Eso era lo que importaba. En realidad, eso era todo lo que importaba.

Lanzó una mirada a Min, que cortaba con gran precisión un tomate en rodajas. Tenía los labios fruncidos por la concentración y Chung-Cha se fijó en que tenía las manos firmes.

Le recordaban a sus propias manos. Pero era más probable que Chung-Cha sujetara un cuchillo para matar a alguien que para cortar un tomate.

—Mi madre se llamaba Hea Woo —dijo Chung-Cha.

Min dejó de cortar el tomate y la miró, pero Chung-Cha seguía mirando por la ventana.

—Era alta, más alta que mi padre. Se llamaba Kwan. Yie Kwan. ¿Sabes qué significa «Kwan»?

—*Kwan* significa «fuerte». ¿Era fuerte?

—Lo fue, sí. Tal vez todos los padres sean fuertes a ojos de sus hijas. Era profesor. Enseñaba en la universidad. Igual que mi madre.

Min dejó el cuchillo.

—Pero dijiste que no sabías ni leer ni escribir.

—Fui a Yodok cuando era muy pequeña. No recuerdo mi vida anterior. Crecí allí. Es todo lo que sabía. No había nada antes de Yodok.

—¿Pero tus padres no te enseñaron cuando...?

—No me enseñaron nada —replicó Chung-Cha con sequedad, mientras cerraba la tapa de la cocedora de arroz y la ponía en marcha. Siguió hablando con más tranquilidad—: No me enseñaron nada porque estaba prohibido. Y para cuando podía haber aprendido... no pudieron enseñarme nada.

—¿Tenías hermanos o hermanas?

Chung-Cha se disponía a responder, pero entonces la imagen de cuatro personas encapuchadas atadas a unos postes le impactó de forma tan súbita como el disparo de un rifle.

«¿Ves el círculo rojo dibujado sobre el pecho? Tienes que clavar el cuchillo dentro del círculo rojo... Hazlo ya o morirás aquí siendo una anciana.»

Chung-Cha movió la mano sin querer. No estaba sujetando un cuchillo sino una cuchara de postre. Min observaba cómo la cuchara lanzaba estocadas al aire. Entonces Min la cogió de la mano.

—¿Estás bien, Chung-Cha? —preguntó con voz temblorosa.

Chung-Cha bajó la mirada hacia ella y dejó la cuchara a un lado. Enseguida interpretó el miedo de Min: «¿Acaso mi salvadora, la persona que se sitúa entre mí y ahí, se está volviendo loca?»

—A veces los recuerdos son tan dolorosos como las heridas en la piel, Min. ¿Lo entiendes?

La niña asintió mientras el temor desaparecía poco a poco de sus ojos.

—No podemos vivir sin recuerdos, pero tampoco podemos vivir dentro de ellos. ¿Lo entiendes?

—Creo que sí.

—Bien, ahora acaba de cortar el tomate. Cuando el arroz esté hecho, comeremos.

Al cabo de una hora dejaron a un lado los cuencos y utensilios.

—¿Puedo ponerme a hacer la redacción ahora? —preguntó Min. Chung-Cha asintió.

La niña fue rápidamente a coger el bloc de notas y el boli, pero antes de que regresara alguien llamó a la puerta.

Nunca convocaban a Chung-Cha por teléfono. Aparecían y se la llevaban. Sabía por qué era así, para demostrarle que podían hacerlo siempre que se les antojara. Y así se veía obligada a dejar lo que estuviera haciendo y obedecer.

Min arrugó la cara cuando Chung-Cha se levantó para contestar a la llamada.

Los hombres no iban con uniforme militar. Llevaban pantalones elegantes y americana y camisa blanca abotonada hasta el cuello. Eran jóvenes, casi tan jóvenes como ella, y sus facciones angulosas transmitían una expresión petulante.

—¿Sí? —dijo ella.

—Tienes que acompañarnos, camarada Yie. Se requiere tu presencia.

Asintió e hizo un gesto hacia Min.

—La dejaré con mi casero.

—Haz lo que tengas que hacer pero que sea rápido —dijo el mismo hombre.

Chung-Cha le puso una chaqueta a Min y la acompañó al apartamento del casero. Habló poco y se disculpó por no haberle avisado con antelación, pero el casero se fijó en los dos hombres que estaban detrás de ella y no puso objeciones. Se limitó a tomar a Min de la mano.

Min seguía sosteniendo el bloc y el boli. Alzó la vista hacia Chung-Cha con ojos tristes y bien abiertos.

—¿Puedes ayudarle a hacer la redacción, por favor? —pidió Chung-Cha al casero.

El casero bajó la mirada hacia Min y asintió.

—Mi esposa. A ella se la da bien.

Chung-Cha asintió, tomó a Min de la mano y se la apretó.

—Volveré a buscarte, Min.

Cuando la puerta se cerró detrás de Min, el otro hombre habló en tono desdeñoso.

—La zorrita de Yodok, ¿verdad? ¿Cómo soportas el olor?

Chung-Cha se volvió hacia el hombre y alzó la vista hacia él. La expresión de sus ojos hizo que el desdén se esfumara de su rostro. No le costaría demasiado matar a ese hombre. Podía matarlos a los dos con una cucharilla.

—¿Sabes qué soy? —preguntó con voz queda.

—Eres Yie Chung-Cha.

—No te he preguntado si sabes cómo me llamo. Te he preguntado si sabes qué soy.

El hombre dio un paso atrás.

—Tú... estás asignada a....

—Mato a personas que son enemigas de este país, camarada. Algún día esa zorrita hará lo que yo hago, por nuestro país. Por nuestro Líder Supremo. Yo trataré a cualquiera que hable mal de ella como enemigo de este país. —Dio un paso hacia delante, reduciendo la distancia que los separaba a la mitad—. ¿Eso te incluye, camarada? Necesito saberlo. Así que dímelo ya.

Chung-Cha sabía que esos hombres eran importantes. Y que lo que estaba haciendo era muy peligroso. Pero, de todos modos, tenía que hacerlo. Era eso o la furia que sentía haría que los matara a los dos.

—No soy... tu enemigo, Yie Chung-Cha —dijo el hombre, con voz trémula.

Ella le giró la cara sin preocuparse demasiado por disimular su aversión.

—Entonces vayamos a la reunión.

Caminó pasillo abajo y los hombres se apresuraron tras ella.

60

Era un edificio gubernamental en estado ruinoso. La pintura era barata, y el mobiliario, más barato todavía. Las bombillas del techo parpadeaban mientras el flujo eléctrico inestable circulaba por las líneas corroídas como la sangre por unas arterias obstruidas. Olía a sudor mezclado con tabaco. Los paquetes de cigarrillos que se comercializaban aquí llevaban las típicas calaveras y tibias, pero, por lo que parecía, a nadie le importaba en Corea del Norte. Fumaban. Morían. ¿Qué más daba?

Chung-Cha se paró en la puerta que le indicó uno de los hombres que había ido a buscarla. La puerta se abrió y le indicaron que entrara. Entonces los dos jóvenes la dejaron. Oía sus zapatos lustrosos repiqueteando en el linóleo descolorido.

Chung-Cha se volvió para colocarse frente a los presentes. Había tres personas. Dos hombres y una mujer. El hombre de la túnica negra era uno de ellos. El otro era el general que había sido buen amigo de Pak. La mujer le resultaba familiar. Parpadeó rápidamente cuando recordó quién era.

—Cuánto tiempo, Yie Chung-Cha —dijo, levantándose de su asiento. Ahora tenía el pelo blanco en vez de negro. Y tenía el rostro arrugado por la edad y las preocupaciones. Pero sí que habían pasado muchos años. El tiempo tenía el mismo efecto en todo el mundo, no había forma de evitarlo.

Chung-Cha no le respondió. En lo único que podía pensar era en lo mucho que la mujer le había gritado en los años pasados en Yodok.

«Tienes que clavar el cuchillo dentro del círculo rojo. Después tienes que sacarlo y volverlo a clavar... Hazlo ya o morirás aquí siendo una anciana.»

La mujer volvió a sentarse y sonrió a Chung-Cha.

—Mi predicción de que llegarías lejos se cumplió con creces. Lo intuí enseguida. Se notaba en tu mirada, Chung-Cha. Los ojos nunca engañan. Lo vi con claridad aquel día en Yodok. —Hizo una pausa—. Y tú cumples las órdenes. Siempre cumples las órdenes. La señal de un buen camarada.

Al final, Chung-Cha apartó la mirada de la mujer y miró al de la túnica negra.

—¿Me has hecho llamar? —empezó diciendo.

—Los americanos —dijo el de la túnica negra—. Han atacado.

—¿Cómo han atacado? —preguntó Chung-Cha mientras tomaba asiento justo enfrente de él. No miró al general. No miró a la mujer. No quería darle esa satisfacción a ninguno de los dos. Sabía que el de la túnica negra era el líder de facto de aquel grupo. Su atención y supuesto respeto fluiría solo hacia él y a la mierda con los demás.

—Los hijos adoptivos del general Pak, Pak Du-Ho y Pak Eun Sun han huido de Bukchang, gracias a la ayuda de los americanos.

—Un hombre y una mujer —añadió el general.

El de la túnica negra continuó:

—Quizá fueran la misma pareja que fue enviada a Francia a matar al general Pak. Pero no estamos seguros. Estamos intentando obtener una identificación concluyente.

—¿Importa? —dijo la mujer—. Los americanos tienen legiones de agentes que cumplen sus malvadas órdenes. La cuestión es que entraron en territorio norcoreano. Invadieron el país y le arrebataron a dos de sus prisioneros.

El general asintió.

—Sí, Rim Yun tiene razón. Son unos bárbaros. Han matado a muchos norcoreanos. Es un acto de guerra.

—¿O sea que vamos a entrar en guerra con los americanos? —preguntó Chung-Cha. Entonces miró a los tres, uno detrás de otro.

El de la túnica negra respondió con vacilación.

—No exactamente. Quizá deseen que cometamos tamaña estupidez. Pero contraatacaremos a nuestra manera. De la manera que teníamos planeada, camarada.

—¿La familia del presidente de Estados Unidos? —preguntó Chung-Cha.

—Correcto —respondió Rim Yun—. Los mataremos. Tú los matarás, Chung-Cha. ¿Te imaginas la gloria que el Líder Supremo te conferirá?

—Si estoy viva —señaló Chung-Cha.

—La gloria es mucho mayor en la muerte que en la vida —bramó Rim Yun.

—Agradezco el hecho mil veces —replicó Chung-Cha—. Así pues, ¿te gustaría acompañarme a América donde seguro que las dos podemos compartir tal gloria después de nuestra muerte? Qué maravilla, como tú dices.

El de la túnica negra y el general no dijeron nada. Intercambiaron una mirada y luego miraron a Rim Yun.

—Sigues teniendo el carácter desafiante que tenías en Yodok, Chung-Cha —dijo Rim Yun con frialdad.

—Tengo muchas cosas de Yodok en mi interior. Y las recuerdo todas. Con claridad.

Las mujeres se clavaron la mirada durante un largo instante antes de que Rim Yun se diera por vencida y apartara los ojos.

—El administrador de Bukchang ha sido ejecutado esta mañana, junto a media docena de guardias, por permitir que se produjera esa vergonzosa huida —dijo ella con un tono curiosamente tranquilo—. Estoy segura de que otros morirán con el paso del tiempo.

—Seguro que lo merecía —comentó Chung-Cha.

Rim Yun le lanzó otra mirada.

—Tú mataste al anterior administrador de Bukchang, ¿verdad?

—Obedeciendo órdenes, sí. Era corrupto. Un enemigo de nuestro país.

—¿Sabías que hace poco fue sustituido por el administrador de Yodok? ¿El camarada Doh? Conociste a Doh, ¿verdad? Estaba en Yodok cuando estuviste ahí, ¿no es cierto?

Chung-Cha tuvo que esforzarse para no sonreír.

—¿El camarada Doh ha sido ejecutado?

—Eso es lo que he dicho.

—Seguro que lo merecía —repitió.

Rim Yun le dedicó una mirada penetrante antes de volverse y decir:

—Estamos perdiendo el tiempo. Decidle qué necesitamos.

—Nuestro plan ha tenido que acelerarse —dijo el de la túnica negra—. Partirás a América en el plazo de una semana.

Chung-Cha disimuló el pánico que le sobrevino.

—¿En una semana?

—¿Algún problema, camarada? —preguntó enseguida Rim Yun.

—No tengo ningún problema en servir al Líder Supremo sacrificando mi vida.

—Entonces todo va bien.

—Tengo una sugerencia.

—¿Cómo es posible? Qué tontería —dijo Rim Yun con expresión desdeñosa.

Chung-Cha hizo caso omiso de ella y dijo:

—Los americanos estarán alerta ante todas las personas de aspecto asiático, coreano, da igual. Sospecharán de cualquiera que tenga los ojos rasgados.

—Tenemos una coartada sólida para ti —dijo el de la túnica negra.

—El nivel de escrutinio será máximo. Estarán alerta. Debemos estar a la altura y ser mejor que ellos.

—¿Qué sugieres? —preguntó el general.

—¿Los musulmanes que se suicidan cometiendo un atentado? —empezó a decir Chung-Cha educadamente.

—No somos musulmanes —espetó Rim Yunn—. No somos terroristas suicidas.

—¿Se me permite terminar? —pidió Chung-Cha.

Rim Yun le dedicó una mirada hosca seguida de un asentimiento seco.

—Los musulmanes utilizan a los niños como coartada. Así se reduce el nivel de sospecha. Los americanos suelen caer en la trampa porque son blandos. No les gusta pensar mal de los niños.

Rim Yun tamborileó la mesa con sus largas uñas.

—Ve al grano, camarada.

—Yo tengo una niña, Min...

—He oído hablar de tu visita a Yodok —le interrumpió Rim Yun—. Y que te llevaste a la zorrita a casa. Me pareció que debías de estar loca para asumir tal carga tú sola. Explícame que no lo es.

Chung-Cha la miró de hito en hito.

—Lo hice con el total conocimiento y beneplácito del Líder Supremo. Seguro que no debo inferir de tus palabras que el Líder Supremo está loco.

Rim Yun se puso roja como la sangre y se sentó más erguida; su desdén había desaparecido de un plumazo.

—Yo no he sugerido tal cosa. Cómo te atreves a...

—Está bien —dijo Chung-Cha, interrumpiéndola esta vez—. Pero estamos perdiendo el tiempo, así que déjame explicar. Min me acompañará a América. Será mi hermana pequeña, o mi hija, lo que os parezca mejor. Así tendré una coartada perfecta para engañar a los americanos. Cuando se haya cometido el acto, me marcharé y regresaré aquí con Min. Si muero, entonces Min regresará con los demás que me acompañen al imperio malvado que es América.

—Es un plan insensato —declaró Rim Yun en cuanto Chung-Cha dejó de hablar—. ¿Llevarte a una niña? ¿Una niña de los campos? Es ridículo. Lo estropearía todo.

—Como estaba en el campo, no sabe nada del mundo —dijo Chung-Cha con toda tranquilidad—. Será muy fácil de controlar.

—De eso no hay duda —espetó Rim Yun.

Sin embargo, al general se le veía pensativo.

—Yo no estoy tan convencido —dijo—. De hecho yo creo que es una idea brillante, camarada, realmente brillante. Conoces a los americanos a la perfección. Son débiles y sentimentaloides. Seguro que no sospecharán al ver a la pequeña.

El de la túnica negra asintió.

—Estoy de acuerdo.

Todas las miradas se posaron en Rim Yun. Dedicó una mirada sombría a Chung-Cha pero sabía a la perfección que había desplegado una estrategia mejor que la de ella y la había ganado.

—En tal caso, te deseo buena suerte, camarada Yie —dijo, aunque su tono no denotaba nada bueno.

—Independientemente de que viva o no, la suerte no tendrá nada que ver —repuso Chung-Cha.

61

El apretón de manos del presidente Cassion era fuerte y su expresión intensa denotaba felicidad y agradecimiento a partes iguales.

Robie y Reel estaban sentados frente a él en el Despacho Oval. En un sofá al otro lado de ellos estaban Evan Tucker, Josh Potter y Hombre Azul.

Cassion se recostó en el asiento y los contempló con avidez.

—He leído los informes confidenciales de vuestra... ejem... aventura. Debo decir que los leí como si fueran un *thriller*, solo que vosotros dos lo lograsteis de verdad.

—Tuvimos mucha ayuda, señor. Y si la agente Reel no me hubiera enviado apoyo aéreo, lo más probable es que hoy no estuviera aquí —dijo Robie.

Cassion asintió.

—Du-Ho y Eun Sun van camino de iniciar una nueva vida —dijo—. Y Kim Sook es quien les ayuda a realizar la transición.

—Es un buen hombre —dijo Reel—. Cuando estábamos ahí, hizo su trabajo de forma extraordinaria.

—Y mi conciencia está mucho más tranquila —reconoció Cassion—. No es que compense lo que ocurrió. Pero tengo que pensar que el general Pak agradecería lo que hemos hecho por su familia.

—Yo diría que sí —intervino Tucker—. Sin duda.

Cassion le lanzó una mirada severa y Tucker enseguida apartó la vista.

Hombre Azul carraspeó y dijo:

—Tenemos que estar preparados para el contraataque, señor Presidente.

—Soy consciente de ello. Forma parte de mi decisión. No la tomé a la ligera.

—Por supuesto que no —dijo Hombre Azul con tranquilidad—. Pero ahora debemos centrarnos en distintos objetivos que los norcoreanos tengan en mente. Así como reforzar las medidas de seguridad y afinar nuestras redes de vigilancia.

Tucker intervino antes de que Hombre Azul continuara.

—Hemos tenido en cuenta todo eso. Os aseguro que estamos haciendo todo lo posible para desbaratar cualquier acción que provenga de los norcoreanos.

El presidente miró con desdén al jefe de la CIA.

—No sabes cuánto me tranquilizas —dijo.

El presidente salió del Despacho Oval en compañía de Robie y Reel.

Cuando miraron hacia delante, Eleanor Cassion se dirigía hacia ellos seguida de su hijo, Tommy. El niño iba con la cabeza gacha y llevaba la ropa sucia y arrugada. La chaqueta ribeteada tenía la manga rasgada. Llevaba la camisa por fuera de los pantalones y la corbata del colegio torcida. Detrás de él iba un fornido agente del Servicio Secreto con expresión azorada.

Cuando su esposa y su hijo se pararon delante de él, Cassion dijo:

—¿Qué ha pasado?

—Tommy se ha metido en una pelea en el cole. Eso es lo que ha pasado —dijo Eleanor con severidad.

—¿Una pelea? —preguntó Cassion, anonadado.

Robie y Reel intercambiaron una mirada. Resultaba obvio que el presidente estaba calibrando rápidamente en su interior qué dirían los medios sobre la pelea. Se arrodilló.

—Tommy, ¿qué ha sucedido?

Tommy negó con la cabeza y miró al agente.

—¿Qué ha sucedido, agente Palmer?

—Fue justo al final de la clase, señor. Se dirigían al exterior. Un grupo de alumnos. Entonces se oyeron gritos y un grupo de ellos empezaron a apelotonarse. Para cuando me abrí camino entre los alumnos, Tommy y otro muchacho estaban peleándose en el suelo. Los separé, me aseguré de que el otro muchacho estaba bien y entonces traje a Tommy directamente aquí, señor.

Cassion se pasó la mano por el pelo.

—¿Por qué os habéis peleado, Tommy?

Al ver que el chico no respondía, Cassion le puso una mano en el hombro.

—Tommy, te he hecho una pregunta, hijo. Y espero respuesta.

—Ha dicho que eras imbécil, un mierda debilucho —dijo Tommy sin levantar los ojos del suelo.

—Esa lengua, Thomas Michael Cassion —dijo Eleanor en tono de advertencia.

—Me ha preguntado por qué nos hemos peleado —replicó Tommy—. Pues eso es lo que dijo el chico y por eso le pegué.

Cassion ahuecó la mano bajo la mandíbula de su hijo y la inclinó hacia arriba. Entonces todos vieron que Tommy tenía un ojo morado.

—Oh, Tommy —exclamó Eleanor—. Pelearse no arregla nada. Insultarse no tiene sentido.

—Tú no estabas ahí, mamá —replicó Tommy. Entonces miró hacia el agente Palmer—. Y si no nos hubieras separado, le habría dado una buena tunda.

—Él hacía su trabajo, Tommy —dijo Eleanor—. Que consiste en mantenerte a salvo.

—No necesito que nadie me mantenga a salvo. Sé cuidarme solito.

—Tommy, esa no es la cuestión —dijo Eleanor—. Podrías haber hecho daño al otro chico.

—Espero habérselo hecho. ¡Odio este lugar! ¡Lo odio! Quiero volver a casa.

—Mira, hijo —empezó a decir el presidente, mirando nervioso a su alrededor—. Lo hablaremos más tarde, en privado.

—No, no pasará. Eres el presidente. No tienes tiempo para tu hijo.

—¡Tommy! —exclamó Eleanor escandalizada.

—Estabas cubriéndole las espaldas a tu padre —dijo Reel.

Todos se la quedaron mirando.

—¿Cómo? —dijo Tommy.

—Que estabas cubriéndole las espaldas a tu padre. Cuidando de él. Es lo que hacen los hijos con sus padres. Protegías su honor. Cubriéndole las espaldas. Así le llamamos en mi profesión.

Tommy se restregó el ojo hinchado.

—Supongo que sí. Hice eso de cubrirle las espaldas.

Cassion se volvió hacia Robie y Reel, aliviado visiblemente al ver que su hijo se había tranquilizado.

—Tommy, aquí tienes a dos de los mejores americanos que conocerás jamás. Acaban de cumplir una misión en nombre de nuestro país. Son verdaderos héroes.

Tommy se mostró claramente impresionado. Su actitud cambió por completo.

—¡Uau! —exclamó.

Robie le tendió la mano.

—Encantado de conocerte, Tommy. Y que sepas que yo también me metía en peleas en la escuela. Pero acabé llegando a una conclusión.

—¿Cuál? ¿Mejor poner la otra mejilla? —dijo Tommy con sarcasmo.

—No, nunca aprendí realmente a hacer eso. Imaginé que si hablaba con el otro chico e intentaba averiguar de dónde surgía el problema, tal vez podría arreglar la situación en vez de recurrir a los puñetazos. Ganes o pierdas, los puñetazos en la cara duelen igual.

—Bueno —se limitó a decir Tommy, que no parecía muy convencido.

—Tendrías que ponerte un poco de hielo en el ojo —aconsejó Reel—. Ayuda a disminuir la hinchazón. Por si hay un segundo asalto.

Tommy le desplegó una sonrisa.

—Vamos a lavarnos, jovencito —dijo Eleanor enseguida, dando media vuelta con su hijo—. Y esto no acaba aquí. Seguro que me llaman de la escuela y probablemente recibas un castigo. Yo también te pienso castigar.

Lanzó una mirada a su esposo y dijo con voz queda:

—¿Sigues pensando que exagero? Nantucket, nos vamos para allá.

Mientras su madre lo apartaba, Tommy volvió a mirar a Robie y a Reel. Robie le hizo un guiño y Reel le levantó el pulgar con gesto alentador. Tommy volvió a sonreír antes de volverse.

—Siento la escena —dijo Cassion enseguida.

—Los niños son niños, señor Presidente —dijo Robie—. Y tiene que vivir en la mayor pecera del mundo. No es fácil.

—No, tienes razón. No es fácil. Dudo que yo pudiera haberlo hecho a los diez años.

Cassion los acompañó a la puerta exterior del Ala Oeste.

—Quiero volver a daros las gracias personalmente. Sé que lo que os pedí era realmente injusto y casi imposible y, aun así, lo conseguisteis.

—Gracias, señor. Es nuestro trabajo.

De repente, Cassion dejó entrever su preocupación.

—¿Tenéis alguna idea acerca de lo que podrían hacer los norcoreanos para vengarse?

—Por desgracia, señor Presidente, les ofrecemos muchos objetivos endebles. Es la desventaja de ser una sociedad libre y abierta.

El presidente asintió, se volvió y entró en la sala.

Mientras Robie y Reel regresaban al vehículo que habían dejado estacionado, pasaron junto a un grupo de jardineros que trabajaban en un parterre y en una zona de arbustos adyacente. Todos menos uno estaban centrados en su trabajo.

Ese hombre alzó la vista cuando pasó la pareja. Se quitó la gorra y se frotó la frente.

No lo hizo para secarse el sudor.

Un grupo de turistas recorrían la calle que quedaba al otro lado de la verja, incluidos tres hombres vestidos con polo y pantalones caqui. Ante aquella señal por parte del hombre que estaba en los jardines, los tres empezaron a tomar fotos de Robie y Reel. Cuando la pareja salió por una entrada lateral de la Casa Blanca al cabo de unos minutos, ese mismo grupo de turistas les fotografió la matrícula.

Robie y Reel siguieron conduciendo.

62

El jumbo procedente de Frankfurt, Alemania, descendió suavemente en el espacio aéreo del JFK. Min miraba por la ventanilla de la parte cercana a la cola del avión. Se había puesto nerviosa al pensar en subir a un avión, pero Chung-Cha la había tranquilizado.

Mientras Min miraba por la ventanilla, Chung-Cha contemplaba por encima de su hombro la impresionante silueta de Manhattan que aparecía en su campo de visión cuando el avión se ladeó para prepararse para el aterrizaje.

Min miró a Chung-Cha maravillada.

—¿Qué es eso? —preguntó, señalando los edificios que se veían.

—Es una ciudad. Nueva York, así se llama.

—Nunca he visto edificios tan... —Su escasez de vocabulario se puso de manifiesto.

—Se llaman «rascacielos» —dijo Chung-Cha—. Y tenían otros dos que eran los más altos de todos.

—¿Qué les pasó? —preguntó Min.

—Se derrumbaron —contestó Chung-Cha.

—¿Cómo? —preguntó Min con asombro.

Dado que estaban en un avión, Chung-Cha prefirió no decirle la verdad.

—Fue un accidente.

Aterrizaron y rodaron hasta la puerta, donde desembarcaron. Al pasar por la aduana, Chung-Cha se armó de valor para responder a cualquier pregunta que le formularan. Según su documentación, era una surcoreana que viajaba con su sobrina. Corea del Sur era un aliado fiel de Estados Unidos y, por consiguiente, no pensaban que pudieran tener problemas. Pero Chung-Cha era perfectamente consciente de que esos pensamientos no eran garantía de nada.

Sin embargo, la agente de aduanas se limitó a mirarle el pasaporte y sonreír a Min, que sujetaba una muñeca que Chung-Cha le había comprado. Les dio la bienvenida a Estados Unidos.

—Que lo pases bien, guapa —dijo la agente—. La Gran Manzana es un lugar fantástico para los niños. No te pierdas el zoo de Central Park.

Min sonrió tímidamente y agarró con fuerza la mano de Chung-Cha, que también sonrió a la agente. El plan había funcionado. La niña había sido la mejor defensa, la forma de abandonar toda precaución natural. Si bien se sentía culpable por utilizar a Min de esa manera, no se veía capaz de dejarla en Corea del Norte.

Recuperaron el equipaje y un chófer las recogió en la zona de llegadas de la terminal.

Las llevaron a un hotel del sur de Manhattan. Min se pasó todo el trayecto mirando por la ventana, girando la cabeza constantemente para no perderse nada.

Chung-Cha hacía lo mismo. También era la primera vez que iba a América.

Llegaron al hotel y se registraron. Tenían una habitación en la novena planta. Subieron en el ascensor y deshicieron la maleta.

—¿Viviremos aquí? —preguntó Min.

—Solo durante un tiempo —respondió Chung-Cha.

Min miró en derredor y abrió una puertecilla que estaba dentro de un mueble.

—Chung-Cha, aquí hay comida. Y cosas para beber.

Chung-Cha miró al interior del minibar.

—¿Te apetece algo?

Min se mostró dubitativa.

—¿Puedo?

—Aquí hay dulces.

—¿Dulces?

Chung-Cha cogió un paquete pequeño de M&Ms y se lo tendió a Min.

—Creo que te gustarán.

Min bajó la mirada hacia el paquete y lo abrió con cuidado. Cogió uno de los M&Ms y alzó la vista hacia Chung-Cha.

—¿Me lo pongo en la boca?

—Sí.

Min se lo puso en la boca y abrió unos ojos como platos al saborearlo.

—Qué bueno está.

—¡No comas demasiados o engordarás!

Min sacó con cuidado cuatro pastillas más y se las comió lentamente. Enrolló el paquete y se dispuso a guardarlo de nuevo en el minibar.

—No, ahora son tuyos, Min —dijo Chung-Cha.

Min la miró boquiabierta.

—¿Míos?

—Guárdate el paquete en el bolsillo para más adelante.

Min se guardó el paquete en el bolsillo de la chaqueta en un abrir y cerrar de ojos. Recorrió la habitación tocándolo todo antes de pararse delante de un televisor grande que estaba empotrado en otra parte del mueble.

—¿Qué es eso?

—Es un televisor. —Al igual que muchos norcoreanos, Chung-Cha no tenía tele en su casa. En Corea del Norte estaba permitido poseer una tele pero había que registrar todos los aparatos ante la policía. Y la programación estaba sumamente limitada y censurada y, sobre todo, consistía en elogios melodramáticos del liderazgo del país y en la crítica despiadada de países como Corea del Sur y Estados Unidos y organizaciones como la ONU. Aunque Chung-Cha no tenía tele, la había visto y utilizado en sus viajes. Radio sí tenía, porque estaba mucho más extendida que la tele, pero la mayoría de los programas sufrían una censura similar.

La situación iba cambiando poco a poco, sobre todo gracias a la llegada de Internet, pero no había nadie en Corea del Norte que pudiera considerarse que estaba conectado al resto del mundo. Sencillamente era algo que el gobierno no aceptaba. Si bien la ley norcoreana, al igual que la estadounidense, garantizaba la libertad de expresión y de prensa, no podía existir mayor contraste entre los dos países en ese sentido.

Chung-Cha cogió el mando a distancia y puso en marcha el televisor. Cuando apareció la imagen de un hombre que parecía estarle hablando directamente, Min se echó hacia atrás atemorizada.

—¿Quién es ese? —susurró—. ¿Qué quiere?

Chung-Cha le puso una mano en el hombro para tranquilizarla.

—No está aquí. Está en esa caja. Ni te ve ni te oye. Pero tú sí que puedes verle y oírle.

Fue pasando canales hasta que encontró dibujos animados.

—Mira esto, Min, mientras yo compruebo ciertas cosas.

Mientras Min se quedaba intrigada de inmediato por los dibujos, llegando incluso a estirar el brazo y tocar la pantalla, Chung-Cha sacó el teléfono que le habían entregado y accedió a los SMS. Había recibido unos cuantos, todos en coreano. Y todos codificados. No obstante, aunque alguien hubiera podido descifrarlos, le habría parecido que no tenían sentido porque detrás de cada código había otro que solo conocían Chung-Cha y el emisor, procedente de un libro que solo ellos dos conocían. Aquellos códigos que se usaban una sola vez eran prácticamente imposibles de descodificar porque, a no ser que se tuviera el libro, no se podía descifrar.

Descifró los mensajes utilizando su ejemplar del libro. Ahora tenía un poco de tiempo libre. Lanzó una mirada a Min, que seguía absorta en el programa de la tele.

—Min, ¿te gustaría ir de paseo y comer algo?

—¿La tele estará aquí cuando volvamos?

—Sí.

Min se levantó de un salto y se puso el abrigo.

Caminaron muchas manzanas hasta llegar al agua. En frente del puerto se alzaba la estatua de la Libertad y Min preguntó qué era. En esta ocasión Chung-Cha no tenía respuesta para ella. No sabía qué significado tenía.

Más tarde comieron en una cafetería. Min se maravilló ante el surtido variopinto de gente que caminaba por las calles y entraba en los comercios.

—Tienen cosas en la piel y metal en la cara —observó Min mientras devoraba una hamburguesa con patatas—. ¿Han sufrido alguna lesión?

—No. Creo que se lo han hecho por deseo propio —explicó Chung-Cha mientras observaba a la gente con tatuajes y *piercings* de quien Min hablaba.

Min negó con la cabeza pero era incapaz de apartar la vista de un grupo de chicas asiáticas que soltaban risitas, iban con bolsas de la compra y vestían como estudiantes universitarias. No soltaban el móvil para nada y no paraban de enviar mensajes.

—Se parecen a nosotras —dijo Min en voz baja.

Chung-Cha lanzó una mirada a las chicas. Una de ellas vio a Min y la saludó con la mano.

Min apartó la vista enseguida y la chica se echó a reír.

—Se parecen a nosotras pero no son como nosotras —aclaró Chung-Cha. Dijo la última parte con nostalgia, pero Min estaba tan fascinada por lo que se sucedía a su alrededor que no lo captó.

—Aquí la gente ríe mucho —dijo Min lentamente. Miró a Chung-Cha—. En Yodok solo ríen los guardias. —Adoptó una expresión sombría y continuó observándolo todo.

Chung-Cha contempló a la niña y se dio cuenta de que era como si hubiera nacido en una caverna, hubiera entrado en una máquina del tiempo y ahora la hubieran lanzado al presente y a una ciudad que era el crisol de culturas más extremo del mundo.

«Donde la gente ríe.»

Más tarde dieron un paseo por Washington Square Park y vieron cómo actuaban los artistas callejeros: mimos y malabaristas y magos y monociclos, músicos y bailarines. Min se quedó ahí parada cogida con fuerza a la mano de Chung-Cha, con una expresión de asombro absoluto ante lo que estaba viendo. Cuando de repente una persona vestida de estatua se movió y se arrancó una moneda de detrás de la oreja, Min gritó pero no echó a correr. Cuando la persona le tendió la moneda, Min la aceptó y sonrió. La persona le devolvió la sonrisa y le dedicó un saludo oficial.

Chung-Cha se la llevó al cabo de un rato, pero Min seguía sujetando con fuerza la moneda y volviendo la vista atrás para mirar a los artistas.

—¿Qué es este sitio? —preguntó—. ¿Dónde estamos, Chung-Cha?

—Estamos en América.

Min se paró de forma tan súbita que los dedos se le escurrieron de la mano de Chung-Cha.

—¡Pero América es malvada! Es lo que me decían en Yodok —exclamó.

Chung-Cha miró rápidamente a su alrededor y se sintió aliviada al ver que nadie parecía haber oído a Min aunque hablara coreano.

—En Yodok te dijeron muchas cosas, pero no significa que todas fueran ciertas.

—¿O sea que América no es malvada?

Chung-Cha se arrodilló y sujetó a Min por el hombro.

—Lo sea o no, no debes decir estas cosas aquí, Min. Vendrá gente a visitarme. No hables cuando estés con nosotros. Es muy importante.

Min asintió lentamente pero con el miedo reflejado en la mirada.

Chung-Cha se irguió y volvió a tomar a Min de la mano.

Regresaron al hotel a pie sin mediar palabra.

Una vez más Chung-Cha se arrepintió de haber traído a Min.

«Pero es que no podía haberla dejado allí.»

63

El tren circulaba por la región central de la costa Atlántica. Min y Chung-Cha estaban sentadas juntas en uno de los vagones de tren. Min dormía. Se había emocionado tanto en Nueva York que apenas había conciliado el sueño. Unos minutos después de subir al tren, se había quedado dormida.

Chung-Cha miró por la ventana mientras el tren cruzaba un puente a toda velocidad. No tenía ni idea de que debajo estaba el río Delaware. No sabía qué era Delaware ni le importaba. En una misión como aquella, había que centrarse en lo importante y deshacerse de lo que no lo era.

Bajó la vista hacia Min. Le apartó un mechón de pelo de la cara. Ahora Min ya no tenía heridas en la piel. Se le estaban arreglando los dientes. Había ganado peso. Los estudios iban bien pero le faltaban años de trabajo para alcanzar a otros niños de su edad.

De todos modos, podía tener un buen futuro. Podía.

Chung-Cha apartó la mirada y observó a los dos pasajeros que estaban sentados en diagonal frente a ella. Un hombre y una mujer. Ambos asiáticos. Parecían casados, de vacaciones, quizá. No iban vestidos como hombres y mujeres de negocios, como la mayoría de los pasajeros del tren.

Pero no estaban casados y no iban de vacaciones. Ya le habían hecho una señal. Eran sus contactos. Bajarían del tren con ella y Min en la última parada.

Washington D.C.
El lugar de residencia del presidente americano. Y de su familia.

Cuando entraron en Union Square. Chung-Cha despertó a Min. Bajaron del tren y Chung-Cha guio a la niña hasta que se colocaron detrás de la joven pareja. Tomaron unas escaleras mecánicas hasta el aparcamiento y subieron en la parte trasera de un todoterreno negro. El hombre iba al volante y la mujer a su lado, mientras que Chung-Cha y Min iban detrás.

—¿Adónde vamos? —preguntó Min en un susurro.

Chung-Cha negó con la cabeza una vez. Min guardó silencio y miró temerosa hacia delante.

Fueron hasta Springfield, Virginia, a una casa urbana rodeada de muchas otras. Cuando entraron en la plaza de aparcamiento delante de la última vivienda, Min miró por la ventana del coche y vio a niños jugando en un patio cercano. Alzaron la vista hacia ella. Una niña de edad similar a la de Min tenía una pelota. El otro niño, de unos siete años, reclamaba a su hermana que se la lanzara. La niña se la lanzó y luego saludó a Min. Min se dispuso a devolverle el saludo pero enseguida apartó la vista cuando Chung-Cha le dijo algo.

Entraron en la casa cargadas con su pequeña maleta.

El interior de la vivienda era espacioso, mucho mayor que el apartamento de Chung-Cha, pero apenas estaba amueblado. Las acompañaron a su dormitorio y dejaron las bolsas de viaje. El hombre y la mujer ignoraron a Min pero mostraron por Chung-Cha el respeto que le correspondía por su posición.

—Hemos traído juguetes para la niña —dijo la mujer—. Están en el sótano. Puede jugar mientras hablamos.

Chung-Cha llevó a Min al sótano, una estancia grande y prácticamente vacía. Había un oso disecado, un libro que Chung-Cha sabía que la niña no podía leer, pero que tenía ilustraciones, y una pelota roja grande.

—Tengo trabajo que hacer arriba, Min. Te quedas aquí a jugar, ¿vale?

—¿Cuánto rato estarás fuera?

—Voy arriba.

—¿Puedo estar contigo?

—Estaré arriba. Tú quédate aquí y juega —instó Chung-Cha con firmeza.

Chung-Cha dejó sola a la niña aunque mientras subía las escaleras notó cómo se le clavaba la mirada de Min. Sintió también una punzada de culpabilidad que tardó en desvanecerse.

Se reunieron en la cocina que estaba situada en la parte trasera de la planta principal de la casa. Dos personas más se habían sumado al encuentro: dos hombres norcoreanos. Uno de ellos era el jefe de jardinería de la Casa Blanca. Se sentaron a la mesa y dispusieron imágenes y carpetas para Chung-Cha.

—Hay un equipo local preparado —le informó el jefe de jardinería, que se llamaba Bae—. Y estará preparado en cuanto se le requiera, camarada Yie. Es un gran honor tener a tan estimada sierva del Líder Supremo aquí para ayudarnos.

Chung-Cha lo miró por encima de la carpeta que sostenía. Aquel halago llevaba implícita una complicación.

«¿Ayudarnos?»

—Gracias, camarada. Sin duda hace falta un equipo para cumplir este objetivo. Agradezco tener «detrás» a alguien como vosotros.

La expresión arrogante de Bae enseguida se desvaneció.

Chung-Cha no podía culparle por aquel intento. Pero se sintió aliviada al ver que se daba por aludido. De lo contrario, sería una desventaja y tendría que recibir el trato correspondiente. No había margen de error posible. A los americanos se les daba muy bien lo que hacían. Se decía que captaban todos los mensajes de correo electrónico que se enviaban en el mundo desde cualquier móvil u ordenador. Chung-Cha incluso había oído decir que habían inventado algún dispositivo capaz de leer la mente. Esperaba que no fuera el caso porque entonces quizá ya habían perdido esa batalla.

Los demás dedicaron varias horas a explicar a Chung-Cha el contenido de las carpetas y las imágenes. De vez en cuando Chung-Cha pensaba en Min, que estaba en el sótano jugando. Pero enseguida volvía al asunto que tenían entre manos.

Observó las fotos de las tres personas: madre, hija e hijo. Eran inocentes, por supuesto, pero dejaban de serlo por su relación con el presidente de Estados Unidos, que era su enemigo.

Luego le enseñaron otras dos fotos.

—Esta se hizo en el exterior de Bukchang —dijo Bae.

La foto mejorada mostraba a un hombre colgado del patín de un helicóptero. La imagen se había ampliado de forma que la cara se le veía bastante bien a pesar de la oscuridad.

—Esta escoria mató a nuestros hermanos de Bukchang —dijo Bae—. Nos robaron a la chusma de la familia de Pak. Nos dijeron que resultó herido durante la huida. Y que los guardias estuvieron a punto de abatir el helicóptero enemigo con sus valerosos rifles.

Chung-Cha observó la imagen de Will Robie. Lo que le vino a la cabeza de inmediato fue que era un hombre competente pues no era nada fácil colgar del patín de un helicóptero huyendo del fuego enemigo.

Le enseñaron otra foto: la de una mujer caminando por un aeropuerto.

—En China —explicó Bae—. Poco después del ataque sobre Bukchang. Creemos que es una agente americana. Creemos que llegó con el otro hombre. Nos informaron de que había una mujer implicada. Y los vi juntos en la Casa Blanca después del ataque de Bukchang.

Chung-Cha contempló la foto de Jessica Reel. Era alta y esbelta y Chung-Cha intuyó una gran fuerza en su físico endurecido.

—Tengo entendido que había un traidor con ellos —dijo.

Bae asintió.

—Habló con uno de los guardias. Era norcoreano. Sin duda lo ganaron para su causa porque conoce el idioma y quizá Bukchang.

—Tal vez fuera prisionero allí —apuntó Chung-Cha—. Algunos escaparon y huyeron a América.

Bae escupió en el suelo.

—¡Chusma!

Chung-Cha le miró.

—¿Y por qué me enseñan a esta gente?

Bae miró a los demás y luego la volvió a mirar.

—También hay que matarlos.

—Pero no yo...

—Eso está por ver, camarada Yie.

—No puedo estar en dos sitios a la vez.

—Ya veremos —dijo Bae—. Ya veremos. Pero pase lo que pase, estaré «detrás» de ti en todo momento, camarada Yie.

Los dos se clavaron una mirada hasta que Chung-Cha le hizo apartar la vista. Cuando él miró para otro lado, Chung-Cha regresó a las carpetas aunque su mente estaba muy, pero que muy lejos de allí.

64

Chung-Cha y Min habían cenado lo que les había cocinado la mujer que las había acompañado hasta ahí. Luego Bae se había marchado y el hombre y la mujer habían subido a sus habitaciones. Chung-Cha y Min se quedaron solas. Min tenía una expresión cansada.

—¿Podemos ir a dar un paseo? —dijo de todos modos.

—No creo que sea buena idea —respondió Chung-Cha.

—Por favor, un rato corto...

Chung-Cha miró por la ventana. Estaba oscuro pero eso a ella no le daba ningún miedo. Lo cierto es que no llevaba armas consigo. Se las entregarían más adelante. Pero ella era un arma por sí sola. Había oído decir que en América el crimen campaba a sus anchas, que había bandas callejeras que atacaban a la gente, que mataban, violaban y robaban. No había visto ni rastro de eso, ni en la ciudad de Nueva York ni allí. De todos modos, podían estar ahí fuera.

—Solo unos minutos —le dijo a Min. La niña sonrió.

Caminaron cogidas de la mano por la zona residencial, bien iluminada por farolas. Min miró todos los coches aparcados y dijo:

—Los americanos deben de tener mucho dinero.

—Supongo —dijo Chung-Cha. Había pensado lo mismo. Contempló todas las casas, donde las luces brillaban de forma regular. En Pyongyang uno podía darse por satisfecho si tenía una hora de luz por la noche. Y había más coches en aquel aparcamiento que los que había en toda Corea del Norte.

Observaron a un hombre y a una mujer con dos niños pequeños que salían de su casa y se dirigían al coche. El hombre les dijo «hola».

Chung-Cha le devolvió el saludo.

—¿Vienes a vivir al barrio? —preguntó la mujer.

—¿Cómo? —preguntó Chung-Cha.

—Os hemos visto llegar antes. ¿Venís a vivir aquí o estáis de visita?

—De visita —dijo Chung-Cha automáticamente.

La mujer miró a Min.

—¿Cómo te llamas?

—Se llama Min —respondió Chung-Cha, antes de añadir en un tono más amable—: Lo siento, no habla inglés.

La mujer sonrió antes de hablar.

—Seguro que lo aprende enseguida. Ojalá aquí enseñaran idiomas antes, como hacen en el extranjero; aquí la mayoría de los niños no empieza hasta los once años. Demasiado tarde, creo yo. —Volvió a mirar a Min—. Aparenta unos diez años. La misma edad que Katie. Katie, ¿por qué no saludas?

Katie, una niña de rizos rubios se escondía a medias detrás de su padre.

—Katie es muy tímida —dijo la mujer.

—Min también —dijo Chung-Cha.

—Si queréis hacer turismo y necesitáis ayuda o algo, decídnoslo —se ofreció el hombre—. Trabajo en el centro. Cojo el metro. Lo conozco como la palma de mi mano. Preguntadme y listos. Yo encantado de daros indicaciones para ir a donde sea. No os perdáis el Aire y Espacio y los Archivos Nacionales. Valen mucho la pena.

—Gracias —repuso Chung-Cha, aunque en realidad no tenía ni idea de a qué se refería.

La familia subió al coche y se marchó mientras Chung-Cha y Min continuaban con su paseo.

—¿Qué querían? —preguntó Min.

—Solo querían saludar. Y ofrecernos ayuda.

—¿Estaban fingiendo? ¿Para luego poder hacernos daño?

—No sé —dijo Chung-Cha—. Parecían amables.

—¿Qué le pasaba al pelo de la niña?

—¿Qué quieres decir?

—Estaba todo retorcido.

Chung-Cha tardó unos instantes en captar a qué se refería.

—Oh, algunos americanos tienen el pelo así. O utilizan un aparato para ondulárselo.

—¿Por qué?

—No sé. Supongo que les parece que queda bien.

—A mí no me lo parece —dijo Min, aunque su expresión traicionaba sus palabras. Quedaba claro que no solo le parecía que quedaba bien sino que se preguntaba cómo le quedaría a ella.

Regresaron a la casa y Chung-Cha acostó a Min. Luego bajó, se preparó un té y desplegó los documentos delante de ella encima de la mesa de la cocina. Repasó página tras página, cada nota y todas las fotografías. Dedicaría su vida a esos documentos el tiempo que hiciera falta.

Al cabo de unas tres horas y dos tazas de té más, notó la vista cansada y se recostó en la silla. Miró hacia el techo donde sabía que estaba Min dormida en su habitación.

Se levantó, se acercó a la ventana y miró hacia las casas. Ahora estaban todas prácticamente a oscuras porque era muy tarde. Sabía que debía acostarse. Estaba cansada. Todavía no se había acostumbrado a la diferencia horaria. Sentía más presión de la que había sentido jamás. Hacer lo que se esperaba de ella era prácticamente imposible. Quizá consiguiera llevar a cabo la primera parte de la misión, pero la segunda parte, la huida, resultaría imposible.

Y entonces, ¿qué sería de Min?

Dos días después Chung-Cha viajó a otro lugar, lejos de la ciudad. Era una zona rural y la casa a la que la llevaron estaba aislada entre los árboles y antiguos campos de labranza que hacía mucho tiempo que no veían un arado.

La esperaban varias personas, pero no Bae. Ocupaba un puesto tan delicado que se aplicaba el máximo cuidado en que no se conociera su lealtad para con Corea del Norte. Llevaba bastante tiempo en Estados Unidos y era uno de los mejores agentes de los que disponían. Su cargo en la Casa Blanca le permitía ver y oír cosas a las que nadie más tenía acceso.

Se trataba del equipo del que le habían hablado a Chung-Cha, formado en su totalidad por hombres. Sabía que eran todos duros y aguerridos, capaces de matar a gente de muchas formas posibles. Algunos llevaban más tiempo que otros en Estados Unidos. Todos estaban dispuestos a morir para cumplir con sus propósitos. Sabían que las personas que protegían a sus objetivos eran excelentes. Solo que esperaban ser mejores.

Se sentaron alrededor de una mesa vieja en la que otrora fuera la cocina de la casa, según lo que intuyó Chung-Cha al ver el fregadero deslucido y el horno oxidado. Todos hablaban en coreano, de forma rápida y seca, para compartir lo que habían averiguado. La cuestión principal era decidir el escenario donde se produciría el ataque.

—Van a viajar a un lugar llamado Nantucket —dijo uno de los hombres a Chung-Cha—. Nuestro camarada Bae lo oyó a hurtadillas.

—No me dijo nada la última vez que nos vimos.

—Había que confirmarlo. Ahora ya lo está.

Le enseñó un mapa.

—Se trata de una pequeña isla cercana a la costa en el estado de Massachusetts, en el océano Atlántico. Se llega en avión o en ferry. Se trasladarán allí dentro de dos semanas. Solo la esposa y los dos hijos con sus escoltas y personal. Conocemos la casa donde se alojarán. Está cerca del pequeño centro y ofrece ciertas oportunidades.

—¿Tenéis la agenda de eventos a los que asistirán? —preguntó Chung-Cha.

—Una lista preliminar obtenida a través de distintas fuentes. Estamos trabajando duro para confirmarla.

—Tendremos que llegar allí antes que ellos —dijo Chung-Cha—. Para no levantar sospechas.

—Sin duda. No es la temporada de verano, cuando hay muchos turistas. En esa época, la clase sirviente viene de África y Rusia y otros países de la Europa del Este para cuidar de los ricos americanos que tienen ahí una segunda residencia.

—¿Segundas residencias? —preguntó Chung-Cha.

—Esos americanos ricos suelen tener más de una casa. Viajan entre ellas y disfrutan de los frutos de su avaricia y de la explotación de los pobres.

—Entiendo.

—Durante esta época esos sirvientes se marchan. Por suerte, ahora hay asiáticos e hispanos que trabajan allí. Como ya sabes, los americanos no son capaces de distinguir a un chino de un japonés, y mucho menos de qué zona proceden. Son ignorantes y se sienten superiores. El mundo gira a su alrededor, menuda chusma. Ahora tenemos ahí a dos agentes. Nos prepararán el terreno. Tendremos trabajo en distintas partes de la isla. No todos. Algunos os quedaréis en la reserva, como tú, Chung-Cha. Tú aparecerás en el momento en que haya que dar el golpe.

—¿Y sabemos cuándo y dónde será ese momento?

—Pronto lo decidiremos —afirmó el hombre— y repasaremos todos los detalles hasta que soñemos con ellos.

—¿Cuánto tiempo pasarán ahí?

—Son una especie de vacaciones. Una semana.

—¿Y los niños y la escuela? ¿Seguro que van al Nantucket ese?

—Sí.

—¿Y el presidente no va?

—Es posible. No podemos dar por sentado que no irá. Pero si va lo sabremos. No atacaremos cuando él esté. Las medidas de seguridad serían demasiado estrictas. Pero con respecto a los demás, la vigilancia no es ni de lejos tan fuerte como cuando el presidente está ahí. Es la persona más importante del país. Dicen que el Servicio Secreto dejaría atrás a su esposa e hijos para salvar su miserable vida.

Chung-Cha asintió ante todo lo que oía y luego examinó los mapas que tenía delante.

—Ya veo cómo podremos llegar hasta allí —declaró—. Pero en cuanto acabe la misión, ¿cómo huimos de esa pequeña isla que está en el océano? Seguro que no podemos marcharnos en avión ni tomar el ferry —miró rápidamente el documento— desde ese sitio de Massachusetts.

Todos intercambiaron una mirada y luego la miraron a ella.

—No esperamos sobrevivir a esto, Chung-Cha —reconoció el mismo hombre.

Ella lo miró de hito en hito con expresión impasible. Lo cierto era que aquello no le sorprendía. Era una misión suicida. Su suicidio. Y sabía cómo había llegado hasta allí.

—¿Conoces a la camarada Rim Yun? —preguntó al hombre.

—Tengo el honor, sí.

—¿Y fue ella quien te dijo que era así?

—Sí.

Chung-Cha recorrió a los demás con la mirada, que la observaban con curiosidad y, en el caso de dos de ellos, con suspicacia.

—No existe mayor honor que servir a nuestro Líder Supremo —declaró—. Y morir sirviéndole —añadió.

Volvió a centrarse en los documentos.

—Bueno, tenemos mucho trabajo que hacer.

Sin embargo, mientras repasaban los elementos del plan, Chung-Cha solo tenía una cosa en mente: Min.

65

A Robie le sonó el teléfono. Estaba sentado en el apartamento con Reel, hecha un ovillo en un sillón y con los ojos cerrados, aunque él sabía que no estaba dormida. Llovía en el exterior y hacía frío. Ninguno de los dos tenía nada que hacer y, aunque se agradecía un descanso, no estaban hechos para la vida ociosa.

—¿Diga? —preguntó Robie por el teléfono. Se sentó más erguido.

—Bueno. ¿Cuándo? —Asintió y dijo—: Allí estaremos.

Dejó el teléfono y dio un golpecito a Reel con la mano. Jessica abrió los ojos.

—¿Nos despliegan?

—No lo sé seguro. Lo que sí sé es que nos reclaman en la Casa Blanca.

—¿Otra vez? Cassion ya nos ha dado una palmadita en la espalda. ¿Qué más piensa hacer?

—No es Cassion quien nos reclama.

—¿Cómo? —preguntó, desdoblando las largas piernas e irguiéndose en el sillón.

—La petición procede de la primera dama. Tenemos que reunirnos con ella en sus aposentos privados de la Casa Blanca dentro de... —comprobó su reloj— una hora.

—¿Qué querrá de nosotros?

—Ni idea. Pero supongo que lo averiguaremos.

Se presentaron en la Casa Blanca a la hora especificada y fueron conducidos a los aposentos privados de la familia presidencial, situados en la segunda planta, después de tener que dejar sus armas a los agentes del Servicio Secreto.

Mientras subían en el ascensor, Reel le susurró a Robie:

—¿Has estado aquí arriba alguna vez?

Robie negó con la cabeza.

—¿Y tú?

—Joder, no.

Les condujeron a una gran zona con sofás llena de grandes floreros. Eleanor Cassion se levantó de un sillón y los saludó. El asistente que les había acompañado hasta allí se marchó discretamente.

Eleanor les hizo un gesto para que se sentaran en un gran sofá mientras ella se acomodaba frente a ellos. Vestía pantalones anchos, una chaqueta corta con una blusa blanca debajo y unos zapatos de salón con un tacón de cinco centímetros. Llevaba el pelo recogido en una cola de caballo. Lucía un collar de plata del que colgaba una medalla de san Cristóbal.

—Estoy segura de que os preguntáis por qué os he hecho llamar —empezó diciendo.

—Nos ha sorprendido —reconoció Robie.

—La cuestión es que, en fin, dejasteis impresionado a nuestro hijo, Tommy. De hecho, creo que ha estado buscando información sobre vosotros.

—No hay gran cosa que encontrar —dijo Reel—. No estamos en Facebook.

Eleanor sonrió.

—Lo sé. Y también sé que no estoy autorizada para saber buena parte de lo que hacéis, pero me he enterado de ciertas cosas. —Entonces añadió rápidamente—: Por favor, permitidme añadir mi agradecimiento al de mi marido por el servicio que prestáis al país.

—Gracias —dijo Robie mientras Reel asentía.

—He compartido unas cuantas cosas con Tommy acerca de vosotros. Nada confidencial, cosillas. Y que no han hecho sino intensificar la alta consideración en la que os tiene. —Miró hacia Reel—. Y me han explicado algo sobre tus últimas penalidades, agente Reel. Me alegra saber que... bueno... ya no estás en esa situación.

Reel no dijo nada al respecto pero siguió observando con curiosidad a la mujer.

La primera dama se retorcía las manos con nerviosismo.

—Señora, quizá sea mejor hablar claro.

Eleanor se echó a reír.

—Normalmente no me pongo tan nerviosa ni soy tan tímida a la hora de pedir algo. Antes lo era, pero cuando te casas con un político acabas siendo experta en pedir cosas a la gente. —Hizo una pausa, puso en orden sus pensamientos y dijo—: Los niños y yo nos vamos a Nantucket una semana. La idea es airearnos, recargar las pilas y pasar tiempo juntos. Creo que Tommy, en concreto, lo necesita.

—¿Por la pelea del colegio? —inquirió Reel.

—Entre otras cosas. Le ha costado adaptarse a la vida aquí. Mucho. Venimos de un sitio que no podía ser más distinto de esto.

—Una ciudad realmente única —comentó Robie—. Y no es fácil vivir en ella.

—Tienes toda la razón —dijo Eleanor enfatizando sus palabras.

—Pero ¿qué quiere de nosotros? —preguntó Reel.

—Bueno, a ver si lo digo de una vez. Me gustaría que nos acompañarais a Nantucket. El presidente no puede venir y he pensado... en fin, he pensado que teneros ahí podría... ir bien. —Siguió hablando apresuradamente—. Seguro que pensáis que es una locura. Me refiero a que no nos conocemos. Pero Tommy no ha parado de hablar de vosotros dos. No sé qué le cogió. Bueno, creo que sí que lo sé. Sois héroes y es obvio que el padre de Tommy os respeta muchísimo. Y Tommy quiere a su padre con locura... bueno... —Su voz se fue apagando y adoptó una expresión como si lamentara haber hablado demasiado.

—Solo he visto a Tommy una vez —reconoció Robie—.

Pero se nota que es buen chico. Y la pelea fue porque defendía a su padre.

—Lo sé. Admiro lo que hizo y me horroriza a partes iguales. No ha sido fácil para ninguno de los dos. No sé si castigarle o colgarle una medalla. Ese dilema acabó produciéndome dolor de cabeza.

—Ya veo —dijo Reel—. No es fácil ser madre.

—Siento no haber preguntado antes. ¿Eres madre, agente Reel?

Reel no vaciló ni un segundo.

—No, no tengo hijos.

—Entonces..., ¿aceptáis? —Eleanor se recostó.

Reel miró a Robie.

—¿El presidente y el Servicio Secreto están de acuerdo con esto? —preguntó Reel.

—Sí. A mi esposo le parece bien. Piensa que la seguridad añadida que ofrecéis vosotros dos es positiva. Y mis escoltas no han puesto ninguna objeción. Es obvio que saben algo de vosotros.

—¿Y los niños? —preguntó Reel.

—Tommy está más que encantado ante tal panorama.

—¿Y su hija?

—Tengo que reconocer que a ella no le apetecía ir a Nantucket, sobre todo en esta época del año. Quería quedarse en casa y estar con sus amigos. Pero ahora tiene muchas ganas de ir.

—¿Qué ha cambiado? —preguntó Robie.

Llegados a ese punto, Eleanor se sonrojó ligeramente.

—Pues... ejem... ha visto una foto tuya, agente Robie.

Reel lo miró de reojo y parpadeó.

—Más vale que no se te suba a la cabeza —dijo.

—Las adolescentes son muy impresionables —añadió Eleanor.

—Pero en realidad todo esto es por Tommy, ¿no?

—La verdad es que sí. Pero el hecho de pasar tiempo con mis hijos, lejos de este lugar, pues quizá sea por nosotros tres, agente Robie.

—Puede llamarme Will, señora.

—Y yo soy Jessica —dijo Reel.

—¿Entonces vendréis?

—Bueno, estamos de descanso entre misiones. Imagino que su petición será prioritaria —declaró Reel.

—O sea que la respuesta corta es que sí. Díganos dónde y cuándo —añadió Robie.

—No os imagináis lo agradecida que os estoy. Realmente espero que este viaje salga bien. Creo que podría propiciar un cambio significativo en Tommy.

—Seguro que sí —convino Robie—. ¿Quiere que hagamos algo en concreto mientras estemos allí con ustedes?

—Dado que el presidente no va a venir, espero que hagáis compañía a Tommy. Desde el día que os conocisteis soy consciente de que os admira. ¿Algún consejo sabio? ¿Vuestra mera presencia? ¿Y un hombre en el que Tommy pueda...?

—Creo que lo entiendo —dijo Robie.

—No me malinterpretéis —dijo Eleanor—. Quiere a su padre. Tenían... quiero decir... tienen una gran relación. Lo que pasa es que...

—Ni siquiera Superman es capaz de hacer el trabajo de un presidente —dijo Robie—. No deja tiempo para mucho más. Ni siquiera la familia.

—Más o menos —dijo Eleanor—. El presidente lo intenta, pero literalmente todo el mundo quiere un pedacito de él.

—No lo dudo.

Cuando se levantaron para marcharse, Reel intervino:

—Oh, una cosa más.

—¿Sí? —dijo Eleanor expectante.

—Recuérdele a su hija que mi compañero tiene edad suficiente para ser su padre.

66

—Esto no ayuda mucho —dijo Evan Tucker.

Estaba sentado frente a Robie y Reel en una sala de reuniones de Langley. A su izquierda tenía a Amanda Marks. Hombre Azul ocupaba un asiento a su derecha.

—No podíamos elegir —repuso Robie.

—Siempre se puede elegir —espetó Tucker—. ¿Irse de vacaciones a Nantucket cuando se os necesita aquí?

—Bueno, creo que necesitamos un respiro después de pasar unas vacaciones con los neonazis y del viajecito a Corea del Norte —dijo Reel con sequedad—. Y todos empiezan con la letra N: nazis, Norte de Corea y Nantucket. Puestos a elegir, me quedo con la última opción.

—Ya sabes a qué me refiero —dijo Tucker—. Todavía no sabemos qué van a hacer los norcoreanos. Entre nosotros, que conste que intenté convencer al presidente de no sacar a la familia de Pak del campo, pero no hubo manera. Ahora me temo que tendremos que pagar el precio de su incapacidad de superar su sentimiento de culpa por lo que le ocurrió a Pak.

Reel miró a Marks.

—¿Tenemos alguna idea de dónde podrían atacar?

Marks asintió.

—Hemos oído rumores de que los norcoreanos están colocando misiles para lanzar contra las bases estadounidenses en Corea del Sur.

—Bueno, pues así seguro que se inicia una guerra —dijo Hombre Azul.

—Todo apunta a que tienen un cabreo de narices —dijo Marks—. Primero el golpe contra Un y ahora el rescate de la familia de Pak. Era de esperar.

—Por supuesto —intervino Tucker—. Tal como dije. ¿Valía la pena por dos vidas? Vamos a pagar el pato. —Miró en derredor con actitud de desafiar a cualquiera que le llevara la contraria.

—¿Algún otro objetivo potencial? —preguntó Robie.

—Me temo que demasiados —dijo Hombre Azul.

—Y vosotros dos os vais a pasar el rato en la hermosa Nantucket, adonde van todos los miembros de la *jet set* a veranear —dijo Tucker.

—¿Ah sí? Pues me han dicho que tienes una casa ahí —comentó Reel—. Lo he comprobado.

—La alquilo solo en verano —refunfuñó Tucker.

—Lo cierto es que es positivo que la primera dama y los niños se marchen de la ciudad. Y este viaje no consta en la agenda oficial, lo cual es incluso mejor. —Marks miró a Robie y a Reel—. ¿Formáis parte del cuerpo de protección oficial?

—El protocolo del Servicio Secreto no permite tal cosa —repuso Reel—. Pero no creo que les moleste que vayamos. Creo que lo que quiere la primera dama es que pasemos tiempo con ella y su hijo, que vive un momento complicado.

Marks asintió mientras Tucker meneaba la cabeza exasperado.

—Bueno, mientras estéis de vacacioncitas quiero que os pongáis en contacto conmigo todos los días. No trabajáis ni para la primera dama ni para el Servicio Secreto. Trabajáis para mí, ¿queda claro?

—No lo he dudado ni un momento, señor —declaró Reel, con cierta tensión en la voz—. Mientras seas el DCI —añadió.

Cuando la reunión se dio por terminada, Tucker pidió a Reel que se quedara. Robie le lanzó una mirada inquisidora, pero ella asintió y él se marchó a regañadientes.

Cuando todos se hubieron marchado, Tucker volvió a sentarse e indicó a Reel que hiciera lo mismo.

—Yo me quedaré de pie si no te importa.

—¿Quieres que te ordene que te sientes? Por el amor de Dios, Reel, ¿no puedes hacer lo que te digo sin montar un numerito cada puta vez? Socavas mi autoridad cada vez que me vienes con gilipolleces como estas.

Reel le dedicó una mirada glacial pero se sentó.

—Acabaremos rápido —dijo él.

—Mejor —repuso ella.

Él la miraba de hito en hito mientras ella lo contemplaba impasible.

—Me odias con todas tus fuerzas, ¿verdad? —preguntó él.

—No creo que lo que sienta por ti tenga nada que ver con mi trabajo.

—Por supuesto que tiene que ver. Sin respeto, no hay nada.

—Si tú lo dices...

—Nunca me he enfrentado a un problema más complejo que el que tú me planteas. Nunca.

—Me alegro de haber surtido ese efecto.

—Hablo en serio, así que ahórrate las bromitas.

Ella se irguió un poco más en el asiento pero no dijo nada.

Él levantó dos dedos.

—Mi director adjunto, James Gelder. Y un analista llamado Doug Jacobs.

Reel no dijo nada.

—Los mataste a los dos.

Reel cruzó los brazos sobre el pecho.

—Trabajaban para esta agencia. Gelder era amigo mío. Están muertos por tu culpa.

Como intuyó hacia dónde iba aquello, Reel se dispuso a hablar, pero Tucker levantó la mano.

—Déjame acabar —instó—. He tardado mucho tiempo

en llegar al fondo del asunto en cuestión. Déjame hablar y luego respondes.

Reel se recostó en el asiento, evidentemente contrariada por esa demanda.

—He analizado todas las facetas del caso —continuó Tucker—. Y he llegado a la conclusión, por mucho que no quiera aceptarla, que Gelder, a quien yo consideraba mi amigo, y Doug Jacobs, que había jurado lealtad a este país, eran traidores. Estaban planeando un acto que, si se hubiera llevado adelante, habría sumido al mundo en el apocalipsis.

La señaló con el dedo.

—Tú evitaste que eso se produjera. Tú y Robie —corrigió.

La expresión de Reel se había suavizado. Ahora observaba a su jefe con atención.

—No puedo decir que esté de acuerdo con tu método. Culpable hasta que se demuestre la inocencia. Pero creo que ahora entiendo por qué hiciste lo que hiciste. Mataron a un hombre que significaba mucho para ti. No había pruebas directas contra ellos. Si no hubieras actuado, el mundo tal como lo conocemos habría desaparecido. —Exhaló un largo suspiro de resignación—. Por mucho que no quisiera reconocerlo, creo que hiciste lo correcto, Reel.

Reel separó los labios y la sorpresa se reflejó en sus ojos. Tucker apartó la vista de ella y se puso a mirar la mesa.

—Tus actos desde entonces no han sido otra cosa que extraordinarios. Tú y Robie os habéis enfrentado a todos los obstáculos imaginables y os habéis jugado la vida una y otra vez. Evitasteis el desastre a escala global mientras todos los demás, incluido yo, nos tapábamos los ojos con las manos y teníamos el culo prieto. Como recompensa por ello, te envié a ti y a Robie a Siria básicamente a morir. Todavía me cuesta creer que hice lo que hice, tender una trampa a mis agentes, a mis mejores agentes, para que murieran. No tengo excusa y estoy sumamente avergonzado por ello. No obstante sobrevivisteis. Y volvisteis a casa y recibisteis vuestras medallas y he estado pensando en formas de emplumaros desde que os colgaron esos trozos de metal del cuello, intentando incluso ahogaros en el Quemador.

Tucker se quedó callado, pero Reel no parecía tener intención de decir nada.

—Me he enterado de lo que te pasó con ese impresentable que resultó ser tu padre. Sé lo que intentó hacer. Sé lo que hiciste para impedírselo y para salvarle la vida a Julie Getty. Y sé el riesgo que entraña ir a Corea del Norte y conseguir lo que tú y Robie conseguisteis. Puede considerarse un milagro. Y cualquier otro equipo habría acabado muerto.

Volvió a guardar silencio, pero esta vez fue más corto.

—O sea que he dicho todo esto básicamente para darte las gracias, agente Reel, por tu servicio. Yo estaba equivocado y tú tenías razón.

Le tendió la mano y ella se la estrechó.

—No sé qué decir, director —declaró Reel—. Pero creo que entiendo lo duro que te ha resultado hacer esto.

—El problema, Reel, es que no tenía que haber sido tan duro. Lo que pasa es que soy terco como una mula. Mira, sé que la gente me ve como alguien que no pertenece a este terreno. No he hecho mi carrera en el campo de la inteligencia. Soy un cargo político. No tenía ni puta idea. Hasta ahí llego. Trabajé duro para ponerme al día, de verdad que sí. Pero cometí errores. Y tú fuiste el mayor. Así pues, te pido disculpas otra vez. —Hizo una pausa—. Y cuando se neutralice la amenaza norcoreana, tengo intención de dejar el cargo y dejar que el presidente nombre a mi sucesor.

Reel no salía de su asombro.

—¿Estás seguro, señor?

—Aunque quisiera quedarme, no podría. Una autoridad superior a la mía ha dejado muy claro que mi servicio en la agencia está llegando a su fin.

Reel sabía exactamente quién era la «autoridad superior», pero fue discreta en su reacción.

—Entiendo —dijo.

—Y ya no soy joven, Reel. Hay otras cosas que quiero

hacer en la vida. Lo cierto es que este trabajo es matador, de verdad que sí. Vas de una crisis a otra. Del éxito al desastre. Las cimas más altas y los valles más profundos. Tengo el estómago convertido en una úlcera enorme. Creo que he envejecido más en este trabajo que en los treinta años anteriores de mi vida. Y no quiero marcharme hasta que este asunto quede resuelto. Pero no quería marcharme sin decirte lo que acabo de decirte. —Hizo otra pausa, la miró con nerviosismo y dijo—: Es todo lo que quería decir. Ahora puedes marcharte.

Mientras se levantaba, Reel habló.

—¿Entonces por qué nos has pegado la bronca durante la reunión?

—Porque por ahora sigo siendo el DCI. Y me preocupa que no estéis donde necesito que estéis. Por eso. Pero, dicho esto, espero que os relajéis en Nantucket.

—Gracias, señor. Yo también lo espero.

67

El mar estaba muy picado, aunque en el catamarán de doble casco y alta velocidad apenas se notaba. Chung-Cha estaba sentada en la zona climatizada mientras que Min tenía la cara pegada a la ventanilla mirando el agua espumosa.

Chung-Cha había caído en la cuenta de que Min no había viajado en ningún tipo de barco. Hasta hacía poco no había subido a un coche, un avión o un tren. La chiquilla había avanzado mucho en muy poco tiempo.

A medida que la isla de Nantucket aparecía por entre la niebla, Min retomó su asiento al lado de Chung-Cha. El ferry estaba a la mitad de capacidad y sobre todo viajaba en él gente mayor que regresaba a la isla. Chung-Cha sonreía de vez en cuando a alguno de ellos pero no decía nada.

El ferry pasó junto al rompeolas y se dirigió al puerto. Al cabo de unos minutos estaban atracados y los pasajeros fueron desembarcando en fila. Chung-Cha tenía cogida de la mano a Min cuando bajaron por la pasarela. El capitán del ferry inclinó el sombrero y dijo:

—Disfruten de la visita.

Chung-Cha sonrió.

—Eso pensamos hacer.

Continuaron tirando de las maletas con ruedas hasta la empresa de alquiler de coches, donde Chung-Cha sacó el carnet de conducir y la reserva, junto con la tarjeta de crédito. Se marcharon al cabo de un rato en un pequeño todoterreno blanco. Mientras el sol se ponía por el oeste, tiñendo el cielo de tonalidades rojizas y doradas, Min miraba por la ventanilla.

—¿Qué estamos haciendo aquí, Chung-Cha?

—Ya te lo he dicho. Un viajecito.

—¿Quiénes eran esa gente del otro sitio?

—Amigos míos.

—No parecían muy amables.

—Pues lo son. Son buena gente.

—¿Trabajas con ellos? —preguntó Min mirando de soslayo a Chung-Cha.

—Un poco.

—¿Cómo se llama este sitio?

—Nantucket. Estamos en el océano Atlántico. Corea está en el océano Pacífico.

—No sé nada de todo eso.

Chung-Cha le lanzó una mirada rápida mientras conducía.

—Lo sabrás, Min. Te lo prometo. Aprenderás todos los días. Incluso... —Se le quebró la voz.

—¿Incluso qué? —se apresuró a decir Min, que pareció intuir cierta desazón en la mujer.

—Incluso cuando estés cansada de aprender —dijo Chung-Cha con una sonrisa.

Había introducido el destino en el sistema de navegación del vehículo. La isla no era grande pero las carreteras no estaban demasiado bien indicadas y agradecía la ayuda del ordenador de a bordo. Min seguía con la mirada el puntito que representaba su vehículo mientras se desplazaba por la ventana del GPS. Hizo muchas preguntas sobre el dispositivo y Chung-Cha respondió de acuerdo con lo que sabía.

El coche de alquiler traqueteó por las calles adoquinadas de la plaza de la localidad. Había gente en la calle y muchas tiendas todavía estaban abiertas. No hacía frío aunque refrescaría cuando fuera noche cerrada. Estaban rodeadas por el olor salobre del océano.

Min olisqueó.

—No huele bien.

—Huele a pescado. No está tan mal. Hay olores mucho peores.

Min la miró y asintió.

—Hay olores mucho peores —repitió.

Pronto giraron por un callejón serpenteante con hierba a ambos lados. El océano resultaba visible por los tres lados. La casita a la que llegaron estaba situada a un lado de la carretera. Chung-Cha paró el motor y abrió la puerta del coche. Ella y Min sacaron las maletas y caminaron juntas hasta la puerta delantera.

—¿Quién vive aquí? —preguntó Min.

—Por ahora nosotras.

El interior de la casa era pintoresco y muy cuidado, y cuando Min vio que tenía una habitación con una cama para ella sola se quedó anonadada.

—¿Para mí sola? —preguntó a Chung-Cha.

—Yo estaré en la habitación de al lado. Te gustará. Pero si te sientes angustiada, sabrás dónde encontrarme.

No habían comido desde el mediodía, por lo que Chung-Cha preparó la cena con lo que encontró en el frigorífico, que les habían llenado previamente. Comieron y bebieron té caliente y contemplaron la puesta de sol en el horizonte.

—Parece que el sol se ha caído en el agua —dijo Min mientras miraban por la ventana.

—Sí, eso parece.

Min se pasó la siguiente hora dando vueltas por la casa y viendo lo que había en ella. Los propietarios habían dejado juguetes y juegos de mesa en un armario. Min estaba jugando con algunas cosas que había sacado, pero no le gustaba perder de vista a Chung-Cha demasiado rato.

Chung-Cha se sentó en una silla después de accionar un interruptor, con el que se encendió la chimenea a gas. Cuando Min vio las llamas, se fue corriendo con expresión horrorizada.

—¡Tenemos que ir a buscar agua para apagarlo!

—No, Min, no pasa nada. Funciona así. Produce calor. Mira, acércate, así. Es agradable.

Ella y Min se colocaron delante del fuego y dejaron que las calentara.

Al cabo de una hora, Min se durmió en el sofá al lado de Chung-Cha. Entonces pudo ponerse a trabajar.

Dado que tenía claro que no se esperaba que hubiera supervivientes en la misión, tenía que pensar bien ciertos asuntos. Cuando hubo reflexionado al respecto, sacó el móvil y observó las imágenes que aparecían. Los tres Cassion le devolvían la mirada. Madre, hija e hijo.

Acto seguido, contempló las imágenes de Will Robie y Jessica Reel. Se notaba que eran como ella. Se les veía fuertes y capaces y que no le temían a nada.

Mientras Min roncaba suavemente a su lado, Chung-Cha volvió a repasar todos los documentos y los detalles una vez más.

El plan aún no estaba hecho porque todavía no se sabía el itinerario exacto de la familia presidencial. De hecho, quizá no lo hubiera, dado que aquel viaje no formaba parte de la agenda oficial sino que había sido improvisado.

Eran perfectamente conscientes, a juzgar por las noticias recientes, de que la Agencia de Seguridad Nacional y otras agencias de inteligencia estadounidenses escuchaban a todo el mundo, o sea que el uso de teléfonos para comunicarse, ni que fuera mediante mensajes de texto o de correo electrónico, se consideraba demasiado arriesgado en la isla, aunque estuvieran codificados. Se creía que cualquier comunicación en la isla, teniendo en cuenta que alojaba a la primera dama y a sus hijos, estaría sujeta a un escrutinio mayor.

Pero no es que pudieran reunirse libremente y seguir urdiendo el plan. Un grupo de asiáticos haciendo tal cosa resultaría sospechoso y podrían sabotearles la misión antes incluso de que empezara.

Sin embargo, tenían que comunicarse como fuera. Y consideraban que habían conseguido un plan para hacerlo manteniéndose por debajo del radar de los americanos. Además, Chung-Cha había ideado una manera para que Min formara parte del mismo.

A lo largo de los días siguientes, Chung-Cha y Min fueron en coche y a pie por la localidad. Caminaron por la playa. Recogieron conchas y lanzaron guijarros al océano. Contemplaron a las gaviotas deslizándose por el cielo y los ferris surcando el agua.

Chung-Cha mantenía el oído aguzado por si escuchaba retazos de conversaciones sobre las personas que estaban por llegar. Y se enteró de ciertos detalles porque, al parecer, a los estadounidenses les gustaba cotillear.

Varios hombres entraron en el café local mientras ellas tomaban crema de marisco. Vestían americana y pantalones caqui y llevaban pinganillos, aparte de presentar un aspecto discretamente profesional. Ocuparon una mesa cerca de Chung-Cha y Min. Mientras fingía escuchar a Min, Chung-Cha escuchó a hurtadillas la conversación que mantenían los hombres. Se enteró de unos cuantos detalles importantes, incluso cuándo llegaba el grupo y cómo.

En cuanto los hombres se marcharon del café, Chung-Cha se paró a tomar ciertas notas antes de volver al coche y marcharse con Min. Pararon en una gasolinera y Chung-Cha vio la pequeña oficina tras un cristal con el cajero situado detrás de la caja.

Dobló el papel que había escrito y se lo dio a Min.

—¿Ves a ese hombre de ahí? —dijo, señalando. Min miró en esa dirección, vio al cajero y asintió—. Llévale esta nota mientras yo reposto.

—¿Qué dice la nota?

—No es importante. Solo le doy información que necesita.

—¿Cómo es que le conoces?

—Le conozco porque es de nuestro país.

—¿Por qué está ahí?

—Llévale la nota, Min. Hazlo. Y él a cambio te dará algo para mí.

Min abrió la puerta, volvió la mirada hacia Chung-Cha una vez y entró corriendo en la pequeña oficina.

Chung-Cha puso gasolina mientras observaba a Min. Entregó la nota al hombre y él le dio un trozo de papel a cambio, junto con unos dulces del expositor que tenía al lado de la caja registradora. Sonrió y le dio una palmadita a Min en la cabeza.

Cuando Min regresó al coche, tendió la nota a Chung-Cha y le enseñó los bombones.

—¿Me los puedo quedar?

—Solo uno. Guárdate los demás para más tarde.

Chung-Cha se guardó la nota en el bolsillo.

—¿No vas a leer lo que pone? —preguntó Min mientras se introducía rápidamente el bombón en la boca.

—Más tarde, aquí no.

Volvieron en coche a la casa.

Mientras Min se iba a jugar, Chung-Cha miró la nota. Estaba escrita en código, y no en coreano, por si acaso. Esta vez habían utilizado el inglés.

Leyó el contenido dos veces para asegurarse de que no se le escapaba nada. A continuación soltó un suspiro al oír reír a Min. Había puesto la tele y debía de estar viendo los dibujos animados.

«Reír debe de ser bueno —pensó Chung-Cha—. Debe de ser muy bueno.»

68

—Parece el babero de un bebé —observó Reel.

—O la parte inferior de un bikini —repuso Robie.

Estaban en un jet privado descendiendo al aeropuerto de Nantucket. El hecho de ver la isla desde el aire les había hecho pensar en esa descripción.

—Marte. Venus —dijo Reel con ironía.

—Supongo.

Eleanor Cassion y sus hijos viajaban en la parte delantera con los escoltas. Llevaban en ferri unos coches especiales a la isla. Si el presidente hubiera ido, la logística habría sido mucho más complicada.

—Colonizada en 1641, 124 kilómetros cuadrados de tierra y otros 150 de agua. Cincuenta mil personas en verano, y aproximadamente una quinta parte durante el resto del año —dijo Reel—. La isla recibe el nombre de «pequeña dama gris del mar» cuando el lugar está envuelto por la niebla, lo cual suele pasar bastante a menudo. Pero esta isla contiene algunos de los terrenos más caros del país. El punto más alto es Folger Hill, de unos 33 metros de altitud.

Robie la observó.

—Menuda fuente de información estás hecha.

—Google nos convierte a todos en genios.

El jet aterrizó y se detuvo. Reel y Robie cogieron sus bolsas de viaje y se encaminaron a la salida.

Claire Cassion se colocó expresamente delante de Robie en el pasillo. Su madre y su hermano iban un poco más adelantados. El Servicio Secreto ya estaba fuera del avión asegurándose de que todo estaba correcto antes de que la familia desembarcara y subiera al todoterreno que les aguardaba.

Claire llevaba unos vaqueros ajustados, unos tacones que la hacían mucho más alta y una sudadera de Yale. Giró la cabeza hacia atrás para dirigirse a Robie.

—¿Has disfrutado del vuelo?

—Disfruto de todos los vuelos en los que el avión aterriza con las ruedas.

La joven se echó a reír.

—Qué gracia. Guapo y con sentido del humor, impresionante.

Reel giró la cabeza para que Claire no la viera poniendo los ojos en blanco. Pero le dio un buen codazo a Robie en la espalda y le susurró:

—Cielos, debe de ser fantástico tener tanto éxito con las niñas.

Mientras bajaban por las escaleras del jet, Claire tropezó por culpa de los tacones, pero Robie la sujetó. Ella le apretó el brazo.

—Gracias, señor Robie.

—Puedes llamarme Will.

La joven desplegó su mejor sonrisa.

—Vale, y tú puedes llamarme Claire.

Robie esperaba otro codazo de Reel pero no llegó. Miró a su alrededor y vio que Tommy observaba fijamente, no a él sino a Reel, mientras que Eleanor contemplaba a su hija con expresión de resignada exasperación.

Al pisar la pista vieron la caravana de tres todoterrenos que les esperaban.

—Yo creo que tú también tienes club de fans —dijo Robie a Reel. Hizo que dirigiera la mirada hacia Tommy mientras el muchacho subía al todoterreno del medio. Tommy seguía observándola.

—Fantástico —dijo Reel hastiada—. Superfantástico.

Fueron en el vehículo trasero detrás del todoterreno que llevaba a los Cassion. Iban acompañados de dos agentes del Servicio Secreto.

—Bienvenidos a bordo —dijo uno de ellos—. Tengo entendido que sois de la comunidad de inteligencia.

—Departamento de Estado —dijo Reel, disimulando la sonrisa.

—Sí —dijo el agente, sonriendo.

—¿Por qué Nantucket? —preguntó Robie.

El agente se encogió de hombros.

—La primera dama fue al colegio en Boston. Por lo que parece que pasó mucho tiempo aquí de niña. Buenos recuerdos.

—Debe de estar bien alejarse del D.C.

—Siempre está bien alejarse de ese sitio —convino el agente antes de añadir—: El hecho de que estéis aquí ¿es por algo que deberíamos saber? ¿Amenazas?

—El único motivo por el que estamos aquí —respondió Robie— es porque nos lo pidió la primera dama.

—Creo que piensa que podemos ejercer una influencia tranquilizadora en su hijo —añadió Reel.

El agente asintió.

—Lo está pasando mal. No es fácil para un niño.

—No, no lo es —corroboró Reel.

—¿Os parece que podréis ayudarle? —preguntó el agente—. Es un buen chico. Nunca nos causa ningún problema, aparte de cuando se mete en peleas en el cole.

—No sé si podemos ayudarle —dijo Reel—. Pero podemos intentarlo.

—¿Vosotros tenéis experiencia con niños?

Robie y Reel intercambiaron una mirada.

—Trabajamos en Washington D.C., o sea que tenemos mucha experiencia en el trato con niños.

El agente se echó a reír mientras la caravana de coches seguía adelante.

El lugar en el que se alojaban se encontraba a escasa distancia a pie del centro. Había dos edificios, la casa principal, de gran tamaño, y otra casa para invitados, de cuatro habitaciones. Los Cassion y su personal ocuparían el edificio principal. Los escoltas, la casa de invitados. A Robie y a Reel se les adjudicaron unas habitaciones en la casa grande.

Después de deshacer la maleta, Reel entró en el dormitorio de Robie, que estaba al lado del de ella.

—¿Te sientes privilegiado por dormir con los Cassion? —preguntó mientras se sentaba en la cama.

Robie dejó a un lado el resto de su ropa y dijo:

—El jurado todavía está deliberando al respecto.

Reel miró por la ventana.

—Nunca había estado aquí. Se ve bonito, aunque un poco surrealista. Como un anuncio de Ralph Lauren.

Robie se colocó junto a ella en la ventana y contempló la finca.

—Aquí el Servicio Secreto lo tendrá realmente difícil. Hay muchos puntos de acceso y una vía pública justo ahí. Seguro que preferirían algo más protegido.

—¿Crees que van a ser atacados en la vieja y querida Nantucket?

—Nunca se sabe.

—Supongo que es difícil descartarlo.

—Es imposible descartarlo. No observes el mundo bajo otro prisma. Puntos de ataque y de contraataque.

—Pues vaya asco, ¿no?

—No, si te sirve para seguir con vida.

Alguien llamó a la puerta.

—¿Quieres adivinar quién? —dijo Reel.

—Adelante —dijo Robie.

La puerta se abrió y ahí estaba Claire. Su sonrisa se desvaneció en cuanto vio a Reel.

—Will, mi madre quería que supieras que hemos pensado en ir a comer algo y luego dar un paseo por la playa. Le gustaría que tú vinieras. —Claire no miró a Reel mientras lo decía.

Reel pasó un brazo alrededor de los hombros de Robie.

—Dile a tu madre que estaremos encantados de venir.

Claire frunció el ceño.

—Vale. Abajo dentro de cinco minutos. —Giró sobre sus talones y se marchó con actitud airada.

—Yo iría con cuidado, Jessica —advirtió Robie.

—¿Por qué?

—Ya ves qué tacones de aguja lleva.

En el restaurante, Claire se lo montó para sentarse al lado de Robie mientras que su hermano y su madre se sentaban a ambos lados de Reel.

—Mamá me ha dicho que eras una especie de... de héroe —le dijo a Robie.

—Muy amable por parte de tu madre. Pero lo único que hice es mi trabajo, ni más ni menos.

La joven le dio una palmadita en el antebrazo.

—Seguro que tienes un montón de historias que contar.

—Ninguna de las cuales puede contarte, Claire, así que no le acoses, al pobre —intervino Eleanor.

—No le acoso, mamá —dijo Claire frunciendo el ceño—. Es que estoy interesada, eso es todo.

—¿Has pensado en dedicarte al servicio público? —preguntó Robie.

—Sí. Y no tardaré mucho. Ya casi estoy en la universidad.

—Acabas de empezar el bachillerato, así que todavía te quedan tres años de instituto —puntualizó su madre.

—Van a pasar volando —dijo Claire, chasqueando los dedos.

—Me temo que en eso sí que tienes razón —dijo su madre exhalando un suspiro y mirando a Tommy. Le atusó el pelo—. Después de comer nos vamos a la playa, Tommy. Podrás añadir conchas a tu colección.

Tommy miró a Reel con expresión incómoda.

—Eso es cosa de niños, mamá.

—Lo cierto es que a mí me encanta coleccionar conchas —dijo Reel.

A Tommy se le iluminó el semblante enseguida.

—Yo sé mucho de conchas. Puedo enseñarte cosas.

—Suena bien.

Eleanor dedicó una mirada de agradecimiento a Reel y luego se centraron en la carta del restaurante.

La playa estaba desierta y rocosa; la marea estaba baja. Unos zarcillos de agua espumosa y algas verdes revestían la arena y las rocas. Había nubes y el mar estaba revuelto. Las olas grandes rompían lejos de la zona por la que caminaban.

Tommy y su madre llevaban cubos en los que iban recogiendo las conchas. Reel caminaba al lado de Tommy mientras que Claire iba pegada a Robie. Los escoltas, vestidos con cortavientos y vaqueros, formaban un círculo amplio a su alrededor.

—Estoy muy contenta de que hayas venido aquí con nosotros, Will —dijo Claire.

—Probablemente preferirías estar en la ciudad con tus amigos —dijo Robie.

—Oh, no, qué va —respondió—. Mis amigos son majos, pero son bastante inmaduros. Sobre todo los chicos.

—Sí —dijo Robie con incomodidad. Lanzó una mirada a Reel para pedirle ayuda, pero ella sonrió y rápidamente apartó la vista y se centró en Tommy y su cubo de conchas.

Tommy le tendió una.

—Mi padre me dijo que las conchas pueden venir de miles de kilómetros de distancia. Esta podría haber empezado en China o algo así y acabar aquí. Muy guay.

—Muy guay —convino Reel.

—¿Estás casada? —preguntó Tommy.

—No.

—¿Te has casado alguna vez?

—No. ¿Por qué me lo preguntas?

—Bueno, la mayoría de las mujeres de tu edad están casadas, ¿no?

—No sé, Tommy. A lo mejor sí.

—¿Tienes hijos?

Reel miró más allá de donde estaba él, hacia el océano.

—No, no tengo.

Tommy pareció decepcionado.

—Pero creo que me gustaría ser madre, algún día —añadió Reel—. Supongo que tendré que decidirme antes de que sea demasiado tarde. No me hago joven precisamente.

—Oh, todavía te queda un montón de tiempo —dijo Tommy en tono alentador—. Y seguro que serías una madre estupenda.

—Gracias, eres muy amable.

Tommy se inclinó y cogió otra concha. Acto seguido señaló hacia un cangrejo de las Molucas que se escabullía.

—Qué miedo. —Se irguió y preguntó—: ¿Tu trabajo es peligroso?

—¿Por qué me lo preguntas?

—Mi padre me dijo que erais héroes. En vuestro servicio al país. Eso suele ser peligroso.

—Intentamos que sea lo más seguro posible —repuso Reel con diplomacia.

—¿Has matado a alguien alguna vez?

—¡Tommy! —exclamó su madre que, al parecer, había escuchado la conversación a hurtadillas—. Estoy convencida de que la agente Reel preferiría hablar de otras cosas.

Tommy alzó la mirada, avergonzado.

—Perdona.

—No pasa nada —dijo Reel—. Preguntando es como se aprenden cosas. ¿Te puedo preguntar yo?

Él la miró con nerviosismo.

—¿Como qué?

—Como lo que te gusta y lo que no te gusta de vivir donde vives.

—No me gusta nada —repuso con vehemencia.

—¿Nada de nada? ¿En serio?

Tommy vaciló.

—Bueno, la verdad es que viajar en el *Air Force One* mola mucho.

—Eres uno de los pocos niños que ha viajado en él.

—Y los tíos del Servicio Secreto son majos.

—Seguro que sí.

—No me gusta que la gente diga cosas sobre mi padre.

—A mí tampoco me gustaría.

—Mi hermana piensa que soy un imbécil inútil.

—Bueno, me temo que eso sería así independientemente de dónde vivieras. Es lo típico entre hermanas mayores y hermanos pequeños. Cuando seas más mayor, seguro que os llevaréis superbién.

—Lo dudo.

—No, ya verás. Porque lo que estáis viviendo ahora es tan especial, Tommy, que tú y tu hermana siempre compartiréis esa experiencia. Quizás ella no lo exprese, pero seguro que también es duro para ella.

—¡No, qué va! ¡Todo el mundo «adora» a Claire!

—¿En serio? ¿Todo el mundo?

Tommy contempló las conchas que llevaba en el cubo.

—Bueno, hay unas cuantas chicas del instituto que se lo ponen difícil. Y dice que una profesora la odia porque papá no le cae bien.

—O sea que entonces no todo el mundo la adora.

—No.

—Está claro que tu madre te quiere muchísimo.

—Es muy mandona. Me prepara la ropa, me arregla el pelo. Comprueba que hago los deberes, me dice que haga cosas.

—Cierto. Supongo que sería mucho más fácil para ti si no se preocupara.

—¿Cómo?

—Resulta que es la primera dama. Básicamente puede hacer lo que quiera. Podría haber venido aquí ella sola. Ir al balneario, quizás, ir a la peluquería y hacerse la manicura. Comer fuera todos los días. Ver a sus amistades. Pero en cambio aquí está contigo en la playa para que cojas conchas. Y antes le he oído decir que vamos a hacer un torneo de Scrabble.

—El Scrabble se me da bien. Una vez casi gané a mi madre.

—Uau, qué impresionante.

Tommy lanzó una mirada a su madre.

—¿Tienes una buena relación con tu madre? —preguntó a Reel.

—Ya no está viva.

Tommy se quedó anonadado.

—Oh, lo siento. ¿Y tu padre?

Reel frunció los labios y apartó la mirada.

—Hace mucho tiempo que no está presente en mi vida.

—¿Alguna vez estuvisteis unidos?

—No. Nunca tuvimos una buena relación, Tommy. Motivo por el que supongo que envidio a gente como tú. Porque es obvio que tus padres te quieren mucho. No les pasa a todos los niños. De hecho, hay demasiados que lo sufren.

Tommy se quedó ahí un rato toqueteando una concha.

—Creo que le voy a enseñar esta a mi madre. Creo que le gustará.

—Buena idea.

Reel le observó mientras corría por la arena compacta en dirección a su madre.

Acto seguido, apartó la mirada y la dejó perdida en el océano, lo más lejos que pudo.

Cuando volvió a girarse, miró hacia arriba en dirección a la zona de aparcamiento que bordeaba la playa.

Una mujer asiática y menuda caminaba cogida de la mano de una niña de una edad similar a la de Tommy. Se fijó en que la niña los observaba con curiosidad, aunque la mujer no miraba hacia ellos mientras caminaba fatigosamente.

Cuando Reel apartó la mirada pensó en lo curiosa que era la vida. Y, en cierto modo, las familias eran, con diferencia, una de las partes más satisfactorias, y exasperantes, de la vida.

69

—¿Quiénes son? —preguntó Min.

Chung-Cha miró hacia la playa.

—Gente. Turistas. Están cogiendo conchas igual que hicimos ayer.

—¿Por qué están rodeados de todos esos hombres? ¿Y qué es eso que llevan en la oreja?

—No lo sé —dijo Chung-Cha—. A lo mejor no oyen bien y les ayuda.

A Chung-Cha le había bastado una sola mirada para darse cuenta de que las dos personas que estuvieron en Bukchang también estaban ahí. No sabía que se llamaban Robie o Reel, pero se preguntó si estaban ahí porque los americanos estaban sobre aviso de un posible ataque contra la familia presidencial. Sin duda se trataba de una complicación con la que habría que lidiar.

Tiró de Min mientras salían del aparcamiento. Chung-Cha se sentó en un banco y escribió una nota, la dobló y habló con Min.

—Hay un hombre detrás del mostrador en esa tienda de ahí. —Señaló—. Es bajito y calvo y coreano. Dale esta nota.

Min cogió el papel y lo observó.

—¿Qué pone?

—No es más que una nota.

—¿También conoces a ese hombre? ¿Como en el otro sitio?

—Sí, ahora ve, por favor, y dáselo. Tal vez te diga que te esperes mientras escribe una respuesta. Venga.

Min cruzó la calle corriendo y entró en la tienda. Chung-Cha veía al hombre por la ventana mientras Min se acercaba al mostrador. En la tienda no había más clientes. Había conseguido ese trabajo muy rápido porque después de la temporada de verano muchos jóvenes que hacían estos trabajos se marchaban de la isla.

Observó al hombre leyendo la nota y escribiendo una respuesta para que Min la llevara. Dedicó unos instantes a introducir varios artículos en una bolsa de plástico como si los hubiera comprado.

Min regresó junto a Chung-Cha bolsa en mano. Le entregó la nota y volvieron juntas al coche. Chung-Cha se sentó al volante y leyó dos veces la nota cifrada mientras Min permanecía sentada mirándola.

—Algo va mal, Chung-Cha —dijo Min cuando Chung-Cha dobló la nota y se la guardó en el bolsillo—. No tienes buen aspecto.

—Estoy bien, Min. Bien.

Regresaron en coche hasta la casita en silencio. Al llegar, Chung-Cha encendió la chimenea y preparó un té caliente para Min y para ella. Se sentaron en el suelo delante del fuego.

—¿Por qué me cogiste de Yodok? —preguntó Min al final.

Chung-Cha seguía con la vista clavada en las llamas.

—¿Te alegras de que lo hiciera?

—Sí. Pero ¿por qué yo?

—Porque me recordabas... a mí. —Miró hacia Min y se la encontró mirándola de hito en hito—. Muchos años antes de que estuvieras allí, Min, yo también estuve en ese sitio. No nací en Yodok, como tú, pero fui allí a una edad tan temprana que no recuerdo mi vida antes de Yodok.

—¿Por qué fuiste allí?

—Me enviaron. Porque mis padres criticaron a los líderes de nuestro país.

—¿Por qué hicieron tal cosa? —preguntó Min asombrada.

Chung-Cha empezó a menear la cabeza antes de decir:

—Porque en esa época tenían valor.

Min abrió unos ojos como platos, como si no fuera capaz de dar crédito a sus oídos.

—¿Valor? —preguntó.

Chung-Cha asintió.

—Hay que tener valor para decir lo que uno piensa, cuando otros no quieren que lo hagas.

Min caviló al respecto mientras daba sorbos al té.

—Supongo que sí.

—Como cuando tú te mostraste desafiante en el campo, Min. Hace falta valor para ello. No dejaste que los guardias te domesticaran.

Min asintió.

—Odiaba a los guardias. Odiaba a todo el mundo que estaba ahí.

—Te hacen odiar a todos, incluso a quienes son como tú. A eso se dedican, de forma que los prisioneros no se alcen contra ellos sino que se delaten entre ellos. Así el trabajo de los guardias es mucho más sencillo.

Min volvió a asentir.

—¿Porque se chivan los unos de los otros?

—Sí —afirmó Chung-Cha—. Sí —dijo con más énfasis.

—¿El niño de la playa? —empezó a decir Min.

—¿Qué pasa con él?

—¿Crees que me dejaría coger conchas con él?

Chung-Cha se quedó petrificada al oír la sugerencia.

—No creo que fuera buena idea —dijo lentamente.

—¿Por qué no?

—No es buena idea. Volveré en cuestión de minutos.

Chung-Cha fue a su habitación y se sentó delante de un pequeño escritorio apoyado en la pared. Sacó la nota y volvió a leerla con más detenimiento.

El hombre había expresado su preocupación acerca de la presencia de Robie y Reel junto con la familia presidencial. Había sugerido la idea de cancelar el golpe y esperar a otra oportunidad.

Como líder de la misión, Chung-Cha sabía que el plan de asesinato seguiría adelante. No tendrían otra oportunidad como aquella. Cuando los americanos estuvieran muertos dejarían una nota, escrita en inglés, que detallaría los crímenes que América había cometido, crímenes que habían hecho que los norcoreanos se vengaran de la familia presidencial. Se consideraba que sería un duro golpe para la opinión pública americana. Como mínimo, los medios informarían de lo que fuera, independientemente de que hiciera quedar bien o mal al gobierno o al país. Eso sería impensable en Corea del Norte.

Miró hacia la puerta. Ahí estaba Min, preguntándose sin duda qué ocurría.

Chung-Cha se levantó y entró en la otra habitación. Min seguía sentada delante de la chimenea con la taza de té vacía. Chung-Cha tomó asiento a su lado.

—¿Te gustaría que te enseñara unas cuantas palabras en inglés? —preguntó.

Min se sorprendió pero asintió con energía.

Chung-Cha se colocó frente a ella y le dijo en inglés:

—Me llamo Min. —En coreano, añadió—: Ahora repítelo.

Min se hizo un embrollo al decir las palabras, pero siguieron insistiendo hasta que dijo las tres palabras con claridad.

—Ahora di «tengo diez años».

Min lo consiguió al quinto intento.

—Ahora junta las frases: «Me llamo Min. Tengo diez años.»

Min lo dijo y esperó que Chung-Cha le dijera más, pero daba la impresión de estar deliberando en su interior, con expresión perpleja.

—¿Y qué más? —preguntó Min con interés.

Dio la impresión de que Chung-Cha tomaba una decisión y volvió a mirar a Min.

—Ahora di: «¿Me ayudarás?»

Min articuló primero las palabras y luego se esforzó para pronunciarlas. Pero siguieron repitiéndolas hasta que las dijo con fluidez.

—¿Ves? Ahora ya sabes inglés —dijo Chung-Cha.

—¿Qué significa la última parte? —preguntó Min—. «¿Me ayudarás?»

—No es más que un saludo. Si me ocurre algo... —Chung-Cha se dio cuenta enseguida de que había cometido un error.

Min se asustó sobremanera enseguida.

—¿Qué va a ocurrirte?

—Nada, Min, nada. Pero nunca se sabe. O sea que si me pasa algo, estará bien que digas esas palabras. ¿Lo repites todo otra vez? Quiero asegurarme de que las recuerdas.

Repitieron las palabras muchas otras veces. Y cuando Chung-Cha acostó a Min por la noche, oyó que la niña repetía una y otra vez.

—Me llamo Min. Tengo diez años. ¿Me ayudarás?

Chung-Cha cerró la puerta, apoyó la frente en la madera y notó cómo se le encogían el corazón y la garganta y que las lágrimas se le agolpaban en los ojos.

—Me llamo Yie Chung-Cha. Soy joven pero vieja. ¿Me ayudarás también? —susurró.

70

Tras la cena esa misma noche, Eleanor Cassion se reunió con Robie y Reel en el salón adyacente a su dormitorio.

—Quiero daros las gracias —empezó diciendo.

—¿Por qué? —preguntó Reel.

—Fuera lo que fuese lo que le dijiste a Tommy parece haberle dejado huella. Esta tarde me ha dicho que va a controlar su ira en el colegio y que se esforzará más en hacer amigos.

—Es un chico fantástico, señora —dijo Reel—. Lo que pasa es que le resulta difícil lidiar con lo que supone pertenecer a la familia presidencial.

—Sé que no es más que un pequeño paso y que habrá más retos en el futuro, pero, por lo que a mí respecta, es algo muy positivo.

—Me alegro de que hayamos resultado útiles —dijo Reel.

—Espero que os lo estéis pasando bien. No sé dónde fue vuestra última misión, pero dudo que fuera en un lugar tan relajado y bucólico como este.

—Por supuesto que no —corroboró Robie.

Ella lo miró.

—En fin, si mi hija se pone muy pesada, por favor, dímelo. Puede llegar a ser realmente tozuda y cree que ya es muy mayor y que lo sabe todo.

—Resistiré, señora Cassion —dijo Robie—. Es... ejem...
una jovencita muy segura de sí misma.

—Desde luego —convino Eleanor—. Un poco demasiado segura, diría yo.

Un poco más tarde Robie paseaba por el jardín trasero de
la finca y se detuvo ante un parterre de flores marchitas que
pronto se arrancaría. Hacía fresco y se subió la cremallera de
la chaqueta.

Oyó una puerta que se cerraba detrás de él y se volvió.
Claire Cassion avanzaba hacia él. Llevaba otros vaqueros
ajustados y un suéter largo de punto. En el bolsillo delantero
se le notaba la silueta del teléfono móvil. Había sustituido los
zapatos de tacón por unas botas robustas que resultaban más
adecuadas para la hierba húmeda. Caminaba con un tazón de
café sujeto entre las manos.

—Bonita noche —dijo la joven. Se acercó el tazón a la cara
y añadió—: Nada como un café durante las frías noches de
Nantucket.

—¿Te gusta el café? —preguntó Robie.

—A mi madre no le gusta que tome demasiado café. Pero
cuando me paso toda la noche estudiando, ayuda. Y cuando
vaya a la universidad, seguro que formará parte de mi dieta.
—Dejó el tazón en una mesita que había cerca de un columpio y sacó el móvil—. Oye, ¿te importaría hacerte una foto
conmigo? Me gustaría colgarla en mi Facebook.

—Me temo que no puedo hacer tal cosa —dijo Robie.

—A mi madre no le importará. Bueno, se lo explicaré.

—No es por eso. Es que mi trabajo para el gobierno me
exige que... en fin... que permanezca en el anonimato.

Dejó el teléfono a un lado y su expresión y tono desenfadados se desvanecieron.

—Oh, no lo sabía.

—No es un tema del que ni yo ni la agente Reel podamos
hablar.

Claire se sentó en el columpio y le hizo una seña para que se colocara a su lado. Robie lo hizo a regañadientes. Cogió el tazón y miró hacia un agente del Servicio Secreto que estaba patrullando por el perímetro de la finca.

—No hay nada como estar todo el santo día rodeada de guardias armados.

—Pero piensa en las historias que tendrás para contar. No ha habido tantos presidentes ni tantas «primeras» hijas. Perteneces a un círculo realmente selecto.

—Supongo. Lo que pasa es que ahora, pues no parece tan fantástico. —Hizo una pausa y lo observó—. ¿Hace tiempo que conoces a la agente Reel?

—Mucho tiempo. Hicimos juntos la instrucción hace muchos años.

—¿Es buena?

—No habría durado todos estos años si no lo fuera.

—¿Es mejor que tú? —añadió Claire medio en broma.

Robie la miró con expresión seria.

—En cierto modo, sí, lo es. También me ha salvado la vida. Más de una vez.

Claire volvió a adoptar un semblante serio y dio un sorbo nervioso al café.

—¿Te gusta tu instituto? —preguntó Robie.

—Sí. He hecho unos cuantos buenos amigos. —Vaciló—. Sobre todo chicas. Los chicos son...

—¿Inmaduros, dijiste? Siento decírtelo, pero es posible que eso no cambie mucho ni siquiera cuando se hagan mayores.

—No se trata solo de eso. Pero piénsalo: ¿se supone que tienen que venir a la Casa Blanca a recogerme para una cita?

—Imagino que tu padre puede resultar bastante intimidante para un joven.

—Mi padre es un blando. La dura es mi madre.

—Seguro que lo único que pasa es que se preocupa por ti.

—Sí, bueno, a veces se preocupa demasiado.

—¿Y qué me dices de tu hermano?

—¿Qué pasa con él?

—¿Os lleváis bien?

—Tiene diez años. No tengo mucho que ver con él. No es más que un niño, Will.

—Él también pasa por un momento difícil. ¿Alguna vez ha intentado hablar de ello contigo?

—Nunca acudiría a mí para decirme algo así.

—¿Por qué?

—Me refiero a que yo soy casi seis años mayor que él. Y él es un chico. Y yo, pues bueno, una mujer.

—Supongo que hay una gran diferencia de edad entre ambos.

Entonces Claire se mostró afligida.

—Mi madre... pues... tuvo un aborto cuando yo tenía tres años.

—Lo lamento.

Claire pareció arrepentirse de haber dado esa información.

—Oh, cielos, por favor, no le digas a nadie que te lo he dicho. Me refiero a que hay muy poca gente que lo sabe y nunca llegó a divulgarse durante la campaña y sé que mi madre...

—Claire, no voy por ahí contando lo que me dicen. Jamás.

La joven exhaló un suspiro de alivio.

—Gracias.

—Pero volvamos a tu hermano. ¿Antes hablabais?

—Claro, me refiero a antes de que papá resultara elegido. Antes era gobernador. Vivíamos en la residencia oficial y tal pero no tenía nada que ver con esto. Tommy era un niño encantador. Se preocupaba por mí.

—Creo que sigue haciéndolo.

Claire sonrió.

—Un año fuimos a hacer truco o trato. Con papá, a hurtadillas para que las cámaras no nos siguieran. ¿Sabes de qué se disfrazó?

Robie negó con la cabeza.

—¿De qué?

—De Maléfica. Ya sabes, el personaje malvado de *La bella durmiente* de Disney. Todo el mundo pensaba que era mi madre. Pero ella llevaba unos tacones de campeonato e iba disfrazada de Darth Vader. Y se pensaban que era papá. Fue superdivertido. Fue como el secreto de la familia. Algo que solo nosotros sabíamos cuando, pues...

—¿Todo el mundo lo sabía todo sobre vosotros?

Ella lo miró.

—Sí —dijo con arrepentimiento y pesar.

—He visto que llevas una sudadera de Yale. ¿Es ahí donde piensas estudiar dentro de unos años?

—Si me aceptan.

—¿La hija del presidente? Creo que no tendrás ningún problema.

—Pero no es así como se supone que tiene que ser. No quiero entrar allí gracias a él. Quiero entrar por méritos propios.

—Es una forma fantástica de ver la situación —declaró Robie.

—Además, mi padre fue a Yale. Mi madre fue a Columbia. Yo estoy pensando en la Universidad de Virginia. He estado allí unas cuantas veces. Charlottesville es muy bonito.

—La universidad de Jefferson. El hombre que no podía vivir sin libros.

—No es un mal ejemplo a seguir.

Robie estaba a punto de decir algo cuando oyó un golpetazo. Enseguida tumbó a Claire en el suelo, la protegió con su cuerpo y sacó la pistola al tiempo que dibujaba arcos con ella en el aire a su alrededor.

Oyó unos pasos que corrían hacia ellos y deslizó el dedo hacia el seguro del gatillo mientras se agachaba sin apartar la mano libre del hombro de Claire.

—¿Qué hay? —dijo Claire con voz temblorosa—. ¿Qué está pasando, Will?

—No te levantes, Claire. No voy a permitir que te pase nada.

Un agente del Servicio Secreto dobló corriendo la esquina de la casa y vio a Robie.

—Tranquilo, tranquilo, agente Robie. No hay amenaza —gritó.

Robie no bajó el arma todavía. Se abrió la puerta trasera de la casa y aparecieron Reel y la primera dama rodeados de agentes.

—Ha sido un petardeo, Robie. De un coche que ha pasado junto a la casa.

Robie guardó el arma y ayudó a Claire a incorporarse.

—¿Estás bien?

Claire estaba temblando pero asintió de todos modos.

—Gracias, Will. Creo que nunca he visto a nadie moviéndose tan rápido.

—¿Claire, cariño? —dijo la madre angustiada.

Claire corrió hacia su madre y las dos se abrazaron.

Reel caminó hacia Robie.

—Fantástico, ahora sí que eres su héroe.

—¿Seguro que ha sido un petardeo?

—Es lo que han dicho.

—Bueno —dijo sin convencimiento.

—¿Por qué? ¿Crees que ha sido otra cosa?

—Siempre supongo lo peor. Así es muy difícil decepcionarme.

71

El equipo apareció en la casa casi de madrugada.

Min estaba en la cama. Chung-Cha los recibió en la puerta y les acompañó al interior. Se sentaron a la mesa de la cocina y hablaron con rapidez en su idioma.

Uno de los hombres y la mujer eran los mismos que habían viajado en el tren hasta el D.C. con Chung-Cha y Min. Otro de los hombres era Kim Jing-Sang, un agente altamente especializado del ministerio del Interior de Corea del Norte que había llegado dos días antes. Todos hablaban y Chung-Cha enseguida descartó la idea de postergar la misión debido a la presencia de Robie y Reel. Nadie cuestionó su decisión.

Repartieron imágenes, diagramas, planos y documentos encima de la mesa. Hablaban del tema tranquilamente, como si estuvieran haciendo un trabajo en grupo de fin de semestre universitario en vez de estar planeando el asesinato de una familia.

Chung-Cha levantó siete dedos.

—Esta es la cantidad de agentes del Servicio Secreto que tienen. El personal resulta irrelevante. No va armado.

—Pero tienen el apoyo de la policía local —dijo la mujer.

Chung-Cha negó con la cabeza.

—Les he observado estos últimos días. No son nada. No supondrán ningún problema.

—¿Y el hombre y la mujer? —preguntó uno de los hombres—. ¿Los que ayudaron a liberar a los hijos del general Pak?

—Es bueno para nosotros —dijo Chung-Cha—. Así matamos dos pájaros de un tiro, creo que aquí lo dicen así. Los mataremos a la vez. —Lanzó una mirada a Jing-Sang—. Mi colega nos contará ahora qué pasará cuando los objetivos hayan sido eliminados. Y sus palabras proceden directamente del Líder Supremo.

Jing-Sang extrajo un pequeño vial del bolsillo.

—El Líder Supremo quiere que el mundo sepa quién hizo esto. Quiere que entiendan que Estados Unidos no puede imponer su voluntad sobre nuestro pueblo sin sufrir represalias. A fin de asegurar que así es, a cada uno se nos entregará un vial como este. Ingeriremos su contenido cuando la misión finalice. Es de acción rápida. Moriremos en cuestión de minutos. —Miró en dirección al dormitorio donde dormía Min.

—También tenemos que incluir a la zorrita —recordó a Chung-Cha.

—Yo misma me encargaré de ella —dijo Chung-Cha.

Jing-Sang asintió.

—Por supuesto, camarada Yie. Y nos ha ido de perlas haberla traído. Los americanos nunca ven maldad en los niños. Es de Yodok, ¿verdad?

—Sí.

Jing-Sang continuó.

—Entonces da bastante igual. No puede decirse que alguien vaya a echarla de menos. No es que forme parte del núcleo y tenga algún valor.

—Por supuesto —dijo Chung-Cha.

Sin embargo, debajo de la mesa, apretó los dedos para formar un puño. «Yo también soy de Yodok», pensó.

—Ahora solo nos quedan los detalles del ataque en sí —dijo en voz alta. Creemos que ya lo tenemos montado y que nos ofrecerá la mejor oportunidad de éxito.

Extrajo un papel de una carpeta y lo desdobló para que todos lo vieran.

—Hay una fiesta que los americanos celebran disfrazándose —dijo.

—Halloween —especificó Jing-Sang.

—Sí. Es una tontería en la que gastan mucho dinero. Hay un desfile que empieza en el centro, delante de una iglesia. Va circulando por las calles principales.

—Pero habrá mucha gente alrededor —objetó uno de los hombres—. Eso implica distracciones y obstrucciones y posibilidad de caos. ¿Cómo podemos estar seguros de que son nuestros objetivos y de que disponemos de una línea de tiro fiable?

—Por un motivo muy sencillo —explicó Chung-Cha—. Nuestros objetivos se reunirán en el ayuntamiento antes del desfile para reunirse con el alcalde de Nantucket y otras personalidades locales. Por lo demás, el ayuntamiento estará vacío. El desfile no empieza hasta al cabo de dos horas. Atacaremos entonces y atacaremos con fuerza. Penetraremos en el círculo exterior de seguridad y luego en el interior. Y entonces llevaremos a cabo nuestra misión.

—¿Cómo has conseguido esta información? ¿Es fiable? —preguntó Jing-Sang.

—Contamos con una persona que ayuda a limpiar el despacho del alcalde —dijo Chung-Cha—. Les oyó hablar. Y el itinerario del acto del ayuntamiento se quedó anoche encima del escritorio. Nuestro contacto lo fotografió. Es fiable. Lo he verificado yo misma.

Jing-Sang asintió.

—Excelente.

—Y ahora esa fiesta, Halloween, nos da la oportunidad perfecta para abrir una brecha en su muro de seguridad —apuntó Chung-Cha.

Sabía que los agentes del Servicio Secreto estaban dispuestos a morir para velar por la seguridad de sus protegidos. Pero ella también estaba dispuesta a morir para matar a esos mismos protegidos.

Terminaron la reunión y se despidieron. Antes de marcharse, Jing-Sang puso dos viales en la mano de Chung-Cha.

—Para mayor gloria, camarada Yie. Para mayor gloria.

Chung-Cha cerró la puerta detrás de él y se guardó los viales en el bolsillo.

Chung-Cha se sentó delante de la chimenea de gas y acabó quedándose dormida. Se despertó sobresaltada al oír el ruido. Se llevó la mano al interior del bolsillo y la cerró alrededor del cuchillo. Era el mismo cuchillo con el que había matado al enviado británico.

La casa estaba a oscuras y la luz de la chimenea era la única iluminación. Oyó unos pasos cautelosos procedentes de la cocina. Se acercó en silencio a ese punto y atisbó por la esquina.

Min se había servido un vaso de leche y se lo estaba tomando sentada a la mesa.

Entonces Min paró de beber, dejó el vaso en la mesa y cogió la foto. La foto que Chung-Cha había tenido la imprudencia de dejar en la mesa, pues se había quedado dormida antes de recogerlo todo y esconderlo.

Chung-Cha entró en la cocina y Min alzó la vista hacia ella.

—¿Por qué tienes esto, Chung-Cha? —preguntó, girando la foto.

Eleanor, Claire y Tommy Cassion la observaban desde la foto granulosa.

Chung-Cha toqueteó los viales que tenía en el bolsillo y miró el vaso de leche. La muerte con cianuro era relativamente rápida pero no indolora. ¿Sería mejor una bala? Rápida, sin dolor. Min nunca sabría que era Chung-Cha quien lo había hecho.

—Un amigo las ha traído —dijo—. Ha estado haciendo distintas fotos de gente y sitios de por aquí.

—Son las personas de la playa. El niño que cogía conchas.

Chung-Cha se le acercó, cogió la foto y la miró.

—Tienes razón. No me había dado cuenta.

—No he oído a nadie esta noche.

—Era tarde. Ya estabas dormida. —Chung-Cha mesó el cabello de Min—. Ahora deberías volver a la cama, Min.

La chiquilla seguía observando la foto y luego alzó la vista hacia Chung-Cha. Le temblaba el labio y Chung-Cha recordó que el motivo por el que había elegido a Min para llevársela del campo era su coraje obvio. Y su inteligencia.

—¿Chung-Cha? —empezó a decir Min.

—Esta noche, no, Min. Mañana ya hablaremos. Pero ahora no.

Volvió a acostar a la niña y se tumbó con ella un rato hasta que Min respiró de forma regular y acabó por dormirse.

Entonces Chung-Cha no se fue a la cama sino al exterior y se sentó en una silla de madera y contempló el cielo plagado de estrellas mientras la brisa le levantaba el pelo y el olor del agua cercana inundaba el ambiente.

Se sacó los viales de veneno del bolsillo y los sostuvo delante de ella. Eran pequeños pero mortíferos.

Igual que ella.

Se imaginó yaciendo entre los muertos del ayuntamiento. La escena plagada de policías y agentes americanos. El mundo llegando a entender lo que había ocurrido. Tal vez Estados Unidos y su país entraran en guerra por aquello, ante la cual solo había un resultado posible.

Acto seguido, volvió a guardarse los viales en el bolsillo, apoyó la cabeza en la áspera madera gris de la silla, cerró los ojos y pensó en un lugar y en una vida que fuera lo más distinta posible de la de ella.

72

—Oh, Dios mío, puedes ser Darth Vader —dijo Claire mientras acababan de almorzar en la casa. Acto seguido, miró fijamente a Reel—: Y tú podrías ser Maléfica.

—Gracias —dijo Reel con sequedad.

Eleanor fingió estar dolida.

—Oye, yo quería ser Darth Vader.

Tommy dejó el tenedor y dijo:

—Me da igual de qué vais los demás, yo me disfrazo de Lobezno. Él es el más... molón.

—¿Y tú de qué irás? —preguntó Reel a Claire.

—Oh, yo ya soy muy mayor para estas cosas. Quizá me ponga una peluca y finja ser un personaje de la tele antiguo, de comienzos del 2000 por ejemplo.

Eleanor miró a Reel con expresión divertida.

—¿Antiguo? ¿De comienzos del 2000? Nunca me he sentido tan vieja.

—¿A qué hora es lo de esta noche?

—Primero vamos al ayuntamiento. Me he ofrecido para que seamos una especie de directores del desfile. Así pues, vamos a hacer una reunión previa al desfile seguida de una recepción en el ayuntamiento. Estarán el alcalde y otras personalidades.

—O sea que será un aburrimiento absoluto —dijo Claire.

—O sea que durará poco y será importante para mucha gente de aquí —repuso su madre con brusquedad.

Robie miró a Reel.

—¿Preparada para ser Maléfica?

—No tengo el disfraz.

—Yo los he hecho traer —dijo Eleanor—. Sabía que celebraríamos Halloween aquí. Confiaba en que el presidente podría venir, pero por lo que parece no va a ser posible.

—¿Tú de qué irás, mamá? —preguntó Tommy.

—Creo que este año me voy a ir a la antigüedad, a los años setenta, y voy a disfrazarme de Cher. —Acto seguido, se dirigió a Reel, que estaba sentada a su lado—. Siempre me han encantado sus caracterizaciones a lo largo de los años. Sobre todo su pelo.

—¿Ché? ¿Ché qué? —preguntó Tommy, confuso. Quedaba claro que nunca había oído hablar de la cantante.

—Ya lo verás, ya lo verás —dijo Eleanor.

Cuando hubieron acabado de comer, Robie y Reel salieron.

—¿Desfile de Halloween municipal?

—Sí, suena que te cagas —dijo Reel sin el menor entusiasmo.

—Apuesto a que nunca fuiste a hacer truco o trato.

—Has ganado la apuesta.

—Bueno, pues puedes compensar el tiempo perdido.

—Me alegro de que pronto nos marchemos de aquí; empiezo a sentir claustrofobia.

—¿No atisbas ninguna isla en tu futuro?.

—Soy más bien urbanita.

—Tenías una casita en Eastern Shore perdida en medio de la nada —señaló Robie.

—Por eso ahora soy urbanita. Me harté de aquello.

—Supongo que el Servicio Secreto echará un vistazo al ayuntamiento y a la ruta del desfile.

—Supongo. Seguro que no les entusiasma esta idea. Un montón de gente, disfrazada. Es fácil ocultar cosas, armas, explosivos.

—No, no les entusiasma. Al menos el presidente no está aquí. Si estuviera aquí no creo que salieran a desfilar.

—¿En serio que te vas a disfrazar? —preguntó Jessica.

—¿Por qué no?

—Y a mí me toca ser Maléfica, ¿no?

—Bueno, encaja con tu personalidad —dijo Robie.

Reel le dio un golpe en el brazo.

—¿Qué vamos a hacer cuando volvamos a tierra firme? —preguntó él.

—Esperar a la siguiente convocatoria.

—Dudo que sea para los dos a la vez. Tienden a enviarnos en solitario.

—Lo sé, Robie.

—Creo que voy a dedicarme un año más a esto y luego doy por concluida mi carrera.

Reel se sorprendió.

—¿Cuándo lo has decidido?

—Creo que ahora mismo, pero llevo tiempo pensándolo. —Estiró el brazo donde tenía la piel quemada—. Supongo que la bomba trampa que me pusiste en Eastern Shore me hizo pensar en mi vida. —Sonrió para dejarle claro que bromeaba, pero Reel no le devolvió la mirada.

—Ni te imaginas lo mal que me siento por haber estado a punto de matarte.

—Por aquel entonces pertenecíamos a bandos contrarios. Pasó lo que pasó. Lo entendí. Estamos en paz.

Reel le miró el brazo y la pierna donde sabía que estaban las quemaduras.

—Te compensaré de alguna manera, Robie.

—Creo que ya lo has hecho.

—¿Cómo?

—Pues hace muy poco, en Corea del Norte.

—No me parece suficiente.

—Créeme, lo fue —repuso él.

—¿Dices en serio lo de dejarlo?

—Muy en serio.

—¿Qué vas a hacer?

Robie se encogió de hombros.

—¿Quién dice que tengo que hacer algo? He ahorrado suficiente dinero. No tengo lujos. He viajado por el mundo o por lo menos por las zonas más conflictivas. Quizá me dedique a no hacer... nada.

—No te lo crees ni tú, Robie, ni por asomo.

—Quizá no haga nada durante un tiempo. Y luego ya se me ocurrirá algo. —La observó—. ¿Y tú? Estabas muy convencida de dar por terminada tu carrera.

—Sí, pero luego tú dijiste que seguiríamos y tendríamos una vida normal. Me hiciste creer que era posible.

—Lo sigo creyendo.

—Pero ahora vas a dejarlo —dijo Reel en un tono que indicaba que sentía que la había traicionado.

—He dicho que lo dejo dentro de un año. En nuestro tipo de trabajo, un año puede ser toda una vida. ¿Y tú?

—¿Qué pasa conmigo?

—Sé que Evan Tucker mantuvo una conversación privada contigo. ¿Qué te dijo? ¿Que acabará contigo cueste lo que cueste?

Reel exhaló un largo suspiro y negó con la cabeza.

—No, básicamente se disculpó por todo lo que había hecho.

—¿Cómo? —dijo Robie anonadado.

—Dijo que yo tenía razón y que él estaba equivocado.

—¿Había bebido o qué? ¿Se le veían las pupilas normales?

—Creo que sabía exactamente lo que decía, Robie.

—Bueno, ¿y a ti qué te parece la bomba que te soltó? Me pregunto qué le habrá pasado para cambiar de opinión de ese modo.

—Dijo que había revisado todas las pruebas y que había cavilado mucho al respecto. Luego que tú y yo casi habíamos muerto intentando detener la conspiración en la que participaron Gelder y Jacobs. Y que tú y yo arriesgamos nuestra vida en Siria y en Corea del Norte. Supongo que todo influyó.

—¿Y eso cambia las cosas para ti? —preguntó.

—¿En qué sentido?

—¿Vas a seguir durante más tiempo?

—No sé. Probablemente no. Sobre todo si tú te vas.

Él le rodeó los hombros con un brazo.

—Bueno, tenemos un año para pensárnoslo.

—Sí, si es que vivo tanto.

73

Min nunca había oído hablar de Halloween.

Nunca se había disfrazado.

Seguía sin entender qué era Halloween aunque Chung-Cha había intentado explicárselo. Pero ahora llevaba un disfraz y le habían dado caramelos de Halloween. Estaban en una pequeña cafetería de la calle principal de la zona del centro que se había convertido en una sala de juegos infantiles antes del inicio del desfile.

Chung-Cha había llevado a Min, que iba vestida de rana, con la cara oculta por el disfraz y con solo la boca y los ojos visibles. Chung-Cha iba de pirata. La cafetería estaba repleta de niños ataviados con disfraces para todos los gustos. Al comienzo, Min se había sentido aterrada de llevar el disfraz puesto, pero en cuanto Chung-Cha le había enseñado que no era más que plástico y tela y que no le haría ningún daño, se dejó vestir por Chung-Cha.

Los Cassion se encontraban en la parte delantera de la cafetería repartiendo caramelos. Cuando Chung-Cha lo vio le entró cierto pánico. Había visto a agentes de seguridad rondando por el exterior, pero nunca pensó que eso significaba que la familia presidencial estaría repartiendo caramelos.

—Ve a buscar caramelos, ahora vuelvo —le dijo a Min. Corrió entonces al extremo opuesto de la cafetería y enseguida se mezcló con el resto de la gente que iba disfrazada.

Min la buscó desesperadamente. Como el disfraz de rana le tapaba las orejas, no había oído bien lo que Chung-Cha le había dicho y en cuanto se dio cuenta de que había desaparecido, le entró el pánico. Sin embargo, la guiaban como al resto de los niños hacia los Cassion para recoger sus caramelos.

Cuando llegó al comienzo de la fila, Min estaba muy asustada. No veía a Chung-Cha por ninguna parte y los niños y sus padres la apretujaban por todos lados.

Cuando alzó la mirada, se encontró justo delante de Tommy Cassion, que iba, tal como había dicho, disfrazado de Lobezno. Ella lo miró y él a ella.

—Bonita rana —dijo Tommy mientras le tendía un puñado de caramelos.

En la mente asustada de Min solo cabía un pensamiento.

—Me llamo Min. Tengo diez años. ¿Me ayudarás?

Tommy la miró con expresión sorprendida mientras soltaba los caramelos en el cubo en forma de calabaza que ella portaba.

Entonces Min dijo algo más pero no en inglés. Había pasado al coreano.

—¿Estás bien? —preguntó Tommy.

—Me llamo Min. Tengo diez años. ¿Me ayudarás?

Tommy se dispuso a decir algo pero apareció una mano que apartó a Min para dejar paso a los demás niños.

Min miró en derredor y exhaló un suspiro de alivio cuando Chung-Cha fue corriendo hacia ella. Antes de que dijera nada, Chung-Cha se arrodilló y la abrazó.

—No pasa nada, Min. Estoy aquí contigo. No pasa nada.

Chung-Cha la acompañó al exterior y tomaron una calle para alejarse de la multitud. Llegaron a un callejón en el que había un pequeño porche de ladrillo. Chung-Cha se agachó a la altura de Min en el escalón inferior. Se había asegurado de que nadie de su equipo las había visto. Tampoco sabían que Min iba disfrazada de rana. Chung-Cha llevaría a cabo su misión pero sin poner en peligro la vida de Min. Min no iba a morir. No a manos de Chung-Cha.

—Min, escúchame con atención, ¿de acuerdo?

Min asintió moviendo arriba y abajo la cabeza de rana.

—Tengo que ausentarme un rato.

Min empezó a dar saltos, pero Chung-Cha se lo impidió.

—Solo un rato.

Miró al otro lado de la calle desde el callejón hacia donde se encontraba la comisaría de policía.

—¿Ves ese sitio? —Señaló.

Min miró hacia donde señalaba y asintió.

—Quiero que cojas mi reloj. —Se lo sacó de la muñeca y se lo tendió a Min—. Mira, cuando esta raya llegue aquí, quiero que vayas allí y les digas lo que te enseñé. ¿Te acuerdas? ¿En inglés? ¿Puedes repetirlo?

—Me llamo Min. Tengo diez años. ¿Me ayudarás?

—Perfecto, Min, perfecto. Ahora recuerda, cuando esta raya llegue a este punto, entonces vas para allá.

Chung-Cha le indicaba dentro de una hora.

—Pero ¿dónde estarás, Chung-Cha?

—Tengo unas cuantas cosas que hacer. Pero sé que esa gente cuidará de ti hasta que yo regrese. Son buena gente, Min. Te ayudarán.

—Pero ¿vas a volver, verdad? —preguntó Min atemorizada.

—Volveré —afirmó Chung-Cha con una sonrisa forzada. Entonces pensó para sus adentros: «Perdóname por esta mentira, por favor, Min. Y, por favor, no me olvides. Solo quiero que tengas una buena vida.»

Min estiró los brazos y rodeó con ellos a Chung-Cha, que le devolvió el abrazo mientras intentaba reprimir las lágrimas.

—Te quiero, Chung-Cha.

—Yo también te quiero, Min.

Al cabo de un cuarto de hora, Chung-Cha se reunió con su equipo cerca de la ubicación del objetivo. Iban todos disfrazados.

Jing-Sang se le acercó.

—¿Preparada, camarada?

—Por supuesto.

—¿Y Min?

—Ha vuelto a la casa. Se ha tomado la leche... y se ha vuelto a dormir.

Jing-Sang sonrió.

—Entonces llevemos a cabo esta gran hazaña. Para mayor gloria, Chung-Cha.

—Para mayor gloria —repitió Chung-Cha.

En la calle principal se estaba montando el desfile. Había vehículos motorizados con hinchables, una banda de instituto, docenas de zombis disfrazados y una plétora de gente disfrazada para Halloween en colores vistosos.

También había un dragón chino largo que había aparecido desde un callejón. Bajo la loneta solo se distinguían varios pies con zapatillas de deporte marchando al unísono.

—¿Estamos listos para ir al ayuntamiento, Sam? —Eleanor Cassion miraba al jefe de sus escoltas.

Él habló por el *walkie-talkie* y luego le hizo una señal con el pulgar levantado.

—Estamos listos, señora. Por aquella entrada lateral. Dos minutos caminando hacia la izquierda y luego escaleras arriba.

Él y otro de sus hombres flanqueaban a los Cassion mientras desfilaban hacia la puerta.

Sam hizo una seña en dirección a Robie y Reel, que asintieron y siguieron a los Cassion.

Claire llevaba una peluca larga y rubia cardada con una cinta en la cabeza y vaqueros ajustados. Se volvió y miró a Robie, que no iba disfrazado.

—¿Adivinas quién soy?

Robie negó con la cabeza mientras Reel, que también había descartado disfrazarse de Maléfica, se la quedaba mirando con expresión curiosa.

—Stevie Nicks. Fue la cantante de alguna banda hace tiempo.

—Ejem... la tal banda era Fleetwood Mac —dijo Reel.

—Sí, esos. Parece que fueron muy famosos en cierta época.

—Pensaba que te ibas a disfrazar de algún personaje de la tele de una época tan antigua como comienzos del milenio —dijo Robie.

—Esa era la idea, pero no se me ocurría nadie. Mi madre me habló de esta tal Stevie y tenía una peluca rubia.

—Viva tu madre —exclamó Reel.

La policía local y los agentes del Servicio Secreto rodearon a los Cassion mientras caminaban por la calle en dirección al ayuntamiento. El sol se estaba poniendo y el cielo parecía casi fundido. Empezaba a hacer viento y se había anunciado la posibilidad de lluvia más tarde, algo que los organizadores del desfile confiaban desesperadamente en que no pasara.

74

Ya casi habían llegado al ayuntamiento cuando Robie se dio cuenta. El dragón chino desfilaba muy cerca de las puertas delanteras del edificio. Se fijó en que había muchos pies bajo la piel del dragón.

Miró a Reel, que también tenía la vista clavada en el dragón.

—Más vale prevenir que curar —dijo. Reel asintió.

Robie habló por el *walkie-talkie* y al cabo de un momento los Cassion eran obligados a entrar rápidamente en el ayuntamiento. Varios ayudantes corrieron hacia el dragón chino y empezaron a tirar de la piel del bicho.

Robie vio el asombro en los rostros que ocultaba.

Eran adolescentes. Adolescentes americanos.

Robie sonrió hacia Reel.

—Lo reconozco, estoy paranoico.

—¿Tú crees? —replicó ella.

Entraron en el ayuntamiento y Robie se dirigió a Sam.

—El dragón ha sido una falsa alarma. Lo siento, algo parecido a lo del petardeo del coche.

—Lo importante es que no pase nada —repuso Sam, aunque se le veía un poco molesto.

Eleanor se les acercó.

—¿Qué ocurre?

—Falsa alarma, señora —dijo Sam—. Podemos seguir con el plan y...

No tuvo ocasión de terminar porque una bala le impactó en la cabeza y roció a todo el mundo de sangre.

Robie sujetó a Eleanor y tiró de ella para que se agachara mientras Reel se volvía y disparaba en la dirección de la que había salido la bala.

Obligándola a estar agachada, Robie empujó a Eleanor hacia los demás.

—¡Hazles entrar por esa puerta! ¡Ya! —gritó a uno de los agentes del Servicio Secreto que protegía a los dos hijos.

Apareció otro agente para ayudar y juntos empujaron a los hijos al interior.

Claire empezó a gritar al ver a Sam muerto en el suelo. Tommy estaba tan asustado que era incapaz de emitir sonido alguno.

Eleanor llamó a sus hijos incluso cuando uno de los agentes que iba con ellos recibía un disparo en la nuca y caía encima de una pila de sillas.

Un cuerpo cayó desde el balcón del segundo piso y golpeó contra el suelo con fuerza. Era uno de los agentes de la policía local. Le habían disparado en la frente.

—Tienen el terreno elevado —gritó Reel mientras retrocedía, ocupando el puesto de la retaguardia y disparando tiros en un ángulo muy amplio hacia el balcón para proteger a los demás.

—¡Muévase, muévase! —instó Robie a Eleanor al oír más disparos.

El otro agente que acompañaba a Claire y a Tommy fue abatido de un tiro en la columna.

—¡Reel! —gritó Robie.

Reel se catapultó al otro lado de la sala y golpeó al hombre que acababa de aparecer en el umbral. Le aplastó la cara de una patada y le hizo caer hacia atrás, por lo que el arma que empuñaba salió disparada. Antes de que intentara levantarse, Reel le pegó un tiro en la cabeza.

Al cabo de un instante Reel cayó hacia atrás cuando otro hombre le dio un golpe bajo y le clavó el hombro en el vientre. Chocó contra el suelo y se zafó deslizándose por la madera lisa. Seguía teniendo el arma y se estaba preparando para disparar cuando sonó un disparo. El hombre que había atacado a Reel permaneció rígido un segundo y luego se tambaleó hacia delante, con la cara totalmente desfigurada por efecto del tiro que le había pegado Robie.

Claire y Eleanor gritaron cuando otro hombre entró corriendo en la sala blandiendo una metralleta MP5. Pero antes de que pudiera disparar, Robie le obligó a resguardarse cuando vació el cargador con él. Robie arrastró a Eleanor hasta una puerta mientras Reel cruzaba la sala a toda velocidad, saltaba por encima de una mesa, cogía a los dos niños y los empujaba a la misma sala interior antes de cerrar la puerta detrás de ella de una patada.

Otro agente del Servicio Secreto y un policía entraron corriendo en la sala principal. El policía acabó con un tiro en el pecho y fue abatido antes de tener tiempo de disparar. El agente disparó tres veces hacia la segunda planta y el grito que oyó le indicó que había alcanzado a alguien. Acto seguido, cayó en una lluvia de fuego lanzada por el hombre que portaba la MP5. Pero no obstante consiguió vaciar el cargador y matar al hombre que acababa de robarle la vida.

En el interior de la otra sala, Robie y Reel apartaron a la familia presidencial de la puerta y les hicieron tumbarse en el suelo justo a tiempo. Las balas de la MP5 la atravesaron y lanzaron metal y madera en todas direcciones.

En cuanto paró el tiroteo, Robie y Reel llevaron a Eleanor y sus hijos a otra sala interior. Robie cerró la puerta, pasó el cerrojo e inspeccionó la habitación. Era pequeña, no tenía ventanas y había un tramo de escaleras que descendía.

Reel ya lo había visto.

—Probablemente sea el sótano —dijo—. Escalera curvada.

—Campos de tiro restringidos —repuso, captando la idea de inmediato—. Nos otorga una ventaja.

—No tenemos muchas más opciones. Vamos allá.

Hicieron bajar a la familia presidencial. El sótano era incluso más pequeño que la sala de arriba y no tenía salida.

Estaban atrapados.

Volcaron inmediatamente una mesa de madera maciza y colocaron a Eleanor y sus hijos detrás de ella.

Todos oían el tiroteo que se libraba más arriba. Se oían gritos y los silbidos de las balas erradas, y luego el golpe seco de las balas que hacían diana y de los cuerpos al caer.

Claire estaba histérica.

Tommy parecía sencillamente paralizado.

Eleanor miró a Robie; estaba asustada, no obstante, habló con voz firme.

—¿Cómo vamos a sacar a mis hijos a salvo de aquí, agente Robie?

Reel estaba vigilando la escalera. Ya había hecho la recarga y había cogido las pistolas de los agentes muertos. Le lanzó un par a Robie.

—Estamos trabajando en ello, señora. Lo intentaremos por todos los medios.

Probó a hablar por el *walkie-talkie* pero no obtuvo respuesta.

Eleanor lo miró consternada.

—Pero eso significa... —empezó a decir lanzando una mirada de preocupación a su hija, que sollozaba de forma descontrolada.

Robie asintió y contestó con voz queda:

—Están todos muertos.

Marcó el 911 desde su teléfono. Nadie respondió.

—Deben de estar colapsados por las llamadas —concluyó.

Miró a Claire y a Tommy.

—¿Tommy? —El chico no alzaba la vista—. ¡Lobezno! ¿Estás conmigo?

Miró a Robie y asintió ligeramente.

—¿Claire? ¿Claire? —dijo Reel—. ¡Oye, Stevie Nicks, escúchame!

Claire tragó saliva, dejó de sollozar, tomó aire y por fin la miró.

Reel recorrió a los tres con la mirada.

—No podemos fingir que no pasa nada. La situación es tremenda. Aquí gozamos de cierta protección. Y tenemos unas cuantas armas. No sabemos cuánta gente hay ahí fuera. Pero seguro que son más que nosotros. —Miró a Robie antes de continuar—: Pero estamos aquí con vosotros y estaremos con vosotros hasta el final. Para llegar a vosotros, antes tendrán que pasar por encima de nuestros cadáveres, ¿entendido?

Los tres asintieron lentamente.

—Ahora permaneced agachados detrás de la mesa.

Al cabo de unos segundos se oyeron tres disparos y un hombre cayó rodando por las escaleras y fue a parar al pie de las mismas.

Robie echó una mirada y vio a Reel bajando el arma, de cuya boca seguía saliendo humo.

—Intentaba ser sigiloso pero no lo ha conseguido —dijo.

—No oigo ninguna sirena —dijo Eleanor.

—La fuerza policial del lugar consta de treinta agentes oficiales —dijo Reel—. Diez estaban asignados a vuestra protección. Quizás estén todos muertos. El otro bando lleva MP5, capaz de hacer mucho daño en muy poco tiempo. Y las pistolas son prácticamente inútiles contra ellas. Es posible que el resto de los policías todavía no haya llegado.

Robie miraba a su alrededor y también intentaba discernir pisadas procedentes del piso de arriba. El techo era grueso. No pensaba que el otro bando pudiera atravesarlo a tiros. Tendrían que bajar por las escaleras. Pero ya habían enviado a un hombre y sabían lo que había pasado. Robie y Reel tenían la ventaja que les ofrecía la escalera curvada. Sus enemigos no podían atacarles en masa ni de forma directa. La curva permitía a Robie y Reel disparar antes de que los atacantes apuntaran el arma.

De repente oyeron un fuerte ¡bum! procedente de arriba y luego gente que gritaba seguido de disparos. Luego más gritos. Y más disparos.

Acto seguido se hizo el silencio.

Luego oyeron voces. Pero no hablaban en inglés.

—¡Mierda! —masculló Reel.

Miró a Robie, que tenía la vista clavada en una estantería del rincón que contenía una pila de ropa vieja. Volvió a mirar a Robie y él asintió.

Reel corrió y cogió algunas prendas. Sacó la navaja y empezó a rasgarlas.

—¿Qué estás haciendo? —preguntó Eleanor.

—Buscarnos más protección —repuso Robie.

—Pero con eso no se paran las balas —dijo Eleanor.

Cuando Reel acabó, se introdujeron las bandas de tela en los oídos y luego se ataron otros trozos que Reel había cortado en forma y tamaño de pañuelos alrededor del cuello. Ayudaron a Eleanor y sus hijos a hacer lo mismo.

—¿Para qué son? —preguntó Tommy.

—Granadas aturdidoras —respondió Reel—. Es lo que acabamos de oír. Suenan muy fuerte y el destello de luz es cegador. Y emiten mucho humo. Es obvio que el otro bando las tiene.

—Se utilizan para desorientar —añadió Robie—. Y son muy útiles para ese fin.

Oyeron más disparos procedentes de arriba y luego varias pisadas.

Robie y Reel intercambiaron una mirada e hicieron que Eleanor y los niños se tumbaran en el suelo.

—Tapaos los ojos y la nariz con la tela, y los oídos con las manos. Quedaos quietos.

Robie y Reel se colocaron en posición, cada uno con una mano en los pañuelos para subírselos rápidamente. Lo que pasa es que no tendrían demasiado tiempo para recuperarse y devolver los disparos que sin duda seguirían a las granadas aturdidoras.

Oyeron que la puerta se abría y que bajaban.

No lanzaron una o dos granadas. Fueron tres.

Robie y Reel chocaron contra el suelo un segundo antes de que el trío de explosivos detonara. La combinación de sonido resultaba atronadora y atravesaba con fuerza los trozos de tela que se habían introducido en los oídos, y las manos que cubrían esos oídos poco podían hacer para amortiguar el estruendo. El humo impregnaba la tela fina y les entraba en la boca, la nariz y los pulmones. Y los destellos de luz eran como mirar al sol aunque estuvieran mirando al suelo.

Eleanor y sus hijos gritaron y los tres perdieron el conocimiento.

Para cuando Robie y Reel se pusieron de pie medio tambaleantes, tosiendo y mareados por las explosiones, el humo y la luz, estaban rodeados y les superaban en potencia de fuego.

MP5 contra pistolas.

Los norcoreanos ardían en deseos de vengarse con un derramamiento de sangre.

Aquello era el fin.

75

Para cuando Eleanor y sus hijos recobraron el conocimiento, a Robie y a Reel les habían arrebatado las armas y estaban de pie con las manos detrás de la cabeza. Tenían el rostro ceniciento y se balanceaban sobre los pies con aspecto mareado y falto de equilibrio.

—Oh, cielos —dijo Eleanor mientras se incorporaba, tiró de sus hijos para que se levantaran con ella y los colocó detrás de ella con gesto protector.

Robie fue recobrando la compostura y dijo a los norcoreanos:

—Este lugar está rodeado. No os podréis escabullir. Si os rendís ahora, no sufriréis ningún daño. —En cuanto hubo pronunciado esas palabras se dio cuenta de que a los norcoreanos les daba igual escabullirse. Se les notaba en la cara.

Cinco hombres y una mujer, que iba disfrazada de pirata. Le resultaba ligeramente familiar.

Chung-Cha tomó la iniciativa y habló:

—Estamos aquí para enmendar los errores de vuestro presidente.

—Tengo que deciros que esta no es la mejor manera de hacerlo.

—Tú y él estuvisteis en nuestro país —afirmó Chung-Cha—. Os llevasteis prisioneros que nos pertenecían. Vuestro país planeó matar a nuestro líder. Por eso debéis pagar y así será. Todos vosotros.

—No tengo ni idea de qué... —dijo Eleanor.

Jing-Sang disparó al techo.

—¡No interrumpas, mujer! —bramó, mientras Eleanor, Claire y Tommy caían de rodillas, temblando de miedo.

Chung-Cha continuó hablando:

—Moriréis todos aquí. El mensaje que se enviará al mundo será que el imperio malvado de América no puede y no atacará a nuestro gran país sin represalias que no sean virulentas, veloces y nobles.

—Necesitaréis rehenes para salir de aquí —dijo Robie—. Cinco son demasiados. Tomadme a mí y a mi compañera. Como bien has dicho, fuimos los que estuvimos allí. Nos llevamos a vuestros prisioneros. Esta gente no hizo nada. Déjalos aquí y usadnos a nosotros para salir de aquí.

—No vamos a salir de aquí —dijo Jing-Sang. Apuntó la boca de la metralleta hacia el suelo—. Moriremos aquí mismo. Después de vosotros, claro.

—O sea que es una misión suicida —dijo Reel.

Jing-Sang sonrió y negó con la cabeza.

—Es morir con gran honor. —Miró a Chung-Cha—. La camarada Yie es nuestra mejor agente. Ha matado a más enemigos de nuestro país de los que sois capaces de imaginar. Por lo menos, vuestra muerte se producirá con eficacia, eso está garantizado.

Chung-Cha rasgó el aire con la mano y Jing-Sang guardó silencio y dio un paso atrás con respeto al tiempo que inclinaba la cabeza.

Chung-Cha sacó un par de cuchillos de las fundas que llevaba en el bolsillo. Las hojas estaban personalizadas pues eran serradas y ligeramente curvas. Primero miró a Robie y después a Reel.

Robie esperaba ver un rostro de odio absoluto observándole. O tal vez una cara inexpresiva, desprovista desde hacía tiempo de toda humanidad.

Pero no es eso lo que vio que le miraba.

Jing-Sang se estaba poniendo nervioso.

—Camarada Yie, debemos apurarnos. Hemos matado a muchos enemigos pero está claro que hay más agentes en camino.

Chung-Cha asintió, dijo unas cuantas palabras en coreano y luego miró a Robie y a Reel.

—Lo siento —dijo en inglés, antes de atacar.

Se volvió y destripó a Jing-Sang con uno de los cuchillos, abriéndole el vientre en canal. La pistola que llevaba se le cayó de la mano pero ella la cogió antes de que llegara al suelo. Disparó una vez y alcanzó en la cabeza al hombre que estaba al lado. Con la mano que tenía libre, lanzó el otro cuchillo y se lo clavó en el pecho al tercer hombre.

La reacción de Chung-Cha dejó atónitos a los otros dos hombres, pero abrieron fuego. Sin embargo, ella había sujetado al tercer hombre, le había dado la vuelta y utilizaba su cuerpo de escudo, por lo que fue quien recibió los tiros.

Acto seguido, lo empujó hacia los dos hombres, se agachó, se deslizó por el suelo y dio un golpe en las piernas al cuarto hombre desde abajo. Cuando cayó, arrancó el cuchillo del pecho del tercer hombre y degolló al cuarto hombre. Un chorro de sangre procedente de la arteria le salpicó a ella y roció el suelo.

Chung-Cha no paraba de moverse. Dio una voltereta hacia el otro lado de la estancia cuando el hombre que quedaba le disparó. No la alcanzó.

Robie y Reel habían vuelto a coger a la familia presidencial y los habían colocado de nuevo detrás de la mesa. La pareja se puso entonces a buscar sus armas por el suelo.

Pero no eran tan rápidos como Chung-Cha. Ella se había impulsado desde la pared del otro lado y había superado completamente al último hombre. Cuando pasó por su lado la fina línea cortante resultó visible en su mano. Pasó el cable por el cuello del hombre mientras estaba en el aire, cayó al suelo con ambos pies y tiró con todas sus fuerzas al tiempo que cruzaba los brazos y formaba una X.

El hombre gorgoteó una vez y luego cayó al suelo. Al cabo de unos segundos estaba desangrado por tener la cabeza prácticamente cercenada.

Chung-Cha se irguió y soltó el cable. Se volvió para contemplar la devastación que había causado. Cinco hombres muertos, todos a manos de ella, en menos de un minuto. Jadeaba con la mirada concentrada y las extremidades tensas.

Se volvió para mirar a Robie y a Reel, que ya habían recuperado sus armas. Las tenían apuntadas hacia ella pero ninguno de los dos tenía el dedo en el seguro del gatillo.

—¿Quieres explicarnos por qué has hecho lo que acabas de hacer? —dijo Robie.

Chung-Cha volvió a mirar a Eleanor y sus hijos mientras se levantaban lentamente de detrás de la mesa. Eleanor tapó con sus manos los ojos de Claire y Tommy para que no vieran la carnicería.

—Espero que no hayan resultado heridos —dijo Chung-Cha.

Eleanor meneó la cabeza lentamente aunque su expresión denotaba su desconcierto.

—Estoy bien —dijo lentamente—. Estamos bien. Gracias a ti.

Chung-Cha volvió a dirigirse a Robie y a Reel.

Reel dio un paso comedido hacia delante.

—Acabo de presenciar el ejemplo de combate cuerpo a cuerpo más espectacular de mi vida —reconoció con admiración—. Pero tal como ha dicho mi compañero, ¿por qué?

—Nos enviaron a matarles —dijo Chung-Cha, señalando a Eleanor y los niños—. Es lo que pensaban hacer los demás.

—¿Y tú no? —preguntó Robie.

Chung-Cha no respondió de inmediato.

—No sé —dijo—. Es que al final me he visto incapaz de matar a esta familia —añadió—. No he podido.

—¿Has tenido una corazonada? —preguntó Reel con expresión escéptica.

—No tengo corazón —dijo Chung-Cha con firmeza—.

Soy de Yodok. Siempre seré de Yodok. Hace muchos años que me arrebataron el corazón. No se puede recuperar.

—Yodok —dijo Robie—. ¿Entonces fuiste...?

—Sí.

Reel la observó más de cerca y dijo:

—Te he visto antes. Cerca de la playa. Ibas con una niña.

Chung-Cha asintió.

—Se llama Min.

—Iba vestida de rana —intervino Tommy—. Me dijo que tenía diez años. Y que necesitaba ayuda o algo así.

Robie miró a Chung-Cha con incredulidad.

—¿Trajiste a una niña a la misión?

—Min no tiene nada que ver con todo esto —replicó Chung-Cha con fiereza—. Es inocente. No es más que una niña. También de Yodok. Ella sigue teniendo corazón. No se lo arrebatéis, por favor. No es más que una niña que no sabe nada.

Reel la miró.

—¿Por qué trajiste a Min aquí?

—Dije a mis superiores que formaba parte de nuestra tapadera. Que los americanos no piensan mal de los niños.

—¿Y el motivo real?

—Sacarla de mi país. Darle... una oportunidad... en otro sitio.

Chung-Cha introdujo la mano en el bolsillo y extrajo uno de los viales con veneno.

—Se supone que ninguno de nosotros iba a sobrevivir a esto —declaró.

—¿Muerte con gran honor? —dijo Robie.

—Incluida Min —dijo Chung-Cha lentamente—. Pero yo... no podía permitirlo. Ella no ha hecho nada malo. Min no es más que una niña. Una niña inocente.

—Entonces creo que tú tampoco perdiste el corazón en Yodok —afirmó Reel con voz queda.

—De todos modos, supone una hazaña extraordinaria volverte contra tu propio equipo.

—Yo... estoy... cansada —se limitó a decir Chung-Cha, y relajó las extremidades mientras lo decía—. De todo.

Robie y Reel intercambiaron una mirada de complicidad.

—¿Cómo te llamas? —preguntó Robie—. Aparte de camarada Yie.

—Chung-Cha.

—¿Quiénes eran esos hombres, Chung-Cha? —preguntó Reel, señalando a los muertos.

—De mi país. Su identidad no importa. Hay muchos como ellos en mi país. Siempre habrá muchos como ellos en mi país.

—No voy a mentirte, Chung-Cha —dijo Robie—. Estás metida en un buen lío. A pesar de lo que acabas de hacer.

—Pero seguro que habernos salvado la vida contará mucho —dijo Eleanor.

—Tendrás que cooperar y darnos toda la información —advirtió Reel—. Cómo llegasteis hasta aquí sin ser detectados, cómo os enterasteis del itinerario, cómo franqueasteis las medidas de seguridad...

El disparo sonó con fuerza y la bala atravesó el cuello de Chung-Cha.

Robie y Reel miraron hacia la escalera curvada. Un joven agente de policía sostenía el arma con manos temblorosas. Sonrió y gritó:

—La pillé. He pillado a la mierdecilla esta asiática.

Chung-Cha no cayó de inmediato. Se quedó ahí parada mientras la sangre le brotaba.

—¡Idiota! —gritó Robie. Se abalanzó encima del agente e hizo que soltara la pistola.

Reel consiguió sujetar a Chung-Cha antes de que cayera al suelo. La tumbó con cuidado. Vio la herida de la entrada de bala e introdujo los dedos en ella para intentar cerrar la arteria afectada, pero no conseguía detener la hemorragia. Se rasgó la manga de la camisa y presionó la tela contra la herida para cortar el sangrado.

—Venga, no te vayas. Venga, no te vayas, Chung-Cha,

mírame. Mírame fijamente. —Se volvió y gritó—: ¡Robie, necesitamos una ambulancia urgentemente!

Robie ya había marcado el 911 en su móvil. Y esta vez sí que hubo respuesta. Pero mientras pedía la ambulancia miró hacia Chung-Cha y se dio cuenta de que era demasiado tarde.

Ya estaba blanca como la nieve y empapada de sangre.

Reel bajó la mirada hacia ella meciéndole la cabeza con una mano mientras con la otra mantenía la tela presionada contra la herida.

Chung-Cha alzó la cabeza y tocó el rostro de Reel. En una voz que fue debilitándose a medida que hablaba, dijo:

—Se llama Min. Tiene diez años. Ayudadla, por favor.

—Lo haré, te prometo que la ayudaré. Min estará a salvo. Pero no te rindas. Ahora vienen a ayudar. Te pondrás bien. No te vayas. Lo conseguirás. Sé que puedes. Eres... eres la mejor que he visto en mi vida.

Chung-Cha no parecía capaz de oírla. Ahora pronunciaba las palabras una y otra vez: «Se llama Min. Tiene diez años. Por favor, ayudadla.»

Y entonces con su último aliento dijo con bastante claridad y con un último estallido de energía:

—Soy Chung-Cha. Soy joven pero muy vieja. Por favor, ayúdame.

Entonces dejó de mover la boca y se le quedó la mirada fija.

Reel se quedó ahí paralizada un buen rato antes de posar con cuidado la cabeza de la mujer muerta en el suelo. Alzó la vista hacia Robie con lágrimas en los ojos. Meneó la cabeza una vez. Luego se levantó, apartó al policía de en medio y subió por las escaleras.

76

El atentado contra la familia presidencial estuvo a punto de llevar a los dos países a la guerra, pero se llegó a un punto muerto diplomático que permitió que los norcoreanos salvaran el pellejo y evitó que la administración tuviera que revelar hechos potencialmente vergonzosos y políticamente nefastos sobre los planes de golpe de Estado contra el régimen norcoreano. El atentado de Nantucket se atribuyó a un comando independiente de Corea del Norte cuyos actos fueron denunciados por el mandatario.

Luego el asunto se dejó tal cual. Por el momento.

El comando norcoreano se había infiltrado en el ayuntamiento gracias a los disfraces de Halloween. Habían matado a un guardia cerca de la puerta trasera, entrado por ahí y luego cerrado el edificio, tras lo cual procedieron a ir matando a los guardias del cordón interno. El policía solitario que había disparado a Chung-Cha había conseguido entrar en el edificio, había visto lo que había pasado y había seguido los ruidos hasta el sótano, donde a pesar de disparar con mano temblorosa, desgraciadamente había matado a Chung-Cha.

Robie y Reel habían recibido el agradecimiento sincero del presidente y su esposa y de sus hijos. Les dijeron que se habían ganado el estatus de miembros oficiosos de la familia presidencial. Tommy los veneraba más que nunca pero tanto él como su hermana recibían tratamiento psicológico para asimilar lo que habían visto y soportado. Claire estaba totalmente cambiada, su desparpajo se había esfumado. Ahora parecía que su hermano la ayudaba a ella, lo cual quizá fuera bueno para los dos.

Eleanor había abrazado con efusión a Robie y a Reel cuando salían de la Casa Blanca.

—Mis hijos y yo os debemos la vida —dijo.

—No —repuso Robie con determinación—. Todos le debemos la vida a Yie Chung-Cha.

Tras la reunión en la Casa Blanca, Robie y Reel fueron al apartamento de Robie. Habían descubierto muchas cosas acerca de Yie Chung-Cha a través de la vía de información que suponía la CIA. Lo que averiguaron deprimió a Reel más de lo que ya estaba.

—Sobrevivió a todo eso. Todos esos años en Yodok, tuvo que matar a su familia para salir de ese infierno. Hambre, torturas, matar en nombre de una nación sin escrúpulos. Y luego nos salvó la vida. ¿Para qué? ¿Para acabar muerta por el disparo de un poli demasiado celoso?

—¿Qué sabía él, Jess? —dijo Robie—. La tomó por el enemigo.

—Pues resulta que no —espetó Reel.

—¿Sabes que Pyongyang quería recuperar el cadáver? —dijo Robie.

Reel asintió.

—Pero no lo permitimos. Está enterrada aquí.

—¿Por qué crees que lo hizo? —preguntó Robie—. La verdadera razón...

—Yo me lo tomé al pie de la letra. Estaba harta de todo, Robie. Igual que yo.

—Supongo.

—Era mejor que nosotros, lo sabes, ¿verdad?

—Probablemente sí —convino Robie—. Está claro que jamás he visto a nadie liquidar a cinco contrincantes como hizo ella.

—Cuando sacó los cuchillos y nos miró, me di cuenta de que no iba a atacarnos —dijo Reel.

—¿Por qué? Me refiero a que me pareció que tenía un dilema interior pero nos dijo que lo sentía.

—¿Alguna vez le has dicho a alguien que lo sentías antes de matarle?

Robie se recostó en el asiento y caviló al respecto, y acabó negando con la cabeza.

—No.

—Lo hizo por Min.

Robie volvió a asentir.

—Por Min.

—Muy ingenioso por su parte sacar a la niña del país de ese modo.

—Bueno, si pensaba igual que luchaba, habría sido una jugadora de ajedrez extraordinaria.

—Seis jugadas por delante —dijo Reel pensativa.

—Cierto.

—Hombre Azul piensa que las tensiones disminuirán entre nosotros y Corea del Norte.

—A no ser que empiecen otra vez a echar leña al fuego —dijo Robie.

—Ahora me gustaría disfrutar de un poco de paz y tranquilidad.

—Como todos, ¿no?

—Lo cual nos lleva a Min.

—Sí, cierto.

—¿Tú crees que aceptarán? —preguntó Reel.

—Bueno, está todo preparado, ahora lo único que queda por hacer es preguntar, Jess.

—Pues vayamos a preguntar.

—¿Estás segura? —dijo.

—Tan segura como estoy de todo lo demás en estos momentos de mi vida.

Robie cogió las llaves del coche y salieron.

Habían tenido que superar unos cuantos obstáculos y lidiar con varias agencias, pero en un momento dado se les presentó una oportunidad. Habían contactado con Kim Sook para que les ayudara y enseguida había aceptado.

Hicieron dos paradas a lo largo del trayecto y luego finalizaron el viaje en la gran casa del norte de Virginia. Robie había telefoneado con antelación y les esperaban.

Julie Getty abrió la puerta. Frente a ella se encontró con Robie, Reel y Sook.

Y Min.

La niña vestía unos leggings, una camisa larga y zapatillas de deporte. Llevaba un lazo amarillo en el pelo. La habían frotado bien pero tenía la cara roja por otro motivo.

Había estado llorando.

Por la muerte de Chung-Cha.

Y estaba asustada.

—Hola, chicos, entrad —dijo Julie con cariño.

Su tutor, Jerome Cassidy, se había recuperado de las heridas de las manos por culpa de los hombres de Leon Dikes y les aguardaba en la sala de estar. Era un hombre esbelto de mediana edad con el pelo largo canoso recogido en una coleta.

Saludó a Robie, a quien conocía, y le presentaron a Reel.

—Julie me ha hablado mucho de ti —dijo Jerome.

—Solo las partes no confidenciales —matizó Julie con una sonrisa. Se sentó al lado de Min y se presentó—. Me llamo Julie, Min. —Acto seguido pronunció unas cuantas palabras en coreano, algunas de las cuales Min entendió.

Sook se echó a reír.

—No está mal. Pero tienes que practicar.

—Lo sé —repuso Julie con una sonrisa irónica.

—Me llamo Min. Tengo diez años —dijo Min.

—Tengo quince años, cinco más que tú —respondió Julie.

Min sonrió, aunque no dio la impresión de haberla entendido.

Julie le cogió una mano y contó los dedos.

—Cinco, todos estos.

Min asintió y contó hasta cinco en coreano.

—Está bien —dijo Sook—. Muy bien.

—Bueno, Robie, me contaste un poco de esto pero me gustaría saber más —intervino Jerome.

Robie explicó lo que pudo acerca del origen de Min. Y luego lo que habían ido allí a pedir. ¿Min podía vivir con ellos?

—No puede regresar a Corea del Norte —dijo Reel.

—Y los programas de acogida tradicionales pueden resultar un tanto complicados dada su situación —explicó Robie—. Sé que es pedir mucho, pero vosotros dos fuisteis los primeros en quienes pensé. La verdad es que Min no entiende el inglés. Joder, no entiende un montón de cosas. Así que si aceptas, nunca sabrá siquiera que te lo pedimos.

—Yo siempre he querido un hermano —dijo Julie—. Y ser la hermana mayor molaría un montón. —Miró a Jerome—. ¿Qué opinas?

—Creo que teniendo en cuenta todo lo que ha pasado esta niña, se merece unos amigos. Tal vez nosotros seamos un buen punto de partida.

Reel miró a Robie aliviada y luego se volvió hacia Jerome.

—Ni te imaginas lo que significa esto.

—Creo que lo sé. No hace tanto que un servidor necesitaba una mano amiga y de no ser por vosotros quizá ni siquiera estaría aquí.

Mientras se marchaban, tuvieron que explicar a Min que iría a vivir con Jerome y Julie. Sook había aceptado colaborar hasta que Min tuviera suficientes conocimientos de inglés. Al comienzo, Min se aferraba a Sook, pero Julie siguió tentando a Min con discreción hasta que al final la niña la cogió de la mano y se marchó con ella.

Dijeron a Jerome que se haría todo el papeleo y que se convertiría oficialmente en el tutor de Min.

—Me sorprende que el gobierno lo esté poniendo tan fácil

—dijo Jerome—. Pensaba que su lema era «cuanta más burocracia, mejor».

—Lo cierto es que el gobierno quiere dejar atrás todo esto lo antes posible —explicó Robie.

A la vuelta, Reel se sentó al volante y cuando giró por una carretera que les alejaba del apartamento de Robie, él tuvo una corazonada acerca de adónde se dirigía.

El lugar estaba en una zona rural de Virginia. Era pequeña y estaba aislada. Pero tenía unas bonitas vistas de las estribaciones del Blue Ridge. Solo estaba a unos cien kilómetro del D.C., pero podría haber estado a mil quinientos.

Reel aparcó el coche y ella y Robie se apearon. El sol se hundía por el horizonte y teñía el cielo de un rojo llameante. Empezaba a hacer viento y la temperatura iba descendiendo. La lluvia estaba a punto de llegar y dentro de poco estaría todo mojado y triste. No obstante, en ese preciso momento, el lugar destilaba una belleza sencilla que resultaba abrumadora e innegable.

Abrieron la verja oxidada de hierro forjado y entraron por el sendero de hierba irregular. Pasaron sobre todo junto a viejas lápidas e indicadores de tumbas. Algunas inclinadas en ángulos precarios y otras tiesas como palos.

Casi al final del sendero, a la izquierda, se encontraba la lápida más nueva. Era blanca y se parecía a las del cementerio nacional de Arlington. Tenía un diseño sencillo pero resultaba sumamente inspirador.

La inscripción encajaba con la simplicidad del diseño.

YIE CHUNG-CHA, QUE LUCHÓ POR UNA BUENA CAUSA
HASTA EL FINAL

Nadie sabía cuándo había nacido ni dónde. Y nadie sabía su edad. Si bien conocían con exactitud la fecha de su muerte, no parecía apropiado marcar su lápida con un hecho tan violento.

Reel bajó la mirada hacia la piedra blanca y el montículo de tierra.

—Podríamos ser nosotros quienes estuviéramos allá abajo.

—Lo estaríamos de no ser por ella.

—Somos como ella y lo sabes.

—Existen similitudes —reconoció Robie.

—¿Cómo crees que se siente estando tan lejos de casa?

—No sé si a los muertos les preocupa eso. Y para ella Corea del Norte no era precisamente un hogar.

—Me alegro de que no repatriaran el cadáver. Su lugar está... en fin, su lugar está aquí. Es algo... justo.

—Es lo bastante pacífico. Y después de todo lo que pasó, la señora se merece un poco de paz.

—Igual que tú y yo.

—Sí —convino Robie.

—No la conocía aunque ojalá hubiera tenido la oportunidad. Pero no me cabe la menor duda de que nunca la olvidaré.

—Ha dejado una parte de ella aquí. En Min.

—Y ahora ha dado a Min la oportunidad de tener una vida. Podemos ayudarla con esa vida.

—La hemos ayudado.

—Me refiero a algo más que entregarla a Jerome y Julie.

Robie se sorprendió.

—¿Quieres hacer eso?

—Sí. Y no solo porque se lo debamos a Chung-Cha.

Reel se arrodilló junto a la lápida y sacudió unas cuantas hojas de encima de la tierra recién removida.

—Es porque, en fin... —Se levantó y puso una mano encima de la de Robie—. Es porque es algo que la gente debería hacer. —Hizo una pausa—. Incluso la gente como nosotros.

—Incluso la gente como nosotros —convino Robie.

Se volvieron y se marcharon juntos mientras la luz daba paso a la oscuridad absoluta.

Agradecimientos

A Michelle, por más motivos de los que soy capaz de enumerar.

A Mitch Hoffman, por ser un gran editor y un amigo incluso mejor.

A Michael Pietsch, Jamie Raab, Lindsey Rose, Sonya Cheuse, Emi Battaglia, Tom Maciag, Martha Otis, Karen Torres, Anthony Goff, Bob Castillo, Michele McGonigle, Erica Warren y a todos los de Grand Central Publishing; por hacer tan bien vuestro trabajo.

A Aaron y Arleen Priest, Lucy Childs Baker, Lisa Erbach Vance, Frances Jalet-Miller, John Richmond y Melissa Edwards, por apoyarme en todos los sentidos.

A Nicole James, ¡muchísima suerte en tu nueva aventura!

A Anthony Forbes Watson, Jeremy Trevathan, Maria Rejt, Trisha Jackson, Katie James, Natasha Harding, Lee Dibble, Stuart Dwyer, Stacey Hamilton, James Long, Anna Bond, Sarah Willcox, Geoff Duffield y Jonathan Atkins de Pan Macmillan, ¡por seguir manteniéndome en el número 1 en el Reino Unido y ser tan fantásticos!

A Praaven Naidoo y su equipo de Pan Macmillan en Australia.

A Arabella Stein, Sandy Violette y Caspian Dennis por cuidarme tan bien.

A Ron McLarty y Orlagh Cassidy por vuestras excepcionales interpretaciones en audio.

A Steven Maat, Joop Boezeman y el equipo de Bruna por mantenerme en lo más alto en Holanda.

A Bob Schule, por estar siempre a mi lado.

A los ganadores de la subasta Linda Spitzer y Andrew Viola, espero que os gusten vuestros personajes.

A Roland Ottewell, por una gran labor de corrección de estilo.

Y a Kristen, Natasha y Lynette ¡por mantenerme medianamente cuerdo!